天壹文化

从声音到文字·分享人类盛世

必须犯规的游戏

游戏

重启 ②

宁航一 著

天地出版社 | TIANDI PRESS

目录
CONTENTS

楔子

　　这个白天，没有再发生其他的事情。所有人都好像对装食物的柜子产生了一定的心理阴影，从里面拿食物时，都格外小心，更不敢在柜子里翻找，都想着随便拿点吃的，填饱肚子即可。

　　七点，众人再次围坐在圆桌旁。今天晚上讲故事的人，是3号扬羽。他直言不讳地说："前面的两个故事，给了我很大的压力。所以，我只能把'这件事'讲出来了。坦白地说吧，这是根据我的亲身经历改编的。只是，我希望你们不要去探究，我是故事中的哪个人物。"

　　说完这番话，他扫视众人一眼，然后说道："故事的名字叫'鱼悸'。"

第三夜的离奇故事

鱼悸

　　这次高中同学会是由微信群里几个特别热心的同学提议的。聚会的理由是，上一次同学会距今已有二十年之久。现在，班上的同学多数已年近五十。到了知天命的年龄，人便愈发怀旧起来。往昔的青春伙伴，如今都饱经沧桑，不再有年轻时的容颜和风采，但只要看到彼此，心头涌起的青葱回忆，就总能令人感怀。于是，同学会的提议一呼百应，最后决定由当年的班长和副班长负责组织和筹划，而聚会地点，自然是众人高中所在的城市——芜湖市。

　　筹划全班的同学会并非易事。在通信发达的今天，通知人员很简单，烦琐的是安排吃喝玩乐等具体事项。经过长达一个月的筹划，聚餐地点定在了芜湖市一家高档中餐厅的豪华包间。这个包间有四张大圆桌，正好可以容纳四十个人一起用餐。在班长的号召下，除了一些身在国外，或者公务繁忙实在无法抽身的人，大多数同学都参加了这次难得一聚的同学会。

　　同学们陆续到场，二十年没见的他们分外激动，互相拥抱、寒暄。班主任老师的到来，更是掀起一阵高潮。大家到齐后分别落座，班长叫服务员拿来菜单，准备点菜。

　　这时，同学赵正川说："班长，我有一个提议。"

　　班长问："什么提议？"

　　赵正川说："今天的晚餐，可以由我来买单吗？"

　　班长一怔："欸？在群里早就说好了大家 AA 制的呀。"

　　"今天见到了好多老同学，心里高兴，就想请大家吃顿饭。"

　　"下次吧，正川，今天有将近四十个人呢，这里消费也不低，咱们还是 AA 制吧。

好意我们心领了啊，下次小范围聚会的时候，你再请大家。"

坐在赵正川旁边的侯亮说道："班长，正川现在是房地产商，土豪！合肥的好几个楼盘都是他拿下的，你还怕他请不起呀？别说四十个人，他把这家餐厅全包下来都没问题！"

侯亮这么一说，同学们都沸腾了，有女同学开玩笑道："原来是这样啊，那咱们今天就宰土豪了好吧？开发商赚了咱们这么多血汗钱，吃他一顿也不为过吧？"

同学们都大笑起来。赵正川摆手道："你们少听猴子瞎说，我只是个小开发商罢了。我今天之所以想做东，除了见到大家开心，还有一个小小的诉求。"

"什么呀？是不是如果你请客，就让吴丹丹献吻一个？"有人起哄道。

吴丹丹是当初赵正川喜欢过的一个女生，现在已是半老徐娘。她打了说这话的女同学一下，嗔怪道："去你的，要献吻你献！"

赵正川笑了一下，说道："不是不是，我这个诉求可能有点自私——咱们今天吃的菜肴里，可以不点任何一道跟鱼有关的菜吗？"

同学们都愣了。副班长问："为什么呀？"

赵正川沉吟片刻，说："我不能看到鱼。"

"不能看鱼？这是什么毛病？欸，不对呀，咱们高中的时候你吃鱼的呀。我记得跟你吃过好几顿鱼火锅呢。"侯亮说。

"后来就不吃了，也不能看。"赵正川说。

"这是为什么？"侯亮问。同学们也都纳闷地看着赵正川。

"这事说来话长，不提也罢，"赵正川苦笑一下，双手合十，对同学们说，"我知道这要求挺自私的，但我这人确实见不得鱼，请大家多多包涵、理解。"

同学们面面相觑，一个男生说："我倒无所谓，同学聚会，吃什么不重要，大家能聚在一起聊天叙旧、开怀畅饮，这就够了。"

好些同学都点头表示赞同。一个女同学说："可是这家餐厅，最出名的菜就是红烧臭鳜鱼呀，不品尝一下多可惜。正川，你看这样好吗，你坐那一桌不吃鱼，另外三桌可以吃呀。"

"最好，每桌都别点鱼……可以吗？"

那女生就有点不能理解了："你不吃，别人都不能吃呀？"

赵正川想了想，有些尴尬地说："要不这样吧，同学们先吃，我去订 KTV 包房，一会儿直接请大家唱歌怎么样？"

说着站了起来，打算离去。班长赶紧拉住了他，说道："别别别，大家好不容易聚一块儿，怎么能让你走呢？咱们今晚就不吃鱼了吧，碧华，改天我请你吃全芜湖最正宗的臭鳜鱼。"

叫苏碧华的女生当然也不好坚持了，说道："没事没事，吃鱼嘛，什么时候都可以。还是老同学聚会更重要。"

赵正川作揖道谢："感谢同学们了，不介意的话，就由我来点菜吧。"

班长把菜单递给他，赵正川开始点菜，他点的全是这家餐厅的高价菜，除鱼之外，龙虾、鲍鱼、海参、大闸蟹之类的高档菜应有尽有。看得出来，他是想尽量弥补同学们没有吃到鱼的缺憾。

之后，大家便开始吃饭、喝酒。席间，许久不见的老同学们聊起了各自的近况。出人头地的，已然荣升局长、院长等官职；做生意的，有些也发了大财。这些话题都属于喜闻乐见的，也给身居要职和腰缠万贯的人提供了炫耀的机会。而他们这个年龄的另一主要话题，自然就是子女。

赵正川他们那桌的一个女同学，自豪地提到了在英国剑桥大学读硕士的儿子，不料这个话题甫一开口，就被同桌的班长岔开了。这女同学一开始没在意，以为是无心之举，刚要重拾话题，班长又招呼大家喝酒，再一次打断了她的话。这女同学就不乐意了，心想班长什么意思，专门堵我的口吗？她一脸不悦地望向班长，发现对方冲她使了个眼色，示意她不要再说这个话题。这女同学仿佛悟到了什么，缄口不语了。

过了一会儿，他们这桌一个叫祝强的男生离席上厕所去了。趁着这个空当，班长跟那女同学和同桌的人说："你们一会儿别再说子女这个话题了。"

"怎么了？"女同学问。

班长叹了口气，低声道："你们有所不知，祝强的儿子读大学的时候，因为一次意外而丧生了。这件事令祝强夫妇深受打击，近乎崩溃。他老婆因此生了一场大病，在儿子离世不久后也撒手人寰了。一个原本幸福的家庭因为一起意外事故而彻底破碎。"

"哎呀……我不知道呀。"女同学后悔地说。

"这事你们知道就行了。反正尽量别在祝强面前提子女什么的，别再刺激到他。他儿子很优秀，突然就没了，换谁都接受不了这事。"

同学们纷纷点头，又摇头叹息，感慨世事无常。一个男同学闷了半晌，说："去年我爸妈去旅游的时候，也遭遇车祸了，一死一伤。我当时也完全无法接受这个事实，一年多才缓过来。"

"好了好了，今天是开心的日子，咱们不说这些了。"班长端起酒杯，"祝我们和家人都健康、平安。"

众人端起酒，喝了一杯。这时祝强回来了，大家又开始聊高中时候的趣事，重拾欢快的气氛。

酒过三巡之后，很多人都有些微醺了。同学们互相敬酒，辗转各桌，那个叫苏碧华的女同学走到赵正川这一桌，坐到他身边，说道："赵总，敬你一杯啊。"

"骂我不是？你要叫我赵总，这酒我就不喝了。"

苏碧华莞尔一笑："好好好，川哥，算我说错话了，我自罚一杯。"

"别别别，碧华，我敬你。"赵正川端起酒杯。两人碰了下杯，一饮而尽。

苏碧华敬完了酒却没走，她歪着脑袋望赵正川，带着几分醉意说："川哥，我挺好奇的，你为什么会害怕鱼呢？"

这话被旁边的侯亮听到了，他凑过来说："是啊，正川，这事我也挺纳闷的。我记得你以前不但不怕鱼，还挺爱吃鱼的。咱们吃那几顿鱼火锅，是你约的我吧？后来到底发生什么事了，你怎么就见不得鱼了呢？"

赵正川摇了摇头，说："没什么，就是经历了一些事情之后，就再也不想见到鱼这种生物了。"

"你经历了什么事情？"侯亮继续问。

"今天是同学会，咱们别跑题了，我那些事情，改天再跟你们说吧。"

同学们都看出来他是在搪塞，苏碧华说："别改天呀，我是从哈尔滨赶过来的，谁知道下次见到你，又是什么时候了。"

侯亮也说："是啊，咱们老同学好不容易聚一块儿，你有什么故事，就讲给我们听听呗。"

赵正川苦笑道："不是，现在这场合，真不适合讲这个故事。估计你们听了之后，饭都吃不下去了。"

"没关系，反正我们都吃得差不多了，对吧？"苏碧华问这一桌的同学，大家纷纷点头，显然每个人都被赵正川的这番话吊起了胃口。

"你们真想听？"赵正川问。

"当然了。"

赵正川犹豫了一下，说："好吧，那我就跟你们讲一个发生在二十多年前的故事吧。但我有言在先，如果听了这个故事，你们对鱼产生什么心理阴影，可别怪我。"

"有这么玄乎吗？"有同学不信。

"听完就知道了。"

赵正川清了清嗓子，开始讲。

二

1998 年，安徽省芜湖市二坝镇的一个村子里，发生了一件不寻常的事：一户农家的鱼塘里，竟然出现了一条人面鱼。这件事轰动了全村，村子里的男女老少几乎都赶到了鱼塘面前，争相观看这条罕见的人面鱼。

鱼塘的主人是一对年轻夫妇，丈夫叫韩宝来，妻子叫李秀英。这个鱼塘其实是李秀英的父母承包下来养鱼的，当时跟村委会签了二十年的承包合同，不承想还没过去一半时间，李秀英她爹就患病去世了，之后老伴接着养鱼。她一个小脚妇人，又上了年纪，一个人绕着鱼塘投喂鱼食，颇有些吃力。一次大雨过后，估计老太太端着盆子喂鱼的时候，脚踩滑了，连人带盆跌入鱼塘中。农村里的鱼塘有两米多深，老太太又不识水性，等村民们发现的时候，尸体已经浮了上来，全身泡得肿胀，惨不忍睹。村主任立即联系了在县城里打工的李秀英和她丈夫韩宝来。两人赶回老家后，李秀英号啕大哭，之后抹去眼泪，跟丈夫一起为母亲操办丧事。

丧事完毕后，村主任找到夫妻俩说，这个鱼塘的承包期是二十年，现在还有十二年，问他们打算如何处理。如果他们想继续养鱼，那么按照当初签订的合同，这个鱼塘他们有资格继承；如果他们没这个打算，就把鱼塘里的鱼全都捞起来卖了，鱼塘退还给村委会，由其他人来承包。

韩宝来问村主任，养鱼赚钱吗？村主任指着李秀英爹妈留下的一栋三层楼的自建房说，你岳父母具体赚了多少钱，这我不知道。但我知道的是，没养鱼之前，他们住的是破茅草房，养了鱼之后没几年，就盖起了这么高一栋楼，所以赚不赚钱，你自己掂量吧。

韩宝来这人脑筋活泛，他去村里转了一圈，发现这个村里大大小小一共有十多个鱼塘，但凡是承包了鱼塘的，都比别人家境殷实。再跟老乡们一打听，他明白了，原来这个村子的水质和环境，适合养鳜鱼。鳜鱼是皖江一带流行的徽州名菜"臭鳜鱼"的主要食材，比草鱼、鲢鱼的经济价值要高。但鳜鱼的养殖区域主要集中在两湖和两广，安徽本地反倒不是鳜鱼的主要养殖区域，这估计跟当地生态环境有一定的关系。可二坝镇的这个村子，却恰好具备养殖鳜鱼的条件，所以很多村民都承包鱼塘养鳜鱼，并因此发家致富。

了解这些情况后，韩宝来跟李秀英开始合计，他们现在在县城里打工，一个月只能赚几百块钱，还得花钱在县城里租房子住。老家虽在农村，却有这么大一栋房子，还有颇有搞头的鱼塘。既然如此，何必去县城里受那份罪，不如就在农村养鱼算了，既赚钱又轻松，何乐而不为？

两人当即做出决定，告知村主任，他们打算继承鱼塘。随后，两人便辞去了县城的工作，回李秀英的老家安心养起鱼来。

韩宝来和李秀英从来没养过鱼，但不会可以学。韩宝来有高中文化，通过拜访养殖专家，以及跟村里的乡亲讨教，没过多久就摸索出了门道。夫妻俩了解到，鳜鱼的市价虽然比一般的鱼高，但养殖成本也相对偏高。因为**鳜鱼是典型的凶猛肉食性鱼类**，只吃活的鱼虾。不过在经济效益的驱动下，这些必要成本的付出，也是理所当然的。

接手鱼塘几个月后，夫妻俩取得了可喜的成果。鱼塘里的鳜鱼、鲤鱼和花鲢，全都长得壮硕肥美，再过几日便可联系鱼贩，统一售出了。

就在这时候，李秀英发现了这条稀奇的人面鱼。

有一天，李秀英一大早端着饲料盆子，把鱼食和一些小鱼小虾撒进鱼塘。鱼儿们纷纷浮出水面，争相进食。这时，李秀英发现一条体长约三十厘米的怪鱼——它整体是黄色的，身上分布着均匀的黑色条纹，头部的纹路甚是奇怪，乍一看，把李秀英吓了一跳。这鱼头上的纹路恰似一张人脸：眼睛、鼻子、嘴一应俱全，并且活灵活现。在众多鱼儿中，显得格外突出，像一个人头鱼身的怪物在水中游弋，看上去既奇特又恶心。

李秀英赶紧跑进屋把韩宝来叫了出来。韩宝来来到鱼塘边，见到这条人面鱼，也吃了一惊，当即叫道："这是什么怪物？！"

李秀英说："我也不知道，看上去既不像鳜鱼，也不像鲤鱼，更不像鲢鱼。关键是，我们以前怎么没注意到有这条鱼呢？"

韩宝来琢磨着说："估计以前体形太小，我们没注意。现在长大了，才被我们看到。"

李秀英说："你的意思是，这条鱼是咱们接手后这几个月才有的？"

韩宝来说："应该是吧。要是以前就有，咱们早就发现了，怎么会今天才看到？"

李秀英点点头，问道："那这鱼，我们也把它当一般鱼养着？"

韩宝来想了想说："不，我找几个有经验的老乡来看看，看他们识不识得这是什么鱼。"

于是韩宝来去请了附近有二十多年养鱼经验的刘老头过来看。刘老头来的时候，人面鱼已经沉到水里去了。李秀英丢了些鱼食进去，浮上来抢食的只有鲤鱼；她又撒了些小鱼小虾进去，鳜鱼和那条人面鱼才浮上来吃。**他们由此得知，这条鱼跟鳜鱼的习性是一样的，属于食肉动物。**

韩宝来指给刘老头看。刘老头端视许久，搔着头说："我长这么大，还真没见过这么奇怪的鱼，我也不知道这是啥鱼。"

韩宝来和李秀英心想，连经验丰富的刘老头都不知道，估计这村子里也就没有人知道了。

当时是九几年，手机、电脑和网络这些东西在城市里都属于新兴事物，且尚未普及，就更别说农村了。若是放到现在，用手机拍个照、录个视频，发个微信朋友圈或者放到微博、贴吧上，肯定有见多识广的人能认出这是什么鱼。可当时哪有这些手段，身边的人都没见过，多半就没法弄清楚了。

韩宝来和李秀英于是没再管这事，心想这鱼再怪，总归也就是一条鱼，始终还是要被开膛剖腹，端上餐桌被人吃掉的，不然还能怎么着？眼下的正事，还是把这一塘鱼养好，等着鱼贩子来了，能卖个好价钱。

他们俩没再管这事了，刘老头的嘴却没闲着。他把李秀英家鱼塘里出现一条人面鱼的事，告诉了在村东口大槐树下纳凉的几个老头，还免不了添油加醋一番。这几个老头回家之后，又把这事转述给了自家老婆听。农村大娘们传播一件事的速度，不亚于现在的分享朋友圈。这件稀奇古怪的事情，正是她们喜闻乐见的最佳谈资。于是一传十、十传百，只大半天工夫，整个村子的人便都知晓这件事了。

李秀英早上起床后，刚推开房门，便看到家对面的鱼塘前，乌泱泱围了一大圈人。她吃了一惊，上前问道："出什么事了？"

村民们说："秀英，你家鱼塘里的人面鱼在哪儿呢？我们怎么没瞧见呀。"

李秀英这才知道他们全是来看人面鱼的。她老实地说："这鱼在水里，得喂食它才会游上来。"

"那你快喂食呀，让我们看看稀罕呗！"

"是啊，这是你们家鱼塘，我们也不好往里面投食呀。"

李秀英心想你们把我家鱼塘当动物园了是吧，心里有些不太情愿。但这么多人围在这儿，她也不好扫大家的兴。正有些为难的时候，韩宝来从屋里出来了，问道："这是咋了？"

众人吵吵嚷嚷地说想看人面鱼。韩宝来一笑，说："看就看呗，秀英，你去拿些鱼食来，把人面鱼引上来给大家瞧瞧！"

李秀英便回屋去了，不一会儿端了盆小鱼小虾出来，当着众人的面撒在了鱼塘里。食肉的鳜鱼们很快就浮了上来，有眼尖的人一眼就看到了混在其中的人面鱼，指着它叫道："看哪，人面鱼在那儿！"

村民们沸腾起来，议论纷纷：

"我的妈呀，这鱼真的长了张人脸！"

"看呀，它像人一样吃东西，好恶心！"

"这鱼成精了吧？"

"哇，我一辈子都没见过这种怪鱼！"

正在大家七嘴八舌的时候，村里好吃懒做的光棍肖长柱说："也不知道这鱼吃起来是啥滋味。"

于是有人提议："宝来，干脆把这条鱼捞上来煮了，给大家尝尝鲜怎么样？"

韩宝来还没来得及表态，一个女人说："长着一张人脸的鱼，你也吃得下去？"

那人说："有什么吃不下去的？把它开膛破肚、大卸八块，煮成一锅鲜美的鱼汤，谁还看得出来它长的是鱼脸还是人脸？"

这话引得众人一阵大笑，有人舔着嘴唇，好像巴不得能喝上一碗鱼汤。韩宝来心里想，他们两口子初来乍到，以后免不了有请大家帮忙的时候。加上之前跟村民们讨教养鱼心得，人家也没藏着掖着。今天大家因为这事聚到他们家门口了，不如趁这个机会请众人吃顿饭，一方面可以答谢村民，另一方面也可以彰显大方。反正这么大一塘鱼，捞个几十条来吃，也是小事一桩。

想到这里，韩宝来说："既然有人提议，那我干脆就把这条鱼捞上来杀了，给大家尝尝鲜，怎么样？"

"那敢情好啊！"众人纷纷附和。

韩宝来又说："不过一条鱼可不够这么多人吃，既然要请大家吃鱼，那就让大家敞开肚皮吃个饱！索性我多捞点鱼起来，请大家吃顿全鱼宴怎么样？"

这话一出，立即引发一阵欢呼。农村人没有太多娱乐方式，最喜欢的就是吃酒，平日里哪家有婚丧寿诞之类的红白喜事，都像过节一样大摆筵席。但那是要随份子钱的，今儿这顿饭，不用出钱就能吃，当然是再好不过。于是饭还没吃，村民们就已经兴奋地夸赞起来了，纷纷竖起大拇指说："宝来，你们从县城里回来的就是不一样，真够大方的！"

韩宝来咧着嘴笑，心里那叫一个得意。正打算拿抄网捞鱼，人群中突然传出一个不和谐的声音："不行，这鱼不能杀，更不能吃！"

韩宝来和众人都愣住了，人们循着声音望过去，看到了说话的人——村里最年长的赵老太婆，她现年九十三岁了，身子骨还硬朗得很，走路根本不要人搀扶，思维也很清晰。由于在家排行第二，村里人都尊称她为"赵二奶奶"。韩宝来和李秀英一开始没有看到她，不知道她什么时候出现在了人群里——估计是后来的，他们都在说话，没注意到。

韩宝来问："赵二奶奶，这鱼怎么不能杀呢？"

老太太说："我年轻的时候，见过这种人面鱼。"

人群里发出一阵惊叹，看来活了快一个世纪的人，见识果然跟其他人不一样。有人问："这鱼为啥不能吃呢，有毒吗？"

老太太摇了摇头说："不是有毒，人面鱼是有灵性的动物，不知多少年才出一条。我奶奶就见过，她跟我说，人面鱼是投了鱼胎的人，它虽然是一条鱼，却有人的智慧，还有这个人前世的记忆——你说，这种鱼能杀吗？杀它不等于杀人吗？"

韩宝来是读过书的人，他在心里估算了一下，赵二奶奶的奶奶，那得是清朝年间的人了。这种封建时代的老太太说的话，能信吗？他心里觉得好笑，表面上却又不好表露出来。

显然村民们也不信这话，当然更重要的原因是怕这顿饭吃不成了。有小伙子说："赵二奶奶，您说的这是封建迷信。什么投错鱼胎的人，哪有这么玄乎……"

话还没说完，老太太举起手里的拐杖，不客气地往这小伙子的脑袋上敲了一下，骂道："你小毛孩子懂个屁！你光着腚的时候我就看你撒尿，这儿有你说话的份儿吗？"

那小伙子揉着被打痛的脑袋，不敢开腔了。村民们都知道赵二奶奶喜欢倚老卖老，也没法跟这九十多岁的人较真，只好都不说话了。但老太太还在喋喋不休地说着："我啥时候说这是投错鱼胎的人了？人面鱼不是投错了胎！**这种鱼是家里过世的老人变的**，他对人间还有留恋，或者还有未尽之事，才宁肯投鱼胎，都要回到这世上来！你们说，这种鱼能杀吗？能吃吗？那是要遭天谴的！不但不能吃，也不能卖给鱼贩子，因为那也等于是杀了它。这鱼只能好好地养着，我奶奶说了，这种鱼的寿命很长，能活好几十年，甚至上百年呢。"

赵二奶奶说的话，已被认定是迷信无疑，人们自然嗤之以鼻。唯有一个人听呆了，甚至有种一语惊醒梦中人的感觉。

这个人，就是李秀英。她忽然想起，母亲正是几个月前过世的；母亲在世的时候，并没有这条人面鱼（如果有，母亲和村民们肯定早就发现了）；**更重要的是，母亲就是跌落进这个鱼塘淹死的。**其实母亲跌进鱼塘溺亡，并没有任何人亲眼看见，是大家发现尸体后，根据现场的一些迹象和下雨路滑等因素，推测出来的。民警实地勘察后，也认为这种可能性很大，便认定为意外身亡了。对于这个结论，李秀英并无异议。因为她在这个村里长大，对纯朴的乡亲们十分了解，也想不出任何谋杀的动机，就没有追究了。

但是现在，她听到赵二奶奶的话，脑子里突然冒出一个想法：难道母亲的死，并不是想象中那么简单？又或者，母亲有什么未了的心愿，以至于她即使变成一条鱼，也要回到他们身边？

李秀英胡思乱想的时候，村主任带着镇上的一个鱼类养殖专家来到了他们家的鱼塘。看来人面鱼的事已经传到镇上了，还引来了专家。村主任说："大家让一下，请专家来看看这到底是什么鱼。"

这位专家四十多岁，戴着一副黑框眼镜，他蹲了下来，仔细地观察恰好游到水边来的怪鱼，片刻后，他说道："没错，这确实是一条人面鱼。"

有人问："这种鱼真的叫人面鱼吗？"

专家答道："对。"

那人又问："这鱼真是人变的吗？"

专家反问："怎么会是人变的？"

那人说："赵二奶奶说，这鱼是投了鱼胎的人，有灵性的，还说是家里过世的老人变的哩。"

专家笑了："这是迷信的说法。人面鱼其实是鲤鱼与鳜鱼的后代，但出现的概率很低，是极为稀有的鱼类品种。据说韩国就发现过这种人面鱼，被鱼类爱好者饲养在家中多年，已经活了二十多岁了。"

村民们恍然大悟，集体发出"哦"的一声，只有赵二奶奶一脸不悦道："不听老人言，吃亏在眼前！反正该说的话我已经说了，要怎么办，随便你们吧！"

说完这句话，她便拄着拐杖，弓腰驼背地走开了。一边走，嘴里一边不停地念叨着什么。村民们不再管这老太太了，最开始提议喝鱼汤的那人问道："专家，这鱼到底能不能吃呢？"

专家想了想，说："吃肯定是能吃的，但吃了有点可惜。我刚才说了，这可是很稀有的鱼类品种。"

韩宝来眼珠一转，问道："那不吃的话，这鱼咋处理呢？"

专家说："放咱们农村可能没啥用，但城里的一些鱼类爱好者，喜欢收集一些稀奇古怪的鱼，用作观赏或者收藏。要不我帮你问问吧，看有没有城里人愿意买这条鱼。"

韩宝来还没来得及说话，李秀英突然说道："不用了，这鱼我们不卖。"

韩宝来转身望着老婆问："干吗不卖？"

李秀英不想当着这么多人的面说出自己的真实想法，只有说："我不想卖。"

韩宝来还想说什么，村主任打断道："这鱼是你们的，卖不卖你们自己在家商量。"

"对，这事咱们管不着。"村民们——特别是肖长柱这个光棍汉——关心的是有没有酒吃。"宝来，你刚才说请大家吃全鱼宴，还算数吗？"肖长柱问。

"当然算数了！"韩宝来大方地说，"不过人面鱼咱就甭吃了。其他鱼，管够！"

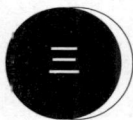

三

在村民们的张罗下，全鱼宴热热闹闹地准备起来了。韩宝来用抄网捞了几十条大肥鱼上来，男人们负责杀鱼，女人们负责烹鱼。李秀英是个能干人，烧得一手好菜。她先把切成大块的鱼下锅油炸，去除腥味，然后烧一大锅水，加葱、姜、八角、茴香、料酒和盐，把鱼块放进去用小火慢炖。快炖好的时候，往锅中加入大量切成块的豆腐，再炖一会儿。揭开锅盖的时候，一大锅鱼汤已变成奶白色，香味扑鼻，令人垂涎欲滴。

韩宝来在院子里摆了几张大圆桌，每张桌子上盛一大盆鱼，桌上摆着由酱油、辣椒酱、葱花调制的蘸料。村民们先喝汤，后吃鱼，大赞味道鲜美。李秀英还给每桌加了一盘油酥花生米和一盘凉拌黄瓜，让男人们下酒。村主任都竖起拇指夸李秀英能干、贤惠。韩宝来脸上有光，喝得红光满面、笑逐颜开。

这顿饭是中午开始吃的，最初只有几十个人，后来又陆陆续续来了一些人。韩宝来喝了酒之后兴致高昂，宣布今天的全鱼宴是流水席，来的都是客，坐下就能吃。村民们欢天喜地，便不客气地吃起来。李秀英不断往锅里加水、加鱼，保证供应。

这流水席一旦吃起来，就没个头了。特别是好喝酒的男人们，有些居然从中午一直吃到了晚上。喝醉了的，被自家老婆架着回家去了；酒量好的，还在推杯换盏。不过说起酒量，最好的就是韩宝来。他身高一米八二，是个魁梧汉子，中午骑摩托车到镇上买了两大桶散装高粱酒回来，他一个人就喝了两斤多。村民们夸他是海量，他就越喝越来劲。九点多的时候，他终于有些飘飘然了，摇摇晃晃地站起来说要解手。但家里茅厕被其他人占了，于是跟他一桌喝酒的二柱和铁蛋便架起他，说道："走，咱们去水塘边撒野尿去！"

三个男人来到韩宝来家的鱼塘边，韩宝来实在是憋不住，进草丛蹲下就开拉。另外两个人也解开裤腰带，对着鱼塘就开始滋尿。韩宝来虽然喝醉了，但意识还是清醒的，喊道："欸，你俩往哪儿撒呢？！"

二柱一边撒尿一边说："没事的，宝哥！把尿撒进鱼塘里，能给鱼当肥料呢。咱们村的鱼塘，哪个没被人撒过尿呀！"

"是吗……"韩宝来听他这么说，就没管了。

三个人解完手，又回到院子里。韩宝来酒量再好也喝不了了。村民们见主人家都歇菜了，也就不便再叨扰下去，纷纷告辞，各自散去了，只剩下一院的杯盘狼藉。

李秀英也累了一天，实在没精神洗碗扫地。她和韩宝来一起进屋，打算明天早上再起来收拾残局。

李秀英烧了一锅热水，让韩宝来洗了个澡，之后又让他喝了一杯热茶解酒。韩宝来喝了茶之后，整个人都清醒了，对老婆说："秀英，我得跟你商量件事。"

李秀英说："什么事明天再说吧，你今天喝醉了。"

韩宝来摇头道："我没醉，留着点量呢，就是为了跟你说事。"

李秀英知道他想说什么，她垂下眼帘不开腔。

韩宝来问："那条人面鱼，咱们究竟怎么处理？"

李秀英说："就把它一直养在鱼塘里，不行吗？"

"又不吃，又不卖，养在鱼塘里好玩儿呀？"

"鱼塘里这么多鱼，光今天就吃了好几十条，咱们差这一条鱼的钱吗？一直养着又有什么关系？"

"关键是，这条鱼可能比一般的鱼值钱呀。"

李秀英把头扭过去说道："值钱我也不想卖，留着它，有个念想。"

韩宝来急了："啥念想？赵二奶奶说的话，你不会真听进去了吧？专家都说了，她那是封建迷信！"

"我不知道是不是迷信。但我知道，我妈刚死几个月，这条鱼就出现了——哪有这么巧的事？"

"那可不就是凑巧吗！欸，你好歹也是读过初中的人，有点科学精神好吗？咋相信那清朝老太太胡说八道？"

李秀英转过身来望着韩宝来："别的事，我都能依你。就这件事，你依我一次，行吗？"

韩宝来沉默半晌，说："如果这条鱼值一千块钱呢？"

李秀英说："不可能，谁会花一千块钱买条鱼？"

"我就问你，如果值一千块怎么办？"韩宝来不依不饶。

"那我也不卖。你会为了一千块钱，把自己妈卖给别人吗？"李秀英还是不松口。

韩宝来急了："这是鱼！怎么就成你妈了？"

李秀英也急了："万一它就是我妈变的呢？"

韩宝来一时无语，片刻后，他说："我懒得跟你争了。不管怎么样，这鱼如果卖给城里人，人家也是用来观赏的，又不会把它吃掉。反正都是养，在城里人的高档水族缸里，它还能生活得好点呢。"

李秀英是个犟脾气，她说："我不管它生活得好不好，如果是我妈变的，它就该跟我们生活在一起！"

韩宝来之前一直耐着性子，现在终于恼了，怒道："你油盐不进是不是？真把那鱼当妈了？那你把它接到家里来，跟我们一起吃，一起住啊！"

李秀英不吭声了。韩宝来也懒得再说了，气呼呼地躺到床上，刚躺下又坐了起来，说道："对了，我跟你提个醒，今天养殖专家说那话的时候，在场的人可都听到了，大家都知道人面鱼稀罕，比一般鱼值钱。你最好盯着点，别让人把你妈捞去卖了！"

说完这话，他就转身睡觉了。李秀英愣了一会儿，她知道这话虽然难听，但道理却是真的，人面鱼的事现在全村人都知道了，要是有人偷偷打它的主意，把它偷偷捞了去，那可不行。

于是李秀英来到了三楼的阳台上，这儿刚好能望到对面的鱼塘。她搬了把椅子坐下，打算居高临下地监视。守了一个多小时，四周风平浪静，她感到无比困乏，眼皮都快撑不起了，心想，这鱼塘也不能一天二十四小时都这么守着呀，非把人拖垮不可。但李秀英是个笨人，不但笨，而且执拗。她虽然觉得老这么守着不是事，但又想不出别的办法，就只好强打精神守下去。好几次要睡着了，她就拿风油精往鼻子和太阳穴上抹，这样又清醒了。

这一守，就守了一个通宵。

四.

清晨，韩宝来醒来之后，没看到李秀英，喊了两声，没听到回应，就以为她到鱼塘喂鱼去了。他走到厨房，见冷锅冷灶的，锅里也没有早饭，心里有点来气，心想不会是因为昨天说了她两句，这婆娘就饭都不做了吧。他又扯开喉咙喊了两声，听到李秀英在上面回了句"我在这儿"，才知道她在楼上。

韩宝来来到三楼，没在房间里瞧见李秀英，只看见她坐在阳台上的背影。他走到阳台，问道："你在这儿干吗呢？"

李秀英说："你不是叫我守着鱼塘吗？"

韩宝来吃了一惊，这才注意到李秀英双眼布满血丝，一脸的倦容。他说："你真守了一宿啊？"

李秀英点点头："不守的话，我怕那鱼被人捞去。"

韩宝来虽然有点大男子主义，这时候还是有点心疼老婆了，他说道："你这傻女人，我也就是说说而已，你咋当真了？你去睡会儿吧，今儿早上我来喂鱼。"

李秀英早就撑不住了，她从椅子上站起来说："好，那你自己弄点早饭吃，我补会儿觉。"

韩宝来点头，望了对面的鱼塘一眼。突然，他的目光凝滞了，盯着十几米外的鱼塘发愣，然后一把抓住李秀英的胳膊，说道："喂，你看，**鱼塘怎么变成白色的了？**"

李秀英的眼神没韩宝来那么好，她眯着眼睛看了半晌，说："哎呀，好像是，这是咋了？"

韩宝来不再说话，急匆匆地朝楼下跑去。李秀英也睡意全无，跟着他跑下楼。两人推开房门，朝对面的鱼塘跑去。走近一看，眼前的景象触目惊心——整个鱼塘的鱼，估计有上千条，此刻全都翻着肚子死在了水面上，绿色的水塘变成一片鱼肚白。韩宝来和李秀英脑子里震惊得一片空白，好一阵之后，李秀英"哇"的一声哭了出来，声嘶力竭地叫道："老天爷呀，这是咋了呀！"

李秀英的哭喊声把周围的邻居和乡亲都吸引过来了，众人昨天才在他们家吃了全鱼宴，今天就看到满满一塘的死鱼，无一不惊诧莫名。有人说："快去叫村主任和专家来，看看这是咋回事！"

不一会儿，村主任和养殖专家就来到了鱼塘边。他们俩昨天是在韩宝来家吃酒吃到晚上八点多才走的，眼下看到这么多死鱼，也是感到既惊骇，又痛心。专家蹲在鱼塘边看了一阵，说道："**这么多鱼在一夜之间集体死亡，只有一种可能性，那就是有人投毒。**"

"投毒？"村民们集体陷入恐慌之中。他们这个村子有十多个鱼塘，养鱼的历史也有上百年了，从来没有发生过投毒这种事情。听到专家这么说，一时便人心惶惶。韩宝来更是气得两眼发红、七窍生烟，大骂道："是哪个龟孙王八蛋干的？老子杀了他！"

村主任说："先别动怒，我马上打电话报警，让警察来调查清楚。"说着从裤兜里摸出全村唯一一部摩托罗拉手机，打电话给乡派出所的警察。

等待警察的过程中，李秀英坐在鱼塘边哭得痛心疾首，韩宝来听得心烦，喝道："别哭了！你昨晚不是还在阳台上守了一夜吗？没看到有人投毒？！"

李秀英涕泗滂沱，委屈地说道："我没看到有人呀！我要是看到了，能不跟他拼命吗？"

村民们纷纷安慰他俩。十几分钟后，两个民警骑着摩托车来到鱼塘边。一个经验丰富的老民警仅仅看了一眼，就做出了跟养殖专家一样的判断："一天之内死这么多鱼，一定是有人投毒！"

说着，就让年轻点的警察拿出一个瓶子，灌了满满一瓶鱼塘的水，再捡了几条死鱼装进塑料袋，说道："这些水和死鱼，我们会送去检验，很快就能知道是不是有人投毒了。"

韩宝来说："警官，能查出是谁投的毒吗？"

老民警问道："你们鱼塘周围，有没有安装监控设备？"

韩宝来摇头。老民警说："那就有些困难了，不过，我们会尽量展开排查的。"

韩宝来说："虽然没安监控，但我老婆昨晚在阳台上守了一宿，就是在监视鱼塘。"

"是吗？"老民警问坐在地上哭的李秀英，"你昨晚看到什么可疑的人靠近鱼塘了吗？"

李秀英哭着说："没有……不只是没看到可疑的人，我都没看到有人。"

老民警望了一眼他家的阳台说："你是坐在阳台上看的？"

李秀英答道："对。"

老民警问："你视力好吗？"

李秀英说："我有点近视，但度数不高。"

老民警说："你家房子离这个鱼塘估计有二十米左右，晚上黑灯瞎火的，你视力又不怎么好，只要对方动作不大，估计你很难看清有没有人靠近鱼塘。"

年轻民警说:"对,投毒不比偷鱼。偷鱼的动作和声响都比较大,但投毒,只要有人悄悄靠近鱼塘,把毒药往水里一倒就完事了,很难被发现。"

李秀英一听,又呜咽起来。老民警问韩宝来:"你们最近有没有得罪什么人?"

韩宝来说:"没有啊,昨天我还请大家吃全鱼宴呢,大家都喝开心了,谁会做这缺德事呀?"

年轻民警问韩宝来:"你昨天为什么要请大家吃全鱼宴?"

韩宝来想了想:"因为我家的鱼塘里,出现了一条人面鱼。大伙儿都跑来看,有人提议想喝鱼汤,我就顺便请大家吃顿鱼了。"

年轻民警纳闷道:"人面鱼?"

养殖专家说:"就是鲤鱼和鳜鱼的后代,是一种十分罕见的鱼类品种。"

年轻民警说:"那这事,会不会跟这条人面鱼有一定的关系?"

众人面面相觑,韩宝来和李秀英也对视在了一起,但好像谁都没有想到人面鱼和投毒之间的联系是什么。韩宝来问:"警官,你觉得会有什么关系呢?"

年轻民警:"我只是问一下,看看有没有这种可能性罢了。比如有没有这种情况——有人因为嫉妒这条鱼的经济价值而投毒?"

韩宝来愣了,他之前还真没想到这一点,怔怔地说:"这鱼,很值钱吗?"

年轻民警问养殖专家:"你知不知道这种鱼值多少钱?"

专家说:"人面鱼很稀有,物以稀为贵,我猜有些有钱人,大概愿意花大价钱买它吧。"

年轻民警继续问:"你说的'大价钱',大概是多少钱?"

专家想了想说:"这个我不太确定,估计得一万元吧。"

听到这话,韩宝来和李秀英都惊呆了。他们之前认为这鱼能值一千元就很不错了,没想到专家估计的价格,竟然是这个价格的十倍。如此说来,这一条鱼,几乎等于半池鱼的总价。韩宝来气得两眼发黑,想杀人的心都有了。

年轻民警问韩宝来:"昨天那顿饭,你们吃到什么时候?"

韩宝来说:"大概十点多吧。"

年轻民警又问："晚上的时候，有人靠近过鱼塘吗？"

韩宝来正想说"没有"，突然想起自己和二柱、铁蛋一起到鱼塘边解手的事，说道："对了！二柱和铁蛋去过鱼塘边，还往里撒了尿！"

二柱和铁蛋现在就在人群中，听到这话，两人吃了一惊。二柱赶紧说："宝哥，你可别把这事赖在我们身上呀！我们只不过是往鱼塘里撒了泡尿，至于毒死一塘的鱼吗？"

铁蛋也嚷道："是啊，咱俩那尿又不是农药！"

韩宝来说："但你们俩是喝了酒的，还喝得不少！那尿里面，肯定含了不少酒精吧！"说着就要冲到他俩面前，找他们算账。养殖专家赶紧把他拦住，说道："这不可能，就算他俩的尿里含有酒精，到水里也就稀释了，哪会要这么多鱼的命？"

韩宝来想想也是，只有压住怒火，不开腔了。老民警说："等我们的检验结果出来，就知道是怎么回事了。现在先散了吧，这件事情我们会尽量调查清楚的。哦，对了，这些死鱼，绝对不能拿到市场上去售卖，让人吃了是要出人命的。主任，你监督他们把死鱼捞上来，就地掩埋了。"

村主任说："我知道，辛苦你们了。"

警察带着死鱼和一瓶水，骑着摩托车离开了。村主任拍了拍韩宝来的肩膀，说："宝来，你的心情我能理解。但不管怎么说，这些死鱼总是要处理掉的。你看，大伙儿一起帮你把鱼捞上来埋了，好吗？"

韩宝来颓丧地点了点头，李秀英的眼泪也哭干了，神情木讷地望着一塘的死鱼。男人们拿起抄网，开始把死鱼捞起来堆在岸上。几个青壮年一起合力，不一会儿就捞上来大半池的鱼。这时，一个眼尖的小伙子突然看到了什么，指着水里叫道："看呀，还有一条鱼活着！"

韩宝来和众人一齐朝鱼塘里望去，发现果然还有一条鱼在水中游弋，并未死去。**而这条鱼，恰好就是那条人面鱼！**

五

韩宝来的眼睛一下就亮了，李秀英也惊喜交加。人面鱼还活着，几乎等于半池子鱼都活着。韩宝来赶紧从一个男人手里夺过最长的一只抄网，抢救人面鱼。这鱼虽然没死，但看上去有些奄奄一息，没有了平日的活力，估计离死也不远了。韩宝来把它捞了起来。村民们说："快把它放到干净的水里去，看救不救得活！"

韩宝来端着抄网里的人面鱼，快步朝家中跑去。他们家有一口水缸，里面蓄了满满一缸清水，是供人做饭和饮水用的。现在自然管不了这么多了，救鱼要紧。韩宝来把人面鱼丢进水缸，这鱼便在水里游弋起来。也不知道是不是心理作用，感觉似乎比刚才多了几分活力。李秀英和村主任、村民们也赶了过来，一群人盯着水缸，观察里面的人面鱼。

韩宝来问养殖专家："为什么别的鱼都中毒死了，偏偏它没有呢？"

专家也有点没想明白，搔着脑袋说："我也不知道。人面鱼太稀有了，没有什么相关的资料可供参考。也许它的生命力，比一般的鱼要强？"

村主任想了想，说："专家，你不是说人面鱼是鲤鱼和鳜鱼的后代吗，那不就跟公驴和母马杂交生出的骡子差不多？骡子比马高大，耐力更强，寿命也更长，兴许这些杂交品种，都比父母更具优势。"

专家连连点头："有道理，估计这就是它耐毒性比一般的鱼更强的原因。但不管怎么说，这鱼多多少少还是中毒了，能不能挺过来，还是未知数。"

李秀英听专家这么一说就急了，问道："专家，那怎么才能把它救活呢？"

专家说："你们给这鱼频繁地换水。每隔十分钟就把缸里的水换一次，让它尽量把之前的毒水吐出来，然后给它喂食，看能不能救活它。"

李秀英说："没问题！"他们家是有自来水管的，给鱼换水，一点儿都不难。

于是按照专家说的，每隔十分钟，韩宝来就用桶把缸里的水舀出去大半，然后通过水管往里面注入清水。反复多次之后，这鱼的精神果真好了很多，在水里游得欢畅。韩宝来大喜，对李秀英说："把鱼食拿来！"

李秀英赶紧端来新鲜的小鱼小虾。他们家养了一只用来抓耗子的土猫。猫闻不得腥味，每次李秀英端鱼虾的时候，它就围着女主人的脚边打转，"喵喵"直叫。平时李秀英都会丢给它几条小鱼，今天实在顾不上，轻轻踹了猫一下，说："这会儿顾不上你！"那猫呜咽一声，委屈地望着女主人，不再纠缠了。

李秀英把鲜活的小鱼虾扔进水里，人面鱼立刻张开嘴吃起来。专家说："换了这么多水，又给它进了食，看样子这鱼没什么大碍了。"

听了这句话，韩宝来和李秀英才放下心来，心想这条鱼能活着，算是不幸中的大幸了。

村主任说："你们把这鱼好好养着，过两天如果还活着，这鱼就算是真救回来了。到时候，我帮你们问问有没有城里人愿意买它。如果能卖个好价钱，多少能弥补一些鱼塘的损失吧。"

李秀英张口想说什么，韩宝来一把拉住她，抢先说道："好的好的，谢谢主任，我们一定把这鱼养好！"说完，村主任和村民们便散去了。

家里只剩他们两口子的时候，李秀英说："你还是想卖掉这条鱼啊？"

韩宝来瞪着眼睛说："要是这塘鱼没死，我还不一定要卖它。现在连主任都说，这是挽回我们损失的唯一办法了。况且你刚才也听专家说了，这鱼估计能卖到一万元！一万呀，我俩打一年的工也赚不到这么多钱！"

"可是……"

韩宝来知道李秀英想说什么，没等她开口就把她的话给堵住了："你别再跟我提赵二奶奶那套了啊。我跟你说，这鱼毕竟是中了毒的，就算现在没死，寿命可能也大打折扣了。要是不抓紧把它卖掉，过段时间死在水缸里，一万块钱就打水漂了。咱们这个鱼塘，可就真的血本无归了！"

李秀英一时找不到什么好说的了。其实这一塘鱼死了，她是最心痛的，因为每天起早贪黑喂鱼的人，是她。加上现在他们俩没有工作，所有收成都指望着这一塘鱼，要是真的颗粒无收，他们接下来的日子恐怕就不好过了。但她心里总有个迈不过的坎儿——这鱼要是真是母亲变的怎么办？

韩宝来不想再跟她讨论这个问题了，强硬地说："这事就这么定了。我现在去处理鱼塘边的死鱼，你再给人面鱼换几次水。"说完走出了屋门。

两天后，民警再度来到韩宝来家，告诉夫妻俩，检验结果出来了：在那瓶水和死鱼的体内，都检测出了甲基异柳磷和氟乙酰苯胺的成分，这两种都是剧毒农药的主要成分。也就是说，有人往鱼塘里投毒，而且还投了两种不同类型的剧毒。

韩宝来的火气又上来了，大骂投毒的人不得好死。民警说："你别骂，我们正在调查镇上和县城卖农药的店铺。在农药后里，我们了解到了一些情况。"

韩宝来问："什么情况？"

民警说："我们问农药店的老板，如果要毒死大约一千多条鱼，需要多大剂量的农药。老板说，至少需要两大瓶高浓度农药，而这样两瓶农药的价格也不便宜，大概需要一两百块钱。"

李秀英笨，脑子转不过弯来，问道："这是什么意思？"

民警说："意思是，这个投毒的人怕一瓶不够，所以倒了两瓶进去，非置鱼于死地不可。他如果只是对你们有些许不满，恐怕没有必要做到如此程度。所以我们分析，这个人，也许跟你们有某种深仇大恨，才会如此心狠手辣、赶尽杀绝。"

李秀英被这番话吓到了："可是，我们真的没有得罪过谁呀。我们前天还请大家吃鱼呢，乡亲们都开开心心的，没有谁有理由做这种事呀。"

民警问："那你们在县城打工的时候，有没有得罪过什么人？"

李秀英摇头，望向韩宝来，却发现丈夫有点走神，似乎在思索着什么。她碰了他一下，问："你在想什么呢？"

韩宝来恍惚了一下，说道："没什么……我就是在想有没有得罪过谁，不过真想不出来了。"

民警说："这样吧，你们如果后面想起了什么，可以随时到二坝镇派出所来找我们。另外，这段时间，你们也稍微注意一点。"

韩宝来和李秀英不安地点了点头。民警离开他们家了，两口子把警察送到院门口，才返回屋中。

回到屋中，李秀英问："宝来，你说……会不会是我妈之前得罪了村里的谁，只是我们不知道？"

韩宝来说："但你妈已经不在了，这人还不解气？"

李秀英说："是呀，按理说人一死，所有恩怨就该一笔勾销了，怎么还想着报复呢？！"

韩宝来若有所思地说："那就说明，这不是报复。"

李秀英问："你啥意思？不是报复，会是什么呢？"

"我也不知道。"说完这句话，他进里屋去了。

不一会儿，韩宝来从房间里出来，对李秀英说："我出去一趟。"

李秀英问："出去干吗？"

韩宝来说："没什么，就是出去走走。"

丢下这句话，他便推开家门，走了出去。李秀英心里隐隐有种感觉，韩宝来好像知道了什么，或者他有什么事瞒着自己。但她这种笨人是不可能想明白的。既然想不明白，那就不去想了。她揭开锅，开始张罗午饭。

六

三天之后，人面鱼还活得好好的，而且愈发欢实了。夫妻俩心里悬着的一块石头才终于落了地。韩宝来把这事告诉了村主任。村主任说："我之前已经帮你打听过了，有几个城里人对这条人面鱼感兴趣，我明天就把他们叫到你家来，你自己跟他们谈。"韩宝来连声道谢。

翌日上午十点，村主任领着几个衣冠楚楚的城里人来到韩宝来家。除了村主任一共四个人，三男一女，看样子他们彼此也不熟悉，就是为了这条人面鱼才凑到一起的。来了之后，这几个人也不啰唆，直接提出想看人面鱼。韩宝来便把他们领到了水缸前。水是刚换过的，清澈见底，人面鱼的模样一目了然。这四个人啧啧称奇，纷纷掏出相机，对着水里的鱼噼里啪啦一阵拍照。韩宝来和李秀英站在一旁，等他们拍个够。

这四个人中年纪最大的是一个六十多岁的老先生。他似乎是其中最见多识广的，甫一看到这条人面鱼，就露出难以掩饰的激动神情，不住地赞叹道："这就是传说中的人面鱼，终于见到活的了！"

另一个人打趣道："怎么着，您之前见过死的？"

老先生摇头："死的都没见过，只看过照片。这种鱼，好像全世界都没有几条。去年我参加新加坡鱼展的时候，主办方号称有人会拍卖一条人面鱼，我就是冲着这个才去的。结果那人把鱼展示出来，在场的人无不大失所望——什么人面鱼，只不过是头上有点花纹的锦鲤罢了。鱼的主人为了多拍卖点钱，硬说这是条人面鱼，其实牵强得很。"

"那这条鱼，是不是真正的人面鱼呢？"一个戴眼镜的男人问。

"这条是真的。知道为什么吗？"老先生指着鱼头说，"除了它的头部像人脸，最重要的证据是——鱼头上能够清楚地看见类似人眼球的两个点。这两个点平常是两条细缝，睁开之后，跟人的眼睛一模一样。而这双眼睛的中间，有突出的骨骼，类似人的鼻梁。你们看，是不是如此？"

几个人凑近了细看，那个女人叫道："还真是这样！"

"现在你们知道了吧，不是头上有类似人脸花纹的鱼，就叫人面鱼。真正的人面鱼，比普通鱼多一双'人眼'！"老先生带着卖弄的口吻说，"这些，我可是认真研究过的。"

几个人一齐点头，看来今天是长见识了。韩宝来站在他们身边，一言不发，默默地听着他们的对话，心中暗自思忖着。

老先生鉴定完毕，转过身问这家的男、女主人："这条鱼，你们是打算出售的吧？"

昨天，韩宝来已经跟李秀英提前打过招呼了，叫她今天别当着客人的面，又跟自己产生争执；还说什么如果她母亲在天有灵，也希望他们能把这条鱼卖个好价钱，渡过难关云云。一番话把李秀英也说蒙了。她虽然不情愿，但始终是个明事理的人。这鱼要是真能卖个高价，自己却一意孤行不肯卖，令家里蒙受损失的话，别说韩宝来那关过不了，她自己都觉得说不过去，于是就不再固执己见，由丈夫来处理此事了。

韩宝来对老先生说："对，我们是打算卖的。"

老先生问："卖多少钱呢？"

韩宝来的心理预期是一万元，但他心眼多，怕自己报价吃了亏，便说："这种鱼我也没卖过，多少钱，你们说吧。"

这几个人也揣着同样的想法，大家都不愿主动报价，全在试探对方的底线。周旋好一阵之后，那个女人说："五千块钱，可以吗？"

韩宝来说："这么珍稀的一条鱼，五千块钱太少了吧。"

另一个男人说："六千吧，六六大顺，这数字多吉利。"

韩宝来还是嫌少。戴眼镜的男人说："这样，我给你个整数，一万元，可以了吧？"

韩宝来心头一动，这价格就跟他的心理预期完全一样了。但他还是稳着没说话，因为最懂行的那个老先生还没开口。

等这些人都报完价了，老先生不紧不慢地伸出五个手指头，也不说话。在场的人都纳闷儿了，村主任问道："您的意思是，加五千？"

老先生摇摇头，说道："不，我出五万。"

韩宝来的脑子一下就炸了，其他人也全都惊呆了。五万块钱在 1998 年是什么概念呢？当时北京二环的房子每平方米才两千元。五万元在芜湖市乃至合肥市，能买一套一百平方米左右的商品房，在县城里能买一套当街的门面房。再换个说法，韩宝来他们家整个鱼塘的鱼全部卖光，除去成本，大概能赚一万多块钱。五万元，几乎等于这个鱼塘五年的总收成。

李秀英惊掉了下巴。她在心里想，还好没有阻止丈夫卖这条鱼，值钱不说，五万块钱的鱼让她养着玩，她真心养不起。要是一不小心养死了，那还不得心疼死？

老先生报出这惊人的价格之后，另外三个人都不敢开腔了。估计他们也看出来，这老先生是势在必得。五万块钱的高价，他们也确实出不起。戴眼镜的男人拱手道："老先生，您太豪气了，这鱼我们就不跟您争了，归您了！"

老先生微微一笑："承让承让。"他对韩宝来说，"小伙子，这个价钱，你满意吧？"

村主任和李秀英都盯着韩宝来，心想其实都不用问了。五万块钱，别说弥补鱼塘的损失，多几倍的钱都赚回来了，这可真是因祸得福。

大家都望着韩宝来，他却低头不语，须臾，他抬起头来，说出一句令所有人大跌眼镜的话："对不起，老先生，这鱼我不卖了。"

众人大吃一惊，连李秀英都无法理解了，问道："你啥意思？为啥不卖了？"

韩宝来说："这鱼养久了，也就有了些感情。都说这人面鱼是有灵性的动物，我觉得还是自己养着吧，说不定能给我们带来好运呢。"

这话大家都听得出来，显然不是什么真心话。老先生以为他还想多要价，拉着脸说："小伙子，这人也别忒贪心了。五万块钱，着实不少了。我敢说，除了我，没几个人能开出这个价格。"

村主任和李秀英都跟着点头，一齐望向韩宝来。但韩宝来说："不是钱的问题，我是真的改主意，不想卖了，对不起啊。"

老先生不悦地望向村主任："敢情这是耍我们呢？"

村主任也急了："宝来，你到底啥意思？我可是为了帮你的忙，才把人家从城里约到这儿来的。你这突然变卦，不是把我都坑了吗？"

韩宝来忙不迭地赔不是，说这事全赖自己。老先生咬咬牙："我再加一万！要是这价你都不卖，我立马走人！"

这时李秀英都忍不住了，说道："宝来，你到底要干啥呀？人家够有诚意的了，你差不多得了！"

村主任也说："可不是吗！我跟你说，过了这村可没这店了。你这回不卖，别指望我再帮你联系人来看了！"

韩宝来还是不松口，也不多解释，嘴里不断地说着对不住。老先生气得脚一跺，拂袖而去。另外三个人也跟着走了。

村主任也恼了，骂道："你这不识好歹的小子，我懒得管你了，这鱼你自己养着玩吧！"说着就要往外走。

韩宝来一把拉住村主任："您别走，我有话要跟您说。"

村主任不耐烦道："啥话快说！我还有事呢。"

韩宝来把房门关上，说道："主任，我知道您门路多，您有个堂兄，在合肥的机关单位工作，对吧？"

村主任问："你啥意思？"

韩宝来接着说："您刚才也听到那老先生说的了吧，这是一条真正的、传说中的人面鱼，全世界都罕见。都说物以稀为贵，您说这么珍稀的鱼，我能几万块钱就把它卖掉吗？"

村主任听了这话，有点气不打一处来："我就知道你小子人心不足蛇吞象！绕这么半天还不是想多卖钱吗？人家都出到六万了，你还想怎么着？说破天也就是条鱼罢了，你还真把它当故宫里的国宝了？那你说说，你觉得这鱼究竟值多少钱？"

韩宝来说："值多少钱不由我说了算，得由竞价的人说了算。"

村主任没听明白："啥？"

韩宝来说："刚才那老先生提到了一件事，说新加坡的鱼展上，搞过观赏鱼的拍卖活动。还说有人拿了条假的人面鱼来拍卖，都被主办方当成了宣传的噱头。咱们这可是真的人面鱼呀！我想，要是咱们在合肥搞一次人面鱼的拍卖会，这鱼指不定能卖上天价呢！"

听到这儿，村主任算是明白韩宝来打的什么算盘了。他不得不承认，这小子的确有点商业头脑，说道："那你的意思是，让我找我堂哥，帮你在合肥搞个拍卖会？"

韩宝来说："对，就这意思。主任，这回我不让您白忙活。这个拍卖会搞起来，不管这鱼最后卖多少钱，我都给您百分之二十的提成，您看可以吗？"

"你就不怕拍卖下来，最后的价格还不如今天这老先生出的价吗？"村主任反问。

韩宝来说："如果是这样，那咱们就还是把这鱼卖给这位老先生。他的联系方式，您肯定留着吧。主任，如果这鱼最后还是只卖了六万块钱，我仍然给您百分之二十的提成，反正怎么着您都不吃亏。"

村主任心想这小子确实精，算盘打得够响，话也说得让人没法拒绝。他心里估算了一下，就算这鱼卖六万块，百分之二十也有一万二，白捡一万多块钱，确实不吃亏，便说："行吧，我知道了。那我一会儿问问我堂哥。"

韩宝来说："好嘞，谢谢了啊，主任！"

两口子把村主任送出门，回屋之后，李秀英说："宝来，你心也忒大了。依我看，六万元就够多了。咱们拿这钱到县城里买个门面房，做点小生意不好吗？"

韩宝来嗤之以鼻："你呀，妇人之见，就知道做点小生意。我跟你说，我是做大事的人。这次机会来了，我一定得抓住。这段时间，你可一定得把鱼养好了。我一会儿去镇上买把大锁，加固一下房门，别让人把这鱼给偷了去！"

李秀英默默点了点头，心想自己一个女人家，书也没韩宝来读得多，这事就让当家的去操办算了。她只管把鱼养好，期盼这事别节外生枝就行。

七

第二天，村主任来到韩宝来家，对韩宝来说："你小子呀，还真是有点狗屎运，我给我堂哥打了电话，他说 6 月 19 日，合肥正好要举办一年一度的观赏鱼博览会。到时候全国乃至国外的爱鱼人士都会来参加，博览会期间，也会搞特种鱼的拍卖活动。我跟他说你这儿有一条人面鱼，他说让你赶紧报名，主办方会在拍卖活动之前进行宣传，到时候你提前把鱼运到合肥的会场，参加拍卖就行了。"

韩宝来一听，喜不自胜，赶紧说道："太好了，咋报名呀？"

村主任拍了拍手里提着的包："需要给鱼拍几张照，这不，我相机都带来了。另外就是填写些鱼主人的相关资料。"

"好嘞！"

村主任走到屋里的水缸边，给水里的人面鱼拍了许多张不同角度的照片，重点自然是它头上的"人脸"。拍好照后，村主任又让韩宝来把身份证号之类的信息写给他，说道："行啦，剩下的事你就别管了，报名的事就交给我吧。"

韩宝来反复道谢，送村主任出了门。回屋后，他对李秀英说："今天是 6 月 8 日，离观赏鱼博览会还有十一天。这几天是关键时期，你可一定要把人面鱼养好。"

李秀英压力已经够大的了。自从她知道这鱼值六万元（也许更多）之后，每次给鱼换水、喂食的时候都如履薄冰，生怕出现一丝失误，把鱼给养死了。要真是这样，她也一头栽进这水缸里死了算了。现在听说距离博览会还有十一天，她觉得就像还有十一年那么漫长，说道："还要养这么久呀……我现在每天晚上都睡不好了。"

韩宝来说："你也别忒紧张了，按常规养就行了。这鱼连农药都挺过来了，生命力够强的，只要不犯大错，不会有事。"

李秀英点点头，深吸了一口气。

日子又过去了四天。越临近观赏鱼博览会，李秀英越小心谨慎，这天晚上甚至搬了把凳子坐在水缸前，什么事都不做，就一直盯着水里的鱼。韩宝来在屋里朝李秀英喊道："你在那儿守着干吗，进屋睡了！"

"我总是担心这鱼出状况，放不下心。"

"都叫你别这么紧张了，你守着它有啥用，进来睡觉了！"

"你先睡吧。"

"它又没长翅膀，你还怕它飞了不成？"

李秀英想想也是，便离开厨房，走进卧室。之后，厨房里发生了他们意想不到的事情。

家里那只猫，平时是够不着水缸的。但刚才李秀英搬了凳子坐在水缸旁，走的时候又忘了挪走，猫便跳到了凳子上。它踮起后腿，前腿撑在水缸边缘，看水里游动的鱼。天底下所有的猫都对鱼有无限的兴趣，它看了一会儿，便把爪子伸到水里，仿佛想去抓水里的鱼，当然肯定是抓不着的。但这是猫咪的游戏，把爪子伸到水里逗鱼玩，颇有趣味。

水里游弋的人面鱼似乎注意到了水缸边的猫。它头顶上的两条细缝——那对"人眼"——倏然睁开了。

接着，事情发生了。

这条经过精心喂养后重达两三公斤的人面鱼，以迅雷不及掩耳之势向水面游去，一口咬住了猫咪的爪子。趴在水缸边的猫重心一失，还没来得及叫出来，就被拖进了水中。

猫对水有天生的恐惧感，落水之后，拼命扑腾，但人面鱼死咬着它的爪子不放，把它拽到了水底。这只猫咪肺部进水，挣扎一阵后，便不再动弹了。

厨房离卧室有一段距离，他们压根儿就没察觉到厨房里出了事。

第二天清晨，李秀英照例起床做早饭。她穿好衣服，来到厨房，第一件事当然是看水缸里的人面鱼。这一看，直接把她吓得魂飞魄散——因为整整一缸水，竟然被染成了血红色。

"啊——！！！"

这声尖叫把睡梦中的韩宝来吓醒了，他立刻意识到出事了，衣服都来不及穿就冲进了厨房，问道："咋了？！"

这句话刚问出口，他已经看到了一缸血水。韩宝来的脑子"嗡"的一声，瞬间感觉天旋地转。

"鱼……鱼呢？"

李秀英恐惧地摇着头，哭着说："我不知道……我没看到鱼，我一走进来，就看到水缸被血染红了……"

韩宝来愣了半晌，冲到大门旁，检查了门和铁锁之后，说："门是好好的，没有人进来过呀，那这是……"

　　两人想不通这是怎么回事。他们压根儿没想过猫的事，都以为是鱼死了。可鱼就算死了，也不可能流这么多血。韩宝来脑子里一片乱麻，战战兢兢地说："这鱼，还活着吗？"

　　李秀英觉得凶多吉少，捂着嘴哭起来。韩宝来拿起水缸边的水瓢，咽了口唾沫，壮着胆子把手伸进浑浊的血水中，试探着在水里舀鱼。不一会儿，手上的感觉告诉他舀到了什么东西，他胆战心惊地把这东西从水里捞了出来。

　　是一只猫的残骸。

　　李秀英一看到这东西，胃里立即翻江倒海，她猛地呕了出来，蹲到水槽边剧烈呕吐。韩宝来也被恶心到了，但他抑制住不适，把猫丢到一旁的地上，说道："是猫死了……这么说，鱼可能还活着！"

　　韩宝来一边这样说，一边一瓢一瓢地往外舀水，舀了一大半的时候，眼睛一亮，看到了在水里游动的人面鱼，他惊喜地大叫道："哎呀！鱼还活着，太好了！"

　　韩宝来赶紧拿来一个塑料桶，往里面注入清水，再取来抄网，把人面鱼从血水中捞了起来，转移到清水中。他仔细观察人面鱼，没有看到它身上有任何伤口，状态也很好，心里的一块石头才落了地。他一屁股坐到地上，捂着胸口说："吓死我了……"

　　李秀英吐完了，用清水漱了个口，脸色苍白地走过来，说道："这是怎么回事？猫怎么会掉水里？"

　　韩宝来望了一眼水缸边的凳子问："这凳子是你搬过来的吧？猫肯定是踩在凳子上，然后跌到水里去了！"

　　"可是，它……怎么会被吃掉呢？我这辈子，只知道猫吃鱼，从来没听说过鱼会吃猫。"

　　韩宝来怔怔地说："这不是普通的鱼。"

　　李秀英喃喃道："你说……这猫真是不小心掉水里的吗？"

　　韩宝来反问："要不然呢？"

　　李秀英说："我从小家里就养猫，知道猫是怕水的。从这凳子的高度来看，猫最多只能趴在水缸边，怎么会掉下去？"

韩宝来有点不耐烦："你啥意思，直说吧。"

李秀英迟疑片刻："我在想，会不会是这条鱼袭击了猫，把它拖到水里去的？"

韩宝来说："鱼袭击猫，有这种事吗？"

李秀英不安地说："这鱼太可怕了，咱们真的要把它送去拍卖吗？"

韩宝来倏然扭头，望着李秀英问："不卖，你还想干吗？"

李秀英说："我是觉得……这鱼有点恐怖，卖给别人好吗？万一出了事怎么办？"

韩宝来瞪着眼睛说："你听好，这鱼吃掉了一只猫的事，你不能跟任何人说。这次的事，只是一个意外。"

李秀英小声说道："可是，如果我们隐瞒这件事……"

韩宝来粗暴地打断她的话："没什么好'可是'的！再过几天，这条鱼就不属于我们了。之后会发生什么事，跟我们没有任何关系！"

说完这句话，他不再搭理李秀英，放水清洗整个水缸，之后将水缸注满清水，把人面鱼放了进去。

李秀英虽然笨，但她有女人的直觉。这次事件，让她的心里蒙上了一层阴影。她总觉得，这是一个不祥之兆。

事实证明，李秀英的直觉是对的。这次"吃猫事件"，只是为后面的一系列事件拉开了序幕而已。

八

6 月 18 日早上，村主任帮忙找了一辆皮卡车，开到韩宝来家的门口。车子的货厢里有一个特大号的塑料桶，韩宝来往桶里装满水，用抄网把人面鱼从水缸转移到了桶里。之后，他和李秀英、村主任一起上车，司机载着三个人和一条鱼朝合肥开去。

到合肥已经下午一点多了，几个人饭都没吃，也顾不上吃饭，让司机径直开到展览中心。

观赏鱼博览会的人接待了他们。这些人都是鱼类专家，一看这条人面鱼，立刻就知道这是非常珍稀的鱼。他们马上安排工作人员把人面鱼转移到了一个又大又漂亮的玻璃鱼缸中，并让韩宝来做了登记，之后还为他们安排了食宿。韩宝来注意到，其他运鱼过来的人，都没这待遇，显然他们是沾了人面鱼的光。从主办方的重视程度，他能看出这鱼在他们心中的地位。韩宝来心中暗喜，觉得人面鱼一定会拍出一个令人满意的高价。

观赏鱼博览会的开幕式是第二天上午十点，拍卖会则是下午两点半开始。韩宝来关心的只有拍卖这一件事，上午的活动他毫无兴趣。晚上，三个人找了家餐馆吃饭，之后又去步行街夜市逛了一圈，回到招待所，已是晚上十一点了。他们一觉睡到第二天中午，吃过午饭后，直接参加下午的特种鱼拍卖会。

来到会场，工作人员请韩宝来和李秀英到一间单独的休息室。他告知两人，这次拍卖会请了本地一家拍卖公司来主持，拍卖师会尽量帮委托人卖出高价，但事后拍卖公司要抽取百分之十的佣金。韩宝来表示理解。工作人员说，接下来，拍卖公司的人会跟他们接洽，主要是商定这条人面鱼的拍卖底价。

一个穿着西装的斯文男人走进了这间休息室，他对韩宝来夫妇说："两位好，我是拍卖公司的负责人，两位委托我们拍卖的人面鱼，我已经见过了。我们准备把这条鱼作为压轴的重头戏来推出。"

"就是最后一个拍卖吗？"韩宝来问。

负责人说："是的，因为根据我们的预估，这条鱼有可能是今天拍卖价格最高的一条鱼，所以我们打算把它放在最后。"

韩宝来激动不已，连连点头。负责人说："现在，我们需要来定一个拍卖底价。"

韩宝来说："这个我不太懂，你的建议呢？"

负责人想了想，说："我建议的拍卖底价是十万元。"

李秀英大吃一惊："就是说，这条鱼最少都要卖十万元？这……太贵了吧，有人买吗？"

韩宝来拉了她一下说："你懂什么？听人家专业人士的！"

负责人笑了："请相信我的判断，十万元的底价不算高。这条鱼值这么多钱。"

韩宝来赶紧说："是是是，就定这个价吧。"

确定好价格后，负责人让韩宝来在委托书上签了字，告诉他，接下来的事情，交给他们来办就行。

两点半，特种鱼拍卖会正式开始。整个会场设了两百多个座位，座无虚席，后面还站了不少的人。拍卖师上台，说了几句简单的开场白，便开始拍卖今天的第一条鱼。

两个男性工作人员把一个玻璃鱼缸抬到了拍卖台上，第一条鱼就吸引了众人的眼球，这是一条浑身长满圆点的软骨鱼，看上去像一个拖着尾巴的暖水袋。拍卖师介绍道："这是一条黑白满天星虹鱼，这种鱼数量稀少，具有很高的观赏价值，起拍价是三万元。"

坐在下面的竞买人开始举牌应价，基本上是以千元为单位加价的。三万二、三万三、三万五……最后，这条鱼以四万五千元的成交价被一个广东口音的男人买走。

接着，一条条不同种类的鱼被抬上拍卖台：日本锦鲤、瑞士狐鱼、白金龙鱼……站在会场侧面观看的韩宝来和李秀英大开眼界。在此之前，他们根本不知道世界上有这么多美丽和值钱的鱼。其中卖出最高价的，是一条叫"红龙"的鱼。这种鱼遍体通红，游弋的身姿极为优美，是龙鱼中的极品。起拍价就是八万元，最后以二十八万的高价成交，掀起了拍卖会的高潮。

拍卖会进行了一个多小时后，进入尾声。压轴戏终于要登场了。这一次，拍卖师没有让工作人员把玻璃缸抬到台子上，而是有意吊了个胃口，他说："接下来，是今天拍卖的最后一条鱼，也是最为珍稀的一条鱼。这种鱼，估计在场的各位都没有见过。因为目前全世界发现的，仅有两条。其中一条在韩国；而另一条，就在咱们的会场！相信今天到场的各位嘉宾——特别是一些从外地和外国赶来的嘉宾——就是冲着这条鱼来的。那么现在，请各位屏住呼吸、睁大眼睛，准备迎接这条世界罕见的：人——

面——鱼！"

这番铺垫可谓是极尽渲染之能事了。在众人瞩目之下，四个工作人员把一个造型精美的圆边玻璃鱼缸抬到了拍卖台上，人面鱼甫一亮相，就引起了全场轰动。媒体记者、竞买嘉宾、围观人群集体发出惊叹，人们举起早就准备好的照相机，对着台子上的人面鱼噼里啪啦一阵拍照。拍卖师也不着急，等他们看够、拍完之后，才说道："这条鱼的拍卖底价是二十万元。"

什么，二十万？站在会场侧面观看的韩宝来和李秀英同时一愣。之前不是商量好拍卖底价是十万元吗？看来，经验丰富的拍卖师根据现场的反应，临时对底价进行了调整，而这无疑是对委托人有利的。

"竞价之前，提醒一句，这种鱼是百年难遇，甚至千年难遇的，无法进行人工繁殖，出现的概率也极低。有多低呢？从全世界仅有两条来看，大家就能知道了。人面鱼的寿命也很长，据说能活七八十岁。它现在还年轻得很呢，以后能增值多少倍，大家自己去想吧，我不多说了。现在开始竞价！"

话音未落，就有人举起牌子喊道："二十一万。"

这个基调奠定了人面鱼的加价，不以千元为单位了，而是以万为单位。很快，便有人报出二十二万、二十三万的价格，一直加到了二十九万。

这些人每加一次价，韩宝来身上的血就往上涌一次，直至全身的血液都涌上了头顶。他闭上眼睛，聆听着这世界上最美妙的声音，感觉一堆一堆的钱正在往他身上砸，几乎要将他淹没。没关系，砸吧，继续砸，把我活埋了都没关系。

这时，一个外国口音的男人喊道："三十五万。"

全场的目光都聚集在了他身上，从样貌来看，这人应该是个亚洲人，可能是日本人或者韩国人。他一下就加价六万，如此大手笔引起了全场惊叹。拍卖师激动地说："这位先生出价三十五万！有更高的价格吗？"

会场上肃静了片刻，见没有人加价，拍卖师举起手中的木槌："三十五万一次。"停顿数秒后，又喊："三十五万两次。"

就在他打算喊"三十五万三次"的时候，会场第一排的一个中年男人举起牌子说道："三十六万。"

"这位先生出价三十六万！还有……"

话还没说完，之前那个人举起牌子："三十七万。"

第一排的那个男人也没犹豫："三十八万。"

"四十万！"

"四十一万！"

全场都沸腾了，众人看出来，这两个人是较上劲了。而对于拍卖公司来说，这种情况是他们最求之不得的。拍卖师激动得满面红光，而站在一旁的李秀英，好像已经被这惊人的竞价吓得灵魂出窍了。

两个人还在不断竞价，当价格飙到六十五万的时候，那人似乎有点犹豫了。拍卖师再次举起木槌，询问两次之后，那人突然一咬牙，喊道："七十万！"

众人还没来得及发出惊呼，第一排的中年男人站了起来，喊道："八十万！"

这下，会场彻底沸腾了。这个中年男人转身面向他的竞争对手，说道："这位朋友，听口音您应该是外国人吧。这条鱼如果您买走，想必一定会带到国外。而我呢，就是合肥本地人。我今天跟您竞价，并没有较劲的意思。只是觉得，这条鱼是在中国发现的，它就应该留在中国，让咱们中国人有机会多看看它。所以呢，我表个态，这条鱼，我今天是买定了。不管您出价多高，我都会奉陪到底，哪怕变卖家产、砸锅卖铁，我都一定要把这条鱼留在中国！"

这番霸气十足的话说完之后，全场的中国人齐声叫好，会场爆发出雷鸣般的掌声。如此阵势下，那人自知输了气场，偃旗息鼓了。最后，拍卖师连续询问三次后，见无人再应价，一记木槌落下，兴奋地宣布："八十万，成交！这条人面鱼，属于刘传东先生了！"

拍卖结束后，现场媒体一拥而上，纷纷采访这位叫刘传东的男士。韩宝来已经因为八十万的天价激动得快要昏厥过去了。李秀英则相对冷静，她竖着耳朵听记者采访那位刘传东先生，得知他是合肥市一家著名民营企业的老板，资产雄厚，也是一个鱼类爱好者。这条人面鱼被他买走，意味着不但能留在中国，还能留在人面鱼的家乡安徽。这自然是安徽人的骄傲，是值得本地媒体大肆宣扬的。

采访结束后，刘传东和其他买受人到拍卖公司那里付款，然后运走自己所买的鱼。刘传东豪爽地支付了八十万，拍卖公司抽取了百分之十的佣金，剩下的七十二万，转入了韩宝来的银行卡。拿到钱的韩宝来喜不自胜，向金主刘传东连声道谢。

刘传东气度十足，示意韩宝来不用谢，然后让手下的人把鱼连同鱼缸一起运往他的住宅。几个小伙子正要把鱼缸抬走，李秀英跑到鱼缸前，神情复杂地看着玻璃缸中的人面鱼。

韩宝来拉了她一下，轻声说："走了，这鱼都卖给人家了，是刘总的了。"

刘传东注意到了李秀英的神情，以为她是不舍，殊不知她还有不安。他走到夫妻俩面前，对李秀英说："怎么，这鱼养出感情来了，舍不得呀？"

李秀英"嗯"了一声，似乎还想说什么。站在她旁边的韩宝来从后面掐了她的腰一下，生怕她说出什么不该说的话来，可能因为紧张，劲大了些，把李秀英掐痛了，李秀英眼泪都流了下来。

刘传东以为李秀英是出于不舍才哭的，便说道："这样，你也别这么舍不得。这鱼虽然卖给我了，但你们始终是它的原主人。你们如果想看这条鱼，可以到我家来看它。"

说着，他从西服口袋里摸出一张名片，再掏出一支钢笔，在名片的背后写下了自己的家庭住址，递给李秀英。李秀英接过名片，不住地道谢。然后，刘传东和手下的人带着人面鱼离开了。

九

当天晚上，韩宝来请客，在合肥一家高档的中餐厅里，点了一桌地道的徽州菜和两瓶古井贡酒，和村主任、李秀英三个人大快朵颐，开怀畅饮。这顿饭对他们来说，无疑是一顿庆功宴。人面鱼能卖出八十万的天价，这是他们之前无论如何都没有想到的。

村主任端着酒杯说："宝来，通过这事吧，我确实对你刮目相看了。当初有人出六万的时候，我已经觉得不得了了，谁知道这鱼居然卖了八十万。八十万呀，我的乖乖，咱们全村一年的总产值，还不到八十万呢！"

韩宝来神采飞扬，端起酒杯说："主任，这还得感谢您帮我牵线搭桥，来，我敬您一杯！"

两人把杯中酒干了，韩宝来招呼村主任吃菜，之后又不断向村主任敬酒。吃到中途的时候，村主任趁着清醒的时候说："宝来，咱们之前说好的事，你没忘吧？"

韩宝来说："那咋能忘呢？主任，您放心，我都算好了，除去拍卖公司提成的八万，剩下的七十二万，分给您百分之二十，也就是十四万零四千。这钱我本来今天下午就想打给您的，但咱们从展览中心出来的时候，不是都五点多了吗，银行下班了。这钱明天上午打给您了，没关系吧？"

村主任眉开眼笑："没关系，没关系，有你这句话我就放心了，不差这一会儿。"

韩宝来说："吃水不忘挖井人，来，我再敬您一杯！"

酒没喝醉，这几句窝心的话已经把村主任"灌醉"了，两人又接连喝了好几杯。村主任已经有点醉了，问道："宝来，你现在可是咱们村的首富了。你今后有什么打算，还养鱼吗？"

韩宝来摇了摇头说道："不养了。一朝被蛇咬，十年怕井绳。这次鱼塘被人投毒，把我整伤心了。"

村主任说："也是，你现在这么有钱，也用不着养鱼了。那这鱼塘，我就承包给别人了？"

韩宝来爽快道："行，您看着办吧。"

村主任又问："不但不养鱼，估计你们也不会再回村里住了吧？"

韩宝来点头说："我寻思在合肥买套房子，以后就定居省城了。"

村主任说："可以，你们两口子呀，以后就在大城市扎根，大城市发展了。来，我敬你们俩一杯！"

李秀英推辞道："我不会喝酒。"

韩宝来嗔怪道："主任敬咱们的酒，你好歹表示一下。主任可是咱们的大恩人呀。"

李秀英便拿起酒瓶，给自己倒了一杯白酒，说："主任，我敬您。"

"来来来！"三个人一起满饮此杯。之后，韩宝来说他要去上个厕所，暂时离席了。

李秀英跟村主任两个人吃饭，她又不喝酒，气氛便有点冷场。由于之前喝了不少水，她肚子也有点胀，于是说道："主任，我也去趟厕所，你慢慢吃啊。"

村主任挥挥手说："去吧去吧。"

李秀英朝餐厅的厕所走去。来到女卫生间的时候，她正要进去，一个负责打扫厕所的大妈冲男厕所喊道："里面有人吗？我进来墩地了。"

李秀英心想男厕所里有没有别人她不知道，韩宝来肯定是在里面的，便对大妈说："我男人在里面呢。"

大妈犯疑道："是吗？那里面咋没人开腔呢？"

李秀英冲着男厕所里面喊了一声："宝来，你在里面吧？"

等了一会儿，没人回应。大妈说："你男人估计已经出来了。"说完拿着墩布走进了男卫生间。

李秀英觉得有点奇怪了。韩宝来明明说自己去上厕所，怎么又没在厕所里？从餐桌到卫生间的路只有这一条，要是他真的出来了，自己应该能碰到他。带着疑问，李秀英进了女厕所，解完手出来之后，她发现卫生间的旁边有个后门，从这里能离开餐厅。

难不成韩宝来从后门溜了？这想法把她吓了一跳。但李秀英觉得不可能，就算他想要甩掉村主任，独吞这七十二万，也不至于连老婆都不要了吧？虽然这样想，她心里还是有点不踏实，不由自主地走出了这个后门，门外是一条小巷，拐过巷口，就来到了熙来攘往的大街上。

李秀英左右四顾，在街道上搜寻丈夫的身影。不一会儿，看到韩宝来从街道右侧走了过来，她一颗心才放了下来，迎上去问道："你咋出来了？"

韩宝来一愣，显然没想到会在这儿碰到李秀英，便问："你咋也出来了？"

李秀英说："我也去上厕所，打扫厕所的大妈说男厕所里没人，我就出来找你了。"

韩宝来"哦"了一声说："我出来买点东西。"

李秀英问："买啥？"

韩宝来顿了一下说："买……买包烟。"

李秀英纳闷儿："买烟？你不是不抽烟的吗？"

韩宝来说："我不抽，主任要抽呀，我给他买的。"

李秀英说："那咱们回去吧，别把主任一个人晾在那儿。"

韩宝来点了点头，两人朝饭店正门走去，路过一个烟摊儿的时候，韩宝来对老板说："给我拿一包红塔山，软的。"

烟摊儿老板递了一包烟给他："十三块。"

韩宝来付钱。李秀英问："你刚才不就买烟去了吗？咋还要买？"

韩宝来说："刚才没碰到卖烟的，这才看见。"李秀英便不再问了。

两人从正门走进餐厅，回到餐桌旁。村主任喝得晕乎乎的，也没注意他俩是从正门进来的，只是说："你俩上个厕所咋这么久？"

韩宝来说："给你买烟去了。"说着递上刚才那包红塔山。

村主任接过来一看，道："呦，软包红塔山，高级烟呀。"又说，"今天是该抽包好烟庆祝一下！"

"那是。"韩宝来拿起桌上的打火机，帮村主任把烟点着。

这顿饭吃到九点多，韩宝来把账结了，古井贡酒还剩了大半瓶。韩宝来说："主任，咱们找个吃消夜的地方，把这半瓶酒整完吧！"

村主任晃晃悠悠地说："还喝呀，我都有点醉了。"

韩宝来说："那这样，咱们先去把住的地儿定了。今晚咱们住大酒店！在房间里休息一会儿之后，再出来吃消夜！"

村主任点着头说："行，今儿我就跟着咱村首富混了，你安排就是！"

韩宝来和李秀英扶着村主任，走到附近一家金碧辉煌的大酒店。韩宝来开了两个房间，他和李秀英住一间，村主任住一间。大酒店跟昨晚的招待所有本质区别，房间既宽敞又豪华，卫生间还有一个大浴缸。村主任估计也没住过这么高档的酒店，嘿嘿笑道："这辈子，我还从没在浴缸里泡过澡呢。"

韩宝来说："那您就舒舒服服地泡个澡，我一会儿再来叫您！"

两口子回到自己房间，李秀英疲倦了，说："你们一会儿还要出去喝酒呀？我就不去了。"

韩宝来说："行，那你洗了睡吧。我今天高兴，村主任也高兴，我跟他再喝两杯。"

"大晚上的，注意安全呀。"李秀英叮嘱。

"没事！这是省城，安全着呢，你放心睡吧。"韩宝来答应。

李秀英便到卫生间洗了个澡，上床睡了。酒店的床又软又大，床单被子都是才洗过的，盖在身上舒服极了。她闭上眼睛，很快就进入了梦乡。

第二天早上，李秀英是自然醒的。她没有手表，更没有手机，无法判断现在是几点。但这都无所谓，关键是，**她发现韩宝来不在床上，似乎也不在这个房间**。她喊了几声，没有得到回应，走到卫生间一看，里面根本没人。

李秀英用遥控器打开电视机，从电视上显示的时间得知，现在是上午九点五十分。她想，韩宝来会去哪儿呢？忽然想起村主任就住在隔壁，韩宝来兴许在他房间里。

李秀英穿好衣服后，来到隔壁房间的门口，敲了很久的门也没人回应。她找到一个酒店服务员，说这个房间住的是她的熟人，昨晚喝了酒，怕他出事，问服务员能不能打开门看看。服务员便摸出房卡打开了门，发现里面并没有人，但行李还在，便告诉李秀英，这个房间的人可能出去了。

李秀英又去二楼的餐厅找了一圈，也没发现他们两个人。她纳闷儿极了，胡乱吃了点东西，回到八楼的房间，坐立不安地等了一个多小时，韩宝来和村主任还是没回来。这时，李秀英意识到出事了。她想，难道他们两个人，昨晚压根儿就没回酒店？两个大男人夜不归宿，估计没去什么正经的地方。可不管怎么说，现在也该回来了。

就在她忐忑不安的时候，房门被推开了，韩宝来出现在她面前。李秀英赶紧走过去问道："你去哪儿了？咋才回来？"

韩宝来脸色铁青，一言不发地关上门，坐到房间的沙发上发愣。李秀英见他一脸憔悴，黑眼圈严重，好像整宿都没睡的样子，又气又急，走过去问道："你到底咋了？说话呀！"

好半晌之后，韩宝来才缓缓抬起头来，注视着李秀英，对她说："秀英，主任……"

"主任咋了？"

"主任他……死了。"

李秀英如遭雷击："啥？！"整个人都呆住了。

韩宝来说："昨天晚上，我跟他出去喝酒，就在附近的一家烧烤店。喝着喝着，他突然说胸闷气短，呼吸困难，过了一会儿，居然昏倒了。店里的服务员和我都以为他只是喝醉了而已，把他扶到一旁休息。没想到过了一会儿，他就……没气了。"

李秀英惊骇道："咋会这样？"

韩宝来说："我们赶紧打医院的急救电话。救护车开到这家店，把村主任送到医院抢救，但是已经迟了。"

"那医生知道主任是咋死的吗？"

"医生在主任的裤兜里发现一盒吃了一半的头孢，联系他的症状，判断主任是因为服用头孢之后再大量饮酒，发生了叫什么……双硫仑样反应，从而导致猝死。"

李秀英呆住了："头孢？那不是感冒时才会吃的药吗？主任没有感冒，咋会吃头孢？"

"头孢是消炎药，很多病都会吃它，不一定感冒才吃。"韩宝来懊悔地说道，"我也不知道主任之前吃了头孢，要不然就不会叫他喝这么多酒了！"

韩宝来接着说："医生宣布主任抢救无效死亡后，警察也来了。他们把我叫到公安局，问了我好些问题，还让我做了笔录，折腾了一宿，现在才把我放出来。"

李秀英担心地说："警察没有为难你吧？这事跟你没关系吧？"

"当然跟我没关系了，不然警察能把我放出来吗？"

"那……主任的遗体，现在还在医院？"

"医生会通知主任的家属来处理遗体的。"

昨天还鲜活的一个人，今天就变成遗体了。李秀英一下哭了起来："主任是跟咱俩一起出来的，现在出事了，咱们怎么跟主任的家属交代呀？"

韩宝来怒斥道："交代啥？主任又不是小孩子，他自己吃了药之后喝酒，怪得着我们吗？"

道理虽是如此，但李秀英觉得韩宝来这话说得未免太冷血了："不管怎么说，这事始终跟我们有关系。你说以后我们回到村里……"

没等她说完，韩宝来就打断道："我们不会再回村里了。鱼塘我们都不承包了，还回去干啥？咱们现在有这么多钱，以后就在省城定居了。"

提到"这么多钱"，李秀英心中悚然一惊。她突然想起，韩宝来昨天承诺会分给村主任十四万四千，今天村主任就死了……她再笨，也能想到这里面的利害关系。猛然间，她想起了一个细节——韩宝来昨晚悄悄溜出去，被自己撞见后，表情明显有些不自然。难道……

韩宝来发现李秀英神色有异，脸色也变得苍白起来。他问道："你在想啥？"

李秀英抬起头来望着丈夫，问道："你昨天晚上……真的是出去买烟吗？"

"你啥意思？我不是当着你的面买的烟吗？"

"那你买烟之前呢，还买了什么？"

"什么都没买。"

"你买烟就买烟，为什么要谎称自己去上厕所？"

"我……本来就是去上厕所，看到有个后门，才想到出去买烟的。"

"你平时根本不抽烟，咋突然就想起买烟了？"

韩宝来瞪着眼睛说："你到底啥意思，直说吧。"

李秀英直说了："你老实说，你是不是去药店买头孢了？上次你得了中耳炎，去县医院看病的时候，医生就跟你说过，吃头孢的这段时间不能喝酒，否则有生命危险。所以你知道，吃了头孢喝酒是会要命的！"

韩宝来大惊失色，一把捂住李秀英的嘴悄声说："你瞎说什么！你想害死我吗？"

李秀英挣脱开来问："要不是这样，你紧张什么？"

韩宝来瞪着李秀英，片刻后，说道："你当时能想到，这条鱼会卖到八十万吗？"

李秀英说："我当然想不到。所以你后悔了，是不是？觉得白白分给主任十多万，太不划算了。"

"你仔细想想，主任做了什么？"韩宝来掰着手指说，"给他堂兄打了个电话，之后告诉我们合肥有观赏鱼博览会的事；帮我们联系辆车，把鱼送到了合肥来，车钱还是我出的。他就做了这两件事，然后就要拿走十四万多，你觉得合理吗？"

李秀英听了浑身发抖："那他就该死吗？你现在全都承认了，是不是？"

"我承认什么了？我只是说，他不该得这么多。但吃头孢的事，跟我一点关系都没有。警察都没法证明这事跟我有关系，难道你还有办法证明吗？"

李秀英感到遍体生寒。韩宝来双手抓住她的肩膀，说道：

"秀英，你是我老婆，你要相信我才对。你记着，主任的事跟我们没有丝毫关系。从此以后，我们也不会再跟那个村子的人打交道了。你不是一直想做小生意吗？我们在合肥买个门面，你想做什么生意都行。我们现在有钱了，好日子才刚刚开头呢。"

李秀英明白了，韩宝来是不可能亲口承认这件事的。村主任到底是不是他害死的，恐怕只有天知道了。她是个女人，是个只有初中文化的农村妇女，对她来说，男人就是她的天。不管韩宝来做了什么，他都是自己的男人，是这个家的主心骨。跟他待在同一条船上，是她能选择的唯一归宿。

且说另一边，刘传东把人面鱼买回家后，养在了家里一个高档奢华的水族缸里。

这个水族缸摆放在客厅和餐厅之间，起一个隔断和装饰的作用，缸里精心设计了假山和水草，上方有灯光照射，看上去美轮美奂。

刘传东现年四十三岁，事业有成，却婚姻不顺。结过两次婚，两任老婆不是拜金就是出轨，最后都离了。第二任老婆给他生了一个儿子，抚养权自然归了刘传东。现在刘传东跟儿子还有七十多岁的老母亲生活在一起，加上一个保姆，偌大的一套房子里，就只住了他们四个人。

人面鱼买回来之后，一家人都围过来看稀奇，老母亲说："这是什么鱼，怎么长了张人脸？"

刘传东说："这鱼就叫人面鱼，非常稀有，全世界只有两条。"

老母亲说："鱼长着人脸，看上去怪瘆人的。"

刘传东四岁大的儿子冬冬却一点都不怕，他指着水族缸，奶声奶气地说："怪鱼，怪鱼。"

刘传东把儿子抱起来，问："冬冬怕不怕这条鱼？"

冬冬说："不怕，冬冬喜欢吃鱼。"

刘传东乐了："哈哈哈，不愧是我儿子，胆子就是大。不过这条鱼可不能吃，这是爸爸花大价钱买来的。"

老母亲问："这鱼多少钱？"

刘传东："八十万。"

老母亲惊道："啥？八十万？你也忒舍得花钱了，一条鱼值这么多钱吗？"

刘传东说："妈，物以稀为贵。这鱼全国只有一条，全世界也只有两条。八十万不算贵，我估计再过两年，它的价格会翻倍。我买它，其实也是一种投资。"

老母亲知道儿子是做大生意的人，出手也向来都是大手笔，不说话了。保姆问道："先生，这条鱼要怎么喂养？"

刘传东说："我之前问了一下它的原主人，这鱼是肉食性动物，你买点小鱼来喂它吧。"

保姆点头："好的，我这就去市场上买鱼。"

保姆出了门，半个多小时后，买了一斤多麻狗鱼回来。这种鱼很小，像没长大的鲫鱼。刘传东试着丢了几条进去，刚一入水，其中一条就被人面鱼吞进了肚子里。一两分钟的工夫，几条麻狗鱼就被人面鱼尽数吞掉了。一家人站在水族缸边清楚地目睹了这一幕，老母亲说："这鱼可真够厉害的。"

"厉害就对了。"刘传东很高兴，"八十万一条的鱼，不厉害哪行？"

小冬冬说："爸爸，我也要喂鱼。"

冬冬现在人还没水族缸高，刘传东把儿子抱起来："好嘞，爸爸让你喂鱼！"

冬冬从保姆端着的盆子里抓了几条小鱼丢进水族缸，看见人面鱼又把这几条鱼吃了，他乐得直拍手。爸爸问："好玩吗？"小男孩笑道："好玩！"

之后，冬冬又抓了很多鱼丢进水族缸，人面鱼来者不拒，全都吃光了。保姆惊叹道："这鱼可真能吃，一斤多麻狗鱼，都快被它吃完了。"

刘传东豪气地说："能吃没关系，只要它撑不死，你就尽管给它吃，只管把这鱼给我养精神！"

保姆说："是，那我再去买点鱼回来。"

从这天起，保姆就每天买五斤麻狗鱼回来，一天分两次投喂人面鱼，偶尔还会喂点猪肉、牛肉什么的给它吃。这鱼一点不挑食，只要是肉就吃，同时体重见天地长，一段时间之后，体形几乎翻了一倍，估计有十斤重了。长大的过程中，它头上的"人脸"也愈发清晰，看上去越来越像一个人了，着实有些诡异。

这个家里，老太太和保姆都有点怕这条鱼。但虎父无犬子，刘传东的儿子冬冬继承了父亲的性格，是个小男子汉。他不但不怕，还特别喜欢这条鱼，每天从幼儿园回来，第一件事就是看这条人面鱼，而且一看就是几十分钟。奶奶叫他别看了，他还不乐意。渐渐地，老太太也就不怎么管了，孙子开心就好。

这段时间，韩宝来和李秀英在合肥市的中心区域买了一套住房和一间一百多平方米的门面。这门面的租金一个月好几千，足够他们在合肥生活得很好了。而他们的新家，更是既宽敞又漂亮，按理说现在过上了好日子，丰衣足食，李秀英应该无忧无虑才是。但她心里始终不踏实，让她困扰的，有两件事。

一是村主任之死。虽然之后她和韩宝来谁都没有提起过这件事，警察和村主任的家属也没来找过他们麻烦（也许是因为村里人根本不知道他们的新家在哪里），但这事给李秀英造成的心理阴影，一直挥之不去。村主任如果真是韩宝来害死的，每天跟这样的人同床共枕，心里自然会惴惴不安。虽说她是韩宝来的老婆，可这种什么事都做得出来的男人，谁知道他的底线在哪儿呢？

二是人面鱼的现状。这鱼虽然已经卖给刘传东了，但不知为什么，李秀英一直觉得自己跟这条鱼之间，仍然连着一条看不见的线，也许是她潜意识里还是认为这鱼是她母亲变的所致。刘传东给她的那张名片，她一直揣在身上，好几次都想循着地址去刘传东家看看，却始终有点不好意思。

这天下午，李秀英终于决定去刘传东家看看。她对韩宝来说想出去逛逛，便出了门。走到小区门口，她拦了一辆出租车，把名片背后的地址告诉司机。结果这地方出乎意料地近，开车十分钟就到了。出现在她眼前的，是一片高档住宅区。

李秀英在门卫处登记了一下，照着名片上的门牌号，来到了刘传东家门口。这是一套独门独院的复式住宅，她按下门铃，里面有人问道："谁呀？"

李秀英说："我是来找刘传东先生的。"

门开了，五十岁左右的保姆出现在门口，她打量了一下李秀英，说道："刘先生现在不在家。"

李秀英问："那他什么时候回来呢？"

保姆说："不知道。"

李秀英犹豫了一下，说："其实我也不是来找刘先生的，只是想看看他家的那条人面鱼罢了。"

保姆问："你怎么知道这家里有条人面鱼？"

"这鱼当初就是我卖给刘先生的。"她掏出名片给保姆看，"刘先生给我留了这个地址，说我如果想看这条鱼，就到他家来。"

保姆看了看名片，的确是刘传东的字。但她做不了主，便说："今天是星期日，刘先生和家人出去玩了。我只是这个家里的保姆，不敢擅自让你进来。"

李秀英想了想，说："没关系，我在门口等刘先生就是了。"

保姆说："好吧。"便把门关上了。

李秀英站在门口等了一个多小时后，刘传东和母亲、儿子一起回来了。他一眼就认出了李秀英，说："咦，你来了？"

李秀英说："是的，刘先生，我想来看看那条鱼。"

刘传东说："那怎么不进门？"

李秀英说："您家保姆说您不在，她不敢让我进去。"

刘传东皱起眉头："这阿姨也太不像话了，怎么能让客人站在门口等？"

刘传东用钥匙打开门，大方地请李秀英进屋，然后对保姆说："这位是人面鱼的原主人，以后她要来看这条鱼，只管让她进来，别做失礼的事。"

保姆赶紧点头称是。

刚进门，李秀英就看到了水族缸里的人面鱼，她有些吃惊，说道："这鱼……长这么大了？"

刘传东说："是啊，才短短一个月，它的体形就翻倍了。"

李秀英走近了看，这时奇怪的事发生了，本来在水族缸里随意游动的人面鱼，见到她之后，游到了玻璃缸边，面对着李秀英，嘴巴一张一合。在场的人都有些惊讶，刘传东说："这鱼好像认出你来了。"

李秀英心中感慨万千："是啊，这鱼真是有灵性。"

老太太说："我只知道猫、狗认主人，还从来不知道鱼也会认主人。"

刘传东说："这可不是条普通的鱼。"

李秀英也是这样想的。她注视着鱼头上的人脸，觉得这张脸越来越像她过世的母亲了——当然可能是心理作用。但这条鱼的长相和表现让李秀英觉得，它跟自己真的有种难以割舍的缘分。

刘传东观察到李秀英依依不舍的眼神，暗忖她跟这条鱼感情深厚，一向大度的他，对李秀英说："你现在就住合肥吧？如果想这条鱼，随时都可以来我家看它。"

李秀英欣喜地说："真的？"

"当然。"刘传东答道。

李秀英跟刘传东道谢，离开了他的家。之后，她便三天两头地往刘传东家跑。刘传东工作时间都在公司，家里只有老太太和保姆。李秀英经常到他家来做客，一来二去就跟老太太混熟了。老太太原本也是农村人，跟李秀英有很多共同话题。李秀英勤快，有时还会主动帮他们家打扫下院子什么的，老太太和保姆都很喜欢她，渐渐地都不拿她当外人了。

然而，一个月后的一天，出事了。

十一

这天是星期日，按理说刘传东应该在家休息，但今天公司有点特殊的事需要处理，他就到公司去了。冬冬周末不上幼儿园，跟奶奶和保姆在家。小男孩现在最大的乐趣，就是趴在玻璃缸边看这条人面鱼，天真幼稚的他，还会跟人面鱼说话。虽然得不到任何回应，他也乐在其中。

中午的时候，保姆在厨房里做菜。老太太本来在客厅里陪孙子，见今天天气好，就到院子里晒太阳去了。客厅里便只有冬冬一个人。

冬冬趴在水族缸前，小手指隔着玻璃逗里面的人面鱼："怪鱼，怪鱼，你饿了吗？"

人面鱼没有理睬他，在水族缸里缓缓游动。冬冬又说："怪鱼，我现在才是你的小主人，不是李阿姨，你不能不理我哦。"

小男孩之所以这样说，是因为他观察到，每次李阿姨到他们家来的时候，人面鱼都会游到玻璃缸前，盯着李阿姨看，好像在跟她说话似的。可惜除了李阿姨，他们家的任何人都没有这个待遇,小男孩就有些不满意了,嘟着小嘴说:"怪鱼,你再不理我,我就叫我爸爸把你捞出来吃掉!"

这话当然是说着玩的,虽然小孩子没有金钱的概念,但他也知道这条鱼是不能吃的。可是,他说的这句话,人面鱼却仿佛听懂了。本来悠闲游弋的它,倏然转过头来,一双鱼眼直视着跟它隔着一道玻璃墙的小男孩。

冬冬乐了,笑道:"你害怕了吧,所以呀,你以后都要听我的!"

人面鱼望着他。**突然,它头上的两条细缝张开了——宛如人脸上睁开了眼睛。**

冬冬天天都看这条鱼,从来没有看到过人面鱼睁开"人眼",他愣住了,盯着这双眼睛——或者这张脸看。鱼的嘴又开始一张一合,就像一个人在说话或念咒。冬冬盯着看了一阵,神情渐渐变得木讷而呆滞,仿佛中邪一般。

小男孩离开了水族缸,把客厅里的一个塑料凳子搬到了水族缸前,爬了上去,踩在凳子上。这时他的半个身子已经高过水族缸了,只见他聚精会神地望着水里的人面鱼,身体朝前倾,慢慢地把稚嫩的脸蛋伸向水面……

就在这时,老太太从院子里进来了,看到这一幕,吓了一跳,喊道:"冬冬!"

保姆赶紧从厨房里跑了出来,见冬冬踩在凳子上,踮着脚趴在水族缸边,"哎呀"叫了一声,快步跑过来把冬冬从凳子上抱了下来,说道:"咋爬这么高,太危险了!"

老太太也说:"是啊,冬冬,以后不能做这种危险的事!"

冬冬一言不发,奶奶发现孩子的神情不对劲,有点急了,摇晃着孙子的身体说:"冬冬,冬冬?你这是咋了?"

好一会儿之后,冬冬才回过神来,呆呆地叫了一声:"奶奶。"

老太太问:"你趴在水族缸边干啥呀?"

冬冬说:"我看到鱼睁开眼睛了。"

老太太看了看鱼缸,发现并没有什么异常,便说:"以后可不能爬这么高了,摔下来怎么办?"

冬冬点了点头。老太太抱着孙子坐到沙发上,打开电视放动画片给他看。冬冬看得聚精会神,不时发出笑声。老太太见孩子恢复正常了,也就没当回事儿了,只当是男孩子调皮罢了。

保姆做好午饭后，三个人一起吃饭。之后，老太太把冬冬抱到房间里去，挨着他睡午觉。但小男孩精力旺盛，根本睡不着。奶奶倒是很快就睡着了，发出轻微的鼾声。冬冬悄悄从床上爬起来，穿着小内裤跑到客厅玩玩具。这时保姆也在自己房间里，客厅里只有他一个人。

玩了一会儿小汽车，冬冬又跑到了水族缸面前。他盯着人面鱼看，人面鱼也盯着他看。随即，那双"人眼"再次睁开了。

一下子见到两次"人眼"睁开，冬冬高兴极了，赶紧搬来凳子，又一次爬了上去……

睡梦之中，老太太突然听到孙子发出惨叫和哭喊，猛然从梦中惊醒，一时未能分清是梦境还是现实。她扭头一看，孙子不在床上，再仔细一听，喊叫声是从客厅里发出的。她鞋都来不及穿，从床上跳下来，直奔客厅，出现在她眼前的，是令她惊骇欲绝的一幕——

冬冬整个人掉到了水族缸里，在水中扑腾、哭喊。水族缸被鲜血染成了红色。老太太吓得魂飞魄散，一边大喊保姆的名字，一边朝水族缸冲了过去。

保姆迅速跑了出来，看到眼前这一幕，也吓傻了。老太太抓着孙子的双臂，拼命把他往水族缸外拽，嘶吼道："你愣着干什么？！快过来帮忙呀！"

保姆这才反应过来，赶快冲过去帮着老太太把冬冬往外面拖。但人面鱼死死地咬着冬冬，加上小男孩自身的重量，她们两个人居然没能把他拖出来。情急之下，保姆站到了凳子上，从上方拉扯，终于把冬冬从水族缸里拖拽了出来。

保姆把浑身湿透的冬冬放到地板上，冬冬发出撕心裂肺的哭喊，全身都被血水染红了，看上去触目惊心。老太太抱着孙子，惊慌失措地问道："冬冬，小乖乖，你哪儿受伤了？！"

冬冬不说话，只是一个劲地哭。老太太赶紧检查他的身体，乍一看，头部、手脚似乎都没事，那他到底伤在哪儿呢？突然，老太太发现冬冬两只手捂着下身，她把孙子的手掰开一看，这才发现，孙子的小鸡鸡，居然被人面鱼彻底啃掉了。

"啊——！！！冬冬！！"老太太大叫一声，昏死了过去。

保姆也看到冬冬伤在哪儿了。现在，这一老一小，一个受了重伤，一个昏迷不醒，她只是一个农村保姆，哪里遇到过这种情况，她顿时手足无措，急得团团打转。

这时，正巧李秀英又来他们家做客。她刚走到门口，就听到里面老太太的一声嘶喊，立即意识到出事了，到门边狂按门铃，拍着门问："老太太，出啥事了？"

保姆听出了李秀英的声音，赶紧把门打开，哭着说："出事了，出大事了！"

李秀英来不及听她细说。她冲进家一看，发现冬冬全身湿透，双手捂着下身大哭不止，老太太昏死在一旁，水族缸被鲜血染成了红色，便猜到发生了什么事。她的脑子也一下仿佛炸了，但眼下这局面，可容不得再昏倒一个人了。她赶紧对保姆说："去拿块干净的布，或者毛巾什么的来！"

保姆赶快跑到卫生间去拿了一块毛巾过来，李秀英抱起冬冬，一边安慰孩子，一边把毛巾按压在他胯下，止住流血，然后对保姆说："快给刘先生打电话呀！"

"是，是……"保姆跑到座机电话旁，拨打刘传东的手机，接通之后，语无伦次地把情况讲了一下。李秀英不知道电话那头的刘传东说了什么，但对方的焦急是可以想象的。她听到保姆说："啊……您要四十多分钟才回得来？"

李秀英心想，肯定是等不了这么久。她知道附近有一家医院，对保姆说："你跟刘先生说，我们现在就把冬冬送到医院去，让刘先生直接去医院！"

保姆转述了李秀英的话，之后挂断了电话，对李秀英说："刘先生说，他卧室的柜子里有十万块钱是上了锁的，他让我们把锁砸开，把钱拿出来交给医院，赶紧抢救冬冬和老太太！"

"不用了！钱我有，我们现在就去医院！"

"老太太怎么办呢？"

李秀英猜测，老太太只是受的刺激太大，所以昏过去了，应该无大碍。她让保姆拿了杯冷水过来，直接泼在老太太脸上，然后大声呼喊，老太太果然醒了过来。李秀英说："老太太，你可要挺住呀，得赶紧送冬冬去医院才行！"

老太太脸色苍白，话都说不出来了，只是不住地点头。保姆把她搀扶了起来，李秀英抱起冬冬就往外跑。老太太和保姆紧跟其后。

走出住宅区，来到街道上，李秀英拦下一辆出租车。司机见她抱着一个浑身是血的孩子，不愿搭载。李秀英说："我给你一百块钱，快走，去最近的医院！"

当时合肥出租车的起步价是三元，一百元钱是跑一整天的收入。司机不再迟疑，招呼她们上车。出租车朝医院疾驰而去。

十二

冬冬被送进了手术室，老太太、李秀英和保姆三个人坐在走廊的长椅上等待。老太太不停地哭，眼泪都要流干了，李秀英和保姆一直在劝。不多时，心急如焚的刘传东赶到了手术室门口，他满脸通红，喘着粗气，像一头愤怒的公牛，看到三个人后，赶紧问道："冬冬怎么样？妈，你没事吧？"

老太太捶胸顿足地说自己该死，没有看好孙子。刘传东也不好责怪母亲，问保姆究竟是怎么回事。保姆说："冬冬趁奶奶睡觉的时候跑到客厅玩，把凳子搬到水族缸旁，踩上去看鱼，结果掉到水族缸里，被那条鱼咬伤了……"

刘传东问："伤到哪儿了？"

保姆不敢说，老太太则"哇"的一声哭了出来，刘传东心里就更慌了，抓住母亲的双臂，说道："妈，你别哭了！你跟我说呀，冬冬到底伤到哪儿了？！"

老太太号啕大哭，说："冬冬的小鸡鸡，被那鱼咬掉了！"

一记闷棍打在刘传东头上，把他打得两眼昏花。李秀英能看出，刘传东努力支撑着身体，不让自己昏倒在地。

这时，手术室的门打开了，一个穿白大褂的男医生走出来，问道："谁是孩子的家属？"

刘传东和母亲同时答道:"我是。"

医生说:"孩子没有生命危险,但他的整个外生殖器都被咬掉了,现在我们需要知道,被咬掉的外生殖器在哪里,能找到吗?"

刘传东赶紧问:"如果能找到,能给孩子接回去吗?"

医生说:"这个要看咬掉部分被破坏的程度。我要看了才能判断。"

刘传东扭头问她们三个人:"你们当时,有没有把冬冬的小鸡鸡从鱼嘴里拿出来?"

三个女人都傻了,这才意识到,她们同时忽略了这个问题。刘传东通过她们的表情已经知道答案了,心急火燎地说:"我马上回去找!"

老太太说:"我跟你一块去。"

刘传东说:"妈,你就别去了,医院至少要留一个家属在!"

李秀英觉得这事跟自己多多少少有些关系,说:"刘先生,我跟您一起回去吧,多少能帮上点忙,也是好的。"

保姆插了一句:"今天李姐恰好到家里来,不然,我一个人真不知道该怎么办才好。"

刘传东不置可否,快步朝医院外走去,李秀英一路小跑跟在他身后。

刘传东的司机把两个人送回了家。刘传东推开家门,径直走到水族缸旁,看到了被血水染至浑浊的一缸水,人面鱼的轮廓大致能看见,但孩子的生殖器,却不是那么容易寻找了。刘传东趴在水族缸边仔细地看,几分钟后,他发出一声怒吼,发了疯似的用拳头捶打玻璃鱼缸,手都砸出血了。李秀英吓坏了,上前想要劝阻,刘传东却完全丧失了理智,抓起手边任何能触碰到的东西狂砸水族缸,咆哮道:"人面鱼,老子要杀了你!"

说完这句话,他气冲冲地冲到厨房,从厨房里出来时,手里拿了一个洗菜的盆子和一把菜刀。他不由分说地走到水族缸旁,把盆子伸到水里,想要把人面鱼舀出来。人面鱼似乎感受到了他的杀意,拼命躲闪。但几个回合之后,还是被刘传东连着大半盆水一起舀了出来。刘传东杀气腾腾,举起菜刀就要砍下去,旁边的李秀英大喊一声:"不要!刘先生,这条鱼可值八十万呀!"

刘传东怒喝道："钱有我儿子的命重要吗？"

李秀英说："冬冬并没有死呀，他只是……"

"只是？男人没了那玩意儿，还是男人吗？！"

李秀英无话可说了，刘传东已经气疯了，誓要血刃人面鱼为儿子报仇。看来，人面鱼今天是难逃一死了。

然而，就在他们说这几句话的空当，不可思议的事情发生了。人面鱼意识到了刘传东要宰杀自己，它趁刘传东蹲在地上，还没来得及下手之时，突然从盆中一跃而起，张开一口利齿的嘴，不偏不倚地咬中了刘传东举刀的右手。刘传东始料不及，痛得大叫一声，菜刀应声落地。

旁边的李秀英看傻了，只见刘传东从地上站起来，拼命地想要甩掉这条大鱼，但人面鱼死死地咬着他右手手腕，就是不松口。刘传东又惊又怒，大吼道："我就不信了！老子一个大男人还斗不过你一条鱼？！"

说着，他便走到墙边，抡起右臂，把人面鱼往墙壁拐角的地方猛撞。一下、两下、三下……人面鱼始终是条鱼，不可能跟一个身强力壮的成年男人抗衡，估计是被撞晕了过去，嘴一松，从刘传东手腕上掉落下来，摔在地上不动弹了。

刘传东本想立即捡起菜刀，宰了这鱼，却发现手腕被咬了几个窟窿，鲜血汩汩地往外冒。要是不赶紧止血，估计他会流血过多而死。他大骂了一声，按着手腕的伤口，去找止血的东西去了。

李秀英赶快帮着刘传东找柜子里的医药箱，拿出酒精、纱布、止血带等东西。她往刘传东的伤口上喷洒酒精消毒，再帮他包扎伤口。即便如此，刘传东仍流了很多血，显得十分虚弱。

伤口处理好后，李秀英和刘传东再度回到客厅，发现人面鱼一动不动地躺在地上，已经没有气息了。鱼离开水之后本来就活不了多久，加上刚才的猛烈撞击，它便一命呜呼了。李秀英心情复杂地蹲在地上观察了一阵，对刘传东说："刘先生，这鱼已经死了。"

刘传东走过来，厌恶地瞄了人面鱼一眼，骂道："便宜这畜生了！"流了这么多血，加上刚才那番折腾，他也没力气再拿刀宰鱼了，对李秀英说："你帮我把它拿出去扔掉吧！"

李秀英应了一声，捡起地上的人面鱼，走出了刘传东的家。小区里有一个垃圾站，李秀英正打算把死掉的人面鱼丢进去，突然发现手里的鱼动了一下，鱼鳃也一张一合。她心中一惊，心想难道这鱼并没有死，刚才只是在**装死**？

为了验证自己的想法，李秀英赶紧抱着鱼跑出了住宅区，她左右四顾，发现前方不远处有一家杂货店，便奔了过去，问道："老板，你们这儿有桶卖吗？"

老板说："有啊。"转身拿了一个塑料桶给她。李秀英把人面鱼放进桶里，又问，"水呢？你这儿有水吗？"

老板说："没有，我这店里没水龙头。不过矿泉水倒是有的。"

李秀英说："行！你帮我拿一件矿泉水来！"

老板抱来一件矿泉水，李秀英拧开瓶盖就朝桶里倒。老板看出她是想抢救这条鱼，也帮着她拧瓶盖。不一会儿，两人倒了十多瓶矿泉水进桶里，装了大半桶，鱼遇到水，果然活了过来。李秀英情绪有些复杂，也说不上来到底是高兴还是担忧，总之觉得这鱼真是命大——毒药没毒死，摔也没摔死，离开水这么久了也还能活，生命力实在是顽强到了极点。

杂货店老板这时发现了端倪，说道："哎呀，这是什么鱼，怎么看上去像长了张人脸似的？"

李秀英不想跟他解释，便问道："桶和矿泉水，一共多少钱？"

老板数了数矿泉水的瓶数，对她说："一共是十四块五毛。"

李秀英从裤兜里摸了十五元递给老板，说了句"不用找了"，拿了一瓶矿泉水自己喝，提着桶离开了这家店。她在路边拦了一辆出租车，抱着桶坐了进去，告诉司机地址。

不一会儿，李秀英就到了家。她用钥匙打开门，韩宝来正坐在沙发上看电视，见老婆拎着一个桶回来，而桶里明显是装着什么东西的，便问道："你买什么了？"

李秀英一时不知该怎么跟韩宝来解释，说："你自己过来看吧。"

　　韩宝来便走了过来，看到桶里的人面鱼后，他"哎呀"大叫了一声，说道："这……这不是那条人面鱼吗？怎么在你这儿？！"

　　李秀英暂时没有细说，她提着桶朝卫生间走去，把鱼倒进洗衣服用的大盆里，又放了好几倍的水进去，几乎把整个盆装满了水。刚才那个桶太小了，人面鱼在里面身子都转不过来，换到大盆里，它才舒展开身体，在水里畅游起来。

　　做完这些事，李秀英松了口气，擦了把头上的汗。韩宝来盯着这鱼看了半晌，问道："这是之前那条鱼吗？咋长这么大了？"

　　李秀英说："就是原来那条鱼，吃得多，就长大了。"

　　韩宝来又问："这鱼不是卖给刘传东了吗？怎么被你拎回来了？"

　　李秀英一直没有跟韩宝来讲她这段时间去刘传东家的事，现在却不得不讲了："这件事说来话长，我慢慢告诉你吧。"

　　韩宝来说："行，咱们到客厅去说吧。"

　　两人坐在沙发上，李秀英把自己去刘传东家看人面鱼，跟他们家人逐渐熟络，特别是今天下午发生的事情，全都告诉了丈夫。韩宝来听得目瞪口呆，特别是听到人面鱼咬掉了刘传东儿子的生殖器的时候，他表情扭曲，似乎能想象那种身心的剧痛。李秀英讲完后，他说道："我的妈呀……这鱼真的太可怕了！"

　　李秀英说："它看到刘传东要杀它，居然跳起来跟他拼命，最后还会用装死这招逃出生天……你说，一条鱼有这能耐吗？"

　　韩宝来说："这本来就不是一条普通的鱼。"顿了一下，又说，"但再怎么说，人面鱼也就是鲤鱼和鳜鱼的后代罢了，怎么可能有这等智慧？"

　　李秀英不依不饶："赵二奶奶说了，人面鱼是有灵性的动物，她还说……"

　　韩宝来打断她的话："行了，别提赵二奶奶了，我才不相信她说的那些话。这事，我倒是觉得有另一种可能。"

　　李秀英问："什么可能？"

　　韩宝来思忖着说："人面鱼本来就是一种特殊的动物，然后，它又同时喝下了两种农药。你说，会不会是这两种农药混合在一起之后，发生了某种化学反应，被人面鱼这种特殊的动物吸收之后，让它变异了？"

李秀英读书少，脑子也不是很灵光，她愣愣地说："我不知道……那这鱼，我们该怎么处理呢？"

韩宝来眼珠一转，问道："听你刚才说，刘传东以为这条鱼已经死了，对吧？"

李秀英点了点头。韩宝来猛地一拍大腿，喜出望外道："那太好了，这鱼咱们可以再卖一次呀！"

李秀英惊讶地说："你还想利用它来赚钱？赚了七十多万还不够吗？你没听到我刚才说的，这鱼差点咬死一个小男孩吗？连刘传东这个大男人，也被它咬成了重伤。你再把它卖给别人，那不是害人吗？"

韩宝来说："你这么说就不对了，陆地上的老虎、狮子，水里的鲨鱼、鳄鱼，比这人面鱼危险多了吧？可动物园、水族馆里，还有人专门饲养这些动物呢。"

李秀英虽然不聪明，但也不傻，她立刻反驳："问题是这些动物，大家都知道它们危险，一般情况下根本不会靠近它们。可人面鱼，大家只当它是一种观赏鱼罢了，还会把它养在家里的鱼缸中。不止刘传东会这么做，下一个人也会这么做。那等于说，刘传东家的惨剧，还会再次发生！"

韩宝来说："那你什么意思？你之前不是还说这鱼是你妈变的吗？难道你想像刘传东一样，把它宰了？如果是这样，你还把它拎回来做什么？"

李秀英哑口无言了。闷了半晌，她说："反正这鱼，我怕得很。把它养在卫生间里，把我们也咬了怎么办？"

韩宝来说："这个你不用担心。咱们家不是有个大阳台吗，我一会儿把盆子转移到阳台上去。然后你也甭管了，我来负责喂养。之后怎么卖，卖给谁，也用不着你操心，全部交给我来处理就行。"

李秀英无话可说了。她的确很纠结，把鱼杀掉，她肯定于心不忍；可留下它，又有可能祸害人。一时半会儿，她也想不出什么两全其美的好法子来，只能任由韩宝来处理了。

⬤ 十三

　　两天后的下午，韩宝来从外面回来，沮丧地对李秀英说："这鱼，估计是不好卖了，起码短时间内卖不了。"

　　李秀英问："为啥呢？"

　　韩宝来说："这两天我故意到公园、广场等人多的地方去，发现很多人都在谈论这件事。看来人面鱼咬伤刘传东父子的事，已经传遍整个合肥市了，听说电视和报纸也报道了这件事。虽然为了保护刘传东父子的隐私，报道中没有透露他们的真名。但实际上谁都知道新闻里说的就是刘传东，因为当初在拍卖会上，买下人面鱼的就是他，后来也没听说他把这鱼转手卖给别人。现在出了事，人们当然一下就猜到是他了。"

　　李秀英叹了口气，为刘传东父子——特别是小冬冬感到惋惜，她说："卖不掉就不卖呗，本来我就觉得卖掉不好。现在大家都知道这鱼会伤人，当然不会有人买它了。"

　　韩宝来摇摇头："这鱼会伤人其实还是次要的，大不了下一个买它的人，注意点就是了，**最关键的是另一个问题**。"

　　李秀英问："啥问题？"

　　韩宝来说道："你知道吗，现在新闻媒体、大众，包括刘传东本人在内，都以为这条人面鱼已经死了。但实际上，只有我俩知道它还活着。要是我们把它卖掉，刘传东肯定就知道这鱼还活着了。"

　　李秀英反应慢，脑子一时没转过弯来，问道："那又咋样？"

　　韩宝来瞪着眼睛说："这条鱼值八十万呀，是刘传东花大价钱买的。要是他知道鱼没死，被你拿回家，还再卖了一次，他能依你吗？况且你都说了，他对这条鱼恨之入骨，打算杀了它泄愤。结果发现鱼被你救活了，不找你算账才怪！"

李秀英这才明白过来："是啊，那这鱼千万不能再卖了。"

韩宝来说："这倒也不一定。等过个一年两年，大家都忘了这件事了，就可以再卖了。到时候我们就说这是另一条人面鱼，谁也没证据证明，这就是原来那条。"

李秀英惊诧："啥？这鱼要养在家里一两年？"

"当然了。而且这鱼还活着的事，你记住千万别跟其他人说，咱俩知道就行了。"韩宝来说。

李秀英无奈地点了点头。韩宝来却摸着下巴，似乎在思索着什么。李秀英知道丈夫鬼点子多，问道："你又在想啥？"

"我在想，除了把它卖掉，这鱼还有没有别的什么用。"

"鱼除了吃掉和观赏，还能有啥用？"

韩宝来没接话，默默回房间了。李秀英也不再多想，到厨房准备晚饭去了。

日子又过了几天，韩宝来现在每天下午都要出去走一趟，李秀英也不知道他出去做什么，问他就说只是出去闲逛，渐渐地李秀英也就不问了。毕竟当初到刘传东家去做客的事，她也没跟韩宝来如实说。自从村主任的事件之后，他们就有点各过各的意思，这段婚姻多少有些貌合神离。

但是这天下午跟往日有点不同。韩宝来才出去半个多小时，门铃就响了，李秀英以为韩宝来回来早了没带钥匙，走到门口把门打开，说道："咋回来了？没带钥匙……"

话没说完，她愣住了——站在门口的不是韩宝来，而是以前村里的光棍汉肖长柱。

李秀英丝毫没有见到这个人的心理准备，她怔怔地说："肖……肖长柱？你咋来了？"

肖长柱三十七八岁，为人好吃懒做，家里一贫如洗，加上相貌丑陋、神态猥琐，所以直到现在都是光棍一条。不过他今天看上去，似乎跟以往有些区别。他好像才理了发，胡子也刮干净了，衣服裤子相较以前也干净整洁了不少，除了丑陋这一点没变，比往昔多了几分人样。但李秀英对他的印象仍停留在当初，始终是有些反感的。

此刻，站在门外的肖长柱说："秀英，瞧你说的，咱们乡里乡亲的，我来你家做客，不行吗？"

李秀英不太想让他进屋，说道："宝来出去了，一会儿才回来呢。你看，要不你过会儿再来？"

肖长柱说："我又不是找他有啥事。我今天到省城来办点事，完了就想到你家来坐会儿，你总不能不让我进门吧？"

李秀英心想你这种人能有啥事，需要到省城来办？但毕竟是一个村里的，人都到门口了，要是不让他进来那也做得太绝了点，她只有无奈地说："行，那你进来坐会儿吧。"

"唉。"肖长柱应了一声，走进屋来，顺手把门关上了。

李秀英招呼他坐，去厨房给他倒了杯白开水，放在茶几上。但肖长柱并没有坐，他环顾这套三居室的房子，嘴里发出"啧啧"的声音，说道："秀英呀，你们这房子也太阔气了，在省城有套这么漂亮的房子，太有钱了！"

李秀英没接这茬，心想有没有钱关你什么事。她关心的是另一个问题："你咋知道我们住这儿呢？"

肖长柱说："宝来跟我说的。"

李秀英纳闷儿道："宝来跟你说的？你啥时候见到他了？"

肖长柱说："几天前，我到省城来办事，碰到他了，我问你们现在住哪儿，他就把你们新家的地址告诉我了。"

李秀英心里有些犯嘀咕，不知道肖长柱说的是不是实话。她问道："你说你到省城来办事，到底办啥事呀？"

肖长柱说："看房子，我最近看了好几套房呢。"

李秀英有点怀疑自己的耳朵："你说啥？你也想在省城买房子？你哪来的钱？"

肖长柱并没有不快："你看，你这就是瞧不起我了不是？就兴你们买，我就不能买呀？"

李秀英说："咱们是老乡，知根知底的，说话就别绕弯子了。你那情况我又不是不知道，一直都是咱们村的贫困户，哪年不要人接济？上回你在我们家吃完全鱼宴后，还拿了几个红薯走吧？这才过多久，你就有钱在省城买房子了？蒙谁呀你。"

肖长柱不悦："秀英，你这话就不对了。几个月前，你们也没钱在省城买房子，现在不也买上了吗？你们能发财，我就不能？"

李秀英心想我们能发财那是因为卖掉了人面鱼，你家又没有人面鱼，发哪门子的财。不过她也懒得跟这人废话了，管他是吹牛还是真的，都跟自己没关系，她用不着打听这么详细，便说："行，你发财了那也是好事。那你看会儿电视吧，我去厨房做事了。"

其实现在才下午三点多，离晚饭时间还早，李秀英只是不想跟肖长柱单独相处，才故意找个借口去厨房。但肖长柱似乎没有意识到李秀英是在回避自己，说道："我去厨房参观一下吧。"

李秀英无奈，只好让他去厨房参观。看完厨房，肖长柱又提出想看看卧室，还说自己最近看的几套房子，卧室都不合适。李秀英不情愿到了极点，冷淡地说："你自己去看吧。"

肖长柱便自己去各个房间参观。进入主卧之后，他很久都没有出来，李秀英有些犯疑，问道："你看完了吗？看完就出来吧。"

房间里没人回话，李秀英又喊了一声："肖长柱，你在里面干吗呢？"

还是无人应答，李秀英忍不住走进卧室，想看看这人在里面干什么，进去之后，却并没看到人。狐疑之际，门背后突然蹿出来一个人，从背后把她紧紧抱住，李秀英吓得失声惊叫，肖长柱吐着腥气的嘴在她耳边说道："别叫，宝贝儿，你知道吗，哥想你十几年了！"

李秀英奋力挣扎，却无法挣脱对方的束缚。这男人把她扑到床上，她想呼救，对方那张泛着腥臭的嘴却堵住了她的嘴。

李秀英恶心得想吐，她拼命把头别到一边，骂道："肖长柱，你这个禽兽！你放开我！"

对方是一匹饥渴的饿狼，怎么可能放掉这到嘴的羔羊？李秀英拼尽全力挣扎、反抗着，但体力上，始终不如一个壮年男人。情急之下，李秀英喊道："肖长柱，你放开我！宝来马上回来了，他饶不了你！"

肖长柱说："你少唬我了，现在才三点多，韩宝来还有两个小时才回来。"

李秀英见这招不管用，骂得更加难听了，对方却不理不睬，眼看就要得手了，李秀英急得流下了屈辱的眼泪，几乎想咬舌自尽。

就在这时，一个人冲了进来，怒骂一声："我 × 你妈的！"肖长柱正要回头去看，还没来得及发声，只听"咚"的一声闷响，他连惨叫都来不及发出，就倒在床上了。

泪眼婆娑的李秀英定睛一看，来人正是韩宝来。他手里拿着一个钢扳手，上面沾着鲜血。再看一眼肖长柱，他后脑勺被开了个大洞，趴在床上一动不动了。

李秀英又惊又怕又羞，赶紧把被子拉过来遮住身体，整个人瑟瑟发抖。韩宝来丢掉扳手，走过去抱住她，说道："没事了，没事了，还好我今天提前回来了，不然这畜生就得逞了！"

李秀英这辈子从来没遇到过这样的事，惊魂未定的她，扑在丈夫怀里号啕大哭。韩宝来抚着她的后背安慰了许久，李秀英的情绪才稍微平静了一些。韩宝来则望向了倒在床上再没动弹过一下的肖长柱。他伸手到这家伙鼻子下试探，忽然倒吸了一口凉气，说道："糟了，这家伙好像没气了！"

（十四）

听韩宝来这样一说，李秀英也吓到了，她赶紧从床上跳下来，壮着胆子凑过去一看，发现肖长柱两眼凸出，呼吸停止，已经没有生命迹象了。她惧怕地抱着韩宝来，说道："他好像真的死了……这，这咋办呀？"

"我刚才气昏了头，没控制住力道，不小心把他打死了，这下糟了。"韩宝来懊恼。

李秀英说："可是你打他，是因为这混蛋想要强暴我。咱们报警，跟警察说明情况吧。"

韩宝来反对："不行，报警的话我就完了。不管他是不是要强暴你，我把他打死，都是犯法的。况且我们是两口子，互相作证，警察不一定会信，我肯定会被判刑的。"

李秀英慌了："那咋办？这人已经死在我们家了，这尸体不能一直摆在我们家呀！"

韩宝来思索一阵，说道："别慌，仔细想起来，这家伙是个老光棍，也没有什么亲戚。他到咱们家来是打算干这龌龊事的，那肯定也不会跟其他人说——也就是说，他到我们家来的事，应该没有人知道。"

李秀英不解地问："你啥意思呀？"

韩宝来望着老婆说："意思就是，咱们把他的尸体偷偷处理掉，然后绝口不提他来过咱们家，这事任何人都不会知道。"

李秀英吓得脸都白了："啥？处理……尸体，怎么处理？"

韩宝来说："如果换作别人，遇到这事可能会很为难，但咱们恰好不会。"

李秀英问："啥意思？"

韩宝来盯着她的眼睛说道："你忘了我们家有一条人面鱼吗？"

李秀英呆了半晌，才领悟到韩宝来这句话的意思，她惊叫了出来："天哪，你打算让人面鱼吃掉……"

韩宝来一把捂住她的嘴："你小声点，别被邻居听到。"

李秀英不敢说话了，她被韩宝来这个可怕的计划吓得浑身发抖。韩宝来说："这样，这事交给我来处理。"

说着，他架起肖长柱的尸体，把尸体拖到了厨房。接着，他走到阳台，把装着人面鱼的大盆也拖到了厨房里，之后对李秀英说："你把带血的床单换下来洗干净，再把地擦干净，其他事，你就别管了。"

李秀英只能按照韩宝来说的，把染血的床单换下来洗了，然后用湿抹布清洗卧室的木地板和被弄脏的地方。韩宝来将肖长柱的衣服脱下后，她找了一个大袋子先装起来。

做完这些事之后，李秀英忐忑不安地坐到沙发上。一个多小时后，韩宝来从厨房里出来，欣喜地说道："人面鱼比我想象中还厉害。"

李秀英虽然没有目睹，但仅仅是听到这句话，脑子里浮现出的画面就令她胃中一阵翻腾。她捂住嘴，冲到卫生间，疯狂呕吐。韩宝来意识到自己说了让人作呕的话，跑过去帮着她拍背："我不该说这个的，以后我不提这事了。"

李秀英吐得脸青面黑，用清水漱口之后，她虚弱地说："我进屋躺会儿，今天晚上，我不想吃饭了。"

韩宝来点了点头。其实他也吃不进饭了。

李秀英一觉睡到晚上九点多，醒来之后，发现韩宝来坐在自己身边。她不想问，却又不得不问："那事……处理得咋样了？"

韩宝来说："你就别问了，不然又会反胃。总之这两天你暂时别去厨房，咱们吃饭都去外面吃。我估计，两天时间，应该足够了。"

李秀英尽量不去想那恶心而恐怖的画面，这时，她想起了今天下午肖长柱跟自己说的一些话，有些事情令她介怀，但似乎一时又想不起是什么。回忆了好一会儿，才记了起来，说道："对了，肖长柱说他几天前碰到了你，你跟他说了我们家的住址？"

韩宝来说："嗯，我在公园的时候碰到了他，没想到他也在合肥。"

李秀英问道："你为什么把我们家的地址告诉他？"

韩宝来有些委屈，答道："他问我的，说想来我们家看看，我当时也没想这么多，就把地址告诉他了。"

李秀英觉得有点不合理："你应该不希望村里的人知道我们住哪儿吧？为什么会把地址告诉肖长柱，而且还说得这么详细，连楼层和门牌号都说了？"

韩宝来叹息道："我也后悔，我把地址告诉这混蛋做什么？！主要是他当时说也要在合肥买房子，我心想到时候低头不见抬头见，他总会知道我们住哪儿，就把住址跟他说了。"

李秀英生气道："他跟你说要在合肥买房子，你就信了？他一个穷得叮当响的老光棍，别说合肥了，镇上的房子也买不起吧？你凭什么相信他真的有钱买房子？"

韩宝来沉默片刻，说道："是啊，我当时还真没想这么多……只是看他衣着跟以往不一样，就以为他也发什么横财了。"

李秀英觉得不对。韩宝来比她聪明得多，她都能想到的事，他会想不到？如果真像他说的，以为肖长柱发了财，再怎么着也得问问，这横财是怎么发的吧？怎么可能一点都不好奇？唯一的可能性就是，韩宝来很清楚肖长柱的钱是哪儿来的。可是以李秀英知道的信息，一时没能推测出这其中的关联是什么。

李秀英暂时没有纠缠这个问题，因为让她犯疑的，还有别的事情："对了，我当时诈肖长柱说，你马上就要回来了。他说了一句'现在才三点多，韩宝来还有两个小时才回来'。他咋知道你啥时候回来？"

韩宝来有些应付："瞎说的呗，这种人什么瞎话说不出来？"

李秀英继续追问："可他说对了，你平常出去逛，基本上就是五点左右回来。"

韩宝来眼珠一转："上次在公园碰到他的时候，我跟他说了，我遛弯一般遛到五点多。"

李秀英沉吟片刻："还有最后一个问题。"

韩宝来略有些不耐烦了："你今天咋这么多问题？"

李秀英说："你刚刚进屋来的时候，不可能知道肖长柱在屋里面，更不可能猜到他在欺负我，那你手上怎么会恰好拿了一把扳手？"

韩宝来说："我进屋来，见客厅里没人，卧室里却有挣扎喊叫的声音，猜想家里会不会进贼了，就从工具箱里拿了把扳手当武器，走进卧室一看是肖长柱那混蛋在欺负你，气昏了头，就抡起扳手砸过去了。"

这话乍一听似乎合理，但李秀英总觉得有点可疑，加上之前那些似是而非的回答，她的那种感觉愈发强烈了：韩宝来一定有什么事瞒着自己。

但她还没想明白这些事，韩宝来就已经岔开话题说别的了，也不知道是不是故意的。总之，两人又聊了一会儿，韩宝来说自己累了，便关灯睡觉。

不多时，韩宝来就发出了鼾声。李秀英却睡不着了，在黑夜中睁着眼睛，思前想后。她这人脑子笨，反应也慢，普通人当时就能想明白的事，她要花很长时间才能悟出来。但她又是执拗的，一时半会儿想不明白，就会多花点时间想，反复地想。

辗转反侧了大半夜，李秀英把今天下午发生的事和种种疑点联系起来，突然有了一种极其可怕的猜想：**这件事，会不会是韩宝来设的一个局？肖长柱其实是韩宝来故意引到家里来的，而目的就是为了除掉肖长柱。**

这个突如其来的念头把李秀英吓了一大跳。这个可能性，能解释之前所有的疑点。可她想不通的是，**韩宝来为什么要除掉肖长柱？这俩人之间，到底发生了什么？**

李秀英觉得，能够推测到这一步就已经很不错了，要想彻底想明白这事，似乎是不可能的。但不管怎么样，她都意识到了一件事，那就是自己的丈夫，已经不再值得信任了。婚姻是否名存实亡都是次要的。关键是，如果她的推测是真的，意味着这个家对她而言，已经不再安全了。

于是，下半夜的时候，李秀英做了一个决定：**她要逃离这个家，逃离韩宝来。**这是一个艰难的决定，也是一个必须做出的决定。虽然现在的日子丰衣足食，但这样的丈夫，这种充满猜忌和恐惧的日子，不是她想要的。她宁肯舍弃拥有的一切，也要从这样的生活中解脱出来。

十五

韩宝来把残剩的尸骨处理掉了，不出意外的话，这件事根本不会被任何人发现。肖长柱这个本来就没什么人关心的老光棍消失了，估计也不会引起太多人的关注和重视。

几天后，韩宝来下午照常出门。李秀英开始实施自己的计划。她拿出拉杆箱，把自己的衣服和重要物品装进箱子里，然后把家里仅有的六千多元现金带上。其余的钱，全都在韩宝来的银行卡里。让人寒心的是，这张卡放在哪里、密码是多少，只有韩宝来本人才知道。可见他对自己老婆，都是有所防备的——这让李秀英再一次坚定了离开这个家的想法。

东西收拾好之后，李秀英来到厨房。她之前已经计划好了，要走，就把人面鱼一起带走。她倒不是想断韩宝来的财路，也不是想卖掉这条鱼，而是觉得，如果把这条鱼留给韩宝来，天知道他又利用它来干什么坏事。所以李秀英找到一个装米的大塑料袋，把人面鱼装进袋子里，再注入大半袋水，扎紧袋口，左手拎着行李箱，右手拎着鱼，走出了家门。

人面鱼在吃掉肖长柱之后，似乎又长了几斤，加上大半袋水，李秀英提得十分吃力。她走出小区之后，招手拦了一辆出租车，让司机开车到合肥市西北郊的蜀山湖——这是她昨天研究地图之后选定的地点。蜀山湖也叫董铺水库，是为了拦蓄洪峰，减轻洪水威胁而修建的一个大型水库。她打算把人面鱼放生到水库里，然后离开合肥市。

他们家离蜀山湖不算太远，汽车行驶到湖边，只用了二十多分钟。李秀英拎着行李和鱼下了车，顺着阶梯走到水库边上。今天是周二，现在是下午两点多，水库边上没有几个人。

放生之前，她怀着复杂的心情看了人面鱼最后一眼。人面鱼也隔着透明的塑料袋盯着她，似乎猜到了她会把自己放进水库。就像在刘传东家一样，人面鱼又望着李秀英，嘴巴一张一合，仿佛在跟她说话。李秀英当然听不懂它在"说"什么，但她却本能地感觉到，人面鱼似乎在央求自己不要把它放进水库。按理说，一条鱼能够在广阔的湖中自由自在地生活，当然好过在鱼缸或盆中才对。但它为什么不愿意进这水库呢？唯一的理解，恐怕是它想跟自己生活在一起。

李秀英心中的感受复杂到了极点。她对这条鱼，既有感情，又有畏惧。细想起来，它吃掉了一只猫，咬掉了一个小男孩的生殖器，袭击了一个成年男人，还吃掉了一具尸体——这实在是太可怕了。就算这鱼真是母亲变的，它也绝对不是自己和蔼可亲的母亲了。李秀英叹了口气，准备将鱼倒进水中，人面鱼却在袋子里乱窜起来，似乎不情愿到了极点。李秀英又迟疑了，拎着袋口，左右为难。

就这样，她蹲在湖边踌躇不决了好一阵子。如此状况，被湖边散步的一个中年男人注意到了。这人四十多岁，有着一双锐利的眼睛。他观察李秀英已经有一会儿了，被这女人奇怪的举止所吸引，于是走过来问道："妹子，你是打算把这鱼放生吗？"

李秀英回头看了他一眼，"嗯"了一声，没多说话。

中年男人说："我看你蹲这儿好久了，既然想放生，怎么又迟迟不放呢？"

李秀英没法跟他解释，也没义务跟他解释，就没有理睬他。中年男人蹲了下来，盯着塑料袋里的鱼看，几秒之后，他"哎呀"一声，说："这是一条人面鱼？！"

李秀英不知道这人有没有看前段时间的新闻，是否知道这条人面鱼就是袭击了刘传东父子的那条鱼，他没有提到这件事，让人难以揣测他心里的想法。不过这人倒是猜中了李秀英的心思："妹子，你是不是既想把它放生，又有点舍不得，才迟迟没能做出决定？"

李秀英默默点了点头。这人想了想，说："这样，我看你也纠结半天了，不如把这鱼卖给我吧。"

李秀英问："卖给你，你拿来干啥？"

中年男人说："放生呀。"

李秀英有些纳闷儿了："我本来就是要把它放生的，你买过来放生，跟我放生有什么区别？"

中年男人说："当然有区别了。是谁放生的，就是谁积下的功德。我把这鱼放生，那福报不就是我的吗？！"

李秀英大致能明白他的意思。她心想，这人看上去慈眉善目的，如果卖给他来放生，既解决了自己的难题，又能获得一些报酬，何乐而不为呢？！加上她准备到外地去，不管是打工还是开店，总是需要钱的。于是，她问道："那你出多少钱买呢？"

中年男人想了一会儿，说："这样，妹子，我跟你说实话。我知道，这条人面鱼肯定是值些钱的，但太贵的话我也买不起。我家里现在一共就只有五万块钱，全都给你，好吗？"

李秀英跟韩宝来不一样，她一点都不贪心。虽然她知道这鱼值几十万，也没打算真要卖这么多钱。其实别说五万，就算五千她也会卖。不过这人既然自己提出给五万，她也没有拒绝的道理，便说："好吧，那我就把这鱼卖给你吧。但是咱们得说好，你买这鱼不能做别的，只能用来放生。"

中年男人说道："你就放心吧。"

李秀英点了点头，站了起来，把装鱼的口袋又扎紧了。男人说："但我身上没有这么多钱，你跟我回家去一趟好吗？别担心，你站在楼下等就行了，我把钱给你拿下来。"

李秀英点头，觉得这人考虑问题挺周全，便说："好，你家在哪儿，远吗？"

中年男人说："不远，就是这旁边的一个小区，走路几分钟就到了。"他拎起李秀英的行李箱说："我帮你拿行李，你拎鱼就行了。"

李秀英跟中年男人一起走上河岸，步行几分钟后，来到附近的一个小区。中年男人带着李秀英进了小区大门，让她坐在中庭的长椅上，对她说："你就在这儿坐着等我吧，我几分钟后就下来。"

然后他又叮嘱了一句："你用行李箱把人面鱼挡着点儿，这儿来来往往这么多人，大家看到人面鱼，难免过来围观。"

李秀英也不想引人注目，便点了点头。中年男人转身离开，取钱去了。李秀英照他所说，用行李箱挡住装鱼的塑料袋，也就没人注意到这条鱼。

不一会儿，中年男人拎着一个黑色口袋回到了李秀英身旁，把口袋打开展示给她看："这是五万块钱，你找个隐蔽点的地方，点点吧。"

李秀英是个洒脱的人，瞄了一眼口袋，见里面有五捆扎好的百元大钞，便对他说："不用点了，我信得过你。"她把口袋接了过来说道："那我走了，这条鱼就留给你了。"

中年男人答应："行。"他正要俯身下去拎鱼，李秀英突然想起一件重要的事，问道："你是一会儿就把它放生，还是养一阵再说？"

中年男人说："今天晚了，我估计得养几天，找个吉利的日子再放生吧。"

李秀英叮嘱："那你可得小心点，这条鱼是吃肉的，而且生性凶猛，你要是养家里，可千万注意，别伸手抓它，更别让小孩接触到它，不然出了事，可别说我没提醒你。"

中年男人点着头说："我知道了，谢谢提醒。"

李秀英最后说了一句："别养太久，最近几天就把它放生了吧。"中年男人再次应承，把塑料袋拎了起来。李秀英不想再跟这条鱼对视了，怕又心生不舍，转过身，毅然走出了这个小区。

十六

拎着五万元巨款，李秀英不敢在街上闲逛，她走出小区就打了辆车，告诉司机到最近的一家银行。几分钟后，她来到一家农行，用身份证新开了一个户，把五万元存进了银行卡里，这才放了心。买鱼那男人果然是个实诚人，给他的五万元一分钱不少，也没有假钞，李秀英很满意。

存好钱后，已经接近下午五点了。李秀英估摸着韩宝来那边也该完事了，等他回到家，发现老婆和人面鱼都不见了，不知道会是什么反应。李秀英也懒得去猜，懒得去管了。她只知道一件事，那就是一定不能让韩宝来找到自己，没准他现在已经气急败坏地在合肥市寻找自己了。要是被韩宝来找到，而且知道她把人面鱼五万元就卖掉了，后果不堪设想。想到这里，李秀英赶紧拦了一辆出租车，想着先钻进车里再说。

司机见李秀英拖着行李箱，就随口问了一句"是去车站吗"，本来没想好去哪儿的李秀英，一下获得了提示。她本想先找个旅馆住一晚，明天再去外地，但这样一来，就给了韩宝来充分的时间，他明天要是到汽车站、火车站守株待兔可就糟了。于是李秀英对司机说："对，就去合肥长途汽车站。"

出租车行驶的过程中，李秀英思考着一会儿坐车去哪里。其实她有几个亲戚在芜湖周边的一些乡镇和县城居住，倒是可以去投靠他们。但这个想法仅仅两分钟就被李秀英给否决了，因为她想到了两个问题：第一，亲戚肯定会问，她怎么一个人离家出走了，她没法解释；第二，韩宝来也知道她这几个亲戚的住址，发现自己失踪后，他极有可能找过去。如此看来，投靠亲戚显然不行。

于是李秀英又开始思索自己还有哪些熟人朋友，这时她想起了一个人——她的初中同学王菊香。她跟李秀英是中学时的好朋友，毕业以后，两人也一直有联系。王菊香十七岁就结婚了，嫁给了江苏省盱眙县的一个男人。李秀英当时还去参加过她的婚礼，那时她跟韩宝来还不认识，后来她也没怎么在韩宝来面前提起过王菊香。韩宝来应该怎么都想不到自己去了盱眙这地方。李秀英心里有了数，打算一会儿就坐车前往盱眙县。

几十分钟后，出租车来到合肥汽车站，李秀英拎着行李箱跳下车，一分钟都不敢耽搁，直奔售票大厅。这个点汽车站的人不算多，很快就轮到她买票了，结果她跟窗口的售票员一打听，才知道合肥到盱眙的班车每天只有一班，是上午七点多，现在已经坐不了了。李秀英不敢拖到明天，便选了个折中的办法：先到途经的滁州市，明天再坐车去离滁州不远的盱眙。

一番辗转之后，李秀英在第二天中午十二点到了盱眙。她昨天晚上跟王菊香打了个电话，说自己要来盱眙找她玩，王菊香很高兴，说要到车站来接她。李秀英在车站出口，一眼就望见了等候自己的王菊香和她老公。王菊香跟李秀英好几年没见了，老同学见面，自然十分亲切。两口子带着李秀英，去盱眙县城一家有名的餐馆吃午饭。

吃饭聊天的过程中，李秀英得知王菊香和丈夫在县城里开了一家小店，经营日杂用品，生意还不错。他们三年前就在县城买了一套房子，小日子过得挺滋润。

说完自己的情况，王菊香问："你跟韩宝来现在咋样？这次怎么没带他一起来玩？"

李秀英没法把出走的实情告诉王菊香两口子，只得含糊其词地说："我现在……没跟他在一起了。"

王菊香问："咋，你跟他离婚了？"

李秀英支支吾吾："算是吧。"

王菊香问："你俩之前不是挺好的吗，出啥事了？"

李秀英不想解释："菊香，别问了，好吗？"

王菊香和老公对视了一眼，猜想李秀英估计是有些难言之隐。王菊香是个痛快人，不再刨根问底，她主动提出，让李秀英暂时住在他们家，还可以顺便到店里帮帮忙。李秀英思量了一阵，答应了。

于是，李秀英住在了王菊香家。白天，她到店里去帮王菊香看店；晚上，王菊香的老公喜欢跟朋友喝点小酒，李秀英就陪王菊香看电视聊天。为了避嫌，只要王菊香的老公在家，李秀英基本上都待在自己的房间里。这样的日子，持续了接近一个月。

月底的时候，王菊香拿了几百元工资给李秀英，被李秀英坚决拒绝了。李秀英说自己吃住都在她家里，这钱就当住宿费和伙食费了。

王菊香说："行，那今天天气好，咱们去县郊的龙泉湖风景区玩一天，你来盱眙这么久了，咱们还没出去玩过呢。"

于是王菊香让老公看店，她们两个人乘车来到县城南郊的龙泉湖。路上，王菊香告诉李秀英，这个地方又叫龙王山水库，是淮安市境内最大的人工湖，可以钓鱼、划船，还可以在湖边野炊，是盱眙县乃至淮安市的人常去的一个风景区。

到了龙泉湖，李秀英被这里的湖光山色吸引了。离开韩宝来的这一个月，她心里肯定还是有失落和不舍的，只是在王菊香面前没有表现出来。今天来到这美丽的风景区，看着碧波荡漾的湖面，积压在心中的愁闷仿佛被夏末的微风吹散了。她对自己说，这不就是我想要的新生活吗？定居在这里，其实挺好的。

两人在湖边逛了一会儿，走到一个靠近水边的农家乐。王菊香提议坐一会儿，于是她们在湖边的院子里坐了下来，王菊香点了两杯清茶和花生、瓜子、红薯干。她们一边喝茶聊天，一边吃着零食，好不惬意。

不一会儿，一群八九岁的小男孩跑到了湖边，他们脱光衣服，光着屁股跳进了水里，在湖里游泳、戏水。李秀英一开始没在意，过了几分钟后，她突然想起了什么，怔怔地盯着这群小男孩，两眼发直。

王菊香发现李秀英看呆了，逗她道："你看啥呀？"

李秀英没说话，表情愈发严峻了。王菊香观察到她神情不对，正色道："秀英，你咋了？"

李秀英望着王菊香问："你说，这地方是个水库？那就跟合肥的蜀山湖差不多，对吧？"

王菊香说："应该是吧，咋了？"

李秀英问："水库里，会有人下水洗澡？"

王菊香不以为然："当然了，天底下所有的水库，都会有人下水洗澡吧，特别是这些半大小子。不是，你问这干吗？这跟你有啥关系呀？"

李秀英缓缓地从椅子上站了起来，对王菊香说："菊香，对不起，我突然想起一件重要的事，得马上去一趟合肥！"

十七

跟来的时候一样，这次，李秀英仍然是先到了滁州市，再转车到合肥。花了一天多的时间，到合肥已是下午三点多了。她不敢耽搁时间，立刻打了一辆出租车，前往董铺水库。

其实她也不是想到董铺水库，而是想到水库旁边的那个小区，找到当初买人面鱼的那个男人。但她忘了这个小区的名字，便只有安图索骥，先找到当时她去的湖边，然后根据记忆中的路线，走到那个小区。这方法虽然笨，但还是有效的。下午四点的时候，她来到了这个男人所在的小区门口。

李秀英跟在其他人身后混进了小区。但是她不知道要找的那个中年男人叫什么名字，也不知道他住在哪一栋楼，只有坐在当初那张椅子上等，眼睛一直盯着小区大门，只要这个中年男人进来或出去，她就能发现他。

然而这一等，就等了几个小时，直到晚上八点，那中年男人也没有出现。李秀英肚子饿得直叫，但是也不敢离开，怕刚刚一走，中年男人就出现了。斟酌一番后，她到小区门口的副食店买了两个面包和一瓶矿泉水，又进了小区，继续坐在椅子上，边吃面包边等。

十点的时候，中年男人也没有现身，李秀英没法再等下去了。她离开这个小区，在附近找了一家旅馆住下，打算明天再来找他。

第二天，李秀英六点就起床了，她在旅馆旁边的早餐店买了两个包子和一杯豆浆，拎着早餐来到小区门口。七点多，上班、上学的人陆续走出小区，她眼睛都不眨地盯着他们，却始终没有发现要找的人。

这一等，又等了大半天。八月底的天气仍然十分炎热。李秀英守候在小区门口，矿泉水都喝光了四五瓶。小区的门卫终于忍不住了，问道："你在这儿等谁呀？"

"我找住在这个小区的一个人。"

"找谁？"

"我不知道他叫什么名字。"

"那你知道他住几栋几单元吗？"

李秀英摇头，同时有点后悔，当时要是留心看一下这人进的是哪栋楼就好了。

"你啥都不知道，咋找？"

"我知道他住在这个小区，我也认得他的样子。只要他出现，我就能找到他。"

"你昨天就在这里等了几个小时吧？今天还要等下去？你找他到底啥事？"

李秀英没法解释。门卫警觉起来："你不会是来寻仇的吧？"

"我寻什么仇？我是找他有事。"

"你可不能在这儿生事，你要生事，我可要叫警察啊。"

"我不生事。你能帮帮我吗？"

"你把这人的身高、样貌跟我说一下，我帮你留意一下，如果他回来了，我就跟他说，有人找他。"

李秀英连连点头："那真是太好了！这人是个男的，看上去四十二三岁，身高大概比我高大半个头，不胖。"

门卫找张纸记了下来，犯难地说："符合这些条件的人太多了，他还有别的什么特征吗？"

李秀英仔细回忆了一阵："他好像没有什么明显的特征，就是面相看上去挺和善的，如果你看到这样的住户经过，麻烦问他一句——一个月前，有没有买过一条特殊的鱼。说有的就是我要找的那个人。"

门卫露出不太情愿的表情。李秀英知道不能让人白帮忙，从裤兜里掏出一百块钱塞给他说："大兄弟，谢谢你了。"

门卫一个月的工资只有三百元，一百块钱对他来说可不是小数目，他马上把钱收好，说道："好嘞，我帮你问问。"

"那我就先走了。"李秀英说。

门卫问："我要是找到他了，怎么跟你联系呢？"

李秀英想了想："我现在就去买个手机，一会儿回来告诉你电话号码。"

李秀英坐车来到市内的一家商城，在卖手机的专柜买了一部手机，加上电话卡和充值话费，花掉了一千多元。手机这东西在当时还没有普及，属于奢侈品的范畴，但李秀英用得着，再贵都得买。况且她有五万多元，买部手机也不成问题。

之后，她乘车返回那个小区，把自己的手机号告诉了门卫。门卫记录了下来。李秀英对他说："大兄弟，你帮我找到这个人，我再给你一百块钱。"

门卫的积极性又提升了一倍，他高兴地答道："行，你放心吧，我一定帮你留意！"

李秀英办完这事，打算回旅馆休息，等门卫的消息。但她刚走几步，突然想到，她要找的其实也不是这个人，而是那条人面鱼。她找这个中年男人，无非是想告诉他，不要把这条鱼放生到水库里，不然这鱼若是袭击了下水游泳的人，那就不是放生，而是杀生了。但问题是，时间都过去一个月了，这个人会不会早就把人面鱼放到水库里了？

想到这里，李秀英又回到小区门口，问门卫："大兄弟，我再跟你打听个事，这旁边的蜀山湖里，有人下水洗澡吗？"

门卫答道："当然有了，这大热天的，好些人下午和傍晚的时候，都会去湖里游泳呢。"

李秀英便有些紧张了："那……最近这段时间，有没有出过啥事？"

门卫说："你说有没有人溺水吗？这倒没听说过。"

李秀英试探着问："除了溺水，还有没有发生过别的事呢？"

门卫挠着头说："湖里除了有人溺水，还会发生什么事情呢？"

那就是没出过事了。李秀英安心了些，暗忖这个人也许还没有把人面鱼放生，那么自己回来阻止他，应该还来得及。她对门卫说了声"好的，我知道了"，就离开了。

回到旅馆，李秀英躺在床上想：这个男人买这条人面鱼，是用来放生的。但现在自己回来叫他不要放生，那这男人会不会让她把五万元退给他？这是完全有可能的。不过，李秀英跟韩宝来不同，她做不到为了发财，置人命于不顾。实在要让她退钱，退就是了。总比犯下杀孽，一辈子不得安心好。

就这样过了两天。李秀英每天都在等门卫的电话，忍不住的时候还会跑到小区门口去问。但门卫说，从这儿进出的、符合她描述的中年男人，他几乎都问过了，但没有一个人承认自己一个月前买过一条"特殊的鱼"。

李秀英就有些着急了。一是担心这男人真的搬走了，那自己在这儿等一辈子都没用；二是等待的这几天，她终日无所事事，闲得发慌。她是做惯了事的人，每天这样游手好闲，实在是不适应。可没找到这男人，她始终不安心，也不想再回旅馆的床上躺着了，一个人走到了当初打算放生人面鱼的湖边。

正巧，今天是周末，几个十多岁的年轻小伙子相约来到湖边，脱了衣服就想往湖里跳。李秀英突然想，要是那人已经把人面鱼放进这湖里了怎么办？她怕这几个男生出事，赶紧喊道："别下水！"

其中一个小伙子正准备一个猛子扎进水里，听到旁边这么一吼，惊了一下，问道："为什么？"

李秀英说："这湖里游泳……不安全。"

小伙子咧嘴一笑道："我们几个是在这湖边长大的，水性很好，不会淹死的。"

李秀英说："不是淹死的问题，是……这湖里有东西。"

几个小伙子对视一眼，问道："什么东西？"

李秀英本想说有条人面鱼，但估计他们不一定知道什么是人面鱼，也没听说过人面鱼会伤人，便说："这湖里有危险的动物。"

小伙子好奇道："我们在这儿游了好多年的泳，怎么不知道这湖里有危险的动物呢？"

李秀英只好说："最近才有的。"

小伙子又问："是什么危险的动物？"

李秀英就说不出来了。小伙子们不再理睬她，集体跳入水中，嬉戏玩闹起来。李秀英不安地站在岸边，直到他们游完后离开水库，她才松了口气。

李秀英似乎找到事做了。之后，她每天都到湖边来，劝阻打算下水游泳的人，有时甚至编造水里有水鬼、水猴子之类的瞎话来吓唬年龄小的孩子。有些人还真被唬住了，没有下水；但更多的人嗤之以鼻，不予理睬，甚至有人觉得这女人精神有问题——正常的人，怎么会每天跑到水库边来劝人不要游泳？

其实，这就是李秀英这种笨人才会做的事了。当初那男人是在这湖边买的人面鱼不假，可他也没说一定会在这里放生。合肥有好几条河，难道就不能往河里放吗？但李秀英这种一根筋的人，是想不了这么多的，纵然是想到了，也不可能去每条河边阻止人们下水，所以她就执拗地守着这一个地方，能起到多大的作用暂且不说，这样做，主要是为了让自己安心些。

就这样，半个月过去了。现在已是九月中旬，天气渐渐转凉，来湖边游泳的人也少了很多，但李秀英已经养成了习惯，仍然每天到湖边来。这附近的人也习惯她了，对于她的警告，越来越不当一回事，毕竟那些没有听劝的人，下水后也没有出过什么事。

这天傍晚，李秀英刚来湖边一会儿，手机响了。她心里一阵悸动，因为这个号码，她只留给过那门卫一个人。接通电话后，打来的果然是门卫，他说道："姐，刚才有个住户回来了，我问了下他。他承认一个多月前买过一条特殊的鱼。"

李秀英赶紧说："那你让他等一下，我马上就过来，几分钟！"

李秀英说完挂断电话就朝小区的方向跑去，几分钟后，气喘吁吁地来到小区门口，定睛一看，站在门岗处的，正是当初买走人面鱼的那个中年男人！苦苦守候半个多月，终于见到这人了，李秀英无比激动，跑过去说道："我……我终于等到你了。"

中年男人也认出她来了，诧异地问道："听门卫说，你在这儿等了我大半个月，啥事呀？"

李秀英问："我卖给你那条人面鱼，你放生没有？"

中年男人发现门卫一直望着他们，便对李秀英说："咱们换个地方说话吧。"

李秀英说"行"，两人正要走，门卫提醒道："姐，你要找的就是他吧？那你当初说的……"

李秀英想起来了，摸出一百元递给门卫说："对，就是他。谢谢啊，大兄弟！"

门卫见到钱就乐了，连说不用谢。李秀英和中年男人走到小区旁边的一棵大树下，中年男人问："你找我啥事呀？"

李秀英说："我想知道，你有没有把那条人面鱼放生？"

中年男人答道："还没有呢，怎么了？"

李秀英松了口气说道："还没放生就好，我当初忘了一件事，后来才想起来。这鱼，是不能放到江河湖海里去的！"

中年男人问："为什么？"

李秀英说："因为它会袭击人，如果把它放水里，它会咬下水洗澡的人！"

中年男人"哦"了一声，平静地说："好，我知道了。还有别的事吗？"

李秀英愣了下说道："没……没什么事了。"

中年男人说:"那我回家了。"

说完转身就要朝小区内走去,李秀英怔怔地望着他的背影,觉得十分不甘。她在这里苦苦等了半个多月,见到他后,他就这么轻描淡写地说两句话就完了。更关键的是,她能够感觉到这人是在敷衍她,对于人面鱼会伤人的事,他好像一点都不在意。**他买这条人面鱼,真的是为了放生吗?**李秀英不禁怀疑起来。她追了上去,拉住这男人的胳膊,说道:"等一下,我还想跟你说几句话。"

中年男人望着她问:"还有啥事?"

李秀英说:"你买这条人面鱼,不是用来放生的吗?但我刚才告诉你,这鱼不能放生,你好像一点都不觉得可惜。"

中年男人说:"有啥可惜的,不能放生,就当观赏鱼养着呗。"

"这鱼现在在你家吗?"李秀英继续问。

"对呀。"男人说。

李秀英说:"不对,你都大半个月没回过家了。这鱼不用换水、喂食吗?"

中年男人顿了几秒,有些不耐烦地说:"这鱼你既然卖给了我,就是我的了,我为什么非得跟你交代它的去向?"

李秀英说:"鱼是卖给你了,但我是它的原主人,得对它负责,也得对其他人负责。我现在必须知道这鱼的去向,以免它伤人!"

中年男人挖苦道:"你也管得太宽了吧?大海里的鲨鱼也会伤人,你咋不去管?"

李秀英坚持道:"鲨鱼我管不着,那不是我养的。但这条人面鱼是我家鱼塘里出现的,我就得管。"

中年男人懒得跟她废话了,转身要走。李秀英再次拉住他的胳膊,说道:"你别走呀,你告诉我,这条鱼现在到底在哪儿?"

中年男人一下恼了:"我凭什么告诉你?这鱼是我花五万块钱买的,现在就是我的了!"

李秀英的犟脾气也上来了,她说:"那我不卖了,五万块钱我可以退给你!"

中年男人觉得这女人完全是胡搅蛮缠:"你想卖就卖,不想卖就收回,拿我当猴耍呢？告诉你，这鱼我不会退给你的，你出双倍的价钱都甭想！"

说完又要走，李秀英急了，嘴里突然蹦出一句话来："那我就报警！"

中年男人倏然止步，回过头望着她："报警？我是杀人还是放火了？"

李秀英说："我跟警察说，你家里养了危险的动物，有可能危害到其他人，我不相信警察不管。"

中年男人盯着李秀英看了几秒，语气软了下来："你放心吧，这条鱼我现在养在别处呢，安全得很，不会伤到任何人的。"

李秀英怕他诓自己："那你让我看一眼，我才放心。"

中年男人想了想，无奈道："行，那你跟我走吧。"

于是，他在前面带路，李秀英跟在后面。现在是晚上七点五十分，天色渐暗。他俩朝城乡接合部的方向走去。

十八

二十分钟后，两人来到一条昏暗僻静的背街，这条街上行人稀少，一排门面房基本上都是租给别人当仓库的。中年男人走到其中一间门面前，掏出钥匙，打开了卷帘门上的一道小门，对李秀英说："进来吧。"

李秀英进了门，发现这是一个十分宽敞的库房，大约有两百平方米。中年男人关上门，打开顶灯，李秀英看到库房的四周堆放着很多个大号的水族箱，里面养着各种她没见过的鱼类、乌龟，还有不知道是鳝鱼还是水蛇的生物。她猜想，这男人兴许是做水产生意的，但她看了一圈，没有在任何一个水族箱里看到人面鱼。

李秀英问："人面鱼呢？"

中年男人指了一下里面的一个单间："这条鱼比较特殊，养在里面。"

李秀英跟着这男人走进了这个单间。这房间不小，大约有三十多平方米，里面有一个巨大的水族箱。这男人暂时没有开灯，外面透进来的灯光不足以让李秀英看清水族箱里的动物。于是，李秀英说："开一下灯吧。"

中年男人把手伸到墙边的开关处，对李秀英说："**提醒一下，你最好做好心理准备。**"

李秀英紧张起来："啥意思？为啥要做心理准备？"

中年男人说："我怕这水族箱里的东西吓到你。"

李秀英咽了口唾沫说："这里面不是人面鱼吗？咋会吓到我？"

男人不想解释，不耐烦地说道："你就说你看不看吧。"

李秀英心里既疑惑又害怕，但是都到这儿了，岂有不看之理，便说："看。"

"行。"中年男人按下电灯开关，灯亮了。

映入眼帘的一幕，让李秀英倒吸一口凉气，随即发出惊叫——水族箱里，正是那条人面鱼，但它的体形，竟然有一头小牛犊那么大！更可怕的是，它正在撕咬一条早已溺毙的大狗，李秀英捂着嘴冲了出来，胃里一阵翻江倒海。

中年男人也走了出来，靠在墙边，漠然地望着李秀英。李秀英竭力不让自己呕吐出来，脸色苍白地问道："你干了什么好事？！"

"我没做什么呀，不就是给它喂食吗？"

"用狗来喂鱼？"

"一开始我是用鱼肉、猪肉喂它，后来发现，这条人面鱼太能吃了，普通的食物好像很难满足它。于是，我想办法弄到了一些流浪狗，结果发现它一天就能吃掉一条成年土狗。而惊人的食量，换来的是体重的暴增。我现在很有兴趣，想知道这条鱼究竟能长到多大。"

"你不是说，你买它是用来放生的吗？那你把它养这么大干啥？！"

"没错，我的确是打算把它放生的。但不是我来放，而是金主来放。"

"金主？"

"对，你在这个库房，看到这么多的水生动物，难道还没想到我是做什么的吗？哦，那也不奇怪，我猜你从来没接触过热衷'放生'的人。这是一个数量庞大的群体，也是我的顾客和上帝。他们出于各种各样的原因：真心向善、祈求福报，或者消弥心中的罪恶感，希望将一些动物放生——多数是水生动物。可能将水生动物放生，比放生陆地上的动物更具仪式感。而我做的，就是提供这些动物给他们放生，并从中营利。"

李秀英环顾四周问道："这些鱼类、乌龟，是你从江河湖海里捞起来的吧？它们本来就是自由自在的，哪还需要放生？"

中年男人笑了起来："热衷放生的人不会管这些动物原本在哪里。他们在乎的只有一件事，就是花钱把这些动物买下来，亲手赐予它们自由和生命，然后获得极大的满足和感动。他们坚信这样的善举会换来福报、积攒功德。而我也能通过贩卖这些动物赚取钱财，这不是两全其美吗？"

李秀英问："那你卖给这些人放生好了，为什么要把人面鱼养到这么大？"

中年男人说："这就是你不懂了。放生者认为，**放生的动物越大，他们获得的福报也就越大**。换句话说，我提供给他们放生的动物越大，他们越舍得出钱。人面鱼本来就是极为珍稀的鱼类，如果体形足够大，就能够卖到你难以想象的价格。"

李秀英愤怒地说："这叫放生吗？这是杀生！这条鱼这么凶残，把它放进江河里，别说其他鱼类，连人都会遭殃！"

中年男人哈哈大笑："放生者才不会管这么多呢。只要他们亲手放生的动物能够活下来，就达到目的了，至于其他的人或动物，他们才懒得管。"

"你这是……"李秀英没什么文化，说不出"本末倒置"这样的话来，只能说，"你这是丧尽天良，赚黑心钱！我要去检举你！"

说着，她转身朝门口跑去。来到铁卷帘门前，才发现进来时的那道小门，已经被反锁住了。李秀英心中一惊，暗叫不妙。刚要回头，那男人已经快步走了过来，手里拿着一把麻醉枪——用来猎杀流浪狗的——对准李秀英的胳膊射出一支麻醉针。李秀英"哎呀"叫了一声，中年男人上前捂住她的嘴，箍住她的脖子。几秒钟后，麻醉剂进入了她的血液，李秀英的意识逐渐模糊，昏迷过去。

中年男人把她放到地上，把麻醉针拔了出来。然后，他走到一个柜子前，将昏过去的李秀英五花大绑。再往她嘴里塞了一块毛巾，自言自语道："是你自己要找死的，怪不得我。"

说完这句话，他把李秀英扛在肩膀上，再度走到了有人面鱼的那个房间，把肩膀上的李秀英用力一托，扔进了满是血水的水族箱里。

新的"食物"出现了，人面鱼立刻抛弃啃掉一半的流浪狗，游到了李秀英的面前。中年男人睁大眼睛准备看好戏，这段时间，他看过人面鱼吃猫、狗、猪仔，还没看过它吃人呢。今天可要大开眼界了。

然而就在这时，外面突然传来了敲门声。男人倏然紧张起来，**谁会来呢？**

他没工夫看好戏了，赶紧把水族箱前一块像窗帘一样的幕布拉上，遮挡住装人面鱼的水族箱，然后离开这个房间，将房间的灯和门都关上。

敲门声还在继续，而且越来越猛烈了。中年男人没法假装这里面没人，因为从外面可以看到里面透出的灯光。他只有走到门口，问道："谁呀？"

外面传出一个粗犷的男声："警察，开门。"

什么，警察？中年男人一下就慌了。他搞不懂，警察怎么会找上门。难道这女人偷偷报警了？不可能，他一直盯着她，她根本没机会报警，那警察怎么知道这里面出事了？

捶门的声音更大了，男人心想，越迟开门，越显得可疑。万一警察是来询问其他事情的，他要是做贼心虚不敢开门，反而会引得警察怀疑。还不如打开门来，看看警察究竟找他有什么事。要是能糊弄过去，当然最好；要是糊弄不过去……**他摸了摸外套口袋里的麻醉枪。**

中年男人用钥匙打开了卷帘门上的小门，站在门外的，是一个身材高大的年轻男人。他并没有穿警服。"你是警察？"男人问道。

"对，便衣警察。"

"你有什么事吗？"

警察不由分说地进了门，说道："我进来看看。"

中年男人无奈，只得陪同在警察身边。警察环顾了一圈问："你是做水产生意的？"

"对，贩卖点水产品。"

"卖的都是普通水产品？"

中年男人心中一凛，表面上却装作平静的样子答道："对。"

"刚才，我看到你带了个女的进来，那女人呢？"

"啊……她，走了。"

"走了？我刚才一直在外面，可没见到有人出去。"

中年男人暗叫不妙，一时不知该如何回答。警察瞄了一眼关着门的房间，问道："这女人不会是在里面吧？"

说着就要走过去瞧。中年男人赶紧挡在他前面，说道："警官，别……我跟你说实话吧。她是个有夫之妇，我们俩在……那个呢。"

警察问："偷情？"

中年男人故做羞涩状："对……我知道，做这种事有点不道德，我以后不会了。但这事，应该不犯法吧？"

"你是偷情，还是嫖娼？"

"就是偷情，真的……"

"我进去看看就知道了。"

中年男人再次拦住他："别，她……没穿衣服呢。"

警察说："那就叫她穿上。"

完了，完了。中年男人心中发出绝望的悲鸣。这警察执意要进去，一旦看到水族箱里的一幕……有什么办法可以阻止他呢？突然，他想到了什么，问道："警官，请问你有搜查证吗？"

警察微微一怔，说道："我只是路过，没有搜查证。不过，这是可以补的。"

"不，你没有搜查证，就无权进我的家，这是私闯民宅。现在请你出去。"中年男人说道。

"特殊情况下，警察查案是不需要搜查证的。"

"这算什么特殊情况？我们这儿又没有人报案，也没发生什么事情，你凭什么搜查？"他突然怀疑起了这人的身份，便问，"你真的是警察吗？请你把警官证给我看一下。"

警察伫立不动，没有说话，也没有拿出证件。中年男人倏然明白了："你不是**警察！**"

年轻男人承认了："好吧，我的确不是警察。但我现在怀疑你有诱拐妇女的嫌疑，如果你不让我看一眼屋里的情况，我就立刻报警。"

中年男人僵住了，一时之间难以抉择。就在这时，房间里传出沉闷的撞击声，似乎有人在撞击玻璃，这显然是一种求救的信号。年轻男人瞪了这人一眼，快步朝锁住的房间走去。

没办法了，只能一不做二不休。这男人从外套口袋里掏出麻醉枪，打算用同样的办法收拾这个不速之客。但这年轻男人跟李秀英不同，时刻保持着警惕。他走到房门口，突然回头，看见身后的中年男人正举着一把麻醉枪瞄准自己，大吃一惊，赶紧闪到一旁。麻醉针射偏了，中年男人慌了神，打算再射第二枪，但年轻男人势如猛虎，飞扑上前，一记重拳打中他的面门。这男人惨叫一声，摔倒在地。年轻男人顺势骑在他身上，狠狠揍了几拳，将他打得鼻血不止，昏死过去。之后，年轻男人夺过他手上的麻醉枪，从地上站了起来，朝人面鱼在的房间走去。

推开这道门，年轻男人在墙边找到开关，把灯打开，眼前是落地窗帘般的蓝色幕布，撞击声正是从这后面发出的。他一把掀开幕布，看到了触目惊心的一幕——

一个被捆绑和堵住嘴的女人站在足有一人高的水族箱里，她拼命踮着脚，把头伸出水面，不让自己淹死。红色的血水中，游动着一条恐怖而巨大的人面鱼。这女人用膝盖撞击着玻璃缸，用眼神在向他求救。

年轻男人搜寻四周，发现了一把椅子。他把椅子搬到水族箱面前，踩在上面，双手伸到李秀英腋下，用力把她从水里拖了出来，放到地上，然后扯掉了堵在她嘴里的毛巾。

李秀英浑身哆嗦，不知是出于寒冷还是恐惧，她整个嘴唇都发乌了，过了许久，才望着救她的男人，哆哆嗦嗦地叫了一声："宝……宝来。"

十九

韩宝来没有说话，解开了李秀英身上的绳子，再把那窗帘一般的蓝色厚布用力扯了下来，对李秀英说："把衣服脱掉，披上这个。"

李秀英问："那……那个人呢？"

韩宝来说："他被我揍晕了，估计一时半会儿醒不过来。"

李秀英脱掉身上的湿衣服，裹上了这块布，感觉身体暖和多了。韩宝来问道："这家伙居然想用你来喂人面鱼，你被咬伤没有？"

李秀英摇头："这鱼是有灵性的，它认得我，没有咬我。"顿了一下，她战战兢兢地问道，"你……怎么会在这儿？"

韩宝来说："你跟在这男人身后的时候，我就跟在你们后面。只是你们都没发现罢了。"

李秀英诧异道："你早就发现我了？"

韩宝来说："你走了之后，我四处托人打听你的消息，花了不少钱。直到几天前，有人跟我说，最近几天，蜀山湖旁边有个女人天天守在湖边，叫人不要下水游泳。我就悄悄地来看，发现果然是你。"

李秀英问："那你咋不走到我跟前来？"

韩宝来说："因为我要找的除了你，还有这条人面鱼。我猜你守在湖边，也是想找回这条鱼。所以我没有打草惊蛇，而是躲在暗处，不动声色地跟着你，结果真的让我找到了这条鱼，还顺便救了你的命。"

李秀英承认，自己的确不是韩宝来的对手。跑了一个多月，最后还是连人带鱼被他找到了。不过，落在韩宝来手里，总比死在那中年男人手里强。她无话可说了。

韩宝来走出这个房间，来到昏死的男人面前，踢了他两脚，把他弄醒，然后举着那把麻醉枪，对准他的脑袋，说道："你这个混蛋，居然想拿我老婆喂鱼。可惜你不知道的是，这条鱼是她妈变的，不会吃她。现在，我要以其人之道，还治其人之身——给你也打一支麻醉针，再把你丢进水里，看看你有没有这么好的运气，也不会被那条鱼吃掉。"

中年男人吓坏了，他万万没想到这俩人居然是夫妻关系，赶紧求饶，语无伦次地说道："别……求你，别这样做，我……"

韩宝来没有理睬他，正要射出麻醉针，这男人突然叫道："我给你一百万！"

韩宝来停止扣动扳机："行啊，拿来吧。把钱给我，我就饶你一命。"

中年男人说："我现在没有，但我已经联系好一个富商了，他愿意出两百万买这条鱼放生。这钱，咱们一人一半！"

韩宝来不信："你说的是真的？不会是缓兵之计吧？"

中年男人保证："绝对不是！我跟他约的时间就是明天，你不相信的话，我可以马上当着你的面给他打电话。"

韩宝来想了想说："好吧，那你开免提给他打个电话，但我有言在先，要是你敢耍花招，我马上要了你的命。"

中年男人连说"不敢、不敢"，他走到一台座机电话面前，开启免提，拨了一串手机号码，对方接起了电话。韩宝来举着麻醉枪站在他身后，从他们对话的内容来看，这男人说的是实话。对方确实跟他约好明天上午九点交接，金额也如他所说，是两百万。

打完电话，男人说："这下你相信了吧？"

韩宝来说："行，那明天上午，我跟你一起去见这个富商。"

这时，李秀英裹着窗帘从房间里走出来，说道："你们不能这样做！把这条鱼放到江里，会出人命的！"

韩宝来冷冷地说："李秀英，你少管我的事。从你背叛我那天起，咱们的夫妻情分就到此为止了。今天我救你一命，已经是既往不咎、仁至义尽。如果你还要干涉我的事，别怪我对你不客气。"

李秀英打了个冷噤，一股寒意从脚底蔓延到心间。她不敢再开腔了。

中年男人看出来，这夫妻俩并非一路人。他对韩宝来说："你老婆好像不赞成这事，要是她明天坏了咱们的事怎么办？"

韩宝来说："这个不用你操心，我会处理的。"

说完这句话，他毫无征兆地扣动扳机，一枚麻醉针射在了这男人的脖子上。中年男人大惊失色，叫道："你……你干什么？"

"放心吧，不会要你命的。只是让你睡一觉，明天早上我会把你叫起来办事的。"韩宝来说。

麻醉剂开始起效，中年男人歪歪扭扭地瘫软下去，倒在了地上。韩宝来转过身，对李秀英说："你是要我也给你来一针，还是乖乖地配合我？"

李秀英颤颤巍巍地问："怎么配合？"

韩宝来说："让我把你绑起来就行了。明天早上办完事之后，我会回来帮你解开绳子。到时候，咱们就两清了。你走你的阳关道，我过我的独木桥。"

李秀英的眼泪唰地流了下来："你就这么信不过我吗？非得把我绑起来。"

韩宝来说："以我对你的了解，我们只要转身一走，你立刻就会去报警。你既然背叛过我一次，为什么不能背叛第二次？现在你跟我说信任之类的话，不觉得太可笑了吗？"

李秀英无话可说了。韩宝来注意到这个库房里还有另外一个堆放杂物的房间。他捡起之前捆绑李秀英的绳子，示意她走进这个杂物间。这个房间堆放着一些鱼饲料之类的东西，里面正好有一根下水管道。韩宝来让李秀英坐在地上，把她像裹粽子一样绑在管子上，找到之前那块毛巾，又把她的嘴给堵上了。

处理完李秀英，韩宝来又找了根绳子，把那中年男人也捆了起来，避免他中途醒来袭击自己。之后，他走进人面鱼的房间，用抄网把水族箱里被人面鱼吃剩的狗的尸骸捞了起来，然后用水泵和管子将脏水抽掉，再注入清洁的自来水，水族箱便洁净如新了。

做完这些事，韩宝来找了把椅子坐下，为了防止发生意外，今天晚上他不打算睡觉了。

一个通宵过后，麻醉剂的药效过去了，中年男人醒了过来，他发现韩宝来就坐在自己跟前，盯着自己，便知道没有逃脱或反击的可能性了。无论体力还是智谋，他都不是这个年轻男人的对手。他问道："现在几点了？"

韩宝来看了看手表："七点五十分。"

中年男人说："富商九点钟就要到这里来，我得先做些准备。"

韩宝来答道："我已经把水族箱清洗干净，换上清水了。"

中年男人无奈道："你把绳子给我解开吧，我不会耍花招的，我玩不过你。咱们合作把这条鱼卖给那富商，然后一人分一半的钱。"

韩宝来说："到时间，我会给你解开的，现在还早。"

中年男人说："我腿脚都麻了，你好歹让我站起来活动一下吧。另外，我想解手。"

韩宝来想了想，走到他身后去，解开了绳子。男人活动了一下筋骨，朝厕所走去。

韩宝来问道："你身上没有手机吧？"

"有。"他把手机摸出来放在一张桌子上，苦笑道，"你还担心我会报警？报了警，这事就鸡飞蛋打了，咱们一分钱都别想得到，我怎么可能报警？"

韩宝来觉得也是，对他说："那你去吧，快点出来。"

中年男人根本就没什么花招好耍，他解完手出来，跟韩宝来一起坐在椅子上等待台湾富商前来。八点五十的时候，中年男人把卷帘门全部拉开。九点整，一辆轿车和一辆皮卡车开到了门面跟前。从轿车里走出几个人来，为首的是一个五十多岁、大腹便便的男人，正是那个富商。

这人走向韩宝来两人，问道："之前跟我联系的，就是你们吧？"

中年男人点头道："对，是我。他是我的合伙人。"

富商问："人面鱼呢，在这里面吗？"

中年男人说："对，我这就带您去看。"

一行人走到里面的房间，富商一眼就看到了水族箱里体形庞大的人面鱼，显然被震住了。观摩一阵后，他露出欣喜和激动的神情，说道："没错，这是条真正的人面鱼！"

韩宝来说："人面鱼全世界只有两条，但韩国那条，根本没法跟这条相比。这条鱼的体积，估计是那条的十多倍。"

富商颔首，对身边的女人说道："大师说我今年有个劫数，得找到并放生某种灵物，才能度过此劫。这条人面鱼世间罕有，将它放生，一定能帮我度劫。"

女人说："这鱼一看就是灵物，别说度劫，放生后，它肯定会给你带来大福报！"

富商连连点头，对韩宝来和中年男人说："那我就叫手下的人，把这条鱼运上车了。"

韩宝来说："等一下，您还没有付钱呢。"

富商不悦道："慌什么？我把鱼放生了，自然会给你们钱，我堂堂阮氏企业的董事长，你还怕我赖账不成？"

中年男人说："是是是，您先放生再付钱，没问题的。"他拉了韩宝来一下，示意他别怀疑这位富商，以免惹得对方不高兴。韩宝来便没有开口了。

富商问："对了，这条鱼我打算就在本地放生，地点选在巢湖，但是不知道，巢湖允许放生吗？"

中年男人说："一般的鱼类，肯定是允许放生的，但这条鱼太大了，就怕被有关部门干涉，所以我建议，找个人少的地方，悄悄地放生。"

富商说："好，我已经准备好一个大号鱼箱了。我现在就让人把鱼装上车，你们跟我一起去巢湖放生。放生之后，我就给你们开两百万的支票。"

韩宝来和中年男人一齐点头。于是，富商指挥两个强壮的手下，用渔网把人面鱼从水族箱里捞了起来，转移到皮卡车上的大号鱼箱里。之后，韩宝来和中年男人一起坐上富商的轿车，两辆车一前一后，朝合肥市东南方向的巢湖开去。

二十

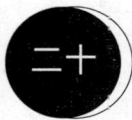

巢湖是中国的五大淡水湖之一，1998年的时候，这里还没有打造成5A级景区，只是一个原生态淡水湖泊。巢湖的水域面积足有七百六十平方公里，湖水清澈，风光绮丽，宛如一面镶嵌在江淮大地的宝镜。两岸的村落、农家，跟湖光山色交相辉映，描绘出一幅美丽的画卷。

巢湖距离合肥市区并不算远，不到一个小时，两辆车就行驶到了湖边。车子沿湖又开了几十分钟，最后富商看中了一个位置绝佳，又人烟稀少的地方，决定就在这里放生人面鱼。

车子在堤坝上停了下来。富商的几个手下一起把鱼箱从皮卡车上抬下来。放生这么珍稀的人面鱼，当然不能像丢条普通鱼似的那么随意，得举行一个放生仪式。

富商从车子里拿出一个铜香炉和一把高香，双膝跪地，将高香点燃，毕恭毕敬地插在铜香炉里，然后双手合十，对着天空，口中念念有词。韩宝来听不懂他在念什么，估计是什么经文。诵经这个步骤就进行了大约二十分钟，之后，富商又向天祈求消灾延寿什么的，啰啰唆唆说了一大堆话。最后，终于可以正式放生了。

放生不能求助于其他人，必须本人才行。这个堤坝距离水面有一米多高。富商跪在地上，抓住鱼箱一侧的把手，用尽全力把这箱子往湖的方向倾斜。这箱子连水带鱼可不轻，估计得有一百多斤，富商涨红了脸，使出吃奶的劲儿，才让鱼箱倾斜了四五十度。他又加了把劲，终于把硕大的人面鱼倒入了湖水中，人面鱼入水时激起了很大的水花。

富商松了口气，身边的人也松了口气。到这儿，放生仪式就算正式结束了。富商对着湖里的人面鱼挥挥手，说道："去吧、去吧，以后在这湖里自由自在地生活。"

奇怪的是，人面鱼并没有游走，也没有潜入水中，而是一直停留在原处，浮在水面上，似乎有什么心事未了。富商觉得奇怪，问中年男人："这鱼怎么回事？为什么一直在这儿，不肯游走呢？"

中年男人搔着头说："我也不知道。不过，您只要把它放进水里，就算是放生积德了，至于它游不游走，这应该没什么关系吧？"

富商想了想说："不行，它要是不游走的话，我前脚一走，你们又把它捞起来，卖给别人，那我不是白放生了？"

中年男人说："这不可能，我们做这行，也有我们的规矩。放生之后的动物，是绝对不可能再捞起来的。不然没了信誉，谁还肯跟我们合作？"

富商却还是有些存疑："你是不是对这鱼做了什么，它才一直不肯离去？"

中年男人道："您这就是说笑了。这要是只猫啊狗的，我还能训练一下，可这是条鱼，它又听不懂人话，我还能事先跟它交代，让它入了水都不走？"

富商始终有些介意，说道："反正这鱼要是不游走，我就不能付给你们钱。它什么时候游远了，我再付钱。"

中年男人无奈，虽然之前的约定中没有这一条，但他也不能强迫富商给钱，只好说："那我去找根棍子或树枝，把它赶走吧。"

富商瞪着眼睛说："那怎么行，这鱼是灵物，你用棍子打它、赶它，那是大不敬，会坏了我的福报。"

中年男人心想，那就等一会儿吧。兴许这鱼刚入水，对新环境还不适应，所以才没有游开，它总不至于一直都在这儿不走吧。他于是就蹲在湖边，眼巴巴地看着这条鱼，盼望它能快点游走，自己也好快点拿钱。

这鱼也真是奇怪，就像跟他们铆上了似的，半个小时过去了，就是不游走。中年男人急了，但也束手无策，只能干着急。韩宝来也有些不耐烦了，他走到水边，蹲了下来，望着水面上的人面鱼，心想这鱼咋就是不游走呢？

然而，就在韩宝来蹲下来的这一刻，人面鱼头上的"人眼"睁开了。中年男人和韩宝来都看到了这一幕，两人同时一怔——这么久了，他们还从来没有见过这鱼睁开过"人眼"。他们盯着这双"眼睛"，发现鱼嘴一张一合。

接着，奇怪的事情发生了。韩宝来和中年男人同时失去了重心，两个人的头和身体往前倾斜，一齐栽进了水里。岸边的富商等人还没反应过来，只听"扑通"一声，这两个原本蹲在水边的男人，同时落水了。富商等人吃了一惊，赶紧走到水边来看。

跌入水中的韩宝来，在冷水的包围下，瞬间恢复了意识。他忽然明白过来，这条人面鱼之所以不走，就是在等待这个机会！**它的目标，就是自己！**

韩宝来清楚地知道，在水里，他绝对不是人面鱼的对手，试图逃走或者跟它拼命，都是不明智的，唯一的活路就是向岸上的人求援。他奋力游出水面，大喊救命。

中年男人也在水里瞎扑腾，韩宝来关心的不是他，而是那条人面鱼。现在，韩宝来看不到它，心里恐惧到了极点。如果没猜错的话，这条鱼可能潜入了水中，正准备对他发起进攻。

危急时刻，韩宝来一把抓住身边的中年男人，把他往水里按。这男人大惊，一句"你干什么"还没喊完，就被韩宝来按了下去。韩宝来踩在他的肩膀上，拼命想跳到堤坝上来。岸上的富商对手下说："快，拉他们上来！"

两个身强力壮的手下同时趴到地上，伸出手臂。韩宝来看准时机，用力一蹬那男人的脑袋，一跃而起，两只手分别抓住那两个人的手臂，大喊："快拉我上去！"

两个手下同时使力，把韩宝来拽上了岸。中年男人就没那么好运了，他被韩宝来强行按到水下，呛了好几口水，好不容易才浮了上来，疯狂地咳嗽。富商的两个手下正打算把他也拖上来，这男人突然被水下的人面鱼咬住，惨叫一声之后，整个人都被拉入了水中。接着，大家就见不到他人了，只看到一串串水泡浮上水面。面前的这团湖水，逐渐被鲜血染红。

富商和岸上的人都被吓傻了，望着湖水不知所措。这种情况下，没有任何人敢跳下水去救人。几分钟后，被血染红的湖水不再冒泡了。中年男人和人面鱼，也看不到了。但可以肯定的是，这男人不可能还活着了。

韩宝来吓出了一身冷汗，如果不是他反应迅速，及时找了个替死鬼，这就是他的下场。富商也吓呆了，惊恐地说道："他……他该不会是被这条人面鱼吃掉了吧？"

韩宝来抹了一把脸上的水，对富商说："我看，我们还是赶快离开这里吧。如果被人发现这里死了人，引来了警察，就有大麻烦了。"

富商连连点头，对手下说："快把东西抬上车，赶紧走！"

于是，几个手下把香炉、鱼箱等东西迅速甩到皮卡车的车厢中。一行人集体上车，在被人发现之前，开着车溜之大吉了。

车一刻不停歇地开到了合肥市区，在某条僻静的街道上停了下来。坐在车里的韩宝来对富商说："好了，我可以下车了，你把钱付给我吧。"

富商不悦："这条鱼会咬人！你们之前怎么没跟我说？"

韩宝来反问："难道你之前问过，它会不会咬人？"

富商哑口无言，片刻后，他说："我放生这条鱼，是为了积攒功德的，结果，它居然当着我的面咬死了一个人！不但没有积德，反而犯下了杀孽，你叫我怎么付钱给你？"

韩宝来瞪着眼睛说："你听着，这条鱼现在已经被你放生了。至于它有没有伤人，不是我该管的。如果你觉得犯下了杀孽，可以去买其他动物来放生，抵消这份罪恶，但是因为这条鱼，我哥哥已经死了。如果你不付钱，那我马上就报警。别忘了，要放生的人是你，选择放到巢湖的也是你，现在出了人命，你说这个责任该谁来负？不经许可把危险动物放生到湖里，导致有人死亡，依照法律，坐牢的时间怕不短吧？"

富商的脸变白了，他说："死的那人是你哥哥？但我明明看到，你是踩在他身上才获救的。"

韩宝来冷哼一声说："那是因为我们不能两个人都丧命！我想，我哥肯定是希望我活着的。"

富商沉吟片刻，说道："好吧。"他打开皮包，摸出支票簿，开了一张两百万的支票，递给韩宝来，说："这钱，不是买鱼的费用，是给你哥哥的补偿费。你把这钱分给他的家人吧。然后，这件事情……"

不等他说完，韩宝来就说道："这件事情，跟你无关了。"他接过支票，看了一阵后，拉开车门，离开了。富商的车扬长而去。

　　浑身湿漉漉的韩宝来走进离他最近的一家服装店，对店员说："给我找一套合身的衣服，我要马上穿走。"

　　店员立刻给他找了一套衣服。韩宝来走进试衣间换上，把裤兜里的钱和其他物品掏出来，湿透的衣服就不要了。他付了钱，走出这家服装店。

　　韩宝来打了一辆车，来到这张支票对应的银行。银行工作人员接过他的支票，确认支票有效，将两百万元巨款直接转入了他的银行卡。

　　办完这些事，韩宝来仰天大笑，浑身舒畅。一条人面鱼，从最开始的估价一千元，到有人出价五千、一万、六万……**最后，这条鱼给他带来了二百七十二万的收入。这**是他做梦都想不到的。最关键的是，在成为人生赢家的同时，他幸运地躲过了死神，没有命丧鱼口，这是何等幸运。他丝毫不怀疑，这是上天的眷顾。自此之后，他将跟过去彻底告别，迎来灿烂而辉煌的人生。

　　现在，他还有最后一件事要处理。

　　韩宝来打车来到昨天的那条街。卷帘门是关着的，钥匙在那男人身上，不过这难不住他。他在附近找到一个开锁匠，谎称自己是这个库房的主人，不小心把钥匙弄丢了，需要请人开一下锁。开锁匠几分钟就打开了卷帘门上的小门，韩宝来付了钱，走进库房。

　　他来到捆着李秀英的杂物间，一进门就闻到一股臭味，马上想到，李秀英被绑了这么久，肯定便溺了。他走过去，从背后把绑着李秀英的绳子解开，对她说："现在，你可以走了。我之前说过，咱们两清了。"

　　但李秀英并没有走，她神情涣散地垂着脑袋，过了好一会儿，才缓缓抬起头来望着曾经的爱人，说道："韩宝来，你把我捆在这儿的十多个小时，**我好像终于把一些事情想明白了。**"

　　韩宝来蹲下来，望着她问："你想明白啥了？"

　　李秀英说："我妈，是被你杀死的，对吧？"

　　韩宝来嗤之以鼻，说道："你在这儿待了一宿，不会脑子坏掉了吧？你妈死的那天，我不是跟你在一起吗？后来，我们俩是一起回村里的。"

李秀英并不否认，说："对，但你可以雇凶杀人。"

韩宝来说道："你疯了吧？我为啥要杀你妈？"

"因为你早就知道我爸妈承包的这个鱼塘有搞头，比我们在县城打工赚钱得多。你还说我妈把钱看得紧，赚了钱也舍不得给我们花，对吧？"李秀英说出了自己的想法。

韩宝来冷哼一声："咋的，就因为我抱怨过你妈一两次，你就怀疑我杀了她？"

李秀英说："你这个人，为了钱，什么事做不出来？昨天一宿，我把所有的事都想通了。你知道我妈睡眠不好，天不亮就会起床喂鱼。所以你串通肖长柱，让他把我妈推进鱼塘淹死，并承诺事成后会给他好处。结果发现人面鱼后，赵二奶奶说这鱼是家里过世的老人变的，这话把肖长柱吓坏了，他这种没读过书的文盲，大概以为这鱼真的是我妈变成的妖怪，来找他报仇的。所以吃完全鱼宴的那天晚上，他把不知道从哪里偷来的两瓶农药倒进了鱼塘里，目的只有一个，就是毒死那条人面鱼！

"不承想，人面鱼命大，没有被毒死，还被我们养在了家里的水缸中。这下肖长柱没有下手的机会了。你估计也猜到有可能是他投的毒，警察从我们家走了之后，你马上就出去了一趟。我要是没猜错，你是找肖长柱去了吧？"

韩宝来盯着李秀英的眼睛："说下去。"

李秀英说："后面的事还用说吗？这条鱼卖了八十万的天价，你为了独吞这钱，把主任都害死了。之后，肖长柱不知怎么找到了你，估计跟你狮子大开口，想分一大笔钱，顺便还跟你提了个要求——想和我发生关系。你将计就计，假装同意，把我们家的地址告诉了他。等肖长柱打算强暴我的时候，你提前回来，用扳手打死了他，再让人面鱼吃掉他的尸体。"

韩宝来点着头说："可以呀，李秀英，我以前真是小瞧你了，没想到你的想象力这么丰富，都快编成一本小说了。可惜的是，你现在说的这些人——你妈也好、主任也好、肖长柱也好，全都不在这个世界上了。且不说这些全是你瞎猜的，就算是真的又怎么样？你有证据能证明事实真的如此吗？"

李秀英盯着韩宝来的眼睛说："对，我是没有证据。但我相信一件事。"

"什么事？"

"韩宝来，你相信这个世界上有报应吗？"

"可能要让你失望了——我不相信。"

"那条人面鱼，也许真是我妈变的。她宁愿投鱼胎都要回到世界上，就是为了找你报仇。"

韩宝来冷笑一声："也许吧，不瞒你说，'你妈'刚才还差点吃了我呢。可惜的是，它现在已经被放进湖里了，恐怕永远都没有报仇的机会了。

"另外，我可以明确地告诉你，把这条鱼放掉之后，我在心里发了一个**毒誓**——**这辈子，我再也不会跟鱼打交道，连看都不会看一眼，我也永远不会靠近水边。我就不相信，这条鱼能长出脚来，到岸上来找我报仇。"**

李秀英闭上眼睛轻声说道："会有这一天的，韩宝来，你等着吧。"

"好，我等着，我会活得好好的，活给你看；你也要好好活着，看看我是不是真的有这么一天。"

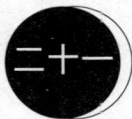

二十一

故事讲到这里，就结束了。一桌的老同学，全都被这个故事吸引，听得津津有味。侯亮见赵正川停了下来，说："欸？完了？"

赵正川说："对呀，讲完了。"

侯亮意犹未尽道："感觉没有结尾呀。"

赵正川说："这个故事，是我的一个朋友讲给我听的。他就是讲到这儿结束，所以我也只能讲到这里。"

苏碧华开玩笑道："故事里的主角韩宝来发誓以后再也不碰鱼，你之前说自己就不能看到鱼。难不成，你就是故事里的韩宝来？"

赵正川笑道："你觉得可能吗？我要是他，还会把这个故事讲给你们听？"

苏碧华反问："那你为什么见不得鱼呢？"

"是这样，我那朋友讲这个故事给我们听的时候，我们正好在吃全鱼席。听完之后，我被这个故事里的有些情节给恶心到了，再一看桌上的鱼，就觉得有些反胃。自此之后，只要看到鱼，就浑身不舒服，估计是留下心理阴影了。"赵正川说。

一个女同学说："你别说，我听完这个故事后，也有点心理阴影了，老想着人面鱼吃尸体那一段，太恶心了吧，以后我也跟你一样，见到鱼就不舒服怎么办？"

赵正川笑道："我可是有言在先的啊，都说了这故事不适合在饭桌上讲，你们非得逼着我讲，现在落下心理阴影了吧？活该！"

那女同学捶了他一下说道："讨厌！你存心的吧？"大家都笑了。

这顿饭吃到现在，已经晚上十点多了。班长征求大家意见要不要去唱歌，多数同学表示，现在年纪大了，折腾不起了，加上喝了酒，还是早点回去休息的好。于是班长叫服务员上了几壶热茶，让同学们解酒。

之后，赵正川买了单，跟同学们一起离开了餐厅。开了车的，找代驾；没开车的，打车回家。赵正川的车是一辆黑色宾利，代驾到了后，他说："我这车还能坐三个人，哪三个同学跟我一起？送你们回家。"

于是，侯亮、祝强和苏碧华上了他的车。几个人跟同学们挥手道别。轿车缓缓启动。

赵正川坐在副驾的位置，另外三个同学坐在后排。赵正川吩咐代驾先送他们三个人回去，最近的是苏碧华，她是从外地来的，住在附近的一家酒店。于是司机驾车朝这家酒店开去。

赵正川今晚喝了不少酒，但他酒量好，并没有喝醉。不知道是不是讲了许久故事的缘故，上车之后，他觉得十分疲乏。三个坐在后排的同学还在兴致勃勃地聊天，他却困倦不堪，倚在座椅靠背上，不一会儿就睡着了。

也不知睡了多久，赵正川才迷迷糊糊地睁开眼睛。他发现自己不在车上，也不在家里，眼前的场景是陌生的，似乎是某个不认识的人家里。他正感到奇怪，突然发现了更加惊悚的事情——他居然被绑在了一把椅子上，从胸口到脚踝，被捆了个结结实实！

赵正川吓坏了，拼命挣扎，大呼救命。不一会儿，一个跟他年纪相仿的中年男人从另一个房间走了出来，对他说："别叫了，这里是郊区，周围的居民都搬走了，没人会听到的。"

赵正川怔怔地望着眼前的男人，嘴角抽动，干笑了一下："祝强，是你？你开什么玩笑，快把我放开！"

祝强搬了一把椅子，坐到赵正川面前说："是我。但我不是在开玩笑。"

赵正川瞪着眼睛说："你什么意思？你要干什么？侯亮、苏碧华他们呢？"

祝强说："他们都回去了，坐你的车。代驾先把苏碧华送到了酒店，再送侯亮回家。之后，我叫他把车开到了我家来。由于你睡着了，我就对代驾说，今天晚上你就睡我家了。"

赵正川意识到自己不会睡得这么死，这些事他居然一点都不知道，这里面一定有蹊跷，他问道："你对我做了什么？"

祝强说："你最后喝的那杯茶，是我递给你的，记得吗？我在里面放了安眠药。"

赵正川大惊道："什么？你为什么要这么做？"

祝强说："你想知道为什么？那好，吃饭的时候，你给我们讲了一个故事；现在，我也给你讲一个故事吧。"

他开始讲：

"从前，有一个男人，他娶了一个温柔贤惠的妻子，妻子为他生下了一个健康的儿子。这是一个像天使般可爱的小男孩，他有着聪明的头脑和健康的体魄。不到一岁的时候，小男孩就会叫'爸爸、妈妈'，他给夫妻俩带来了无与伦比的快乐。进入学校后，男孩的表现更是令夫妻俩欣慰——他的成绩名列前茅，还是学校篮球队的主力。同时，他还热爱游泳、乒乓和绘画。老师说，这是她见过的最优秀的孩子，这个孩子长大后，一定会大有所为。夫妻俩深以为然，引以为傲。

"之后，男孩顺利地考上重点高中、重点大学。他本来可以选择北京的大学，但为了毕业后能留在本省，陪伴自己的父母，他最后选择了省会的一所著名大学。大学期间，他一如既往地优秀、出类拔萃。学习知识的同时，也不忘强身健体。周末的时候，他喜欢到离学校不远的湖边去游泳。这件事，他的父母并不反对，因为儿子有着很好的游泳技术，也有着很高的安全意识。他在游泳的时候，会把一根套着救生圈的绳子拴在身上，万一遇到脚抽筋等特殊情况，可以立刻抓住身边的救生圈，避免遇险。

"可即便如此，还是出事了。据当时在场的人说，男孩显然遭到了湖里某种生物的袭击。他被水里的大型动物拖了下去——连同救生圈一起。接着，湖水被鲜血染红了，男孩再也没有浮起来。他的遗骸被打捞起来的时候，已经面目全非，惨不忍睹。殡仪馆的工作人员叫他的父母不要看尸体，以免受到打击。但悲痛欲绝的夫妻俩，坚持要见儿子最后一面。结果，你知道他们看到了什么吗？"

祝强直视着冷汗直冒的赵正川。后者的身体在瑟瑟发抖，根本说不出话来。

"地狱。他们看到了地狱里的光景。这种画面，不是人类能够接受的。"

祝强深吸一口气，继续说道："男孩的母亲当场就疯了，他的父亲也在崩溃的边缘。葬礼之后不到一个月，妻子就活生生气死了，男人也变成了一具没有灵魂的行尸走肉。一个原本幸福的家庭，因为这场惨剧而分崩离析，沦为人间悲剧。"

说到这里，祝强望着赵正川说："这个故事的后半截，你是不是觉得有些耳熟？哦对了，之前吃饭的时候，班长讲过的。我虽然上厕所去了，但我知道，他一定会跟你们说的。"

赵正川摇着头说："祝强，你听我说，你肯定是误会了。我讲的那个故事，跟我真的没有关系，这是我听朋友讲的。真的……你相信我。"

祝强望着他说："是吗？我误会了？"

赵正川十分肯定地说："我敢保证，你一定误会了。"

"这么说，你并不是故事中的'韩宝来'。你之所以发迹，当上房地产商，也不是靠卖人面鱼获得的第一桶金？"祝强问。

"当然不是。"赵正川赶忙辩解。

祝强又问："但你讲的这个故事，总是真的吧？"

赵正川摇头道："我不知道……不，我觉得这就是个故事而已，多半是我那个想象力丰富的朋友编出来的，并不是真的。"

"是吗？也就是说，世界上并不存在那条会吃人的人面鱼？那我的儿子，是被什么东西袭击的呢？"

赵正川又说："应该是别的东西吧……湖里，会不会有鳄鱼什么的？"

祝强冷笑一声说道："鳄鱼？得了吧，巢湖又不是尼罗河，哪来的鳄鱼？"

说完这句话，他走到窗边，抓住窗帘拉绳，望着赵正川说：

"现在，睁大眼睛看看你的老朋友吧。"

祝强拉动滑绳，窗帘布像舞台幕布一样朝两边分开，出现在赵正川眼前的，是一个巨大的水族箱，而里面，是令他肝胆俱裂的生物——一条有小型鲨鱼那么大的人面鱼。

"我猜，你有二十多年没见到它了吧，'韩宝来'？"祝强说。

赵正川全身已经被冷汗浸湿了，他恐惧地说："祝强，你真的搞错了，我不是……"

"住口！"祝强暴喝一声，"别把我当傻瓜。"

赵正川不敢开腔了。祝强说："你想知道，我是怎么抓到这条鱼的吗？我敢保证，你一定有兴趣知道。

"我儿子出事后，有关部门派人进行了水下搜寻，但巢湖太大了，这条鱼又非常聪明，躲过了一次又一次搜寻。一段时间后，实在找不到，只能停止了搜索，只是在湖边立了'禁止游泳'的牌子。

"但我却没有放弃，我发誓一定要抓到杀死我儿子的水下凶手。于是，我花钱雇了船工和一条船，不遗余力地想要抓到这怪物。可用先进的水下勘探设备都抓不到它，我通过普通的诱饵和渔网，又怎么可能抓得到呢？就在我灰心沮丧的时候，一个女人出现在湖边，她是听说这个湖里发生了动物袭击人的事件，专程从别的地方赶过来的。

"我注意到，这个女人在湖边痛哭，便走过去问她哭什么。她说，这湖里有一条会吃人的人面鱼，而犯下这个罪孽的，正是她曾经的丈夫。我惊呆了，告诉她我就是遇害男孩的父亲。这个善良的女人立即向我忏悔，她说如果从一开始就想尽办法阻止她的丈夫，就不会发生这样的悲剧了。我原谅了她，因为我能看出，她跟我一样活在痛苦中。而发生这样的事情，显然是令她痛心疾首的。

"我对女人说，我想抓住这条鱼，为我的儿子报仇。但她说，这件事并不是动物的错，要怪只能怪不顾别人安危，把这条鱼放进湖里的人，也就是她的前夫。她还说，对这个男人恨之入骨的，正是这条人面鱼。

"她说完这句话后，令人吃惊的事情发生了。这条本来无论如何都无法抓住的人面鱼，居然浮在了我们眼前的水面上，似乎打算束手就擒。女人明白了，对我说'它一定是想亲自报仇'。我也明白了，于是便让船工撒网，轻易地抓到了这条鱼，然后把它养在一个巨大的水族箱内。"

他走到赵正川身边，轻声道："等待的，就是今天这个时刻。"

事已至此，赵正川知道否认已经没有意义了，他说："这个女人告诉你，她前夫是谁了吗？"

"这大概是你跟'李秀英'最大的区别吧。她虽然恨你，却终究做不到置你于死地，所以，她一直拒绝向我透露你的名字和相关信息。但我已经知道她是谁了，顺藤摸瓜地打听她以前的丈夫是谁，并不是一件难事。让我没想到的是，这个人竟然是你——我的高中同学。"

祝强望着赵正川，继续说道："以你的聪明头脑，应该已经想到了吧——这次高中同学会，就是我组织的。而目的，就是为了把你和你的'故事'引出来。"

赵正川骇然道："什么……你组织的？不是苏碧华他们几个说，好久没有开同学会了，才……"

"没错，是苏碧华他们提出的。但你不知道的是，这是我跟她建议的，而她也愿意帮我，因为我跟她是好朋友。她知道发生在我身上的悲剧跟你有关，所以她帮我策划了这次同学会，并在吃饭的时候，故意引诱你把人面鱼的故事讲出来。毕竟'李秀英'从来没有承认过她的前夫是谁，为了避免搞错对象，我们需要确定'韩宝来'到底是不是你。结果，你毫无保留地讲出了这个故事，大概你认为事情已经过去二十多年，这件陈年往事已经可以当作谈资来分享了吧；亦或者，你直到现在都为自己的聪明头脑而扬扬得意，把这个故事当作炫耀的资本。但你做梦都想不到，这是我设的一个局。现在，你还打算否认自己不是故事中的'韩宝来'吗？"

赵正川浑身战栗，他终于开口求饶了："祝强，我错了……我真的错了。求你……看在我们同学一场的分儿上……"

祝强做了一个噤声的动作，说："你不应该向我道歉，你应该向我儿子，和所有被你害死的人道歉——到地狱去，亲自向他们道歉。"

赵正川露出恐惧而绝望的神色说道："你要做什么？"

祝强从旁边柜子的抽屉里摸出一支针管，赵正川不知道针管里的液体是什么，但这种液体看起来如此眼熟。他的呼吸急促起来，看了看这只针管，又看了看对面水族箱里虎视眈眈盯着自己的人面鱼，他猜到祝强要做什么了。世界开始旋转，他连求饶的话都说不出来，仿佛他的声音已经离他远去了。

昏过去之前，他听到的最后一句话是二十多年前就听过的一句话。讽刺的是，之前他讲故事的时候，也提到了这句话："韩宝来，你相信这个世界上有报应吗？"

（《鱼悸》完）

扬羽的故事讲完后，王喜忍不住鼓掌叫好："哈哈哈，这个故事的结局，我太喜欢了！故事里的主角韩宝来，坏事做尽，自以为谁都奈何不了他，殊不知人算不如天算，最后还是遭报应了，简直是大快人心！"

"而且，他做梦都没有想到，最后还是被这条人面鱼成功地复仇了。不得不说，真是巧妙的设计。"宋伦由衷地赞叹道，"如果我是参与打分的读者，一定给这个故事打高分。"

"谢谢你们的夸奖。"扬羽微笑着说。

"那么，这条鱼，到底是不是李秀英的母亲变的呢？"真琴问道。

"这个，就看大家怎么理解了。说得太透，反而没有意思。"扬羽说。

"嗯，我也觉得，适当地'留白'，更能让人回味和思考。"兰小云说。

就在大家都围绕着故事内容探讨的时候，流风若有所思地说道："其实，扬羽的这个故事，倒是从另一个方面，给了我一个启发。"

众人望向他。柏雷问道："什么启发？"

流风说："韩宝来一直在欺骗身边的每一个人，最后没有好下场。这让我想到我们十四个人目前的状况。如果我们也这样互相猜疑、彼此不信任，只会让主办者的阴谋得逞。而且从发生在王喜身上的'毒蛇事件'来看，主办者是会主动出击的。我们如果不设法团结起来，完全有可能被他逐个击破。"

这番话让大家频频点头。早上发生的"毒蛇事件"，直到现在仍然让他们心有余悸。兰小云问王喜："你现在感觉怎么样，还有不舒服吗？"

"完全没有了，双叶给我的药很管用，帮我彻底解毒了。"王喜说。

柏雷问流风："你认为我们应该怎样团结起来呢？"

流风说："彼此信任，就是团结的开始。说得具体一点吧，主办者不是发给我们每个人一个小盒子吗，目前为止，我们只知道三个人盒子里装的是什么东西：王喜的盒子里是一个布娃娃；双叶的盒子里是药品；我的盒子里什么都没有——除此之外，另外十一个人的盒子里有什么，是一个谜。大家这么藏着掖着，显然是不利于建立信任感的。"

"我觉得流风说得有道理。老实说，我甚至都怀疑，早上出现在柜子里的那条蛇，会不会是某个人盒子里的'道具'……"兰小云说。

"不可能吧？如果是这样，这个人为什么非得害死王喜不可？王喜现在又没有威胁到谁。"陈念说。

"是的，所以这只是我的猜测而已，不一定就是这样。但问题是，正如流风说的那样，因为我们彼此都不知道对方的道具是什么，才会产生这样的猜测，从而加深误会。"兰小云说。

"有道理。"雾岛说，"那么，我们不如开诚布公地把自己盒子里的道具是什么说出来吧，免得再出事了，又互相怀疑。"

"雾岛先生，那就从你开始，好吗？"流风问，"你的盒子里，装的是什么东西？"

雾岛说："我盒子里的道具，从扬羽讲故事开始，就一直摆在大家面前了，只是你们好像都没有意识到，这就是我的'道具'。"

听他这样一说，所有人都望了过去——雾岛的面前，摆放着一个三十二开的小笔记本和一支签字笔。刘云飞诧异道："啊？这就是主办者放在盒子里的道具？笔记本和笔？"

"对。"雾岛说。

"我还以为这是你随身携带的东西呢。"

"不是，我进这个地方的时候，除了手机和钱包，身上什么东西都没带。"雾岛说。

"这笔记本有什么特殊之处吗？里面有没有写什么东西？"贺亚军问。

"没有，"雾岛翻开笔记本，展示给大家看，"就是一个在任何文具店都能买到的普通笔记本，全新的，笔也是一样。反正我看不出来有什么特殊之处。"

乌鸦嗤笑一声："主办者给你这东西的意义是什么？让你听完故事后，做笔记吗？或者写一篇读后感？"

"也许吧。"雾岛认真地回答，"或者，暗示我把每个故事的得分，都记录在这个笔记本上。"

"我觉得没那么简单。如果仅仅是记录分数，用手机就可以了。我们每个人的房间里都是有电源插座的，手机可以一直使用，只是无法上网和打电话罢了。"贺亚军说。

雾岛点了点头道："是啊，所以我也想不到主办者给我这个道具的真正意图是什么，也就只好用来记录每个人的分数了。"

流风说："知道了，雾岛先生。那么，还有谁愿意说出自己盒子里的道具是什么？"

房间里沉默了一会儿，没人往下接话。雾岛说："不会吧？只有我一个人愿意开诚布公？"

扬羽犹豫了一下，开口道："我说吧，我的盒子里，装的是一支注射器，和一小瓶药。"

众人的目光集中在他身上，柏雷问："这是瓶什么药，你知道吗？"

扬羽点了点头："盒子里有一张纸片，是使用说明。"他顿了一下，接着说："这个小瓶子里装的，是吐真剂。"

"吐真剂？！"好几个人一起叫了出来。王喜显得特别惊讶："就是电影里面，特工对某人进行审讯的时候，给他注射的那种会让人说真话的药吗？"

"对，就是《真实的谎言》里面，施瓦辛格被注射的那种药。"扬羽说。

"可是……这是电影里的剧情呀，现实生活中，真的有这样的东西吗？"王喜感到难以置信。

"有的。其实吐真剂这东西，没有你想象的那么神秘。它的化学成分，主要是由异戊巴比妥或者苯巴比妥之类组成的，其作用类似于某种特殊的镇静剂或者麻醉剂，进入血液之后，会短暂地麻醉人的神经，让人在无意识的状态下回答各种问题。就像你问一个彻底喝断片儿的人某些问题，他也会老实回答一样。关键是，清醒之后，他根本记不起自己说过这些话。这跟吐真剂的原理是一样的。"扬羽说。

"你怎么对吐真剂这么了解？是盒子里的说明书上写的吗？"王喜问。

"不是，是我在书上看到的。"扬羽说，"早上我已经说过了，我是一个很喜欢看书的人，所以各种类别的知识，多多少少都知道一些。"

"主办者给你注射器和吐真剂，用意十分明显。"柏雷说，"他显然是给了你某种特权，让你对某个人产生怀疑的时候，给他注射吐真剂。这样一来，就能问出这个人是不是主办者了。"

"是的。可是有个问题，就算我怀疑某人，对方不同意的话，我总不能强行给他打一针吧？对方不会抗拒吗？"扬羽说。

"这个简单，如果在这十多天内，咱们一致认为，某个人的疑点特别大，就可以直接跟他提出，让他配合注射吐真剂，以及接受询问。如果这个人明确表示拒绝，那么基本上可以肯定，他就是主办者了。"柏雷说。

"有道理！"宋伦对柏雷的话表示赞同。

"但是吐真剂只有一瓶，这表示，咱们必须慎重使用。如果选错了对象，就等于把这瓶药浪费掉了。"柏雷说。

大家纷纷点头，除了贺亚军。他迟疑片刻，说道："其实，**这样的机会不止一次，严格来说是有两次。**"

柏雷望向他："什么意思？"

贺亚军说："我的道具，跟扬羽的有点类似，也可以让我们对怀疑的人进行'辨别'。"

"你的道具是什么？"众人问。

"是一张卡片，我现在就揣在身上。"贺亚军把手伸进裤兜，摸出一张比银行卡略大一些的、具有金属质感的卡片，举在手中，展示给众人看。这张卡片上的正面，画的是一个像神一样威武的、手持利剑的男人。他的脚边，匍匐着一只三头犬。

"这张画代表什么？"乌鸦问。

与此同时，桃子失声叫了出来："啊……这张卡代表的是'冥王哈迪斯'！"

"你怎么知道？"贺亚军问。

"通过画中人物的样子，以及他脚边的三头犬呀，这是一个重要的标志！地狱三头犬名叫刻耳柏洛斯，是看守冥界大门的恶魔，它的主人只有一个，就是冥王哈迪斯！"桃子说。

"原来是这样……"贺亚军说。

"怎么，这张卡片所代表的意义，你自己都不知道吗？"柏雷问。

"不，我只是不清楚这张画的意义而已，但是这张卡的用途，我当然知道，因为卡的背面写得清清楚楚。"贺亚军说。

"写了什么？"

贺亚军翻转卡片，照着上面的内容读了出来："**持有本卡片者，有权利发动一次投票，选择任意两个人，让其他人给这两个人投票，票数多的人出局。**"

贺亚军念完这句话，望向众人，发现大家都面露惊惶神色。真琴骇然道："出局的意思就是……死亡吗？"

"也许吧。这张卡上画的是'冥王哈迪斯'，代表的应该就是死亡吧。"贺亚军说。

"你的这个技能，比我的可怕多了。"扬羽惶恐地说，"我选择某人注射吐真剂，就算选错了，大不了就是失去一次找出主办方的机会而已。但你的'投票技能'，一旦投错了人，就意味着这个人会死去！"

"那也是所有人的选择，不是我一个人的，我们必须共同承担这个责任。"贺亚军说。

"所以，你必须慎重呀！"真琴说，"如果没有十足把握的话，千万不要随便发动这个技能！"

"我明白，机会只有一次，我当然不会胡来。"贺亚军瞄了一眼乌鸦，意有所指地说，"除非，有些人把我惹恼了。那我就管不了这么多了。"

乌鸦听出他话中暗含的威胁成分，但是对方有这样的技能，显然让他有所忌惮。他的脸色十分难看，却只能一声不吭。

"各位，雾岛、扬羽和贺亚军都说出他们的道具或者'能力'了，请你们也不要隐瞒，好吗？"流风说。

一阵沉寂后，桃子小声说："好吧……那我也公布我的'能力'。"

说着，桃子从衣服口袋里摸出一张金属质感的卡片，展现在众人面前，说道："我的道具，跟大叔是一样的，也是一张卡。只不过，他的是'冥王哈迪斯'，我的是'海神波塞冬'。"

众人一齐望去，看到桃子的卡片上，画的是一个拿着三叉戟的老人，他上身赤裸，下身是像海蛇一样的躯体。很显然，他就是希腊神话中的海神了。

"你这张卡的技能是什么？"流风问。

桃子把卡翻过来，念背后的文字："**持有本卡片者，可以在任何时候，交换任意两个人讲故事的顺序。**"

大厅里短暂地沉默了几秒，每个人都在努力理解这句话的意思。兰小云第一个反应过来："啊！就是说，你可以让本来今天要讲故事的人，换到另一天去讲？"

"我猜，就是这个意思吧……"桃子说。

"喂，这个技能也太'阴'了吧！"乌鸦嚷道，"我是第十三天讲故事的人，想着反正还早，就根本没去想故事。你要是今天晚上突然使用这个技能，让我和扬羽对调，我根本不知道讲什么好，那不是死定了？"

"大叔，你激动什么，我又没有这样做。"桃子委屈地说，"再说，我现在不是老老实实把我的能力告诉你们了吗？说明我没打算出这种阴招……"

宋伦赞赏道："桃子小妹妹，你这样做是对的。因为你这个能力，就是专门用来坑人的，现在你告知了大家，说明你没有安坏心眼。"

"是的，其实我想过，如果我在某天晚上七点，某个人正要讲故事的时候，突然使用这个技能，让他跟后面的某个人交换顺序，估计一定会坑了某个排在后面的人。这样，竞争者也许就直接少一个了。但是想想还是算了，这样做太卑鄙了，而且我也害怕被那个人打死……"桃子吐了下舌头，半开玩笑地说。

"哈哈，是的，这种阴招，还是免了吧。"宋伦笑着说。

柏雷思索了一会儿："不过，桃子这个技能——假如运气很好，说不定能直接揪出主办者。"

"咦，为什么呢？"桃子问道。

"因为主办者肯定一开始就想好了一个故事，假如你突然使用这招，调换到当天讲故事的人，却讲出了一个精彩的故事，那这个人是主办者的概率，就非常大。不过，现在说这个已经没有意义了，因为你已经把能力说出来了，估计很多人都会提前做准备了吧。"柏雷说。

"是啊，而且调换的人正好是主办者，这个概率也太低了。"桃子说。

"对了，桃子的卡片是'海神波塞冬'，贺亚军的卡片是'冥王哈迪斯'……"柏雷摸着下巴，若有所思。

"怎么了？"真琴问。

"如果我没猜错的话，卡片一共有三张。某一个人的手中，应该还有一张'全能之神宙斯'吧。"柏雷说。

"为什么？"

"因为宙斯、哈迪斯和波塞冬是三兄弟。另外两个都登场了，最后一个，也就是'众神之王'宙斯，没有理由不出场吧。我觉得，主办者不会是这么没常识的人。"桃子抢在柏雷之前说道，看来她对希腊神话也十分了解。

"对，我也是这样想的。"柏雷说。

"既然是这样，那就请继续吧。现在，我们十四个人当中，已经有七个人说出自己的能力了。剩下的一半人，也请加油啊。不知道大家有没有感觉到，开诚布公之后，氛围变得比之前友好了。"流风微笑着鼓励大家。

然而，他这番话说完后，大厅内却冷场了至少一分钟。似乎剩下的一半人中，没有一个人愿意说出自己的能力是什么。流风失望地说："柏雷、兰小云、宋伦、刘云飞、陈念，还有乌鸦和真琴，你们都不愿意说吗？"

真琴为难地说:"不是我不愿意说出来,而是……**我的能力如果说出来,几乎就等于没用了。**"说完这句话,她害怕引起误会,又补充了一句:"但是我可以保证,我绝对不会用这个能力来害人的,这一点,请大家放心!"

宋伦接着说道:"我也是出于同样的理由,不是故意有所隐瞒。**我的能力如果让某些居心叵测的人知道了,我担心自己会遭遇不测**……但我同样可以保证,我不会用自己的能力来陷害任何一个人!"

兰小云抱歉地说:"对,我也是,请大家理解。"

柏雷说:"我同样有自己的考虑,就不解释了。"

陈念和刘云飞跟着附和,乌鸦则仍是一副玩世不恭、随心所欲的样子。流风说:"好吧,我们会尊重你们的选择。虽然你们没有说出自己的能力,但是有刚才那番表态,也很让人感动了。"

这时,十分关心自己分数的陈念发现大厅上方的显示屏亮了起来,上面出现一行字和一个分数:

第二天晚上的故事——《黑暗双子》
分数:81

"啊……我的分数,比刘云飞要低吗?"陈念露出失望和担忧的表情,"我还以为,这个故事一定能得高分呢……"

"读者的口味,是很难说的。其实我也觉得,你那个故事比我的好。"坐在陈念旁边的刘云飞拍了他的肩膀一下,当作安慰。不用说,他心里肯定是喜悦而安心的,因为只要有人的分数比他低,就说明他不会是第一轮被末位淘汰的人了。

"唉……千万不要是最低呀,我的赌运,不,我的运气,总不会这么差吧。"陈念站了起来,沮丧地朝楼上走去。剩下的人相对无话,也各自返回房间了。雾岛把目前两个故事的分数,记录在了笔记本上。

兰小云回房后,坐在床上,从叠好的被子里摸出那个印着"恋人"图案的木头小盒子，输入"1010"四个数字，打开了盒子，拿出里面的金属卡片，凝视着它。

卡片的正面，画着一个拿着雷霆杖的威严大神——显然就是全能之神宙斯了。

柏雷已经猜到了，剩下的人中，一定有一个人拿着宙斯的卡片。

但他不知道，这个人就是我。他更不可能知道，这张卡的"技能"是什么。

在这场游戏进行到最后一刻之前，我是不会发动这个技能的。

次日早晨，众人聚集在大厅内吃早餐。大家从柜子里拿出食物和水，走到圆桌旁，坐在自己的位子上就餐。双叶吃完东西后，说道："昨天晚上回房间后，我想到了一个问题。"

"什么问题？"刘云飞问。

"扬羽的吐真剂和贺亚军的投票技能，肯定是主办者赋予他们的能力，对吧？但是，主办者为什么要做这种对自己不利的事呢？"双叶说。

"他就是故意制造难度，好让自己玩得更刺激一点吧。"刘云飞说，"比如很多主机游戏，在进入游戏之前，都会让玩家选择难度。不想被'虐'的玩家，也许会选择'简单'或者'普通'，但是重度玩家，一定会选择最高等级的难度。他们认为，只有这样，才能玩得酣畅淋漓，体会到游戏最极致的乐趣——如果我没猜错，这个主办者，显然是个'重度玩家'。"

"没错，我玩游戏就是这样。通常都会选择最高难度，在这样的情况下通关，是最有成就感的。"陈念说。

"好吧，就算如此，仍然有一个问题——就算用扬羽或者贺亚军的能力提前找出了主办者，又如何呢？"双叶问。

"主办者之前说过，如果末位淘汰的时候，恰好轮到他出局，他就会承认自己的主办者身份，并提前结束这场游戏。而剩下活着的人，每个人都会获得五千万元奖金。"柏雷说。

"对，但他说的是'末位淘汰'的情况，并没有说如果提前把他找出来的话会怎样。"双叶说。

话音刚落，安装在大厅四个角落的小音箱发出响亮的声音，跟他们第一天来这里时，听到的经过变声器处理的声音一模一样：

"各位参赛者，如果你们在游戏结束之前，也就是十五天之内，使用道具或者'技能'准确地在十四个人中找出了谁是主办者，那么，我向你们保证，我绝对不会耍赖，会大方地承认这一点，然后宣布游戏提前结束。作为奖赏，当时活下来的每个人，都会获得五千万元的奖金。以上是游戏规则的补充说明，祝你们'玩'得开心。"

这番话说完后，音箱里就没有再发出声音了。王喜愕然道："主办者知道我们在讨论这件事？竟然做出回复了！"

"这不奇怪，他之前不是说了吗，大厅里是安装了监听设备的，而外面一直有人在监听和观察着我们，主办者还在我们其中，他们当然知道我们在讨论什么。"柏雷说。

"可是，主办者不是跟我们在一起吗？他的声音怎么会从音箱里发出来呢？"王喜还是不明白。

"动动脑筋吧，"双叶说，"刚才那番话，显然是主办者在进入这个厂房之前，就提前录好了的。或者他早就猜到了我们会讨论这件事，提前授意手下的人，让他们在相应的时候做出回应就可以了。"

"原来是这样。"王喜点头表示明白了。

"你这话倒是提醒我了。外面的人，一直在监视着我们，那我们应该可以跟他们交流吧？"乌鸦从椅子上站起来，对着大厅上方喊道，"喂，我后悔了！不想参加这劳什子游戏了，我可以中途退出吗？那一亿元奖金，我不要了！"

贺亚军冷哼一声："说得你好像稳赢一样，'不要了'？呵呵。"

"外面的人，听到了吗？回个话呀，刚才不是都回应了吗？"乌鸦还在大声叫嚷。

贺亚军听得有些心烦，说道："你省省力气吧，就算用脚指头来想一下，也能想到他们不可能让任何一个人中途离场！你以为这是超市或者电影院吗？想来就来，想走就走？如果是这样，觉得自己马上要被末位淘汰的人，立即提出不玩了，不就能安全离开了？"

这一次，乌鸦没有跟贺亚军抬杠，大概是觉得他说得有道理。他没有再对着空气叫喊了，含混不清地骂了一句什么，转身朝楼上的房间走去。

"看来，前面三个人讲的故事，给了他压力。他肯定觉得自己讲出来的故事不一定能赢，才不想玩了吧。"宋伦说。

"何止是他，后面的人，谁都没有把握吧。"雾岛叹了口气，"如果可以，我也不想玩了。"

"啊……今天晚上讲故事的人是我，我得赶紧去准备了。"桃子说。

晚上七点，吃完晚饭的众人齐聚大厅，围坐在圆桌旁。经过一天的时间（或许还有之前的），桃子显然已经做好准备了，但她仍显得有些忐忑不安，底气不足地说道："各位，故事我倒是想好了，但是不知道能不能跟前面三个故事相比。希望网友们不要给我的故事打低分。呃……那我开讲了，故事的名字叫'溶解液'。"

第四夜的离奇故事

溶解液

未来不久的某一年，诺贝尔化学奖颁给了中国化学家李岚。

因为他发明了一种"**可以溶解世界上一切物质**"的溶解液。

这种溶解液妙用无穷。比如，家里的旧沙发不想要了，用不着花费时间精力去处理，只需要把溶解液喷洒到沙发上，整个沙发就溶解掉了——旧柜子、旧书桌亦然。

除了家具和日常用品，旧楼房也可以用这种方式溶掉，不用再像以前那样进行惊心动魄的爆破和拆除。当然，要溶掉一整栋楼，大概需要一吨左右的溶解液。

同理，旧人也可以处理掉，如果对自己的老公不再满意，趁他喝得酩酊大醉的时候……

哈哈，开个玩笑。这么危险的东西，当然不可能像洗发水一样摆在超市里售卖。溶解液是国家严格管控的物品，仅限拥有相关资质的单位生产和使用。而溶解液的发明，之所以为化学家李岚赢得了诺贝尔奖，是因为它的问世，解决了令全世界所有国家都头疼的一个重大问题——**垃圾处理**。

众所周知，现代社会从未真正地解决垃圾问题。在溶解液发明之前，对大量城市垃圾的处理，最常见的两种方式是填埋和焚烧。但前者需占用大量土地，垃圾中的有害成分还会对土壤和水源造成严重污染；后者的弊端更明显，会污染大气。简言之，不管哪一种方法，都会一定程度地破坏生态环境。而使用溶解液处理垃圾，却没有任何弊端。这种特殊的液体，能够溶解所有的有机物和无机物，让堆积成山的垃圾变得像夏天里的冰激凌一样，迅速化成一摊清水。

全世界每一个国家都希望弄到溶解液的配方——但是在此之前，他们只能寄希望于从中国进口溶解液。但是溶解液的配方和制法是国家机密，一旦外泄，就可能产生灾难性后果，所以中国实行严格管控，禁止出口。目前，溶解液在中国被用于处理垃圾，全国新建了很多新型垃圾处理厂，用于处理从各地运过来的各类生活垃圾。从此，困扰全世界的垃圾处理问题迎刃而解。

现在，说回溶解液。估计很多人已经意识到一个问题了——**这种液体既然可以"溶解世界上一切物质"，那么该用什么东西来装它呢?**

发明者当然考虑到了这一点，他从铅笔芯的原料石墨中提取出了一种叫作石墨烯的二维碳原子晶体。这种物质是地球上目前已知的最坚硬的物质——据说强度比世界上最好的钢铁还要高一百倍。用石墨烯制成的特殊容器，可以装溶解液。

但是，并不能装太久。

几十个小时过去后，即便是这种特殊的容器，也会被溶穿。

也就是说，溶解液合成之后，无法保存太久，必须尽快使用。否则，后果不堪设想。

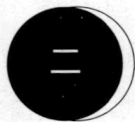

二

新型垃圾处理厂的工作模式是：垃圾厂每天定时接收从国内运来的生活生产垃圾，一日两次。这些垃圾先称重，然后被倾倒在一个巨大的圆形大坑中（坑壁是由石墨烯材料制成的，造价不菲）。然后，工厂的技术人员根据当日的垃圾重量，配制出相应剂量的溶解液——由于溶解液无法长时间保存，显然不可能先生产几十吨储备起来。只能当天配制，当天使用，并且全部用完。

这些都是相应法律明确规定的，就是为了防止某些居心叵测的员工悄悄把剩余的溶解液带出工厂。这东西能杀人于无形，毁尸灭迹什么的简直是小菜一碟，所以必须进行严格管控。

新型垃圾厂的员工，大致由技术人员和垃圾处理人员两类人组成。技术人员是掌握着溶解液配方的高级人才，他们的工作，是根据当日垃圾的重量，配置出刚好可以将这些垃圾处理完的溶解液。接下来的事，就可以交给垃圾处理员来做了。他们会背上由石墨烯制成的特殊容器，像给菜地喷洒农药一样，把每日定量的溶解液喷洒在堆满垃圾的圆坑中，看着它们溶解成一摊水，流入下水道——工作就完成了。

这两类人，虽然在同一个地方上班，薪资待遇却是云泥之别。很显然，垃圾处理员的工作，只要是一个身体健全、智力正常的人都能做；而负责配制溶解液的化学家们，则是掌握着国家机密的特殊人才——他们的薪资，几乎是垃圾处理员的二十倍。

滨海市垃圾处理厂是国内第一批新型垃圾处理厂。卢清晨和陈浩是这里仅有的两名垃圾处理员——因为这份工作实在是太简单了，毫无技术含量可言，两个人足够了。每天上午十点和下午四点，他们只要穿上特制的工作服，戴上像宇航员一样的头盔，把溶解液对着垃圾坑一阵喷洒就行了。唯一需要注意的，就是别把溶解液喷在对方身上。但是根据规定，两名工作人员分别站在大坑的两头，中间隔着十几米的距离，除非蓄意谋杀，否则要喷洒在对方身上，还真不是件容易的事。

卢清晨和陈浩是同时应聘入厂的。他们两都是二十多岁的年轻人，单身，缺乏才华和学识，也没有资源和背景。应聘这份新型职业，一方面是因为门槛低，另一方面则是出于对溶解液的好奇。这项神奇的发明，除垃圾处理厂的人之外，几乎没有其他人见过。所以，即便月薪只有不到四千元，他们也毫不犹豫地签下了劳动合同。

工作的前几天，还是很有乐趣的。看着堆积如山的垃圾像冰激凌一样融化，着实是一件趣事，甚至还蛮有成就感。可惜的是，这种新鲜感在一个星期后就烟消云散了，剩下的只有每天一成不变的重复性劳动。做这份工作不需要跟任何人交流，也不需要创意和激情。从某种角度来说，比扫大街的环卫工人还无聊——他们偶尔还能看到一出吵架或打架的闹剧。对于两个年轻人而言，如此单调、乏味的工作，实在是有种消磨青春的感觉。

　　但工作就是如此，再枯燥也得做下去。卢清晨和陈浩每天的工作时间严格说来只有两三个小时——也就是上下午喷洒溶解液的时候。其他时间，他们可以自由安排。由于没有别的同事（技术人员的工作地点跟他们不在一起），他们谈天说地的对象只有彼此。陈浩说，如果卢清晨是个女孩，估计他们已经有四个小孩了。但卢清晨说，"那也要'女孩'看得上你才行"。

　　这天上午的垃圾比往常多一些，卢清晨和陈浩十一点半才结束喷洒工作。他们决定去外面吃午饭——厂里是不提供伙食的。垃圾处理厂位于城市边缘，附近是乡镇，有一些价廉物美的小馆子，为两个没什么钱的单身汉提供了饮食保障。

　　走出厂区的时候，他们看到一辆蓝色的玛莎拉蒂从厂里的地下车库开了出来。这是一辆新车，像蓝宝石一样耀眼夺目，流线型的车身透露着奢华的气质。两个人愣愣地看着这辆豪车朝市区方向驶去，几乎看呆了。

　　"这辆车至少值两百万。"对汽车颇有研究的陈浩说。

　　"谁的车呀？"卢清晨问。

　　"吴技术员的车。"

　　"你怎么知道？"

　　"你没注意到车牌吗？他虽然换了新车，但车牌用的还是原来的。"

　　"原来如此。他之前开的不是奔驰 E300 吗？"

　　"换更高档的新车了呗。"陈浩露出羡慕嫉妒恨的表情，"你能相信，这是我们的同事吗？"

　　卢清晨嗤笑一声："沃尔玛的高管和收银员还是同事呢，能相提并论吗？"

　　"这不一样吧？"陈浩不服气地说，"他们也不是高管呀，只不过是技术人员罢了。"

　　"不是一般的技术人员，是现在最热门的技术人员。"卢清晨提醒道。

　　"那又怎么样？溶解液又不是他们发明的，他们只是按照李岚博士的配方来配制罢了。"

　　"那也不是每个人都做得来的，这是配制化学物品，又不是炒制火锅底料。"卢清晨说，"全国现在只有十多家新型垃圾处理厂，而掌握了溶解液配方的技术员，据说只有不到三十个人。咱们厂就有两个。"

"是啊，吴技术员和张技术员，他们年薪百万，每天开着豪车去市区吃香的喝辣的，咱们跟人家比起来，简直是天壤之别。"陈浩叹息道。

卢清晨的心态比陈浩好："这没什么好比的，谁让咱们不是化学家呢。走吧，吃面去。"

陈浩点了点头，两人走到乡镇的街道上，找了一家经常光顾的兰州拉面馆，点了两碗牛肉拉面，就着大蒜呼噜呼噜吃了起来。

一碗面下去，陈浩没吃饱，又点了一个烤饼。等待的过程中，他习惯性地打开手机看新闻，在一个本地新闻公众号上看到了一篇刚发布的文章。看完之后，他说道："这不是恐怖片里的剧情吗，居然发生在咱们市了！"

卢清晨正在喝汤，问道："什么呀？"

陈浩把手机伸到他面前说："你看。"

文章标题映入卢清晨眼帘——**警惕！神秘"口红杀手"连续犯案，专门杀害年轻单身女子！**

"口红杀手？什么鬼？"卢清晨皱起眉头。

"你自己看吧。"陈浩把手机给卢清晨，开始吃烤饼了。

卢清晨浏览着这篇文章，表情逐渐严肃起来。这是本地的新闻公众号在取得滨海市公安局的授权之后，发布的一篇提醒市民的文章。大意是说，滨海市最近出现了一个神秘的连环杀手，此人专挑年轻貌美的单身女子下手，杀死被害人之后，将其开膛破肚，并给死者嘴唇涂上妖艳的紫色口红，手段极其残忍、变态，目前已经出现三个受害者了。警方呼吁市民们提高警惕，特别是独自居住的单身女子。文章中间附了几张图，是打了马赛克的被害人照片。能够看出来，每个被害人的嘴唇上，都被涂上了紫色口红。

卢清晨看完文章后，把手机还给了陈浩，表情凝重。陈浩骂道："这该死的凶手也太变态了。杀了人，还要亵渎尸体。"

"凶手为什么要给死者涂上紫色的口红？"卢清晨不明白。

"紫色代表神秘，或者性感。我猜，这家伙也许受过什么刺激，导致心理扭曲，认为所有涂紫色口红的女人都是不正经的，专挑这种女人下手。"

"但紫色口红，是他（凶手）给被害人涂的呀。"

"也许这些被害人生前就会涂紫色口红呢？"陈浩耸了耸肩膀，"还好我是男的。这凶手对男人没兴趣吧？"

说完这句话，陈浩发现卢清晨没有接话，表情愈发凝重了，他说："你担心什么？你又不是单身女性。"

"我担心的不是我，是安文兰。"卢清晨说。

陈浩明白了。安文兰是卢清晨的女邻居，也是他暗恋的对象。他们俩租的是同一个房东的房子，安文兰住卢清晨楼下。他们俩认识，是因为半年前的一天晚上，安文兰在楼下用电磁炉煮面，不知怎么电线短路，把保险丝烧了。大晚上的请不到电工，她只有上楼求助男邻居。换根保险丝对卢清晨来说是小事一桩，几分钟后，安文兰的屋子重获光明。安文兰十分感谢，也不知道该怎么表达谢意，就问卢清晨要不要留下来吃碗面。卢清晨也真有点饿了，就没有拒绝。于是安文兰给卢清晨下了一碗普普通通的素面，据卢清晨说，他这辈子从没吃过这么好吃的素面，味道惊为天人。当然现在想起来，他吃进去的，是（单方面的）爱情的滋味。不管怎么说，两人因此成了熟人，而卢清晨自此之后，就爱上了安文兰。

但卢清晨这人是有自知之明的。他只是一个月薪不足四千元的垃圾处理员，在滨海市这样的沿海城市，养活自己都有点难，恋爱对他来说，实在是奢侈品。安文兰虽然也不是什么名门闺秀，但长得清新脱俗，有着秀丽的脸庞和玲珑的身材。这样的女孩子，要嫁给一个富家子弟，想必也不是什么难事。所以，卢清晨将爱意深埋心头，从来没有在安文兰面前表露过——对他而言，能够跟她成为普通朋友，已是最大的福分了。

现在出了"口红杀手"这样的事情，卢清晨首先想到的就是安文兰的安危。能不能成为恋人倒是其次，关键是，他打心底地想要保护她。

陈浩看出卢清晨的心思了，眨了眨眼睛，说："我觉得这事对你来说，是个机会。"

"什么意思？"

"你不是一直想追安文兰吗，现在机会来了。这凶手不是专挑单身女性下手吗？安文兰一个人住，自然是有些危险的，你可以借这个机会，跟她住在一起。"

"这……好吗？会不会有点乘人之危？"

"怎么会是乘人之危？你这是保护她，她应该求之不得才对。"

"那也得人家愿意才行。"

陈浩耸了下肩膀："反正我只能帮到这儿了，要不要抓住机会，看你自己吧。"

吃完拉面后，两人回到厂里的休息室。整整一个下午，卢清晨都在思考这件事情。不得不说，陈浩的提议，让他动心了。

三

下班之后，卢清晨回到出租屋。这是一栋老旧的自建房，一共只有三层，卢清晨和另一个男邻居住在三楼，安文兰住在二楼（二楼还有一间屋子租给别人当仓库了），一楼是店铺。这栋自建房的房龄至少有三十年之久，房东是一个有着多套房产的老阿姨。这栋房子是等着拆迁赔款的，老阿姨也没指望赚多少钱的房租，所以用比较低廉的价格租给了几个年轻人。

安文兰是一家电器商场的营业员，负责售卖电视机，工作朝九晚五。她的工资是由保底工资和销售提成两部分组成的。这年头电视机对很多年轻人来说，不再是必需品，手机和电脑才是。所以电视机销量堪忧，安文兰每个月到手的工资，也只有可怜巴巴的四五千元。但这姑娘不甘于现状，利用晚上的休息时间在某平台上做直播，渴望能走上网红之路。

卢清晨往常都是直接上三楼，但今天，他犹豫许久后，敲响了二楼的房门。

安文兰已经下班回家了，她打开屋门，看到站在外面的卢清晨，微笑着问道："清晨哥，有什么事吗？"

"嗯。"卢清晨说，"今天的本地新闻，你看了吗？"

"什么新闻？我白天在商场里忙，没怎么看新闻。"

"那你应该关注一下。这事……怎么说呢，需要你引起注意。"

"进来说吧。"

卢清晨进屋，安文兰把门关上，给他倒了一杯凉白开水，问道："什么事呀？"

卢清晨说："我已经转发到你微信了，你自己看吧。"

安文兰点开卢清晨转发给她的新闻，看完之后脸色大变，说道："天哪，这么可怕的事，居然发生在本市！"

"是啊，我一直以为，这种事情只会出现在小说或电影里呢。"

"清晨哥，谢谢你提醒，这段时间，我会格外注意的。"

"嗯，好的——其实……"

"什么？"

卢清晨红着脸说："呃……我有一个提议，只是提议啊。如果你不愿意，就算了。"

"什么提议？"安文兰眨着大眼睛说，"干吗吞吞吐吐的？"

"我是想说，如果你晚上一个人害怕，可以到楼上来住……别误会啊，我睡客厅的沙发，你睡床。"

安文兰明白了，她的脸也微微有些泛红，同时，她觉得站在自己面前的这个大男孩有些可爱。她想了想，说："抱歉，我不太愿意。"

"啊……我明白了。"卢清晨的心仿佛沉入了冷水中，他从椅子上站起来，打算离开了，"那你注意安全，打扰了。"

"等等。"安文兰叫住他，"你恐怕没明白我的意思。"

"啊？"

"我的意思是，我这人有点挑床，不喜欢睡别人的床。但是……你不挑沙发吧？我客厅里的沙发，展开后是可以变成一张单人床的。"安文兰红着脸说。

卢清晨愣了好一会儿，才明白安文兰的意思，他心潮澎湃，欣喜地说道："没问题，我一点都不挑床，我可以睡你家的沙发！"

"那就拜托你了。"

"我现在就上去拿床单和被子！"

"等等，别急，你还没有吃饭吧？"

"嗯。"

"就在我家吃饭可以吗？只是没什么好招待的，只有请你吃素面——啊，我可以给你煎火腿肠和鸡蛋。"

"其实素面已经很好了，真的。你煮的面条是我吃过的最美味的食物。"

"是吗，多谢夸奖。"安文兰甜甜地一笑。

于是，从这天开始，卢清晨住进了安文兰的家。他很守规矩，从不做任何越轨或令人难堪的事，就连洗澡都是回自己家洗，之后再穿戴整齐地下来，道了晚安之后，睡在安文兰客厅的沙发床上。

有了卢清晨的陪伴，安文兰似乎安心了许多。作为对"专属保镖"的答谢，她每天会买一些食材回家，做好饭菜跟卢清晨共进晚餐。在家乡之外的城市，居然能每天回家后吃到热腾腾的饭菜，这令卢清晨无比感动。有时，这种温馨感带给他家庭的幻觉，他恍惚觉得自己和安文兰已经成为一家人，因为他们俩的确过上了两口子般的生活——除了晚上没有睡到一起。

但12月的冬季，这层壁垒也终于被打破了。

滨海市的冬天很冷，安文兰的住所只有卧室有空调，卢清晨睡在只垫了一层薄棉絮的沙发床上，即便盖了两床棉被，还是冷得瑟瑟发抖。这时，他的手机响了，屏幕显示收到一条微信："外面冷，进屋来睡吧。"

卢清晨的脑子里发生了某种"爆炸"。他的心脏狂跳起来，体内的血液像开水般沸腾，全身都燥热起来。他竭力理解这句话的意思——这是暗示吗？还是说，安文兰只是不忍心看他感冒受凉，才让他进屋去睡？对这个问题的理解，将决定他怎么"睡"。

卢清晨打算先进屋再说。他穿着睡衣，推开了安文兰并没有上锁的房间。屋里没有开灯。安文兰侧躺在床上，看上去像是睡着了。但事实是不可能的，因为她两分钟前才给自己发了微信。

卢清晨摸黑走到床边，小心地问了一句："我可以上床吗？"

黑暗中传来一声含糊不清的应允："嗯。"

卢清晨掀开被子，躺到了安文兰身边——这并不是第一次，在他的春梦和幻想中，他早已经跟安文兰有过肌肤之亲。但当这一幕成为现实的时候，他却紧张得全身僵硬，规规矩矩地平躺在床的左侧，连小指头都不敢伸向心中的女神，生怕对方把他当作乘人之危的禽兽，从此跟他断绝联系。

卢清晨知道自己不可能睡着，他也无法判断安文兰有没有睡着。一段漫长的沉寂后，安文兰翻身，依偎在卢清晨的怀中。

四

那一晚之后，卢清晨和安文兰正式确立了恋爱关系。卢清晨枯燥乏味的人生，从此变得绚烂多姿了。

以往的周末和晚上，他只有靠刷剧和玩游戏度过，有了女朋友后，当然要跟这种单调的生活告别。文艺腔调的下午茶、网红打卡地的美食、IMAX（一种巨幕电影放映系统）影院的一部电影——恋爱三部曲是一定遵守的。商场、游乐园和周边景点，也是必不可少的组成部分。除了懵懂少年时代那心智不成熟的初恋，安文兰是卢清晨正式交往的第一个女友。像全天下所有陷入爱情的男生一样，他巴不得把世界上最美好的事物都献给自己心爱的姑娘。但他也犯了很多男生都会犯的一个错误——被爱情冲昏头脑，忘了量力而行。

恋爱的欢愉，带来的是金钱的捉襟见肘。很快卢清晨就发现，以他微薄的工资，很难支撑约会的大量花销。他开始透支，所有能提供他提前消费的途径，他都尝试了一遍，直到与日俱增的账单提醒他，再不还款的话，他将被银行拉入黑名单，影响征信，甚至面临起诉。

卢清晨意识到了问题的严重性。但他是靠死工资吃饭的，并没有其他收入来源。面对各类透支的账单，他算了笔账，发现自己就算不吃不喝，也无法还上所有贷款。这个时候他慌了。老家在农村，父母的经济也很拮据，他做不到向他们要钱。思来想去，只剩下向朋友借钱这一条路可走了。

上午，处理完今天的第一批垃圾后，卢清晨和陈浩回到办公室。卢清晨知道借钱是全天下最难的事情，但他只能硬着头皮开口："陈浩，有件事……想请你帮忙。"

"借钱吗？"陈浩一语中的。

"嗯……"

陈浩把椅子挪到卢清晨面前，对他说："盯着我的脸看一分钟，然后告诉我，我长得像有钱人吗？"

卢清晨烦躁地闭上了眼睛："好吧，当我没说。"

"你需要多少钱？"

"四万元左右……"

"四万？抱歉，我真的无能为力了。我还有八百多块钱，这就是我的全部家当了。"

"唉……"卢清晨焦头烂额地双手撑着脑袋，长叹一口气。

"谈恋爱要成本，也是要实力的，兄弟。"陈浩拍着卢清晨的肩膀说。

"你怎么知道我是因为这个原因亏空的？"

"拜托，我又不是傻瓜！你朋友圈发的那些下午茶、火锅、西餐、游乐场……难道全是免费的吗？我早就知道你会亏空，只是不好提醒你，扑灭你爱情的火焰罢了。"

"你真该提醒我的。"

"现在算晚吗？"

"有点晚了。我欠了银行四万多，而这个月底是最后的还款期限了。"

"兄弟，四万多我真帮不了你。你要不要找吴技术员或者张技术员借借看，他们有钱。"

卢清晨摇着头说："我平时跟他们毫无交集，突然跟人家借钱，人家会借吗？"

"你别的同学、朋友呢？"

"我昨天已经问过一些朋友了，他们也拿不出这么多钱来。"

"那你怎么办？"

"我不知道。这个月不还钱，我可能会被银行起诉。"

陈浩意识到问题的严重性了："这样的话，你可能连工作都保不住了。"

"可不是吗？所以我才着急呀！"

陈浩思索良久，说道："呃……有件事，我不知道该不该跟你说……"

卢清晨问："什么事？"

陈浩好像立刻就后悔了："算了算了，当我没说。"

"什么事呀，快说！我都急成这样了，你还吊我胃口？"

"不是，这事吧……唉，是犯法的。"陈浩低声说。

卢清晨盯着他："你建议我贩毒？"

"不是，贩什么毒呀，你想哪儿去了。"

"那你想说的是什么？"

陈浩犹豫了片刻，起身走到门边，把休息室的门关上了，然后回到卢清晨身边，小声说道："我有一个高中同学，大学是在国外读的，之后就留在国外工作了。上周我们举办高中同学会，他正好回国办事，就来参加了。高中的时候，我跟他关系挺好的，他问我现在在哪儿上班。我有点难以启齿地说，在新型垃圾处理厂工作。他立刻问，是用溶解液处理垃圾的厂吗，我说是的。结果你知道他说什么吗？"

"说什么？"

"他悄悄对我说——'你知道吗，摆在你面前，有一个赚大钱的机会'。"

"什么意思？"

"我也这么问。他把我拉到一旁，小声说，现在国外，挖空心思想要弄到溶解液的配方。实在不行，弄到溶解液的样品也行。我马上明白他的意思了，告诉他，我不是技术人员，不可能知道配方。他说没关系，能弄到一小瓶溶解液也行，他们自然知道怎么研究出它的配方。我说，这可是犯法的。他伸出手，给我比了一个数字。"

说着，陈浩伸出两根手指头。

"两百万？"

陈浩嗤笑一下："你也太小看溶解液的价值了。告诉你吧，是**两亿**。"

卢清晨吃了一惊："人民币？"

"不，美元——买一小瓶溶解液，几十毫升就够了。"

"天哪……两亿美元，差不多十四亿人民币？"卢清晨惊呆了。

"对，我们十辈子都赚不了的钱。我同学说，只要我能搞到溶解液，他立刻就能给我联系到买家——国外有人排着队想买。当然，他会拿走一部分提成，但我们仍然占大头。"

"那你是怎么回答他的？"卢清晨问。

"我说，我需要考虑一下。"

"考虑这样做值不值得？把溶解液偷偷卖给外国人，一旦东窗事发，估计会被处以叛国罪，或者间谍罪。掉不掉脑袋我不知道，但这辈子估计别想从监狱里出来了。"

"对，这当然是需要考虑的因素之一。但更重要的，是另一个问题。"

"什么问题？"

"**那就是我们怎么把溶解液带出厂**。你忘了吗，厂里每天发给我们的溶解液都是定量的。并且按照规定，我们每次喷洒完溶解液后，就要把装溶解液的容器放在地上，由专门的人员负责回收。而且垃圾坑旁边是安装了监控摄像头的——一言以蔽之，我们根本就没有任何机会把溶解液带走。还有最关键的一个问题——**我们没有石墨烯**

瓶子——这东西也是被严格管控的。也就是说，就算我们有机会带走溶解液，也找不到容器来装。所以，不管那边的诱惑有多大，都没有任何实际意义。因为我们根本就办不到这一点。"

卢清晨没有说话，陷入了沉思。

"好了，别想这事了。咱们出去吃饭吧。"陈浩说，"还款的事，这几天再想想别的办法。"

"你去吃吧，我现在不想吃。"

"喂，不管遇到再大的事，饭还是要吃的呀！"

"我知道，只是我现在没什么食欲。要不你帮我带个面包什么的回来吧。"

"好吧。"陈浩无奈地答应，一个人出去吃饭了。

几十分钟后，陈浩回来了，给卢清晨带了个肉松面包，递给他："看你这么拮据，这面包我请客了，不用给我钱。"

卢清晨接过面包，走到门口，把休息室的门关上，悄声对陈浩说："**我刚才想了想，觉得要把溶解液弄出去，并非不可能。**"

"你还在琢磨这事呀？那你说说，有什么办法？"

卢清晨把陈浩拉到椅子旁坐下，盯着他说："首先说最重要的问题——石墨烯瓶子。没错，这东西我们是不可能弄到，全国也不可能有任何地方售卖。但是，这些人不是想弄到溶解液吗，那就让他们提供！"

"他们有石墨烯瓶子吗？"陈浩怀疑地问。

"当然！溶解液的配方是机密，石墨烯瓶子的配方可不是。他们既然想弄到溶解液，让他们提供容器，这是理所当然的吧？"

陈浩微微点了点头："好吧，就算能弄到容器，但我刚才说了，我们不可能当着监控的面，把溶解液偷偷装进一个小瓶子里带走。"

"对，这样当然不行。但是仔细想想，垃圾坑旁边装了监控，**垃圾场里面——也就是圆坑内部，可是没有装监控的。上面的监控也照不到坑底。**"

"……所以呢？"

"计划是这样的：你让你那个同学联系买家，让他们提供石墨烯瓶子，而且要很多个，因为一个石墨烯瓶子，在几十个小时之后，就会被溶解液溶穿，我们必须在这之前及时更换容器。

"然后，只要有了瓶子，剩下的事就好办了。垃圾车每天会把成堆的垃圾倒进圆坑，而谁都不会注意这些垃圾到底是什么。我们每天十点钟喷洒溶解液，只需要提前十分钟把石墨烯瓶子放在坑底——最好是贴着坑壁放置。我们记住这个位置，在喷洒溶解液的时候，往这个位置多喷一些……"

"我明白了！"陈浩接着说了下去，"其他的垃圾都会被溶解，但石墨烯瓶子不会。而喷洒的液体，会积累一些在瓶子里。我们只要在每次处理完垃圾之后，从一楼的通道进入垃圾坑的底部，就能回收少部分的溶解液！"

"对，就是这个意思。另外，我们还需要他们提供石墨烯材质的特殊的手套，因为瓶子周围也沾上了溶解液，我们可不能赤手去拿。"

"嗯，说得对。"

"如果计划顺利，一天两次，每次哪怕收集几滴溶解液，十天半个月之后，应该就能收集几十毫升了吧。"

"没错。"陈浩的身体微微颤抖起来，不知道是出于激动还是害怕。他有些担忧地说道，"但是……我们这样做，岂不等于背叛了国家？不管会不会被抓，我始终觉得有点……"

"其实也没你说的那么严重。"卢清晨对陈浩说，但更像在说服自己，"这又不是什么军事情报，大不了是泄露商业机密罢了，离谋财害命差得远呢。老外要是研究出溶解液的配方，无非也是用来开垃圾处理厂，跟我们抢生意罢了。但全世界也只有两个国家有溶解液的配方，谁的生意都不会差。另外，从宏观的角度来说，大家都是地球人，有好东西，分享一下，也不算什么坏事吧？！"

"可是，万一外国人把溶解液用在军事上，开发出什么新型武器呢？"

"别开玩笑了，这又不是以前。现代战争是洲际导弹和核武器的天下，溶解液再厉害，有原子弹威力大吗？所以这一点是不必担心的。"

"说的也是……"

"那就这么决定了。你今天晚上就跟你同学联系，对了，不要发微信或者打电话，怕被监听。他现在还在中国吗？"

"在，他要在国内待一个多月才回去。"

"那就好，你把他约出来当面谈这件事。然后跟他说，按十四亿人民币来算，让他们先付点预付款。事成之后，你同学得四亿，剩下的十亿，我和你一个人五亿，怎么样？"

"我觉得没问题。"陈浩说，"我今天晚上就约他出来谈。"

五

下班后回家，卢清晨推开门，看到餐桌上放着脸盆那么大的一盆朝鲜冷面，他吓了一跳，问道："文兰，这冷面是你做的吗？"

安文兰从厨房里出来，说道："算是我做的吧，我在淘宝上买的半成品，回家后简单加工一下就能吃了。"

"这一盆……也太夸张了吧？我们俩吃得下这么多吗？"卢清晨觉得这盆冷面至少是十个人的量。

"你不是说我做的面好吃吗？"

"那也吃不了这么多呀。"

安文兰笑了："跟你开玩笑的，其实是我想试试做美食主播。"

卢清晨说："你之前不是都直播唱歌、美妆什么的吗？怎么想起做美食主播了？"

安文兰叹了口气："唉，没办法呀，我做直播也好几个月了吧，直到现在，粉丝也只有两万多点儿。所以才想着转一下型。"

卢清晨知道安文兰做直播一直处于不温不火的状态，他有些惋惜地说："其实，你是真的漂亮，不像有些所谓的'美女主播'，靠的全是滤镜和化妆。"

"对呀！"说到这件事，安文兰有点气不打一处来，"但可恨的是，这些人的粉丝数，是我的好多倍呢！"

"你说这是为什么呢？难道大家不想看真正的美女吗？"

"我也不知道，可能人家背后有团队运营吧，不像我是孤身作战。"

卢清晨又看了一眼桌上的冷面问："你不会打算吃掉这一盆面吧？"

"你当我是猪呀？哪吃得了这么多！只是做个样子，满足下大家的视觉感官罢了。"

"但你也不能吃太少吧？"

"尽量吃咯。"

"文兰，你可要想清楚。天天这么吃，别粉丝没赚到，把自己吃成个大胖子了。"

"如果是这样，你会嫌弃我吗？"

卢清晨抱着安文兰："就算你真的变成一只猪，我也照样喜欢。"

"讨厌！"安文兰嗔怪着拍打卢清晨的肩膀。

结果，安文兰进行了第一次美食直播——撑圆了肚子，却连这盆面的十分之一都没有吃掉，点赞和打赏的人自然也寥寥无几。她很失望。卢清晨心疼女友，一边吃剩下的冷面，一边说："文兰，要不算了吧，直播太辛苦了，竞争也大，你别做了。"

安文兰说："不开辟点第二职业，就靠咱俩那点工资，能行吗？"

卢清晨的心被刺痛了一下，他知道，正是由于自己的无能，才让女友这么辛苦。这时，他想到了溶解液的事，犹豫了一下，对安文兰说："你别担心，我会想办法赚钱的。"

安文兰笑了："你想什么办法呀？倒腾点垃圾出来卖？"

这话当然是开玩笑的，但对卢清晨来说却有些刺耳。安文兰也意识到这个玩笑有些刻薄，赶紧说道："我说笑的，你别往心里去呀。"

"没有。"卢清晨在心里说，等我赚了五亿，就没人瞧不起我了。

安文兰岔开话题："对了，你看新闻了吗？那个'口红杀手'，最近又犯案了！"

"是吗？"卢清晨好久没关注这事了。

"是呀，平静了两个月，大家还以为这家伙收手了呢，哪知道昨天，又出现一个新的受害者了。"

"你在哪儿看到的？"

"本地的新闻网上。"

"这次的受害者，也是年轻的单身女性？"

"对，死状跟前面三个人一模一样。"

"你说，这凶手为什么要在死者嘴唇上涂紫色口红呢？"卢清晨费解地说，"真的只是因为心理变态吗？"

"我哪知道这种疯子是怎么想的！心理正常的人，能干出这样的事来吗？"

"是啊。这家伙犯了这么多起令人发指的命案，警察还没把他抓住吗？"

"我看到评论区的人说，这凶手是个非常狡猾的惯犯，不然，警察不可能这么久还抓不住他。还有人分析，这家伙可能是一个喜欢刺激的高智商罪犯，不然，他不会在同一座城市犯下这么多起命案。而一致的犯罪手法，也是对警方的挑衅——很显然，他是在享受这一过程。"

"有道理——真是可怕的家伙。"

"所以有人提醒大家——特别是年轻的单身女性——这段时间，最好注意和防范身边的每一个人，只要不是父母兄妹这样的至亲，尽量对身边的每一个人都保持警觉性。因为这个变态杀手，完全有可能是隐藏在身边的一个出乎意料的人。"

"唔……是呀。"卢清晨有点不舒服地扭动了一下身体。

安文兰走过来，双臂环住卢清晨的脖子，头靠在他肩膀上，说道："还好有你在，不然，我这段时间肯定天天吓得睡不着觉。"

"保护你，是我最大的责任！"卢清晨信誓旦旦地说。

"清晨哥真好！"安文兰在卢清晨的脸颊上亲了一下。

卢清晨报以莞尔。但他的心里，冒出一个古怪的念头——既然文兰说，除了至亲的人都要提防，为什么她对我却没有丝毫防备呢？她这么肯定，口红杀手一定不会是我吗……

卢清晨敲了自己的脑袋一下——想什么呀！文兰对我这么信任，难道不是一件好事吗？可见在她心中，我是至亲一样的存在！

想到这里，卢清晨心中充满了感动。一定要守护好女友，并给她幸福富足的生活——这样的信念愈发坚定了。

六

第二天早上，来到厂里后，卢清晨关上门问陈浩："怎么样，你跟你同学联系了吗？"

陈浩点头："我跟他说了这个计划后，他很兴奋，立刻就联系了国外的人。对方认为这个计划绝对可行，并表示制造石墨烯瓶子不是问题。只要给他们一周左右的时间，他们就能把石墨烯容器交给我们，并保证持续提供。"

"太好了。价格和分成方式呢？"

"就按你说的，我同学四亿，我和你一人五亿。"

"预付呢？"

"他们同意先支付二十万的定金。"

"什么时候能到账？"

"昨天就打到我支付宝上面了。我一会儿转十万给你。"

"太棒了！"卢清晨欣喜得难以自持。十万元，还了之前的欠款，还剩下五万多，终于可以告别捉襟见肘的日子了。

"收了人家的钱，我感受到压力了。"陈浩忐忑地说，"我们的计划，真的能成功吗？"

"只要我们彼此配合，一定能成功。"卢清晨说，"相信我。"

一周之后的上午，陈浩喝着一瓶酸奶来到休息室，他把门关上，小声对卢清晨说："他们已经把石墨烯瓶子做好了。"

"是吗？你同学给你了？"

陈浩点了点头。

"带来了吗？"

"带来了。"

"在哪儿？"

"就在你眼前呀。"

卢清晨愣了一下，上下打量陈浩："哪儿呀？"

"不是说了就在你眼前吗？"

卢清晨注意到陈浩正用吸管在喝的那瓶酸奶，玻璃瓶身上印着"老酸奶"几个字，还有商标和图案，他说："不可能是这个吧？"

陈浩吐出吸管："就是这个。"

"开什么玩笑？这不是老酸奶吗？"

陈浩露出欣喜的神情："这么说，连你都被蒙了？"

卢清晨呆了半晌，难以置信地说："这个……真的是石墨烯瓶子？"

"对，他们做事仔细，想得也周到，他们把石墨烯瓶子的造型、颜色，包括上面印的字，全部做成老酸奶的样子。你知道吗，我刚才就是'吸'着这瓶酸奶，堂而皇之从门口进来的。"

"这些家伙搞间谍这一套真是绝了……"卢清晨拿着这个"酸奶瓶"仔细研究了一番，感叹道，"跟真正的老酸奶的瓶子，简直一模一样！"

"我同学说，这瓶子跟普通酸奶瓶的唯一区别，就是不会被溶解液溶掉。除了用这个方式来鉴别之外，摆在任何地方，都不会有人知道这是一个石墨烯瓶子。"

"那我们一会儿就试验一下？"

"嗯。"陈浩点头。

七点到九点四十分这段时间，是垃圾车倾倒垃圾的时间。九点五十分的时候，卢清晨把"酸奶瓶"揣在衣服口袋里，通过楼梯来到一楼（他们的休息室是在二楼），打开一楼的一扇门，穿过一个通道，进入圆坑底部。现在，坑里已经堆满了垃圾。卢清晨把"酸奶瓶"放在圆坑的边缘，紧贴墙壁。在众多真正的垃圾的掩饰下，这个普通至极的酸奶瓶不起眼到了极点。卢清晨暗中记下这个位置，返回二楼。

接着，他们俩按照正常程序，换上工作服，乘坐电梯来到圆坑顶部。工作人员已经把装满溶解液的容器放在地上了。他们俩各自背起一个，站在圆坑的两端，开始朝坑中喷洒溶解液。

由于卢清晨记住了"酸奶瓶"放置的位置，在喷洒的过程中，他特意往这个方向多喷洒了一些——这个微小的细节，相信不会引起任何人的注意。

一个多小时后，溶解液喷洒完毕。垃圾山融化成了一摊水。两人放下背在肩上的容器，乘坐电梯回到二楼的休息室。

之后，陈浩前往一楼，穿过通道来到垃圾坑底部。其他垃圾基本上都化成水了，所以他轻易地看到了放置在墙边的"酸奶瓶"。他从裤兜里拿出石墨烯材质的手套和鞋套，戴上之后，捡起了地上的瓶子。他欣喜地注意到，里面真的残留了几滴溶解液。

陈浩用盖子（当然也是石墨烯材质的）把瓶子盖紧，从楼梯间返回二楼。回到休息室之后，他用眼神告诉卢清晨，计划成功了，然后把"酸奶瓶"藏在了沙发下面。

"一个石墨烯瓶子，溶解液最多只能装三十七个小时。对方知道这件事吧？"卢清晨小声说。

"当然。从今天开始，我每天都会喝'老酸奶'。"陈浩说。

卢清晨了然于心地点头。两人出门，吃午饭去了。

下午，他们用同样的方式，又收集了几滴溶解液。

两天、十天、二十天过去了。在不断收集、换瓶子的过程中，溶解液积攒了大约二三十毫升。

陈浩把这件事告诉了他同学。同学对他说，再多收集一些，五天之后，就可以交货了。

卢清晨和陈浩知道，这几天是关键时刻。时间每过去一秒，他们就离成为亿万富豪更近一步。但越是这种时候，越要保持冷静的心态，千万不能被狂喜冲昏头脑。从前面二十天的顺利程度来看，根本没有任何人注意到他们在实施这个计划。现在，他们只需要再坚持几天，就能拿到一人五亿的巨额报酬。甚至，他们连辞职后的度假胜地都想好了。

然而，在这个计划马上就要成功的时候，一件意料之外的事情发生了。

七

这天，是安文兰的生日。卢清晨买了一大束鲜花，拎着提前订好的生日蛋糕和精心准备的礼物——一个漂亮的水晶摆件，回到了家。他打算送上鲜花、礼物和热吻之后，再带着安文兰去吃一顿浪漫的烛光晚餐。然而，回到家之后，眼前的情景，却令他困惑不已。

客厅里放着一个收拾好的行李箱，里面装满了安文兰的个人物品。卢清晨走进房间，看到女友正在折叠她自己的衣物，打算塞进另一个拉杆箱里。他吃惊地问道："文兰，你这是在干什么？"

安文兰转过身，望着他，红着眼圈说道："对不起，清晨哥。"

"对不起什么？"

"我……打算搬走了。"

"为什么？搬去哪儿？"

"新的住所。"

"什么意思？"

"对不起，真的……对不起。"

卢清晨急了，放下礼物，走过去抓着安文兰的手："别说对不起，告诉我，到底发生什么事了？"

安文兰咬着嘴唇，沉默了好一会儿，才难以启齿地说道："清晨哥，我犹豫了很久，最后还是决定说实话，因为我已经伤害了你，做不到再欺骗你了。"

卢清晨不安地望着她。

"有件事，我没有跟你说，前天直播的时候，有人给我刷了二十万的礼物。"

"什么？二十万？！"

"对，而且你知道，刷礼物给我的人是谁吗？"

"谁？"

"万喆。"

"万喆？你说的，该不会是那个万喆吧？"

"没错，就是他。"

卢清晨蒙了。这个万喆，是个有名的富二代，人帅，多金。父亲是超级富豪，坐拥上百亿的资产。他不敢相信，这种有钱人家的大少爷，居然看上了自己的女友。

"他给你刷二十万，提出的要求是什么？想跟你睡一次？或者包养你一段时间？"卢清晨抑制着怒火，冷冷地问。

"你把我当成什么人了？"安文兰望着他。

"真希望我误会了。但是看上去，你好像正打算因为这二十万，搬到他家去住。"

"对，他是让我搬到他在滨海市的别墅去住，我也正打算去。但不是因为这二十万，而是因为今天中午，他打视频电话跟我深情告白。他说，看了我的直播后，他爱上了我，希望能跟我交往。"

"所以，在垃圾处理厂工作的男友，就可以像垃圾一样扔掉了，是吗？"

安文兰沉寂片刻说："你就把我当成个见钱眼开的人吧，现在有人出高价包养我，我当然……"

"不，你不是这样的人！"卢清晨抓住安文兰的肩膀，眼泪夺眶而出，"别这样作践自己！"

安文兰也哭了，大颗大颗的泪珠扑簌簌地落下："我知道，我这样做，真是无情无义到了极点，甚至可以说是卑劣无耻的。被他告白之后，我也挣扎了很久，但我说不出拒绝的话……不知道多少女孩做着飞上枝头变凤凰的梦，现在机会摆在我面前，如果拒绝，我担心我会后悔一辈子。"

"这种公子哥儿的表白，你觉得是真心的吗？他今天给你打赏二十万，明天也可以给另外一个女孩打赏。难道你认为他会对你从一而终？"

"我不知道……但他说，他会娶我，因为他是真心喜欢我的。"

"这种鬼话，对谁都可以说！"

"我不知道是不是鬼话！万一是真心的呢？"

卢清晨呆住了。的确，他也不了解万喆，无法证明这是骗人的鬼话。但他想到了一件事，安文兰抛弃自己，不就是因为自己没有钱吗？但很快，他也会成为一个亿万富豪了。想到这点，他说道："文兰，万喆能给你的一切，我也能给你。"

"我知道，你其实一点都不比他差，特别是……"

"不，你没明白我的意思。我是说，我也能像他一样，提供给你富足的生活。"

"当然，你才二十多岁，以后还大有作为。"

"我说的不是以后，而是现在。准确地说，就是五天之后。"

"什么意思？"

"再过几天，我就要变成有钱人了。"

安文兰盯着卢清晨看了几秒，露出无奈的苦笑。

"你不相信，对吗？但我说的是真的。"

"怎么，你们单位决定给你涨薪了？"

"当然不是，我那工作，薪水能涨到哪儿去。"

"那你怎么变成有钱人？"

卢清晨陷入了沉默，他犹豫要不要把溶解液的计划告诉安文兰。其实这个问题，他之前就思考过。但之所以放弃，是因为三个原因：

第一，他之前跟陈浩约定过，这件事不能告诉身边的任何人——哪怕是至亲。这件事情，多一个人知道，就多一分风险。

第二，安文兰不一定赞成这个主意，还有可能质疑他的人品。

第三，如果她赞成，则意味着她也成了这件事的同谋或共犯。一旦东窗事发，她会受到牵连。

鉴于以上三个原因，卢清晨不打算把这个计划告诉安文兰。但现在遇到这样的情况，他需要重新审视这个问题。然而，新的担忧产生了——即便告诉安文兰，自己因为此事赚了五亿，但仍然需要面对被调查甚至被捕的风险；而跟富二代交往（甚至结婚），则完全不用担惊受怕。对比起来，显然还是万喆那边更具吸引力。况且万喆是万氏集团未来的继承人，身价在百亿以上，也不是区区五亿可以比拟的。如此看来，告诉安文兰这件事，明显不是个好主意。如果没能说服她，还泄露了这个机密，岂不是赔了夫人又折兵？

于是，卢清晨缄口不语了。安文兰说："清晨哥，你骂我吧，羞辱我都可以，这样我们双方都要好过一点。"

卢清晨看出来，安文兰去意已决。他心如死灰，不想再挽留了，打算保留最后一丝尊严，像个绅士一样识趣地离开。

"好吧，文兰，祝你幸福。"

抛下这句话，卢清晨转过身，离开了安文兰的住所。

这个晚上，卢清晨失眠了。他不想像个懦夫一样在黑暗中哭泣，但他的心在流泪和滴血。他试图安慰自己，一旦有了钱，什么样的姑娘都能交到，但这就像一场交易，他非常怀疑能不能得到这些女孩的真心。更重要的是，他怀疑这无法弥补自己受到的伤害。他对安文兰的爱，是刻骨铭心的，这不是随便找个人就能替代的廉价爱情。

睁着眼睛到了天亮，早上八点多的时候，卢清晨听到楼下传来汽车鸣笛的声音，他走到阳台，看到了停在楼下的一辆炫酷无比的红色法拉利跑车，后面还跟着一辆为他保驾护航的凯迪拉克。一个年轻英俊、玉树临风的公子哥儿靠在敞篷跑车的车门旁，举手投足间充满高贵气质。不一会儿，拎着两个行李箱的安文兰下了楼，公子哥儿迎了上去，接过她手里的行李箱，露出灿烂的笑容。两个人像认识多年的老朋友一样，愉快地攀谈起来。

任何一个正常的男人看到眼前的一幕，都会难以抑制心中的愤怒。卢清晨正处于血气方刚的年纪，他气得快要发疯了，脑子里最后一根保持理智的弦在此刻"啪"的一声断掉。他顾不上绅士风度了，更无暇顾及得罪万喆可能招致何种恶果，他现在想做的事情只有一样，就是冲下楼，一拳砸在这个装腔作势的公子哥脸上。

卢清晨来不及换衣服，更没时间梳头洗脸，他穿着睡衣睡裤，蓬头垢面地冲下楼，像个疯子一样出现在了万喆和安文兰面前。安文兰看到卢清晨的样子，猜到他打算做什么，试图上前劝阻。但万喆冷静地拉住了她的手臂，似乎对于此种状况早有准备。

在卢清晨冲过来之前，凯迪拉克上跳下来两个穿着黑西装的彪形大汉，显然是万喆的保镖。他们俩抢先一步，在卢清晨挥出拳头之前，一左一右抓住了他的胳膊，像警察押犯人一样把他的双臂反背在身后，卢清晨身体前倾，就像跟万喆行了一个大礼，狼狈到了极点。

万喆带着轻蔑的笑意，对身边的安文兰说："如果我没猜错，这是你那个在垃圾厂上班的前男友吧。不得不说，他的气质和工作真是绝配。"

面对这种羞辱和奚落，卢清晨气得咬牙切齿，大声咒骂，然后不顾一切地想要挣脱束缚，跟万喆拼命。但两个身强力壮的保镖岂能容他乱来，把他紧紧抓住的同时，其中一个保镖往他腿窝上踹了一脚，卢清晨痛得叫了一声，双膝一软，跪了下来，恰好跪在了万喆的面前。

当着安文兰的面遭受如此奇耻大辱，卢清晨气得两眼发黑，差点一口老血喷出来。他挣扎着想要站起来，但两个保镖暗中使劲，像两座山一样按住他的肩膀，令他根本无法起身。路过的行人和旁边店铺的人都看到了这一幕，万喆摇着头，发出"啧啧"的声音，同情地说道："如果我是你，一定没脸再活下去了。"

安文兰看不下去了，哭着哀求道："万喆，我求你，饶了他吧……看在我的分儿上……"

这个"饶"字，像尖刀一样刺入了卢清晨的心脏。安文兰的哭泣求饶，撕碎了他作为男人最后的尊严。这个字，把他塑造成了一个可怜而卑微的囚徒，似乎需要得到面前这位不可一世的君王的宽恕和赦免，才能继续苟活于世。卢清晨把嘴唇咬出了血，睁着一双布满血丝的眼睛，怒视着面前的两个人，特别是万喆。如果眼神能杀人，万喆已经被千刀万剐、凌迟处死了。

"兰，你也看到了，并不是我想要为难他，是你的前男友想找我的麻烦。我的保镖只是在尽他们的责任，保护我而已。你看他这副样子，他们一旦松开手，他应该会像疯狗一样扑过来，撕咬我的咽喉吧。"

安文兰蹲下来，对卢清晨说："清晨哥，求你，别再做傻事了，你让我们走吧……"

卢清晨的脑子里嗡嗡作响，他什么都听不到，灵魂已被抽离出身体，只剩下一具被钉在耻辱柱上的躯壳。

万喆从跑车里拿出一个皮包，从里面拿出两捆钱——估计是两万元，像施舍乞丐一样丢在卢清晨的面前，对他说："识趣点，把钱捡起来，该干吗干吗吧。你要是再纠缠不休，就别怪我对你不客气。"

说完这句话，他牵起安文兰的手，打开车门，让安文兰坐在副驾，他也上了车，准备发动跑车。两个保镖松开手，也打算上车了。卢清晨捡起地上的两捆钱，准备朝万喆砸去。保镖眼疾手快，在他出手之前，一拳揍向他的肚子，把卢清晨打得胃液都吐了出来，涎水顺着嘴角滴落在地。另一个保镖从背后补了一脚，把他踹翻在地。

安文兰捂着嘴，哭得梨花带雨。万喆懒得再理卢清晨，一脚油门，超跑发出傲娇的轰鸣，像离弦的箭一样扬长而去。两个保镖也上了车，发动汽车离开。破旧的居民楼前，只剩下一个像弃狗一样可怜的男人。

这个时候，卢清晨的世界反而清静了。他的脑子里只剩下一个声音。

杀。我要杀了这家伙。

什么赚钱，五亿——全都不重要了。带着这样的耻辱活下去，不如现在就死。

没错，我只是一个卑微的垃圾处理员，但你这该死的狗杂种忽略了一件事——我能弄到一样足以令你从这个世界上消失的东西。

尽管从来没有试过，但卢清晨知道，溶解液是有腐蚀性的，只要滴几滴在物品（或者人体）上，它就能迅速扩散、蔓延，直至将其化成一摊清水。

换句话说，要溶掉一个人，小半瓶溶解液，绰绰有余了。

八

卢清晨来到垃圾厂的休息室时，已经九点半了——迟到了足足半个小时。陈浩说："你今天怎么了？迟到可是要扣工资的。"

卢清晨面无表情地说："你觉得对于我们来说，工资还重要吗？"

"话虽如此……但是，好歹站完最后一班岗，别引起别人的怀疑。"

卢清晨没说话，铁着一张脸。陈浩觉得他今天有点不对劲，问道："你怎么了？"

"陈浩，我想跟你商量件事。"

"什么事？"

"你能不能跟你同学说，我们延后一段时间交货？"

"为什么？他说现在这量就够了。"

"不是这个问题。主要是，这瓶溶解液，我暂时不想卖了。"

"什么？"陈浩吃了一惊，赶紧走过去把门关上，问道，"什么意思，为什么不卖了？"

"不是不卖，是暂时不卖。反正收集溶解液，只要二十多天就够了。我们再收集一瓶就是。"

"那这瓶呢，你打算用来做什么？"

卢清晨在来厂里的路上已经思考过了，他和陈浩现在是绑在一起的蚂蚱，反正私自倒卖溶解液这事也是犯法的，他也不介意再多加一项罪名。再说，这事如果不跟陈浩说明白，引起他的猜忌，反而对自己不利，于是他直说道："我打算用这瓶溶解液来杀一个人。"

陈浩吓得倒吸一口凉气："清晨，你可别跟我开玩笑。"

"你看我这样子，像是在开玩笑吗？"

"你要杀谁？"

"万喆。"

"谁？"

卢清晨深吸一口气，把今天早上发生的事，告诉了陈浩。

陈浩听完后，沉默了，他也是男人，能够理解卢清晨此刻的感受。但他觉得这事做不得——倒卖溶解液是一回事，用它来杀人就是另一回事了。他试图劝阻卢清晨："清晨，你可要想好，这可是掉脑袋的事。"

卢清晨"哼"了一声："把溶解液偷偷卖给外国人，这罪名也小不到哪儿去。"

"还是有点不一样吧……再说，你要杀的人，可是万喆。"

"怎么？我要是杀个普通人，量刑就会轻一点？"

"不是这个意思，我是说，你要杀他的难度很大。你不是说他有两个保镖吗？你怎么接近他？就算你有溶解液，也不可能对付得了好几个人吧？"

"这你就别操心了，我自然会想到办法的。"

"可是，我怎么跟我同学交代呢？说好了再过几天就交货，现在却要他们再等二十多天。我同学——或者他背后的外国人——如果问到之前这瓶溶解液去哪儿了，我怎么说？"

"你就说，这瓶溶解液我们藏在沙发下面，结果被打扫卫生的大妈当作普通酸奶瓶丢掉了。不过没关系，事情并没有败露，只要再过二十多天，我们又能积攒下小半瓶。这次，我们会把瓶子藏在不会被人发现的地方，保证不会再出现这样的情况。"

"外国人会相信吗……"

"听着，陈浩。"卢清晨凝视着他，"我不管外国人相不相信，我甚至可以不赚这笔钱。我只知道一件事情，那就是如果我不杀了万喆，出了这口恶气，我就没法活。要我带着这样的奇耻大辱活下去，我宁肯现在就死，你明白吗？"

陈浩注视着卢清晨，从他的眼睛中看到某种疯狂的神色。他知道，自己不可能劝阻得了他了，只有说："好吧，我明白了。"

这天下班后，卢清晨回到出租屋，用钥匙打开了安文兰的家门。他不知道安文兰有没有告知房东退租，也许躺在富二代怀抱中的她，还来不及顾及这些小事。所以，卢清晨打算趁此机会去她的屋子搜索一番，希望找到某些对实施复仇计划有用的物品。

安文兰拿走的是她的衣物和个人用品。她的电脑——一台一体机，现在还放在桌子上。卢清晨猜想，她应该是打算哪天有空了再来拿。他打开这台电脑，看到了桌面上的 QQ 图标，双击之后，QQ 无须输入密码，自动登录了。卢清晨心里一阵激动，他知道，QQ 是安文兰的主要聊天工具，比微信用得还多。他希望从中发现某些有用的线索。

卢清晨查看了安文兰近期的聊天对象，很快，他就注意到了其中一个网名叫作 Jony 的人。通过聊天记录，他断定这个 Jony 就是万喆。这家伙用财富作为切入点，肉麻作为勾搭手段，轻易虏获了安文兰的心。他那露骨、肉麻的表白方式令卢清晨作呕，但是在安文兰眼中，就变成了柔情蜜意的真情告白——也许富二代要想勾搭一个女孩，就是这么容易。

　　卢清晨跳过了这些令他作呕的甜言蜜语，只关注有用的信息。他快速上翻聊天记录，看了好几页之后，Jony 的一句话映入他的眼帘："我的电话是 186××××××××，微信也是这个，加我。"

　　卢清晨掏出手机，把万喆的手机号码记录下来。他又翻看了一会儿前面的聊天记录，没有再发现什么有用的信息，于是他将电脑关闭，离开了安文兰的家。

　　卢清晨下楼，来到附近的一家小超市，他经常在这里买东西，跟老板算半个熟人。他对老板说："对不起，我手机没电了，能借你手机跟朋友打个电话吗？"

　　"行啊。"老板大方地把手机递给了他。

　　刚才那串电话号码，卢清晨已经背下来了。为了验证这是不是万喆的手机号，他拨通了这个号码。

　　几秒钟后，对方接了起来，"喂"一声。卢清晨没有说话，对方又问道："谁呀？"

　　卢清晨听出来，这就是万喆的声音。这就足够了，他挂断电话，把手机还给老板。

　　"这么快就打完了？"

　　"对，谢谢了。"卢清晨微笑一下，走出这家小超市。

　　弄到了万喆的电话号码，他开始思考接下来该怎么做。正如陈浩所说，这家伙有两个孔武有力的保镖，如果他们三个人一起露面，他几乎没有下手的机会。可是，有什么办法，能够把万喆单独骗出来呢？

　　卢清晨一边在街道上漫步，一边思索着。十多分钟后，他想到了一点——这种利用父母钱财为所欲为的花花公子，屁股一定是不干净的。要说这样的家伙没干过什么坏事，恐怕连他的父母都不相信。也许可以利用这一点，诈他一下。如果有效，就能以此为要挟把他骗出来；如果这家伙不上当，再想其他的办法。反正他的手机、QQ 号、微信，全都掌握在自己手中。变换方式，总能引蛇出洞。

　　但是，要诈他也不能是现在，得等几天才行。如果马上就打电话过去，白痴都能猜到这是一个圈套。别急，卢清晨对自己说，君子报仇，十年不晚。况且，这事用不着等十年，十天就行了。

九

　　接下来的几天，卢清晨和陈浩继续用老办法收集溶解液。外国人虽然对于延后交货颇有微词，但也无可奈何。毕竟能够提供溶解液的合作者，不是随便哪里都能找到。这次，他们提供了更多的"酸奶瓶"——这正好是卢清晨需要的。因为他一方面要收集新的溶解液，一方面又需要不断为上次那小半瓶溶解液更换容器。

　　一周之后，卢清晨认为时机成熟了。他拨通了万喆的手机号码。

　　"喂。"

　　"万喆吗？"

　　"对，你哪位？"

　　"卢清晨，安文兰的前男友。"

　　"你怎么会有我的电话号码？"

　　"这不重要。"

　　"我跟你，有什么好聊的吗？"

　　"我觉得没有。"

　　"那你打电话给我做什么？"

　　"谈一笔交易。"

　　"呵呵，你想跟我做生意吗？"

　　"没错。"

　　"你有什么值得我买的东西？"

　　"你的秘密。只要你花钱，就能买下我不把这件事捅出去的承诺。"

"你会知道我的秘密？哼，少来这套。你以为我会相信吗？"

"也许对你来说，我只是一个微不足道的垃圾处理员。但你忘了我的另一个身份——被横刀夺爱的男人。这样的人有你意想不到的毅力和韧性。明确地说吧，我花了整整一个星期的时间，想尽一切方式和手段来调查你，结果，真的让我发现了非常有趣的事情。"

"是吗？说来听听。"

"这件事，我们还是当面谈吧。我很怀疑电话里能不能说清楚。"

"知道我在想什么吗？你根本就是在故弄玄虚。其实你什么都不知道。"

"是吗？这么说，我可以理解为你不介意我把这件事告诉警方？好的，再见。"

"等一下。"对方明显上钩了，迟疑一阵后，说道，"你想在哪里见面聊？"

卢清晨心里一阵激动，但他抑制情绪，语气平静地说道："随便，海边吧。具体地点我到时候再通知你。你一个人来，不能带保镖。提醒一句，我在跟你见面之前，会在微博上设置二十四小时后自动发布——如果你打算杀人灭口，那这个秘密会在二十四小时后公之于众。"

"好吧。"万喆的语气软了下来，"但是，我现在在国外，要过几天才能回来。"

"没问题，那等你回来咱们再联系。"

卢清晨挂断了电话，心中一阵狂喜——猎物上钩了！这招果然奏效！

计划是这样的。几天后，他会跟万喆约好在某个僻静的海滩见面。时间是晚上七点左右。那个时候天色已晚，只要再拖延十几分钟，海滩上基本上就看不清人影了。到时候，他只要把手里拿着的"酸奶瓶"（之前可以假装是在喝酸奶）朝万喆一泼，就能立刻把他溶解掉。海滩的方便之处在于，既没有监控摄像头，尸体融化后的一摊水，也能立刻被沙滩吸收，或者冲刷到大海中，跟海水融为一体。这样就能将一个大活人神不知鬼不觉地从人间抹掉。

完美的犯罪计划令卢清晨兴奋。他想象着万喆那张英俊而丑恶的脸，在惊恐万状中像被火烤的雪糕一样迅速融化——这样的场景（即便只是想象）激荡着他，令他全身的毛孔都舒展开了，他似乎现在就已经体会到了复仇的快感。

为了提前做好准备，之前那小半瓶溶解液，已经被卢清晨带回了家。他把"酸奶瓶"藏在床下，隔天更换一次瓶子。很快，这瓶溶解液就会派上用场。

然而，三天之后，事情发生了意想不到的变化。

这天下班后，卢清晨刚刚走出垃圾厂，手机响了。他一看电话号码，是安文兰打来的。

这是他们分手之后，安文兰第一次给他打电话。卢清晨想，该不会是万喆派她来当说客的吧？不管怎样，他接起了电话。

"喂。"

电话那头是一阵沉默，但卢清晨能听到安文兰呼吸的声音。他又"喂"了一声。

"清晨哥……"

"有什么事吗？"

安文兰没有说话，卢清晨听到了啜泣的声音，他问道："你怎么了？"

"清晨哥，我想你。"

什么？这是卢清晨没有料到的局面。他愣了半晌，说："你已经交了新男朋友了，记得吗？"

"清晨哥，对不起，真的对不起……"

"你到底想说什么？"

电话那头的安文兰啜泣道："离开你的这几天，我想了很多。我发现那句老话是对的——人真的只有在失去某些东西的时候，才能体会到它的可贵。我一时糊涂，贪图富贵，选择了万喆。但经过几天之后，我才发现，我真正喜欢的人，还是你。我虽然跟他在一起，但满脑子想的都是你……我觉我做了不可原谅的事情，让你受到了伤害。清晨哥，你能原谅我吗？"

这番话和安文兰的哭诉，让卢清晨的心软了，他说："文兰，我不怪你。"

"真的吗？"

"嗯。"

"那么，我们可不可以重新开始？"

"什么？"

"我不想跟万喆在一起了，我想回到你身边，金钱买不来真正的爱情，我现在明白这个道理了。清晨哥，你……还能接受我吗？"

卢清晨的身体因激动而微微颤抖起来："文兰，你说的，都是真心话？"

"清晨哥，如果我刚才说的有半句假话，就让我天打五雷轰，不得好死……"

"别说这些！文兰，我相信你！"

"清晨哥，谢谢你，我现在就想见到你，你在哪儿？"

"我下班了，正准备回家。"

"我已经在家了。"

"你说的'家'是？"

"我的出租屋，万喆的别墅只是一套豪宅，这里，才是我的家——即便是租来的。我最快乐幸福的时光，都是在这里度过的。"

"文兰，等着我，我马上就回来！"

"清晨哥，我已经跟万喆说好分手了。今天晚上，我给你做好吃的，咱们庆祝重逢，好吗？"

"好！等我！"

挂了电话，卢清晨欣喜得快要跳起来了，他恨不得长出一对翅膀，立刻飞回家，把安文兰紧紧拥入怀中。他冲到街边，试图打车，但现在是下班高峰期，没有一辆空车经过。他不想等待下去，扫了一辆停靠在旁边的共享单车，跳了上去。

从工作地点到出租屋，正常情况下，骑车大约要二十分钟。但卢清晨归心似箭，把自行车踩得像风火轮一般，一路风驰电掣，他此刻激动欣喜的心情，难以用语言来形容。因为安文兰的回头，除了重拾爱情，还有更重要的一个意义——

他不用再杀人了。

卢清晨知道，之前那个所谓的"完美犯罪计划"，其实还是有漏洞的。比如，万喆出来见他之前，完全有可能把这事告诉某个人，或者让他的保镖藏在暗处悄悄监视。如果是这样，他不可能逃脱法律的制裁。利用溶解液来杀人，应该是非常严重的罪名，况且他杀的人还是万喆，想必那位富豪父亲，会不遗余力置他于死地吧。所以，这个报复计划，实际上很有可能是一次同归于尽。

现在，安文兰的回头意味着他从某种角度赢了万喆。那个不可一世的公子哥，应该也会深受打击。如此一来，自然没有报复，或者跟他玉石俱焚的必要了。家里的那瓶溶解液，明天就可以卖掉，然后，五亿到手。他完全可以带着安文兰移居海外，就算事后东窗事发，也很难再追究到他身上了。

啊！爱情回来了，金钱也接踵而至。昨天我还是一个一无所有的人，今天——或许明天，我就成了人生赢家。人生如此大起大落，还真是刺激呀！老天爷，谢谢你没有抛弃我！

卢清晨一边飞快地蹬着自行车，一边感怀人生的奇妙，兴奋得忘乎所以。就在这时，一个放学归家的小学生奔跑过街。卢清晨车速太快，来不及刹车。他大叫一声，把自行车龙头往右侧猛地一扳，连人带车撞到街边的护栏上。他从车上重重地摔了下来，后脑勺撞在路沿上，两眼一黑，昏死过去。

险些被撞到的小学生吓傻了，呆呆地站在原地，不知所措。人们围了上来，有人掏出手机，拨打了 120。

谁都没有注意到，从卢清晨的衣服口袋里滚出了一个"老酸奶"的瓶子。这是他打算带回家去替换上一个石墨烯瓶子的。

床下的那瓶溶解液，今天晚上——准确地说，两个小时之内——就该更换容器了。否则，它很快就会溶穿瓶底。

可是现在，卢清晨出了车祸，失去了知觉。

可怕的事情，就要发生了。

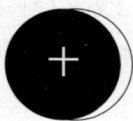

安文兰跟卢清晨打完电话后，心情大好。她在外卖软件上点了一些生鲜和熟食，还在另一个平台上下单了一件啤酒，打算一会儿跟卢清晨重叙旧情，畅饮一番。

等了半个小时，卢清晨还没有回来，安文兰猜想，大概是下班高峰期路上拥堵的缘故。她买的食材倒是先送到了，有鸡翅、牛肉和豆腐，都是卢清晨爱吃的。安文兰穿上围裙，到厨房里做香辣鸡翅和干煸牛肉丝。两道菜做好后，又过了半个小时，卢清晨还是没回家，安文兰觉得有点不对了。按理说，不管多堵车，回家也用不了一个小时。

她拨通了卢清晨的手机，响了很久都没人接。安文兰心里忐忑起来，不禁开始胡思乱想。

难道，卢清晨表面上说原谅自己，实际上并未释怀？可是从他刚才电话里的反应来看，似乎并非如此……那他为什么既不接电话，又不回来呢？

安文兰走进卧室，依靠在床头上，给卢清晨发了两条微信。等了许久，对方也没有回复。她再次打电话，还是没接。这时，她心中的不安和疑虑更甚了——卢清晨该不会出什么事了吧？

安文兰开始每隔五分钟就给卢清晨打一次电话，均无人接听。七点半的时候，她发现距离上次跟卢清晨通话，已经过去了两个小时——卢清晨就算走路都该到家了。现在这种情况，只有两种可能：

第一，卢清晨还是无法原谅自己，他逃避了，用沉默来表达自己的态度；

第二，他在回家的路上，出了什么事。

不管是哪种情况，都不是安文兰希望的。她抱着枕头，咬着下唇，一时感到不知所措。

她不知道的是，恐怖的事情，马上就要降临在她头上了。

卢清晨租的三楼的房子跟她的房子格局完全一样。也就是说，安文兰的床的上方，对应的就是卢清晨的床。

而卢清晨放在床下的那瓶溶解液，这时终于突破了极限。它溶穿了石墨烯瓶子的底部，瓶底出现一个小孔，溶解液流了出来。

首先遭殃的，当然是三楼的地板。以前的老房子是砖混结构的，两层楼之间，是水泥预制板，比现浇的混凝土楼板要薄得多。溶解液轻而易举地把三楼的地板溶穿了一个洞，并继续往下渗透。躺在床上忧心忡忡的安文兰，压根儿没有注意到，天花板上出现了一个小洞，一滴溶解液，马上就要从上方滴落下来。

更糟糕的是，这个被溶穿的小洞，正好对着她的脑袋。

一滴晶莹剔透的液体在逐渐变大，立刻就要滴落到安文兰的头上了！

就在这时，外面传来敲门声。是卢清晨回来了吗？安文兰赶紧跳下床，朝门口跑去。

就在她起身的刹那，溶解液滴了下来，落在床头的枕头上。安文兰并没有发现。

打开门，一个穿着工作服的送货员抱着一件啤酒站在安文兰面前，带着歉意说："真是对不起，您买的啤酒，现在才送到。"

"啊……没关系，放在地上吧。"安文兰心中一阵失落。

送货员把啤酒箱放在门口的地上，离开了。安文兰现在根本没有吃饭和喝酒的兴致。她的心和刚才做好的菜一样，已经渐渐凉了下去。她拖着疲惫的身躯回到卧室，打算再给卢清晨打个电话。

刚一进屋，她的眼睛倏然瞪大，然后发出一声惊叫——她的床，准确地说，是她一分钟前躺过的地方，现在出现了一个大洞。她抬起头，正好看到一滴液体从上方滴落下来，它滴到床上，立即把被褥和床板溶解了。

安文兰双手捂着嘴，惊恐地看着这一幕。片刻后，她想起了卢清晨的职业，想起了溶解液，她认为自己似乎明白了某件事。

很显然，卢清晨并没有原谅她。他被伤得太深了。安文兰心想：在我跟他打完电话后——甚至是在通话时——他就已经想好报复我的方法了。我告诉他，说我在家中，所以他也回到自己家，故意用溶解液溶穿地板，然后让它滴落在我的头上。天哪，多么阴险可怕的计划！

安文兰感到毛骨悚然，同时又怒不可遏。她离开家，通过楼梯走上三楼，猛敲房门，但里面无人回应。作为曾经的恋人，他们有彼此家门的钥匙。安文兰找出钥匙，打开屋门闯了进去，却没有在里面发现卢清晨。

对了，他当然不能待在家里。如果是我，肯定也会设法把这事伪装成意外事故。安文兰想。她来到卢清晨的房间，在床下发现了两个"酸奶瓶"，一个是空瓶子，还有一个，底部正流淌着溶解液。直觉告诉她，这不是普通的酸奶瓶，不然，整个瓶子早就被彻底溶掉了。

为了验证自己的想法，安文兰把瓶子里剩下的溶解液小心地倒进那个空的"酸奶瓶"。果然，瓶子暂时没有被溶穿。她之前多少看过一些关于溶解液的报道，猜想这个酸奶瓶，一定是用石墨烯材质制成的。

现在的问题是，接下来应该怎么做。报警——这是她首先想到的。但问题是，她没法证明卢清晨是想杀了她。他肯定会说，这只是一个意外。这样，警察也不能把他怎么样，这意味着他有再次下手的机会。

安文兰之所以会这样想，是因为她不知道，溶解液是不允许被带出垃圾处理厂的。她以为卢清晨是那里的员工，弄点溶解液出来是小事一桩。她更不知道，全世界都在觊觎溶解液的配方，这小半瓶溶解液，价值十几亿——而这，才是卢清晨收集它的真正原因。

此刻，在安文兰偏激而错误的理解中，卢清晨变成一个心胸狭隘、阴险狡诈的小人。自己跟他坦诚地认错，并真心地想要重修旧好，但他心里想的却只有一件事，那就是怎样报复自己。这次，他虽然失败了，佢他肯定还能搞到溶解液，也就还有数不清的除掉自己的机会。

我不能让一个想要杀了我的人，一直待在我身边。我迟早会死在他手里的。安文兰恐惧地想。

要想彻底地摆脱他，办法只有一个，那就是先下手为强。

安文兰看了看手中的那瓶溶解液，一个可怕的念头从脑海中冒了出来。

卢清晨，别怪我，是你先下手的。我只能以牙还牙。

但是，非得这样做吗？我毕竟是爱着他的呀。安文兰纠结地想着。他也爱我。

不，是曾经爱我。可经历背叛之后，他由爱生恨，恨不得杀了我。

想到这里，安文兰不再犹豫了。

$$+-$$

卢清晨醒过来之后，发现自己躺在医院的病床上，他愣了会儿，想起自己骑车出事故的事情。现在，脑袋还有些轻微的疼痛，他摸了一下头部，发现头上缠着纱布，看来之前撞出了血，不过除此之外，似乎并无大碍。

这个病房还有另外几张病床，躺着不同的病人。一个医生走了进来，见卢清晨从床上坐了起来，说道："你醒了？"

"嗯。"

"还记得之前发生的事情吗？"

"记得。"

"那就好，在你昏迷的时候，我们给你做了一个脑部检查，没发现什么大问题。如果你的记忆也没有受损，那就只是单纯的外伤。"

"谢谢医生，那我什么时候能够出院呢？"

"现在就可以，这段时间，注意不要再受伤就行了。我们给你头部的伤口上了止血的药，最近几天不要洗头。"

"好的。"

"现在，你去收费室结算一下治疗的费用吧。"

"好，我现在就去。"

卢清晨从病床上下来，他望向窗外，看到天色已晚。几秒之后，他猛然想起一件无比重要的事情，迅速摸出手机看时间，现在是晚上八点十分。

天哪……天哪！装溶解液的瓶子，必须在七点之前更换，否则……

卢清晨噤出了一身冷汗。现在已经超过一个多小时了——意味着溶解液早就溶穿了石墨烯瓶子。而楼下，是安文兰的家！

卢清晨想起了安文兰之前跟自己打的那通电话，她现在应该就在家中……他不敢再想下去了，朝病房外狂奔而去。

医生见势不妙，喊道："喂，先去缴费！"

"我一定会回来缴费的！我现在有点急事！"卢清晨大吼道，头也不回地冲出了医院。

来到外面的大街上，他迅速拦了一辆出租车，把地址告知司机。现在虽然已不是下班高峰期，但路上还是有点堵车。卢清晨心急如焚，他掏出手机想给安文兰打个电话，却发现手机已经没电了（安文兰打了几十个电话的缘故）。

这时，卢清晨注意到了另一件事——他衣服口袋里的"酸奶瓶"不见了。也许是之前摔倒在地的时候，掉落了出来。不过还好，家里的床下，还有一个备用的瓶子。他可以立即回去更换——前提是，溶解液还没有全部漏完。

现在，卢清晨担心的不是溶解液漏完无法交货的问题。溶解液可以再弄到，他担心的是，这瓶溶解液如果溶解了地板，滴到楼下安文兰的家中，会发生怎样恐怖的事情。他在心中祈祷着：别出事，千万别出事……文兰，你一定要平安地等着我回来。

安文兰确实在等着他回来。

只不过，她期盼的，可不是他能"平安"地回来。

　　安文兰已经在二楼漆黑的楼梯间守候一个小时了。楼道的灯是声控灯，她刚才踩着凳子把灯泡拧松了。也就是说，就算一会儿有人回来，脚步声也不会让灯泡亮起来，这为她施展偷袭带来了便利。

　　这栋楼，除了楼下的商户，就只住着她、卢清晨和三楼的另一个邻居——一个在糖果厂工作的山东大汉。凑巧的是，壮汉邻居前两天给安文兰发了一条信息，说自己到江西出差去了，要去一个星期，麻烦安文兰帮他收一下晾晒在楼顶上的一件羽绒服。安文兰由此得知，山东大汉还有几天才会回来。**这意味着，从一楼走上二楼的人，只可能是卢清晨。**

　　而她相信，卢清晨肯定会回来，因为他需要确定，自己有没有被溶解液溶掉。所以，安文兰破坏了电灯，站在楼梯间守株待兔。只要卢清晨上楼，她就会立刻将这瓶溶解液泼到他身上。

　　她怀揣紧张的心情等候了一个小时，双腿发软。就在她怀疑卢清晨到底会不会回来的时候，楼下传来了脚步声。

　　安文兰的心脏狂跳起来，她知道，是卢清晨回来了。她颤抖着拧开了"酸奶瓶"的瓶盖，做好了袭击的准备。

　　脚步声越来越近，几秒后，脚步声到了二楼，安文兰心一横，把一瓶溶解液朝来人劈头盖脸地泼了过去。楼道里响起一声惊叫和皮包掉落在地的声音。安文兰丢下瓶子，一边流泪，一边朝后退。

　　很快，楼道里没有任何声音了，因为他的头部率先被溶解掉了，接着，是脖子和肩膀……他倒了下去，溶解液侵蚀、吞噬着他的身体——这一幕真是恐怖到了极点。所幸的是，楼道上光线昏暗，不足以令安文兰看清这恐怖的一幕。

　　一个大活人——特别是，他是自己昔日的爱人——逐渐化成一摊清水，这让安文兰心中充满了恐惧和痛苦。她捂着嘴，在心里说：对不起，是你逼我这么做的。是你不仁，我才不义。我只是为了保命，仅此而已。

　　然而，几分钟之后，安文兰发现，还剩两条腿，没有继续溶解下去了。估计是溶解液不够的原因。她迟疑着，想看看瓶子里还有没有剩余的溶解液，可以把他剩下的躯体溶掉。**就在她准备这样做的时候，一件更为恐怖的事情发生了。**

她清楚地听到，楼下传来了脚步声。

天哪！这个时候……谁会来？！房东？查水表或煤气表的人？不过这似乎都不重要了。不管这个人是谁，只要他走上来，就能发现这具尚未溶解完的尸体。而此刻整栋楼里，只有她一个人在。

我完了。安文兰清楚地意识到了这一点。一阵眩晕向她袭来，令她几乎站立不稳。

果不其然，这人刚走到楼梯拐角处的时候，就注意到了二楼走廊上的一双腿。他吓得惊叫起来。

这声惊叫，令安文兰倏然抬起了头。她惊骇地张大了嘴——**如果她没听错，这是卢清晨的声音。**

可是，他不是……已经被溶掉上半身，躺在这里了吗？

就在安文兰脑子一片乱麻的时候，一个男人快速跑了上来。出现在她面前的，正是那个熟悉的身影。一时之间，她惊骇得说不出话来。

"文兰！你没事吧，文兰？"卢清晨惶恐地说，"这是怎么回事？"

安文兰吓得脸色苍白、浑身颤抖，许久之后，她才开口，哆哆嗦嗦地说道："你……你真的是卢清晨？"

"不是我还能是谁？才过几天，你不会就认不出我来了吧？"

"如果你是……那这个人，又是谁？"

卢清晨望了一眼地上那具被溶掉一半的尸体："我还想问你呢，这是谁？刚才发生了什么？"

安文兰的身体像筛糠一样猛烈地抖着，嘴唇一闭一合，却发不出任何声音。卢清晨注意到了地上的"酸奶瓶"，似乎猜到了什么，他抓着安文兰的肩膀，问道："文兰，你做了什么？"

安文兰已经被吓蒙了，哆嗦着说："我以为……这个人是你……"

"什么？"卢清晨难以置信地说，"这么说，你原本打算用溶解液来泼我？你为什么要这么做？"

"是你先打算杀了我的！"安文兰哭着说，"你还恨我，对不对？"

"你在说什么！我怎么可能有这种想法？"

"你房间里的溶解液，都差点滴到我头上了。你还说不想杀了我？"

卢清晨明白了，摇着头说："文兰，这真是一个可怕的误会。我接了你的电话之后，欣喜若狂，归心似箭。我没有打到车，只有骑自行车回来，结果路上差点撞到一个孩子……我摔倒在地，昏了过去。估计路人打了医院的电话，叫来了救护车。我醒来之后，已经过去三个小时了。这时我想起了放在床下的那瓶溶解液，担心它会溶穿瓶子，滴落下来，所以赶紧坐车赶回来，结果……就看到了眼前这一幕。"

"我怎么知道，你说的是不是真的？"

"你没看到我头上缠着纱布吗？"

安文兰似乎还是有点不相信，担心这是苦肉计。卢清晨叹了口气，说："我要是真的想用溶解液来对付你，有数不清的机会可以下手。最起码，我可以选择在半夜的时候，把溶解液滴到你的床上——怎么会在你醒着的时候下手？难道我能肯定，你在非睡觉时间，一定会待在床上吗？"

是啊……安文兰这才意识到，自己真的犯下了天大的错误。看到溶解液把床溶出一个大洞的时候，她吓坏了，失去了冷静的判断力。她望着卢清晨，说道："清晨哥，这么说……我真的误会你了？"

"当然！文兰，我这么爱你，你愿意回到我身边，我高兴得都快要疯了，怎么可能对你做出这样的事情？你在想些什么呀！"

安文兰扑到卢清晨怀中，痛哭流涕："对不起，清晨哥……我以为你还记恨我，所以才……现在我明白了，这都是我以小人之心度君子之腹。我真是罪该万死！"

卢清晨抱着安文兰，后怕地说："还好我来迟了一点，不然，就连解释的机会都没有了。"

"清晨哥，我杀人了，怎么办？我现在该怎么办呀？"安文兰泪眼婆娑地说。

卢清晨看了一眼旁边的半具尸体："这是……？"

"肯定是你隔壁的那个山东大哥，本来我以为他出差了，还有几天才回来。现在看来，他提前回来了。我……我居然误杀了他……呜……天哪……"

卢清晨思索片刻："现在，只能一不做二不休了。"

"什么？"

卢清晨没有说话，他蹲下去，小心地捡起了地上的"酸奶瓶"，摇晃一下之后，说道："还好，这瓶里还剩了一点溶解液，要溶掉他剩下的两条腿，应该没问题。"

安文兰不安地望着他。卢清晨说："溶解液的一大'好处'就是能杀人于无形。这件事，只要我们两个人不说出去，就不会有任何人知道。大家只会以为山东大哥失踪了而已。"

安文兰微微点头。卢清晨说："你现在到楼梯口守着，万一又有什么人来了，你想方设法拖住他，并大声说话提示我。接下来的事情，你就不用管了，交给我来做吧。"

"这栋楼除了我们三个人，不会再有人上来了吧？特别是晚上。"

"以防万一。"

"好的，我明白了。"

安文兰朝楼下走去，帮卢清晨放风。卢清晨对于溶解液的属性和使用方法十分熟悉——这毕竟是他的工作。他把剩下的一点溶解液一滴一滴、均匀地滴洒在残剩的肢体上，这样能最大限度地增加溶解液扩散和腐蚀的面积。

半个小时后，卢清晨喊道："文兰，你上来吧。"

安文兰忐忑不安地走上来，刚才摆在地上的两条腿，现在已经没有了。卢清晨的手里拿着一把墩布，把地上的水迹都擦干净了。

"清晨哥，你……处理好了吗？"

"嗯，天衣无缝。"

安文兰似有不忍，难过地说："这个山东大哥，人挺好的……我们居然就这样让他从世界上消失了……"

卢清晨靠近安文兰，低声说道："听着，文兰，从现在开始，我们谁都不要再提起这个山东大哥。这次的事件，是一个可怕的误会。但事情已经发生了，就算我们去自首，山东大哥也不可能活过来。所以我们这样做，是逼不得已。你只需要记住一件事，那就是——你没有见过他，更不知道他的去向。不管谁来问，你都这样说就行了。"

"好的……我知道了。"

卢清晨捡起地上的空瓶子，还有山东大哥掉落在地上的那个黑色皮包："走吧，咱们进屋。"

安文兰问："他的包怎么处理？"

卢清晨说："先放着吧，之后找个机会，丢掉就行。"

安文兰颔首。卢清晨搂着她的肩膀，两人走进屋中。

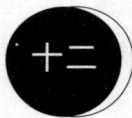

十二

经历了这样的事情，卢清晨和安文兰显然没有心情庆祝他们的重逢了。安文兰把冷掉的饭菜热了一下，两人默不作声地吃完了饭。之后，他们走到卧室，卢清晨看到被溶穿了一个大洞的床，心有余悸地说："还好你当时没躺在床上。"

"实际上，我当时就躺在床上，只不过送外卖的人来了，我出去开门。他救了我一命。"

"真是太险了……"卢清晨说，"今天晚上你到我家去睡吧。明天正好是周末，我们去买一张新床。然后，再买些涂料什么的，把天花板上的洞堵住。"

安文兰点头。今天，他们俩都身心俱疲，无暇顾及这个洞了。两人来到三楼卢清晨的住所，洗漱完毕后，躺上了床。

"今天累了，咱们早点休息吧。"卢清晨说。

"嗯……"

卢清晨正要关灯，安文兰说："等一下。"

"怎么了？"

"清晨哥，我想问你个问题。"

"什么问题？"

"你为什么会把溶解液这么危险的东西带回家？"

卢清晨思忖片刻，觉得在现在这种情况下，只能实言相告了。"文兰，我可以告诉你，但是，你一定不能告诉任何人。"他说。

"嗯，我保证。"

"是这样的，我同事陈浩有一个高中同学，能够联系到愿意出高价买溶解液的外国人。"

"可是……溶解液可以私自售卖吗？"

"当然不可以，这是违法的。所以我才说，这事不能让任何人知道。"

"会不会太冒险了？"

"也许吧，但冒这个险是值得的。你知道他们出多少钱买这一小瓶溶解液吗？"

"多少钱？"

"十四亿人民币。"

"天哪，这么多！"

"对，这笔钱，我和陈浩一人得五亿，他的那个高中同学得四亿。我们已经说好了。"

安文兰忽然想起了什么问道："你之前跟我说，你就快变成有钱人了，就是指这事？"

"没错。"

"你当时怎么不跟我说呢？"

卢清晨叹了一口气："我不想把你牵扯进来，毕竟，这是犯法的。"

安文兰明白了："那这瓶溶解液，现在已经没有了，你怎么交货？"

"这个没关系，我既然能收集一瓶，就能收集第二瓶，只是需要些时日罢了。"

安文兰微微颔首。卢清晨说："文兰，拿到这五亿，咱们就远走高飞，好吗？"

"好的，清晨哥，我都听你的。"

卢清晨满意地点了点头："睡吧。"

他熄了灯，躺了下来。但是十几秒后，他又从床上坐起来，把台灯再度打开了。

"怎么了？"安文兰问。

"文兰……其实，我也有个问题想问你。"

"什么？"

卢清晨犹豫片刻问："你跟万喆分手的真正原因，是什么？"

"我跟你说过了，我忘不了你，离开你之后，我发现自己真正喜欢的人，还是你。"

"……"

"怎么，你不相信我吗？"

"不是……我只是在想，这是唯一的原因吗？"

他凝视着安文兰，发现对方避开了他的眼神，表情也明显有些不自然。但几秒后，安文兰说："是的，这就是唯一的原因。"

卢清晨知道，安文兰没有说实话，但他也不好再追问下去了。也许她有什么难言之隐，亦或者，在她跟万喆相处的这几天里，发生了某些她不愿提及的事情。但不管怎么说，这些都不重要了，只要她回到自己的身边，这就足够了。

"好的，我明白了。"

"嗯。"

卢清晨关灯，闭上眼睛睡觉。

不知过了多久，半梦半醒之间，他翻了个身，发现安文兰没有睡在自己旁边。

上厕所去了吗？卢清晨想，他等了一会儿，还是不见安文兰回来，疑惑之际，他看到黑暗中，安文兰像鬼魅一样从床底下钻了出来，手里似乎拿着什么东西。

是一个酸奶瓶。

"文兰，你……"

话音未落，安文兰把瓶子里的液体朝他泼洒过来。卢清晨大惊失色，迅速闪身，他的头和身体躲过了，右侧肩膀和手臂却没有躲过。他眼睁睁地看着自己的右臂和肩膀化成了一摊水，发出撕心裂肺的喊叫。

"啊——！！"

叫声中，他猛然惊醒，摸了摸自己的右臂，这才意识到，刚才只是一场噩梦。卢清晨长吁一口气，发现整个后背都被冷汗浸湿了。

安文兰也被卢清晨的叫声吓醒了，她赶紧打开灯，问道："清晨哥，你怎么了？"

卢清晨不可能把刚才的梦境告诉她，只有含糊其词地说道："没……没什么，只是做了个噩梦。"

安文兰轻抚他的后背说："我去给你倒杯热水。"

不一会儿，安文兰端着一杯水回来了，她走到床边，卢清晨下意识地往后仰了一下，露出恐惧的神情。

"清晨哥，你在害怕什么？"安文兰不解地问。

"没什么……谢谢。"卢清晨接过这杯水，喝了一口，"现在我感觉好多了。"

安文兰把水杯放在床头柜上，抱着卢清晨，头靠在他的胸口上说："你是不是怕……"

"不是。"卢清晨立刻否认。

"你知道我想说什么吗？"

"呃……"

"我是说，你是不是始终担心，山东大哥的事会被人发现？"

"有一点吧……"

"你不是说，只要我们都不说出去，就没有人会猜到他失踪跟我们有关系吗？"

"也是，我可能多虑了。"

"那我们睡吧。"

"好的。"

安文兰关了灯，不一会儿，她发出了轻微的鼾声，卢清晨却睡不着了。他看了一眼手机，现在是凌晨五点多。睡意全无的他，点开了一款打发时间的手机游戏，玩了一个多小时后，才再度感觉到困倦，倚靠床头睡着了。

这天是周日，恰逢两人都不上班。卢清晨十点钟才起床，安文兰已经买了早饭回来，他们吃了豆浆和包子。随后，他们来到安文兰的家，卢清晨把坏掉的床拆了，为了避免被人发现这张床有被溶掉一部分的嫌疑，他用锯子把溶掉的边缘进行了处理，然后叫来了一个拾荒者，让他把剩下的床板拖走了。

之后，他和安文兰来到家具商场，挑选新床。选了一会儿之后，卢清晨的电话响了，他看了一眼号码，是万喆打来的。

卢清晨这才想起，他跟万喆约好几天后见面——差点都忘了这事了。不过，现在情况发生了变化，安文兰已经回到了自己身边，他自然用不着再把万喆约出来杀掉了（况且溶解液也用掉了）。本打算直接挂掉电话，把万喆拉黑，但转念一想，还是给他个交代为好，以免他来骚扰自己。于是，卢清晨朝商场外面走去，接通电话。

"喂，卢清晨，我从国外回来了。咱们今天就可以见面。"万喆说。

现在已经不用见面了，你们俩都分手了。卢清晨在心里说，他也懒得跟万喆废话，说道："改天吧，我今天有事。"

"那明天呢？"

"再说吧，我有空的时候，会打电话通知你的。"

说完这句话，卢清晨挂了电话，回到商场。安文兰问道："你去哪儿了？"

"没什么，刚才接了个电话。"

"你看这张床可以吗？"

"可以，就它吧。"

决定下来之后，卢清晨去收银台付款，留下了他们的地址和电话。商家说，下午就能把床送到他们家。

接着，他们又来到建材市场，买了补洞专用的腻子膏。之后在一家餐馆吃了午饭，返回家中。

下午，卢清晨把安文兰房间的天花板补上了。这只是一个很小的洞，补好后根本看不出痕迹。三点多的时候，新买的床也送来了，工人把床安装好，安文兰铺上褥子和床单——整个房间恢复如初，谁也看不出之前发生了什么事。

两个人坐在新床上，刚刚舒了口气，外面传来了敲门声。此时的安文兰犹如惊弓之鸟，说道："会是谁？"

"我怎么知道？"卢清晨说，"打开门看看吧。"

"该不会是警察找上门来了吧？"安文兰紧张地说。

"应该不会吧……他才失踪一天都不到，警察就展开调查了？"卢清晨觉得不可能，对安文兰说，"不管是谁，你现在必须开门，不然会显得很可疑。然后记住，千万别流露出惊惶不安的样子，要神情自若地应对。"

安文兰点了点头，深吸一口气，朝门口走去。卢清晨跟在她后面。

尽管安文兰在心里反复对自己说，一定要表现得自然、平静，但是打开门，看到站在门口的人之后，她仍然惊呆了。实际上，不仅是她，就连卢清晨都呆若木鸡。

他们设想了各种可能性，做好了看到各种人的心理准备。但唯一没想到的，就是见到他——**糖果厂的山东大哥**。

"嗨，"壮汉邻居跟他们打招呼，手里拿着一盒糕点，"你们在家呀，我还以为屋里没人呢。呃……你们看到我怎么这副表情？"

"啊，没什么。"卢清晨赶紧说道，"我们约了朋友过来玩，还以为是他来了呢，哈哈……结果是你呀，袁大哥，你出差回来了？"

"是啊，原本计划明天回来，事情提前办完了，就今天回来了。这是给你们带的江西特产，酱饼。"

"真是太谢谢了。"安文兰勉强挤出一丝笑意，接过了这盒点心。

"谢什么，我还要谢谢你帮我收羽绒服呢。"

"没什么，举手之劳而已。"

山东大哥站在门口，望着安文兰。

"呃……还有什么事吗？"

"羽绒服。"

"哦，哈哈，我马上给你拿。"

安文兰走到卧室，从柜子里取出羽绒服，交给山东大哥。

"谢谢，不打扰你们了，再见！"

"再见！"

山东大哥走后，安文兰把房门关上，转过身，跟卢清晨对视在一起。

"这是……怎么回事？"安文兰脸色苍白地说，"他不是已经……"

"很显然，他还活着。"卢清晨说，"也就是说，昨天晚上出现在楼道里的，并不是我们的邻居。"

"那会是谁呢？"

"我不知道，"卢清晨懊恼地说，"我们昨天犯了个错误，下意识地以为，死的人一定是他。早知道，在把那人彻底溶掉之前，应该翻一下他的裤兜，里面也许有身份证之类的证件。"

安文兰脑子里一片乱麻，她捂着额头说道："天哪……我到底杀了谁？"

这时，卢清晨猛然想起了什么："对了，昨天那个黑色皮包呢？我们马上把那个包打开来看看，里面也许有能够证明这个人身份的东西！"

"啊！……那个包，我今天早上已经丢掉了……"

"什么？！你什么时候丢掉的，我怎么不知道？"

"就在你睡着的时候，我出门买早餐，本来就是要丢垃圾的，就把那个皮包装在垃圾袋里，丢进了垃圾箱……"

"那……你没有打开看看里面有些什么东西吗？"

"没有……"

"唉，你呀……叫我说什么好，你干吗丢得这么快？再说，你丢掉之前，好歹也跟我说一声呀。"卢清晨烦躁地说。

"你当时睡着了，我不想把你吵醒。这东西放在我家里，我始终觉得不安心，就想快点把它处理掉……"安文兰委屈地说。

"你把它丢到哪里的垃圾箱了？"

"前面两条街的垃圾箱。"

"干吗丢那么远？"

"我不敢丢在附近，担心这包万一被发现，会怀疑到我们头上。"

卢清晨叹了口气："你是早上扔的垃圾，现在都下午三点多了，上午的垃圾，早就被垃圾车运走了。"

说到这里，他骤然想起了什么："等等，今天的垃圾，会在明天上午运到垃圾处理厂……"

安文兰明白了："你就在垃圾处理厂上班！"

"对，我明天到厂里之后，只要赶在十点喷洒溶解液之前，把这个包找到就行了！"

"但是，这么多垃圾，你能找到吗？"

"只能碰运气了。"卢清晨说，"希望能找到吧。"

十三

第二天，卢清晨提前一个小时来到厂里。他从一楼的通道来到垃圾坑底部，这时，垃圾坑里已经倒入不少垃圾了。他戴上手套和口罩，在臭气熏天的垃圾堆里翻找起来，同时，还必须时刻注意上方，以防被突然倾倒下来的垃圾掩埋。

垃圾堆积如山，关键是，这里面混杂了食物残渣、用过的厕纸和卫生巾，甚至还有老鼠的尸体，令人作呕。卢清晨强忍住不适，翻找了半个多小时，忽然，他眼前一亮，发现了一个眼熟的黑色皮包，看起来跟他之前见过的那个包十分相似。但问题是，怎么确定这就是他要找的那个包呢？

卢清晨把皮包拿到一旁，仔细观察了一阵，得出一个令人振奋的结论——这绝对就是被安文兰丢掉的那个包！证据有两个：第一，这个包整体看上去很新，正常情况下，没有被当作垃圾丢弃的理由；第二，这个包的背面，有一个不寻常的小洞。经常使用溶解液的卢清晨一眼就能看出，这个小洞是被溶解液溶穿的。显然是安文兰把溶解液泼向这个人的时候，溅了一点儿在这个皮包上。这是一个决定性的证据。

卢清晨拎着这个包离开了垃圾坑，他丢掉口罩和手套，回到二楼的休息室，陈浩已经在这里了。他看到卢清晨拎着一个脏兮兮的皮包进来，皱起眉头问道："这是谁的包？"

卢清晨敷衍道："我的，刚才不小心掉地上弄脏了。"

陈浩没有多问，他关心的是另一件事："我刚才看了一下这段时间收集的溶解液，估计再过十天，就可以交货了。"

卢清晨说："那太好了。今天麻烦你去放一下酸奶瓶吧。"

"行。"陈浩把酸奶瓶揣进上衣口袋，走出了休息室。

卢清晨很想现在就打开这个包，检查里面的东西。但马上就十点了，他要开始工作了。而刚才在垃圾堆里翻找这么久，让他全身又脏又臭，他必须立刻换一套衣服，以免引起其他人的怀疑。

换上工作服，卢清晨又找来一块抹布，把皮包擦干净，放进了办公桌的柜子里。放完瓶子后的陈浩也回来了，他俩离开休息室，乘坐电梯到顶层，开始今天上午的工作。

十一点半，他们喷洒溶解液完毕，回到休息室。当着陈浩的面，卢清晨不便打开那个包检查。过了一会儿，陈浩叫卢清晨出去吃饭，卢清晨说："我今天早饭吃得有点多，还没饿呢，你去吃吧，帮我带个面包回来就行。"

"行吧。"陈浩出去了。

卢清晨关上休息室的门，锁好，把黑色皮包从柜子里拿出来，拉开拉链。

映入眼帘的，是一把套着刀鞘的刀，和一捆尼龙质地的细线。卢清晨把刀从包里拿了出来，抽掉刀鞘，一柄刀刃足有二十厘米长、锋利无比的剔骨刀展现出来。卢清晨怀疑地看着这把寒光闪闪的尖刀，又望向了那捆绳子。

看起来，这像是一捆质地上乘的钓鱼线。卢清晨小时候跟爷爷去野外钓鱼，见过这种线。同时他知道，这种线虽然细，但是十分结实，若用它来勒人的脖子，它能够迅速嵌进皮肉，几秒钟就能令人窒息。

一把剔骨刀和一捆尼龙线——这两样东西无论怎样看，都像是犯罪的凶器。一个正常人，是不可能随身携带这些东西的。而这把刀和这捆细线，卢清晨也可以肯定，不是用来削水果或绑粽子的。

包里似乎只有这两样东西——不，还有一个内包。卢清晨拉开拉链，希望找到任何证件类的物品，但内包里只有一样东西，他掏了出来，是一支口红。

卢清晨愣了半晌，拔开口红的盖子，发现这是一支紫色的口红。

剔骨刀、尼龙绳、紫色口红……

口红杀手。

这四个字闯进他脑海的时候，卢清晨整个人痉挛了一下。

难道……安文兰无意中杀死的，正好是那个变态杀人魔？但是，口红杀手怎么会出现在我们住的地方？难不成这家伙盯上了安文兰，打算袭击她，却恰好被泼了溶解液？

可是，有这么巧的事吗？

卢清晨陷入了深深的迷惘。

现在的问题是，这个包以及包里的东西，应该怎样处理。卢清晨意识到，这东西不能放在自己的柜子里，更不能带回家。要是被人发现了包里的东西，以为这些凶器和"罪证"是他的，他恐怕跳进黄河也洗不清了。

必须尽快处理掉。还好，他的工作就是这个，只需在下午喷洒溶解液之前，把这个包丢进垃圾坑，就可以销毁罪证了。

于是，他这样做了。幸运的是处理过程很顺利。他把黑色皮包丢进了垃圾坑，再亲自喷洒溶解液，让它化成了一摊清水。

在丢掉这个包之前，卢清晨做了一件事——把包里的三样物品，分别用手机拍了一张照。

下午下班，他回到家。安文兰立即问道："清晨哥，你找到那个包了吗？"

"找到了。"卢清晨说。

"里面有什么？能知道这个人的身份吗？"

卢清晨沉吟一下说："我不知道这算不算知道他的身份。"

"什么意思？"

"我在他的包里，搜出了三样东西。"卢清晨把手机照片调出来，"你自己看吧。"

安文兰接过手机，看了照片后，她惊恐地捂住了嘴："刀、绳子，还有……紫色的口红？"

"对。"卢清晨正打算说什么，突然一怔。他想起自己拍的口红的照片，口红是有盖子的。"你怎么知道这是一支紫色的口红呢？"卢清晨问。

"我猜的，因为我看到刀和绳子，就联想到了那个可怕的口红杀手。"安文兰说，"那么，这支口红是紫色的吗？"

"是的。"

"天哪，这么说……这个包，真的是那个杀人魔的？！"

"这就是让我感到疑惑的地方。"

"什么意思？"

卢清晨望着安文兰："你不觉得奇怪吗？这个口红杀手，为什么会出现在我们住的地方？"

"是啊……"安文兰露出恐惧的神色，"这栋楼里，只住了我一个女生……该不会，他的目标是我吧？"

"好像只能这样理解了。这家伙带着凶器到这里来，总不会是来串门的吧？"

"啊……"安文兰抓着卢清晨的臂膀，害怕得瑟瑟发抖，"清晨哥，还好有你在我身边。"

"可是，这就是问题所在。"

"什么？"

"我的意思是，这个口红杀手，不是一贯袭击单身女性的吗？**既然我在你身边，他又怎么会把你当作袭击目标呢？**"

安文兰想了想，说："事发当天，我是一个人回来的。当时你还没有回来，所以他以为，我是一个人住吧。"

这话乍一听有几分道理，但仔细一想，却经不起推敲。这个连环杀人魔是一个心思缜密的高智商罪犯，他挑选下手对象，势必是经过深思熟虑和仔细调查的。安文兰刚刚跟万喆分手，就立刻联系了前男友，怎么看都不像是一个"单身女性"——那么，口红杀手为什么偏偏盯上了她呢？

难不成，这里面有什么我没有想到的隐情？卢清晨眉头紧锁，暗自思忖。

"清晨哥，你在想什么？"

安文兰的问话打断了卢清晨的思索，他说："啊……我是在想，有这么凑巧的事情吗？口红杀手盯上了你，打算行凶，却恰好被你误杀了——这也未免太巧了吧？"

"是啊，我也想不通。"安文兰耸了下肩膀，"也许世界上，就是有这么凑巧的事吧。对了清晨哥，那个包，现在在哪里呢？"

"我当然不敢留着，万一被别人发现，以为是我的东西，我就百口难辩了。"

"这么说，你把它处理掉了？"

"嗯，我把它丢进垃圾坑，用溶解液溶掉了。"

"那真是太好了。"安文兰如释重负地说。

"文兰，为什么我觉得……**你好像变得轻松了？**"

"那当然，如果我误杀的人恰好是口红杀手，那不是等于，我阴差阳错地为民除害了吗？我之前一直担心，我误杀的是一个无辜的好人，一直非常愧疚。但如果死的是那个杀人魔，我自然不会有任何负罪感。"

"说的也是。"

安文兰长吁一口气，笑了起来："不管怎么说，这真是个好消息。我感觉压力一下减轻了很多呢。"

卢清晨勉强笑了一下，言不由衷地附和道："是啊。"

"那我去做饭了，今天晚上，咱们吃红烧鸡翅好吗？"

"好啊。"

安文兰进了厨房。卢清晨望着她的背影，若有所思。

刚才，他的心里掠过一个可怕的猜想。尽管只有一瞬间，尽管他告诉自己，这不可能是真的，但事实是，他做不到自欺欺人。这件事，他必须冷静下来仔细思索。

否则，他有可能陷入非常危险的境地。

十四

吃完晚饭后，卢清晨和安文兰坐在沙发上看电视——最近很火的一档歌手选秀节目。选手唱得很卖力，安文兰看得兴致勃勃，卢清晨虽然盯着电视，但一句歌都没听进去，一直处于"灵魂出窍"的状态。

犹豫了很久，插入广告的时候，他终于做了一个决定。他对安文兰说："呃……文兰，我有点疲倦了。"

"那你先去睡吧，我再看会儿。"

"好的，但是……"

安文兰望着他问："你想说什么？"

卢清晨沉吟一下："今天晚上，我想上去睡。"

安文兰愣了一下，她拿起遥控器，按下静音键，望着卢清晨说道："这当然是你的自由，但我能问一下，为什么吗？"

"我这几天睡眠状态都不太好，经常做噩梦，前天不是还把你吵醒了吗。所以，我就想上去睡，这样你也能休息得好点。"

"如果我说，我不介意呢？"

"但我有些介意，我的意思是……我不希望总是打扰到别人。"

"你把我称为'别人'？"

"呃，除自己之外的人，都是别人吧？"

安文兰凝视卢清晨片刻说道："好吧，我明白了。"

"那我上去了。"卢清晨说，"你也早点休息。"

安文兰点了点头。

卢清晨离开安文兰的家，来到三楼自己的住所。进屋之后，他把门闩插进插销。这样，外面的人就算用钥匙，也打不开这扇门。

现在，他终于能安静下来，仔细思考他所在意的一系列问题了。

疑点实在是太多了。其实，安文兰昨天早上背着他把这个包悄悄丢掉，就已经有点可疑了。通常情况下，她做事之前，都会先跟他商量的，但这次却擅作主张，迫不及待地把黑色皮包丢掉。虽然她解释了，说把这个包留在家里会令她不安，但这是实话吗？

另外，对于包里装了什么东西，一般人都会有好奇心吧？在把包丢掉之前，难道不该检查一下吗？这也是一个不合理的地方。

所以，卢清晨不得不思考一个问题：这个包里，原本装着的真的是这些东西吗？这把刀、尼龙线和紫色口红，会不会是安文兰放进去的？而她的目的，就是想借着扔包的机会，把这些东西一并丢掉？

他知道，这个想法十分疯狂，因为如果这种假设成立，则得出了一个可怕的结论——这个恶贯满盈的"口红杀手"，其实就是安文兰。之前，他（包括大多数人）下意识地以为，能犯下这种丧心病狂的命案的变态杀人犯，一定是一个男人。但仔细想起来，并没有任何证据能够证明，凶手不能是一个女人。实际上，如果凶手是女人的话，要犯案似乎更容易。因为通常情况下，人们——特别是单身女性——都不会对另一个女性产生太强烈的戒备。也许，这就是凶手屡屡得手的原因。

但是，假设安文兰是"口红杀手"，又旋之引发了两个问题。第一，她为什么要杀死这些单身女性？第二，她这次为什么要把作案工具丢掉？是什么令她打算就此收手？

卢清晨思索良久，骤然想起了安文兰曾经说过的一句话——"对呀，真是可恨，这些人（靠滤镜和化妆赢得大量粉丝的女主播）的粉丝数，是我的好多倍呢！"

难道，这就是杀人的动机？

而第二个问题，他也想到了一种解释——安文兰之所以打算丢掉作案工具，金盆洗手，是因为她知道，男友即将获得五亿元的巨款，并打算带自己远走高飞。有了这么多钱，后半辈子可以坐享其成，衣食无忧。直播这么辛苦的事，当然不用再做了，她自然也没有了嫉妒和仇恨那些女主播的理由。

天哪，我好像把所有的事情，全都想通了。

等等，这些全都是我的推测罢了，并没有证据能够证明事实一定是这样。卢清晨想。但问题是，我也没法证明这些猜测都是错的。

不管怎样，他已经产生心理阴影了。其实，安文兰打算用溶解液来泼他这件事，他不可能一点都不介怀。即便她对于此事有误会，但是她立刻就能做出用溶解液回击这样的决定，也从侧面证明，这个女人不是盏省油的灯。加上刚才分析的各种疑点，卢清晨完全有理由相信，在安文兰看似柔弱的外表下，其实隐藏着一颗狠辣的心。仔细想起来，自己认识她，不过几个月的时间而已，对她的过往也不甚了解，更谈不上知根知底——谁知道她的本性，究竟是怎样的呢？

想得越多，卢清晨对安文兰的怀疑就愈发强烈。现在摆在他面前的问题是——他到底该怎么办？

继续交往下去，他显然是不敢了；但他也不敢明确提出分手，怕激怒对方。思前想后，卢清晨想到了一个折中的办法——这几天，先稳住安文兰。名义上维系恋人的关系，实际上保持一定的距离。只要拖过这几天，把溶解液交出去，得到五亿元，就可以一个人远涉重洋，彻底摆脱这个烂摊子了。

打定主意，卢清晨舒了口气，洗漱之后，上床睡觉了。

第二天，卢清晨在下班之前给安文兰发了一条信息，说今天晚上单位有安排，不回去吃饭了。实际上，他在一家小馆子吃了晚饭，然后直接回到住所休息。

第三天，安文兰发来信息，问卢清晨要不要回来吃饭。卢清晨不可能每天用同样的理由来搪塞她，他也编不出这么多理由。为了多拖延几天，他谎称单位让他去深圳出差一个星期。

"你这样的工作，需要出差吗？"安文兰问。

"当然了，别瞧不起我呀。"卢清晨半开玩笑地说，"领导让我和一个技术员一起去考察深圳的一家新型垃圾处理厂，据说他们有一些先进的经验，值得同行学习。"

"好吧，我明白了。你要去几天？"

"七天。"

"需要考察这么久吗？"

"嗯，那家厂挺大的，全国其他地方的同行也会去，大家会利用这次机会相互交流。"

"好的，再见。"安文兰挂断了电话。

卢清晨深吸一口气。七天过后，溶解液就收集好了。现在，他只要熬过这一周，就能拿到钱，远走高飞了。

卢清晨打电话的时候，陈浩就在他身边，此刻陈浩问道："谁给你打的电话？"

"安文兰。"

"你干吗跟她说瞎话？你最近哪需要出差？"

卢清晨很难跟陈浩解释这件事。陈浩只知道，安文兰被富二代撬走之后，没过多久又回到了卢清晨身边。扳回一局的卢清晨，便用不着再杀人泄愤了。得知这一情况的陈浩说，既然如此，之前收集的那瓶溶解液，不就可以拿过去了吗？卢清晨当然不能告诉陈浩，他和安文兰用这瓶溶解液误杀了一个人，他只能说因为他出了车祸，导致那瓶溶解液不慎洒了，甚至把楼下安文兰的床都溶掉了（这倒是真的）。所以，他们只能再收集一瓶溶解液。

"这事一言难尽，总之，自从安文兰从万喆那里回来后，我跟她之间的感情就有些变味了。我想一个人静静，所以才谎称要去出差。"

"我能理解。"陈浩拍着卢清晨的肩膀说，"经历背叛之后的感情，肯定没有之前那么纯粹了。"

"是啊……对了，你要帮我打掩护。如果这两天，她打电话来问你我是不是出差了，你可别说漏嘴。"

"放心吧，我知道。"

中午，卢清晨回了一趟家，把自己的衣物和个人物品收拾起来，打算装进行李箱带走。表面上看，他是在为出差做准备，但实际上，他知道，自己不会再回这个住所了。

从这天开始，他住进了酒店。白天仍然去上班（收集溶解液），晚上则回到酒店的房间。安文兰偶尔发信息询问他的状况，他就假装自己现在在深圳，甚至在酒店内跟她视频通话，安文兰看起来并未生疑。

就这样，七天过去了。卢清晨和陈浩欣喜地发现，溶解液已经收集了足够的量。陈浩立刻联系了他的高中同学，说今天就可以交货了。

高中同学过了一会儿打来电话，说对方打算亲自验货，然后才能付款。他们顺利的话，明天下午就能到达，所以交货的时间，暂定为明天晚上。

陈浩说没问题，这瓶溶解液他们先保管好。同学说，见面的具体时间和地点，明天会通知他，之后挂了电话。

陈浩把这一情况告知了卢清晨。两人合计了一下，溶解液的量已经够了，明天不用再收集。所以他们打算今天就把溶解液带走，先放在家里，明天确定时间之后，直接交货就行。

卢清晨说："这瓶溶解液，你带回家吧，藏在某个地方。"

陈浩赶紧摇头说道："不行，我跟父母住在一起。我妈又有洁癖，随时都在打扫房间，一个死角都不放过。要是被她找到这瓶溶解液，以为是瓶过期酸奶，给我倒进下水道，那就完了。还是你带回去吧。"

卢清晨说："我这几天住酒店。你不会让我藏在酒店的房间里吧？保洁员可是每天都要打扫房间的，你就不怕被她搜出来吗？"

陈浩想了想："你不是跟安文兰说，你出差七天吗？现在已经过了七天，按理说，你今天该回家了。"

卢清晨心想也是，便说道："好吧，那我把它带回家，先放在家里。"

陈浩点头："明天我通知你时间、地点。对了，你可一定要记得及时更换瓶子，千万别再像上次那样漏了。"

"我知道。有过一次教训，哪能再犯同样的错误——这个瓶子，是什么时候换的？"

上次换瓶子的人是陈浩，他很心细，做了准确的时间记录，打开手机上的备忘录，说："是昨天上午十一点整的时候换的。"

长期跟溶解液打交道的他们，知道石墨烯瓶子装溶解液的上限是三十七个小时。陈浩提醒道："今天晚上十二点之前，你可一定要记得换瓶子呀，最好提前些换。"

"我知道，放心吧。"卢清晨说。

十五

下午四点半，卢清晨接到安文兰发来的信息，问他今天是不是出差回来了。卢清晨回复："是的。"

安文兰回道："那我做一桌好菜，给你接风吧，咱们好多天没见面了。"

卢清晨犹豫了一下，今天，他实在是找不出什么拒绝的理由了。另外，明天交货之后，如果顺利的话，就能得到五亿元。之后，他打算立刻辞职，然后带着这笔巨款，前往异国他乡。什么时候回国，恐怕是一个未知数。况且，就算他回国，也不可能再联系安文兰了。也就是说，今天晚上，也许会是他们最后一次见面。

不管怎么说，卢清晨对安文兰还是有几分旧情的——她曾经是自己最爱的女人——只是经过一系列事件之后，无法消除的心理阴影始终像乌云一样笼罩着他。他不可能一直带着怀疑和恐惧跟安文兰在一起生活，所以只能选择离她而去。但是在此之前，他打算为这段曾经的感情画上一个句号——今天的晚餐，就是最好的告别。

于是，卢清晨回复微信："好啊，我刚下车，一会儿就回来。"

安文兰回复了一个开心的表情。

下班后，卢清晨打车来到酒店，把行李从房间里拿出来，然后办理了退房。他打了一辆车，返回自己的住所。

卢清晨没有立刻去安文兰的家，他没有忘记，自己身上揣着一样重要的东西——那瓶溶解液。他来到三楼，用钥匙打开房门，放好行李箱之后，把溶解液从衣服口袋里小心地拿出来，找了一个隐秘的地方藏了起来。

接着，他锁好门，来到二楼，敲门。安文兰很快就打开了门，她系着围裙，开心地抱住卢清晨，说道："清晨哥，你终于回来了，我好想你呀！"

"我也想你。"卢清晨吻了安文兰的额头一下，他闻到了厨房里飘出的香味，"你做了糖醋鱼？"

"嗯，还有麻婆豆腐和土豆烧牛肉，全是你爱吃的！"

"哇，太棒了，我口水都要流出来了。"

"快进屋吧。对了，你的行李呢？"

"刚才已经放上去了。"

"好，那你先坐一会儿，还有最后一道菜，马上就可以开饭了！"

"辛苦你了。"

卢清晨进屋，坐在沙发上。安文兰给他端来一杯现沏的清茶，卢清晨微笑着接过，安文兰进厨房做菜去了。

十多分钟后，安文兰招呼卢清晨吃饭。为了给卢清晨接风洗尘，她做了一桌丰富的饭菜。卢清晨心中五味杂陈，有那么一瞬间，他不禁想，自己会不会误会安文兰了？

其实，她真是一个好女人。

安文兰拿来两个玻璃杯，给卢清晨和自己分别倒了一杯啤酒，举起杯子说："清晨哥，咱们干一杯吧，"

"好。"卢清晨端起杯子，跟安文兰碰了一下，两人把杯中的啤酒一饮而尽。

"先吃糖醋鱼吧，冷了就不好吃了。"安文兰给卢清晨夹了一筷子鱼肉。

卢清晨尝了一口，赞叹道："嗯，真香！这段时间手艺见长呀。"

"为了以后都能给你做好吃的，我最近在练习厨艺呢。"

"是吗？"卢清晨心中再次涌起复杂的感受。

"当然了，想起你刚刚认识我的时候，我只会煮素面吃呢，真是丢人呀。"

求你，不要再让我想起以往的事情了。卢清晨不希望自己陷入怀旧的情绪之中，难以自拔。实际上，他已经有些纠结了——自己即将不辞而别，远走高飞，觉得十分对不起安文兰。但是，万一她真的是那个"口红杀手"，即便她不会对自己下手，也仍然让人无法接受。

"清晨哥，深圳好玩吗？"

"还行吧，其实我们主要在新型垃圾厂考察，没怎么玩。"

"你住在深圳的哪家酒店？"

"为什么问这个？"

"没什么，随便问问。"

"深圳美景酒店。"还好，卢清晨对这个问题早有准备。但他想，安文兰为什么要问这个呢？难道她对自己的深圳之行其实有所不疑？

安文兰点了点头说："清晨哥，你上次说外国人打算花重金买溶解液，这件事，会继续做的吧？"

她怎么突然提起这事了？卢清晨微微皱了一下眉，含糊其词地"嗯"了一声。

"还有多久才能凑够一瓶？"

"再过几天吧。"

"交货之后，他们就会付给你们十四亿元？"

"对，但是我只能得到五亿。"

"已经很多了。"

"是啊。"

"那么，你之后有什么打算？"

卢清晨心里"咯噔"一下，顿了顿，说道："我可能会辞职。"

"然后呢？"

"什么然后？"

"我的意思是，你一下拥有了这么多钱，总该有个计划吧？"

"呃……暂时没有想这么多，等钱到手再说吧。"

"也是。"安文兰往卢清晨的杯中注入啤酒。

她这样问，无非也是在觊觎这笔钱，卢清晨暗忖。他突然想到一个问题——如果自己带着这笔巨款远走高飞，恼羞成怒的安文兰，该不会向警方检举他吧？

不，应该不会。她用溶解液杀了一个人——就凭这一点，她就不敢向警方告密，否则，她也跑不掉。

两人默默地吃了一会儿菜，卢清晨发现，安文兰今天特别热衷于给他倒酒，以及喝酒，不到半个小时，她已经跟自己碰杯至少八次了，并且每次都要求他干掉整杯酒，似乎有种想要把他灌醉的架势。但卢清晨保持着清醒的头脑，他知道，今晚绝对不能喝醉，因为十二点之前，他必须给溶解液换新的瓶子。

卢清晨的酒量不差，正常情况下，喝个四五瓶啤酒也不会醉。但因为害怕误事，当安文兰第十几次端起杯子的时候，他说："文兰，我发现你今天特别能喝。"

"因为你回来了，我开心嘛。"

"我只不过是出差一个星期而已。"

"但对我来说，却很漫长。"

"是吗？"

"清晨哥。"

"怎么了？"

"今天晚上，你不会还要回三楼去睡吧？"

卢清晨不知道该怎么拒绝，他沉默几秒，发现安文兰两颊绯红、眼神迷离，说道："文兰，你是不是喝醉了？"

"没有啊，咱们接着喝吧。"

"别喝了，明天还要上班呢。"

安文兰笑了一下说："你不是马上就有五亿到手了吗？上班对你来说，还重要吗？"

卢清晨无话可说了。安文兰又给他斟满一杯酒，并端起自己的酒杯。卢清晨只好又干了一杯，然后说："今天晚上，我不能再喝了。"

"你有什么事吗？"

卢清晨沉吟一下说道："是的。"他看了一眼手机，现在是八点多，他打算上楼，于是，他对安文兰说："文兰，我需要上去一趟。"

安文兰一把拖住他的手臂，凝视着他，这眼神让卢清晨心里有些发怵。

"清晨哥，你没有什么事要跟我说吗？"

卢清晨为之一愣，问道："我应该跟你说什么事吗？"

"这取决于你。"

"我不太明白。"

"……算了吧，没什么。"

"那我上去了。"

"好的。"

卢清晨站了起来，然而，起身这一瞬，他突然感到头晕目眩，几乎站立不稳。他一只手撑住桌子，另一只手按着额头。这是怎么回事，我喝醉了吗？不会吧，今天也没有喝多少呀……

脑袋越来越沉，意识也越来越模糊。卢清晨浑身发软，他只能再度坐了下来。接着，身体便失去了控制，他趴在餐桌上，慢慢合上了眼睛……

坐在他对面的安文兰，似乎一点都不感到意外。本来醉眼惺忪的她眨了眨眼睛，直起身子。她的眼中，再也看不到丝毫醉意，只剩下令人胆寒的冰冷的杀意。

十六

不知过了多久，卢清晨从昏睡中醒来，惊恐地发现，自己的双手和双脚都被绑在床柱上，整个身体呈"大"字形。寒意迅疾遍布全身，他使劲挣扎，大呼救命。

安文兰从厨房里出来了，手里拿着一把明晃晃的尖刀。她走到卢清晨面前，冷漠地说："别叫了，邻居又出差了，下面的商铺也关门了。这栋楼里，现在只有我们两个人。"

"文兰，你……你要干什么？"卢清晨恐惧地说。

"本来我打算在你昏睡时杀死你的，我猜那样也许没有什么痛苦。谁知道你这么快就醒过来了，看来，我放在汤里的安眠药，剂量还是不够。"

汤？卢清晨想起来了，安文兰今晚做的汤是他最喜欢的黄瓜皮蛋汤，安文兰以前就说过，她吃不惯皮蛋的味道，所以这碗汤，只有他喝过。谁能想到呢，这女人居然在汤里放了安眠药！

卢清晨的脑子嗡嗡作响，仿佛一个声音在他耳畔低语，提醒他命不久矣。但他仍然试图阻止疯狂的安文兰，他问道："文兰，我做错了什么？你为什么要这么对我？"

"你没有做错什么。"安文兰说，"你只不过想摆脱杀过人的女友，何罪之有？但是，我接受不了你这样对我。所以，我打算跟你一起走，不管你愿不愿意带上我。"

卢清晨能听懂"走"这个字的含义，他咽了口唾沫，摇着头说："文兰，你是不是误会了？我怎么会想要摆脱你？"

"哈哈哈哈……"一种悲凉的、没有任何欢乐的大笑充满了整个房间，"我误会了，是吗？你躲着我，不想吃我做的饭，不想再跟我睡在一起。为此，你甚至谎称去深圳出差。卢清晨，你觉得我是傻瓜吗？这种情况下，你还让我坚信你很爱我，而不是想摆脱我？"

"我没有骗你，我真的是去深圳……"

"行了，别做无谓的辩解了。说到底，你还是不了解女人，特别是恋爱中的女人。从你第一天提出想上楼去住，直觉就告诉我，你对我产生了异心。接着，你第三天就说要去深圳出差一个星期。你以为，我真的会傻到你说什么，我就相信什么吗？"

卢清晨惶恐地望着安文兰，他不得不承认，自己又一次低估了这女人。

"实话告诉你吧，在你'出差'期间，我悄悄来到你工作的地方，躲在附近监视，发现你其实每天都去上班，而下班后，则住进了酒店，酒店的名字叫'希悦'。你现在还想说，是我误会了吗？"

卢清晨感到阵阵眩晕："文兰，是我不对……我不该骗你的。但是，请你看在五亿元的分儿上……"

安文兰打断他的话："你最好别提那五亿元。如果我没猜错的话，你一旦拿到钱，就会立刻消失得无影无踪。你根本没打算跟我分享，对吗？"

"不，我愿意给你一半，甚至更多！只要你放了我。"

"放了你，就不由我说了算了。难道我还能让你签个合同，一旦你违约，我就去法院告你吗？这笔钱和这件事，是上得了台面的吗？"

"那你要我怎么做呢，文兰？"卢清晨的声音已经混合哭腔了，"我错了，真的错了！再给我一次机会，好吗？"

"我已经给过你很多次机会了。最后一次机会，是刚才吃饭的时候。但是很遗憾，你还是没有珍惜。当然更大的可能性是，你根本没有意识到，我是在暗示你，我已经知道了实情，并希望你能亲口告诉我。"

"……什么？"

"你忘了吃饭时，我问你的最后一句话是什么吗？"

清晨哥，你没有什么事要跟我说吗？——卢清晨想起来了。但现在才反应过来，似乎为时已晚。

"文兰，求你……别做傻事。"卢清晨哀求道，"杀了我，你也逃脱不了法律的制裁！"

"我压根儿就没想过要逃。在被你抛弃之后，我意识到自己已经一无所有了。富二代也好，五亿元也罢，全是上天跟我开的玩笑。这些东西，只是从我头上飘过的浮云罢了。本来，离开万喆已经让我深受打击了，没想到还要经历你的背叛。清晨哥，你知道吗，我回到你身边，是真心想跟你重归于好，甚至嫁给你，跟你厮守终身的——不管你会不会得到那五亿元。结果呢？天不遂人愿，连你也想抛弃我。接二连三的打击，让我身心俱疲，被命运戏耍得没有活下去的勇气。所以，我做了这顿'最后的晚餐'，打算吃完之后，就跟你一起离开。"

"不，文兰，你没有必要这样做……我没有背叛你，只是……"他似乎找不到什么好说的了，只有试图安慰她，"这世上还有很多值得你爱的人，况且……你也可以回到万喆身边。"

安文兰冷笑一声："我要是还能回到他身边的话，你以为我会不愿意回去吗？"

"什么意思？难道他……也做了什么对不起你的事？"

"那倒没有，除了让我当他的地下情人，他没做过什么伤害我的事。但问题是，我已经不可能回到他身边了。"

"为什么？"

"你没看新闻吗？哦，对了，你应该不会关注这种娱乐八卦新闻的——1 月 4 日那天，万喆在德国的高速路上飙车，结果发生了严重的车祸，他被送往法兰克福的一家医院。他虽然命保住了，但成了植物人，不知道猴年马月才能醒过来——甚至永远醒不过来。现在你明白，我为什么不可能跟他在一起了吧？"

卢清晨呆住了，他想起了之前万喆跟自己说要去国外一段时间。但他怎么都没想到，这家伙居然因为车祸而变成了植物人。现在，得知此事的卢清晨感受不到丝毫幸灾乐祸的快感，因为他的命运，可能比对方更惨。同时，卢清晨意识到了一件事，他说道："这么说，这才是你跟万喆分手的真正原因？那你有什么好责怪我的？你也只不过把我当作备胎，在无法跟万喆在一起之后，才回到我身边罢了！"

"也许吧，但区别是，我跟你说的每一句话，都是真话！我真正喜欢的人，只有你！万喆这种花花公子，吸引我的只有金钱的光芒罢了。所以，当我得知他出车祸之后，并没有多难过，反而觉得这也许是天意，是上天让我回到你身边，所以我这样做了。但我没想到的是，你居然想要抛弃我！"

"我现在不会了，真的不会了，我发誓！文兰，我们明天就去登记结婚，好吗？"

"现在晚了，清晨哥。"安文兰悲恻地说，"咱们的爱情，在经历这些事情之后，已经变味了。我们再也回不去了。特别是，我现在已经这样做了——把你绑起来，打算杀死你。你能想象，我们以后还能装作没事一样，安心地睡在一起吗？"

"不，文兰……"卢清晨绝望地说，"别这样！告诉我，我到底该怎么做？！"

"你什么都不用做，闭上眼睛就行了。"安文兰靠近卢清晨，"我跟你保证，一刀就会让你毙命，你不会痛苦太久的。然后，我也会跟着来。"她举起了刀，对准卢清晨的心脏。

"不，不……天哪！文兰……"卢清晨惊恐得语无伦次，"植物人是会醒过来的……万喆这么有钱，他们会……不遗余力，你别……"

突然，他猛地想起了什么，悚然一惊，说道："等一下！你刚才说，万喆是哪天出的车祸？"

"别拖延时间了，清晨哥，我不会改变决定的。"

"不，我不是在拖延时间！你先回答我的问题，万喆是哪天出的车祸？"

"1月4日，怎么了？"

"1月4日是星期几？"

"这很重要吗？"

"非常重要！你先告诉我，然后你要杀我或者殉情，都可以！"

安文兰看了一下手机上的日历，说道："1月4日是星期六。"

"星期六……第二天是星期日？"卢清晨惊叫了出来，"这不可能！"

"什么不可能？"

"你说万喆周六那天出了车祸，成了植物人，这不可能！因为第二天，就是周日那天上午，他给我打过一个电话！"

"清晨哥，如果这就是你想到的拖延时间的办法……"

"我真的不是在拖延时间！不信的话，你看我手机的通话记录，1 月 5 日那天的！"

安文兰迟疑了一下，半信半疑地把卢清晨的手机从他裤兜里掏了出来，问道："解锁密码。"

"3946。"

安文兰解开了锁，翻看手机的来电记录，果然看到，有一个标注"万喆"的人，在 1 月 5 日星期日的十一点十六分，给卢清晨打过一次电话。安文兰对照了一下自己手机里储存的号码，发现这果然是万喆的手机号。她呆住了。

"万喆为什么会给你打电话？"她问。

"因为我恨他夺走了你，想骗他出来报复他。结果还没来得及这么做，你就回到我身边了。"

"他那天打电话给你做什么？"

"他说自己回国了，现在可以出来见我了。"

"什么？可是 1 月 5 日的时候……他躺在法兰克福的医院里，人事不省呀！"

"你看的，会不会是假新闻？"

"不可能！这种事情，怎么可能不经证实就报道出来？"

"那……我也不知道了，看来这事有点蹊跷。不如你先放了我，咱们好好捋一捋……"

安文兰没有理睬他，眉头紧皱，困惑地思索着。这时，她听到躺在床上的卢清晨发出一声惊呼，大叫道："文兰，小心！"

安文兰悚然一惊，下意识地转过头望向身后。然而，她的头还没来得及转过去，一根铁棍已经击中了她的后脑勺。她摇晃了一下，两眼一翻，昏死过去。

安文兰倒在地上之后，卢清晨才看清了站在他面前的两个人。其中一个，就是万喆。

十七

"抱歉，未经允许就闯了进来。你们俩聊得热火朝天，好像一点都没察觉到我们进了屋。"万喆望着被捆绑在床上的卢清晨，带着戏谑的口吻说，"我是不是来得不是时候？你们这是在干什么？"

卢清晨没有开玩笑的心情，他问道："你们是怎么进来的？"

万喆拉了把椅子坐下，说道："我跟安文兰交往过，弄到她家的钥匙，配把一样的，这很难吗？"

"呃……正如你看到的，我们想玩点小情趣。没想到你们来了，你看，能不能先把绳子给我解开，这样可真是太尴尬了……"

万喆发出一阵肆意的狂笑："哈哈哈哈，你不会把我当成救星了吧？还指望我会把你放走，然后你打电话报警，把你知道的事全都说出来？你以为我真的不知道你们在干什么？你们说话的声音这么大，我刚才在楼下全都听到了。"

完了，这次是真的完了。不过，想到横竖都是死，卢清晨反倒超脱了，他说："如果我没猜错的话，你并不是真正的万喆，对吧？"

"没错，这事是我疏漏了。一向都很关注万喆行踪的我，这次却没有及时看到他出车祸的新闻，露出了破绽。但我很快就发现了这个问题，所以赶紧过来弥补我的过失。"假万喆说。

"'弥补'的方式，就是杀我灭口？"

"嗯，因为我意识到，你早晚可能会发现这个问题——万喆在1月5日那天是不可能给你打电话的。所以那句老话是怎么说的——'亡羊补牢，为时未晚'。但我没想到的是，想要杀你的人不只是我，安文兰也因为你的不忠想杀了你。本来按照她设定的剧情，她把你杀了之后再殉情，倒是帮我省事了。没想到你突然想起了 1 月 5 日的事，没办法，我们只好进来了——果然偷不了懒呀，还是得亲自动手才行。"

说完这番话，假万喆望向了身旁的保镖——实际上是杀手。卢清晨突然发现，这个保镖的裤子和鞋子看上去有些眼熟。而更眼熟的是他手里提着的一个黑色皮包。他打开了包，从里面拿出一捆钓鱼线。

卢清晨大骇，他现在终于明白，安文兰误杀的那个人是谁了，他不禁脱口而出："原来……你们才是真正的'口红杀手'！"

"你是怎么一下就联想到这点的呢？"假万喆好奇地问，然后想到了什么，"难不成，我派来除掉你的杀手（之前见过的另一个'保镖'），真的是被你给干掉了？"

"那天晚上出现在这里的人，是来杀我的？"卢清晨惊诧地问。

"不然呢？你以为，我真的会被你牵着鼻子走，任由你威胁，让知道我秘密的人活在这个世界上吗？"

卢清晨全都想明白了，他哑然失笑："哼，真是讽刺，我编造了一个谎言，想把你引诱出来；结果导致你派杀手来杀我；而这个杀手，又被原本打算杀我的安文兰误杀了；关键是，我现在才想通这是怎么回事——这么戏剧性的剧情，都可以拍成电影了。"

"的确。不过，麻烦你帮我解析一下这个故事中的一些我没有弄懂的剧情吧。比如，安文兰是怎么杀死一个彪形大汉的——这一点，我实在是好奇。"假万喆说。

"你都打算要杀死我了，我凭什么要满足你的好奇心？"

"因为我也可以满足你的好奇心。我想你也有问题要问我吧？不如让我们开诚布公地聊会儿天。不管能不能改变你的结局，死个明白，总好过死得稀里糊涂吧？"

"说的也是。"卢清晨回答道。他必须拖延时间，寻找获救的方法。

"那么，可以回答我刚才的问题了吗？"

"可以。安文兰是用溶解液杀掉那家伙的。"

"溶解液？"假万喆微微一怔，"她怎么会有这种东西？"

"你忘了我在哪里工作吗？"

"哦，对。但是，你也不可能像准备洗洁精一样，在家里随时备上一两瓶溶解液，或者把这东西当作礼物送给安文兰吧？"

"当然不可能。"卢清晨突然想到了一个保命的主意，"你想知道，为什么我家会有溶解液吗？"

"我的确有兴趣知道。但是，现在是我的提问时间，你先回答我的问题。"

"还有什么，你问吧。"

"你刚才说，其实在这之前，你并不知道我的秘密，是诈我的？"

"没错。"

"好吧，恭喜你，你诈准了。我——或者说'我们'——就是警方挖空心思在找的'口红杀手'，我还以为你真有什么神通，无意间洞悉了这个秘密呢。"

"只能说是凑巧。本来我以为，万喆这种恣意妄为的富二代，多多少少会有些劣迹。但我怎么都没想到，这'劣迹'比我想象中的夸张多了。"

"弄巧成拙了不是？"假万喆讥讽道，"用这种伎俩诈我，却引祸上身。这就叫玩火自焚吧。"

"有什么区别吗？反正不被你干掉，我也会被安文兰杀死。你跟我聊这会儿天，倒让我多活了一会儿。"卢清晨说，"对了，你刚才说，我回答了你的问题，你也可以满足下我的好奇心，对吧？"

"嗯，我说话算话。你想问什么，尽管问吧。"

"你为什么要冒充万喆？"

"如你所见，我的身材和样貌，本来就跟那个富二代很像，再加上适当的整容，更是跟本尊相差无几。一开始，我只是利用这个身份来泡妞，后来才发现，还可以赚钱。"

"怎么赚钱？"

"这事说来话长了。我利用'万喆'这个身份来泡妞，需要注意的最大的问题就是不能'撞上'真的万喆。为此，我必须经常关注他的消息，注意他的动向。举个例子，前段时间，我为什么要谎称去了国外，其实是因为万喆在微博上说，他要去德国玩。很显然，我必须回避几天，不能出现在国内的公众视野中。不然，很容易露出破绽。"

"但你还是露出破绽了。"

"百密一疏，这样的事情是难免的。我养成了通过万喆的微博来调整自己行动的习惯，却忽略了在某些特殊情况下，他是发不了微博的——比如变成植物人。"

"我明白了，不过，这跟赚钱有什么关系？"

"关系就是，**这样的事情，之前就发生过一次**。我钓到的一个女人，无意间洞悉了这个秘密。然后，她做出了非常不理智的行为——找我理论，并声称要报警抓我这个冒牌货。很显然，我不可能让她活下去。在将她杀死之后，我找到一个黑道上的朋友，请他协助我处理尸体。

"这个朋友一直在从事人体器官走私的勾当。他看着这具新鲜尸体，说就这样把她肢解太可惜了，可以把她的心、肝、脾、肺、肾等重要器官卸下来，放到黑市上售卖。国外一些得了绝症的富豪们，会花高价来买这些器官，而他手头有大量的客源。同时他告诉我，仅仅一个肾脏，在黑市上的价格就高达二十万美元。

"细节不必详述了。总之，这个死去的女孩，最终为我们带来了九十五万美元的纯利润。这件事让我尝到了甜头，并发现了一个生财之道——先用万喆的身份来骗她们上钩，玩腻之后，把她们杀掉，再贩卖器官——一举两得。这招简直屡试不爽，万喆的身份太好用了，几乎百分之九十五的女孩都会上钩。先用金钱的光芒来麻痹她们，再提出秘密交往的要求，通常都会被应允。这些女孩被杀之后，警方甚至以为她们还是'单身'，所以很难追查到我身上。"

卢清晨恶心得想吐。不仅是因为这令人发指的犯罪手法，还因为这卑劣到极致、比阴沟里的污泥更肮脏的人性。这个人是个彻头彻尾的人渣、道貌岸然的伪君子、衣冠禽兽。卢清晨把脑子里能够搜索到的所有骂人的词汇都在心里骂了一遍，却终究不敢骂出口，因为自己非常不幸地落在了他手上，像待宰的羔羊一样四仰八叉地摆在他面前，一旦激怒了他，不但活不了，还会为对方带来九十五万美元的纯利润。

"那么，为什么要给死者涂上紫色口红？"卢清晨强忍住不适，问道。

"当然是为了混淆视听、掩人耳目。如果直接摘取器官，警方立刻就会想到这些凶杀案跟器官走私有关。但是涂上紫色口红，却很像变态杀手所为，让案件显得扑朔迷离。"

"为什么不直接处理掉尸体？"

假万喆冷笑一声："你以为一个城市里接二连三地发生年轻女孩失踪的案件，就不会引起警方的注意吗？其恶劣影响跟发生连环凶杀案没有多大区别，我们还得承担每次抛尸的风险。相比之下，伪装成变态杀人案还要安全一些。"

卢清晨深吸一口气道："原来如此。"

"我猜，我已经满足了你所有的好奇心。现在，能麻烦你配合一下吗？我也能保证，给你个痛快。不过，如果你要大声叫嚷，或者拼命挣扎，我就无法保证这一点了。"

"等等，你好像忘了我刚才提到过的一件事。"

"是什么？"

"我可以弄到溶解液。"

"那又如何？"

"你知道一小瓶溶解液，如果卖给外国人的话，可以卖多少钱吗？——两亿美元，折合人民币近十四亿元。而我的家里，现在就有一瓶溶解液。我跟外国人约定的交货时间是明天晚上。你不是热衷于赚钱吗？这种赚大钱的机会，你肯定不会错过吧。顺带一提，走私溶解液，比走私器官的风险小多了，而且一劳永逸——十四亿元，你计算一下，要走私多少器官，才能赚到这么多钱？而这笔钱，明天就可以到手。"

看得出来，假万喆有些动心了。他似乎陷入了思考。卢清晨看到了一线生机。

"如果你愿意的话，咱们合作吧。这十四亿，由三个参与了这件事的人来分。我占五亿。拿到钱之后，我只要一亿，另外四亿，都归你。"卢清晨说，**"天底下没有比这更划算的交易了。"**

十八

假万喆思索片刻后，说道："好吧，我承认这的确挺诱人，但问题是，我凭什么相信你说的是实话呢？"

"很简单。我现在当着你们的面，给其中一个参与者——其实就是我的同事陈浩——打一个电话，跟你们证实这件事的真实性。"卢清晨说，"你们把刀架在我脖子上都行，只要发现我有求救的企图，或者说谎的嫌疑，可以立刻杀了我。"

假万喆想了想，说："好吧。"

卢清晨的手机，握在仍然昏迷中的安文兰手中。假万喆把手机从安文兰手中抽了出来。卢清晨说："解锁密码是 3946。"

假万喆解锁手机，在电话簿里找到陈浩的号码，伸到卢清晨眼前问："是他吗？"

"没错。"

假万喆用眼神示意黑衣杀手过来。这人果然把刀架在了卢清晨的脖子上，只要一抹，就能割断他的颈部大动脉。假万喆拨通了陈浩的手机，按下免提键，把手机伸到卢清晨面前。

电话很快就接通了，卢清晨尽量装出轻松随意的口吻说："喂，陈浩吗？"

"啥事？"

"我是想问问，你同学确定明天的交货时间了吗？"

对方沉默了几秒，说道："什么交货时间？"

卢清晨一愣，说道："别装糊涂，你知道我在说什么！"

"哦，我想起来了，你说的是让我同学从国外给你代购的钙片呀。我马上帮你问问，明天应该能到。"

"什么钙片？！"卢清晨急了，"陈浩，你小子装什么……"

话没说完，假万喆不耐烦地把手机挂断了。他摇了摇头，对卢清晨说："够了，闹剧结束了。真不知道你拖延这几分钟意义何在。"他望向杀手，做了一个抹脖子的动作。

"等等，等一下！"卢清晨惊恐地叫道，"听我说，他一定是……害怕电话被监听，才不敢在电话里明说！"

"你还真把自己当根葱了是不是，需要二十四小时被监听电话？"

"不……当然不是，但是我们有这样的担忧……"卢清晨语无伦次地说，"请稍微等一下，我再跟他联系一次……用微信，或者别的方式……"

假万喆眯着眼睛说："知道吗，我现在严重怀疑，你是在耍我。"

"不是，真的不是！我不可能拿自己的生命来开玩笑！"

就在这时，卢清晨的手机响了起来，假万喆看了一眼，是陈浩打来的。他望向卢清晨，说道："这是你最后的机会。如果这次他再否认，我会立刻割断你的喉咙。"

他接通电话，开免提，把手机伸到卢清晨面前。卢清晨战战兢兢地"喂"了一声。

电话另一头传来陈浩的低语，听起来，他似乎在厕所里："喂，你跟我打电话之前，能不能先发条信息问一下我在干什么？刚才我在陪我爸妈打牌，他们就在我身边，你说的话他们都听到了！"

"好的，我下次注意。"

"你刚才问我交货的时间？我说了明天才能确定，你急什么？"

"我有点激动……你说，老外会按照约定付给我们两亿美元吗？"

"当然了。你也清楚溶解液的价值，他们要是把配方研究出来，产生的价值何止两亿美元，也许两百亿美元都不止。"

"好吧，那我明天等你消息。"

"好，拜拜。"

陈浩挂了电话。卢清晨松了口气，对假万喆说："你现在相信了吧？"

"嗯，看来这事是真的。"假万喆说，"但还是有个问题，我放你去跟外国人交易，怎么能保证你还会回来呢？"

"这个简单，你可以派人跟着我。"

"万一你报警呢？"

"怎么可能？我的把柄现在也掌握在你手里。溶解液是不准带出垃圾处理厂的，把它悄悄卖给外国人，更是重罪。我报警的话，岂不是自寻死路？"

假万喆思忖着说："不，倒卖溶解液和连环杀人是两码事。我无法预料，你会不会玉石俱焚。"

"我不会，真的不会，相信我！"

假万喆老奸巨猾，不可能相信这种苍白的解释。当然，他更不会放弃这唾手可得的几亿元。考虑片刻后，他说："我倒是有个主意。"

"什么主意？"卢清晨问。

"我代替你去跟外国人交易。"

"什么？可是我的同事，还有对方……他们都不认识你。"

"这有何难？你明天跟你那个同事陈浩打个电话，就说自己得了急病——阑尾炎、胆结石什么的随便你编。所以，你本人无法跟外国人交易了，便委托了一位挚友——也就是我，代替你去。这番话，只要由你亲自打电话说明，对方就一定会相信。"

卢清晨明白了。用这一招的话，假万喆可以去跟外国人交易，得到五亿元；而他，则由这个杀手看管，确保自己不会做出对他们不利的事。但卢清晨不是傻瓜，他非常清楚，假万喆一旦拿到钱，别说不会分一毛钱给自己，他回来后的第一件事，就是杀人灭口。可他同样清楚，自己没有讨价还价的余地。现在同意这个方案，他至少可以活到明天。只要争取到时间，就有活下来的希望。

"好吧，这的确是个好主意。"卢清晨说。

"很好，我就喜欢乖乖配合的人。"

"那就这么说定了。现在，能不能先放开我？"

"我看，你还是保持这个状态吧。"

"我快憋不住了，我已经几个小时没上厕所了。"

"尿床上吧，我不介意。"

"是……大便。我猜你们打算一直守着我吧？那你们肯定不想整个晚上都闻到……臭味……"

假万喆想了想，冲杀手使了个眼色。杀手走到卫生间看了一眼，说："里面没有窗户。"

假万喆对卢清晨说："我可以放开你，让你去上厕所。但我有言在先，如果我看出你有任何逃走的企图，或者打算玩什么花样，我会让我的手下一刀送你归西。"

"我明白，我只是上个厕所，不会耍花招的。"卢清晨头上虚汗直冒说，"卫生间没有窗户，我逃不出去；我身上也没有手机，不可能报警。啊……我快憋不住了……"

假万喆皱了皱眉，用刀割断绑着卢清晨手脚的绳子。卢清晨活动了一下发麻的手脚，进厕所之前，说道："对了，我能看一眼我的手机吗？"

"看手机干什么？"

"看看有没有人给我发微信之类的，如果我一直不回复，会显得很可疑。要是我的朋友不放心，找到这里来了呢？"

"这应该是你巴不得出现的情况吧？"

卢清晨叹了口气："我说了，我不会逃走。五亿元就在眼前，唾手可得，我怎么可能不要呢？"

假万喆把卢清晨的手机解锁，点开微信给他看。卢清晨瞄了一眼，说："没有什么非回不可的消息，那就好，我去解手了。"说完朝卫生间跑去。

假万喆检查了他的微信，的确没有看到什么特别的信息，都是些来自微信群的分享和转发。他关闭了手机屏幕，对手下说："你去卫生间门口守着，谨防他耍花样。"

黑衣杀手点了点头，拿着刀走到了厕所门口。

卢清晨想解手是真，但并没有他表现得那么急。他看手机，也并非关心信息，而是想知道此刻的确切时间。

现在是晚上十一点二十一分。

石墨烯瓶子，必须在十二点之前更换。也就是说，这个瓶子目前还能坚持最后三十九分钟。

我该怎么办？卢清晨焦灼地想。现在，他已经解开了束缚，这无疑是一个好的开端。但他不可能跟他们拼命，仅仅那一个彪形大汉，已经够他受的了，再加上假万喆，他们有武器——硬拼的话，没有丝毫胜算。

所以，只能智取。但是，我能想到什么办法呢……

几分钟后，卢清晨突然想到了假万喆刚才的提议。一个大胆的主意浮上心头。但是，这个计划很冒险，而且只有唯一的一次机会，最关键的是，他必须拖延时间。

但糟糕的是，手机不在身上，他又没有佩戴手表的习惯，这意味着他现在根本无法掌控时间。

无奈之下，卢清晨只有用数秒的方式来计时。但人工读秒，快慢的把握是个难点，也许会出现较大的误差。但是，卢清晨实在想不出更好的办法。他开始在心中计数。

默数到接近一千五百的时候，守在外面的杀手不耐烦了，问道："你还要在里面待多久？"

"快了，快了……"卢清晨回答。糟了，我刚才数到多少了？

时间越临近 12 点，他越紧张。如果他没算错，从进厕所到现在，过去了二十四到二十五分钟。但他不能确定自己有没有数快或者数慢。

又过了两分钟，那大汉开始捶门了，吼道："你再不出来的话，我就砸烂这道门，把你拖出来！"

卢清晨早就解完手了。他也不敢再待在厕所里，打开门，走了出来，捂着小腹说道："不好意思，有点拉肚子。"

安文兰的房间里没有时钟，他也不可能再看一次手机，假万喆一定会生疑。无奈之下，他只有开始实施刚才想到的计划，对假万喆说："明天要交易的那瓶溶解液，现在就在楼上，我去取下来好吗？"

"你觉得我会让你上去拿吗？"

"那你们跟我一起去吧。你明天要拿它去跟外国人交易，我需要跟你讲一些注意事项。"

假万喆望了一眼昏迷的安文兰，无法判断她是真晕还是假晕。他显然不可能把她一个人留在楼下，于是对手下说："你拿毛巾堵住她的嘴，再把她的手反绑起来。"

手下照做了，进行的过程中，安文兰醒了过来，但她的嘴已经被毛巾塞住了，根本说不出话来，只能瞪大眼睛，惊惧地望着站在她面前的假万喆，嘴里发出呜呜的声音。

假万喆对她说："你给我配合点，要是反抗的话，我现在就杀了你，听明白了吗？"

安文兰恐惧地点着头。

假万喆用刀顶着安文兰的背，示意她朝前走。彪形大汉则把刀架在卢清晨脖子上，另一只手抓着他的胳膊，胁迫他走到门口，把门打开。这栋楼他们之前就调查过了，今晚除了他们几个，没有任何人。

四个人沿着楼梯走上三楼，卢清晨用钥匙打开了自己的房门，打开室内的顶灯。客厅是有时钟的，他看了一眼，傻眼了——现在的时间是十一点四十五分，距离十二点，还有十五分钟。

而他的计划，必须在十二点准时实施。

上厕所的招数已经用过了，他不可能再提出解手。这十五分钟，该怎么混过去呢？

假万喆命令安文兰坐下，为了避免她碍事，把她绑在了椅子上。黑衣杀手将门反锁，避免卢清晨逃走。假万喆说："溶解液在哪里？拿出来吧。"

"嗯……我想想，我把它放在哪儿了……"卢清晨开始拖延时间。

"你什么时候拿回家的？"

"今天下午。"

"今天下午拿回来的，现在就忘记放哪里了？"

"主要是晚饭时喝了些酒，又受到了惊吓……"

假万喆把刀抵到卢清晨喉咙面前说："别耍花样，马上把溶解液拿出来。要是我发现你在耍我，这个屋子里根本没有你说的溶解液，我发誓，你一定会死得很惨的。"

"溶解液肯定在这个屋子里，但是我确实需要想想……"卢清晨看了一眼时钟。十一点四十七分。

他假装想了一会儿，走到沙发旁，趴下来仔细窥探、寻找，尽量多消耗些时间，然后站起来说："不在沙发下面，我想想，也许在……"

假万喆似乎看出了什么，他面露凶相，说道："小子，我敢保证你一定在耍什么花招。如果我没猜错，溶解液根本就不在你家里。你把我们骗上来，是另有所图！"

"不，等等，我想起来了！"卢清晨不敢再拖延了，"对了，我把它藏在电视柜下面了！"

说着，他走到电视柜旁边，蹲下去，从柜子的隔层中拿出了装着溶解液的瓶子。

"老酸奶？"假万喆眯着眼睛说。

"这是幌子。里面装的，就是溶解液。"

"怎么证明？"

"很简单，你去厨房，拿根筷子伸到里面，筷子马上就会被溶掉——除了溶解液，没有其他东西能办到。"

假万喆对手下说："看好他。"走进厨房拿筷子。

趁着这个空当，卢清晨又瞄了一眼墙上的时钟。现在是十一点五十二分，那个时刻，越来越近了。

假万喆拿着筷子走了出来，把酸奶瓶子放在桌子上，小心地拧开瓶盖，照卢清晨说的，把筷子伸了进去。果然，筷子一接触到瓶子里的液体，立刻开始溶化。假万喆露出兴奋的神情说道："果然是溶解液！"

"我没有骗你吧？"卢清晨说。

十一点五十三分。

"你刚才说，要跟我说的注意事项是什么？"

"很多，你要注意听。首先，装溶解液的瓶子，瓶盖一定要拧紧，瓶身任何时候都不能倾斜，以防溶解液洒出来；其次，明天外国人要亲自验货，建议你多带几样东西过去，演示给他们看，比如铁丝、钢条、木棍、玻璃棒之类的；然后，交货的地点……"

卢清晨噼里啪啦地讲了一大堆所谓的注意事项，但围绕的无非就是注意安全和如何演示两个问题罢了。假万喆渐渐听得不耐烦了，摆手道："好了，你可真够啰唆的，说来说去就这两件事。"

"主要是你没有接触过溶解液，所以我就多说了几句。我们上岗之前，接受的岗前培训比这复杂一百倍。"

十一点五十六分。

"放心吧，我没打算去你们单位上班。"假万喆讥讽地说道，"你就不必对我进行岗前培训了。"

"是呀……不过注意安全，始终很重要。"

"对了，溶解液不是什么东西都能溶掉吗？为什么这个酸奶瓶子，能够装它呢？"

"这不是普通的酸奶瓶子，是石墨烯材质的特殊瓶子。"

"这瓶子哪来的？"

"外国人提供的。他们故意把石墨烯瓶子做成老酸奶瓶的样子，以便掩人耳目。"

假万喆注视着桌子上的"酸奶瓶"，似乎想找出它跟真正的酸奶瓶有什么区别，卢清晨迅速瞟了一眼时钟。

十一点五十八分。

"这种瓶子也不可能装溶解液太久吧？"假万喆问。

"对，每隔一段时间，就要换新的瓶子。"

"隔多久？"

"不超过三十七个小时。"

"这个瓶子装多久了？"

"我今天下午五点钟才换的，有接近七个小时了吧。"

"这么说，到明天交货的时候，都不用换？"

"为了保险起见，交货之前还是换一下吧。"

十一点五十九分。

关键时刻终于要到了，卢清晨的心脏狂跳起来，但他故意装出波澜不惊的样子，平静地说："判断该不该换石墨烯瓶子，除了记住时间，还有一个更简单的方法。"

"什么方法？"

"装溶解液二十个小时以内的瓶子，瓶底跟瓶身一样，是灰白色的。但是超过二十个小时之后，瓶底就会慢慢变得像玻璃一样透明了。时间越久，就越透明。"

"是吗？"假万喆下意识地拿起"酸奶瓶"，把它举高，仰起头观察它的底部，"嗯，现在的确没有变色。"

卢清晨望向了时钟——十二点整。

时间仿佛在这一刻凝固了。但事实是，并没有。石墨烯瓶子终于达到了最后的极限，溶解液溶穿了瓶子，一滴晶莹剔透的液体滴落下来，刚好滴落到假万喆的眼睛里。

"啊！！！"假万喆发出撕心裂肺的惨叫。他丢掉手里的瓶子，双手捂着脸。没过多久，他连喊叫声都无法再发出来，倒在地上死去了。

这一突然的变故，把彪形大汉和安文兰都吓傻了，但这个结果，正是卢清晨所期望的。他趁大汉发呆的时候，迅速捡起地上的石墨烯瓶子，拧开了瓶盖，对那大汉吼道："把刀放下！双手抱头蹲下来，不然我就用这个泼你了！"

惨死的假万喆躺在面前，彪形大汉不敢跟手持溶解液的卢清晨对抗，他明白，自己手里拿着的尖刀，在溶解液面前不值一提。仅仅一滴溶解液，就能杀死一个大活人，而卢清晨手里有一瓶！这彪形大汉只有乖乖地照做了——丢下刀，抱头蹲下。

卢清晨捡起地上的刀，割断绑着安文兰的绳子，对她说："快报警！"

死里逃生的他们，顾不上过多思考——什么五亿元、之前犯下的罪行——在此刻全都变得不再重要。能保命，已是最大的幸运了。

几分钟后，警察赶到了，抓捕了彪形大汉，缴获了剩下的小半瓶溶解液（卢清晨把它装进了新的瓶子里）。之后，卢清晨和安文兰自首了，对之前的犯罪行为供认不讳。等待他们的，是法律的制裁。

尾声

　　一个月后，滨海市中级人民法院下达了对卢清晨和安文兰的一审判决。等待他们的，将是严厉的法律制裁。

　　对于他们来说，这已经是最好的结果了。

　　在狱中，卢清晨做了一个决定——出狱后，做什么都行。但这辈子，他都不会再碰溶解液了。

　　然而，他不碰，不代表别人不碰。

　　溶解液，这种利弊共存的物质，仍旧诱惑着利欲熏心的人们。它像黑暗中的猛兽，静待时机，等着吞噬靠近它的猎物……

（《溶解液》完）

桃子的故事讲完后，众人还沉浸在故事之中，柏雷却完全无意探讨剧情，他说道："桃子是第四个讲故事的人，也就是说，今天是我们来到这里的'第四天晚上'，对吧？"

"是，怎么了？"王喜问。

"我犯了一个错误。"柏雷说，"之前我以为，第一轮末位淘汰，会在'前五个讲故事的人'中产生，现在才发现，其实是'前四个'。"

流风说："是的，主办者说，这场游戏进行到第五天、第十天和第十五天的时候，会分别进行一次末位淘汰。上一个讲故事的人的分数，第二天晚上才会公布出来，也就是说，今天晚上，我们会知道扬羽的分数；明天晚上，我们会知道桃子的分数。而明天就是'第五天'了，如此说来……"

"明天晚上，第一个'出局'的人，会在我、陈念、扬羽和桃子之中产生。"刘云飞接着说道。

"少说这种不痛不痒的话了！你明明知道，怎么都轮不到你！因为至少已经有一个人比你的分数低了，那就是我！"陈念愤然道。

"我只是说说而已，你何必这么敏感？"刘云飞蹙眉道，"再说了，扬羽和桃子的分数，不是还没出来吗，你也未必就是最低的那个。"

扬羽表情严肃地说："是啊，我现在也是提心吊胆呢。"

"我就更没把握了……"桃子看样子都快哭出来了。

"桃子妹妹，你讲的故事很精彩。题材新颖，情节出人意料，既紧张又刺激，让人捏一把汗。我个人认为，分数应该不会低。"宋伦安慰道。但他马上意识到，这句话反而给了陈念更大的压力，于是又改口道，"不过，我的意见没用，还是得看网友们喜不喜欢。"

"说到题材，桃子这个故事，显然不可能是根据真实经历改编的吧？因为世界上根本就没有'溶解液'这种东西。"陈念提出质疑。

雾岛说："'溶解液'只是一个引子罢了，它代表的是'某种十分有价值的东西'。把它换成另外一个事物，这个故事也是成立的。所以，世界上是否真的存在溶解液这种东西，根本不重要，也不会影响网友对这个故事的评分——至少我是这样认为的。"

陈念无话可说了，他双手环抱胸前，焦躁地抖着腿。很显然，他现在关心的只有一件事，那就是扬羽的故事会得多少分。众人理解他的担忧，索性都不说话了。沉默数分钟后，贺亚军眼睛一亮，指着悬挂在大厅上方的屏幕说道："看，第三个故事的分数出来了！"

众人抬头望去，看到了屏幕上出现一行字和一个分数：

第三天晚上的故事——《鱼悸》
分数：87

"87，这么高！这是目前的最高分了吧？"王喜叫了出来。

扬羽的脸上洋溢出难以掩饰的喜悦之情。陈念则变得脸色铁青，嗫嚅道："足足比我的故事高了6分？我死定了……"

桃子更是"哇"的一声哭了出来："我好害怕呀，要是明天晚上的分数公布出来，我的分数在81分以下，那'出局'的人……不就是我吗？"

真琴安慰道："桃子，还没到那个时候呢，别担心得这么早。"

"是啊，哭什么？"乌鸦烦躁地用右手食指钻着耳朵，"我们这么多人，可以一起保护你！"

"喂，你们这叫什么话！"陈念猛地从椅子上站起来，身体微微发抖，"你们都向着她，是不是？就因为她是个小姑娘？你们觉得，要死也该是我死，对不对？！"

"我没这个意思。"真琴立即解释，"我只是看到桃子哭了，就安慰她一句罢了。没考虑到你的感受，对不起。"

"哼，可是你说的话，已经表明你的态度了。你劝她不必担心，意思是在你心中，她的分数不可能比我的低，对吗？"

真琴一时语塞。宋伦说："陈念，我刚才说过了，我们觉得如何，一点意义都没有，我们又不可能左右网友的打分。"

"不，其实从某种程度来说，也是能左右的——至少能有所影响吧。"陈念说。

"什么意思？"宋伦问道。

"如果我没猜错的话，网友在网上看到的，除了每个人讲的'单独的故事'，还有我们在这个封闭空间里发生的'主线故事'吧。也就是说，其实网友们知道我们每个人长什么样子、说了什么话、做了什么事。那么打分的时候，他们对某个人的好恶，也许会影响评分标准！"

陈念话锋一转，指着桃子说："你也意识到这一点了，对吧？所以，你故意装出一副楚楚可怜的样子，就是为了博得网友们的同情，让他们给你的故事打高分！"

"不是的，我没有想那么多……我真的只是害怕而已！"桃子哭着说。

"够了，别装可怜了！"

"你也够了！"柏雷对陈念说，"一个大男人，欺负一个十九岁的小姑娘，不觉得可耻吗？"

"我又有多大？我也才二十四岁而已！"陈念委屈地说，"你们都站在她那边，有人想过我的感受吗？我才是目前得分最低的那个人呀！"

宋伦走到陈念身边，拍着他的肩膀说："你真的误会了，陈念，我们没有站在哪一边。只是因为桃子年纪最小，又是个女孩，才多安慰了她几句而已。你毕竟是男生，坚强点，好吗？"

"是啊，我刚才说的话，也不只是针对桃子一个人。"乌鸦说，"要是明天的结果出来了，真的是你的分数最低，我们也不会任由主办者为所欲为的！他想让谁出局，谁就出局？没这么容易！"

听了他们俩的话，陈念略感安慰。之后，宋伦送他上楼，其他人也分别回自己的房间了。

第二天早上，众人陆续起床后，来到楼下大厅，从柜子里拿东西吃。兰小云一边吃着面包，一边默默观察身边的人。雾岛吃完后，正要上楼，兰小云走过去说道："雾岛先生，我能跟您聊几句吗？"

雾岛望着兰小云，露出一种让人捉摸不透的、了然于心的微笑，说道："好啊，在哪儿聊？"

"找一个安静的地方吧，您的房间，或者我的房间，都行。"

"那就去我的房间吧。"

"好的。"

兰小云和雾岛一起走上二楼，来到 8 号房间，推门而入。雾岛问："需要关门吗？"

兰小云用行动代替了语言，她把门轻轻掩上了。雾岛指着床对面的单人沙发说："请坐吧。"

兰小云坐到沙发上，雾岛则坐在床沿，问道："你想跟我聊什么？"

"雾岛先生，我记得咱们刚到这个地方，每个人做自我介绍的时候，您说自己是因投资房地产失败而负债的，还因此患上了抑郁症，对吧？"

"是的。但我不想聊这个话题。如果你是想跟我聊这个，恕我不能奉陪了。"

刚说两句话，对方就差点下了逐客令。兰小云感受到了无形的压力。她赶紧改变话题："明白了……那咱们不聊这个。说点别的吧，比如，雾岛先生年轻的时候，是做什么行业的。"

"年轻的时候？你觉得我现在很老吗？"

"啊……不是这个意思，其实您现在也挺年轻的。我没记错的话，您之前说过的，今年是三十六岁吧。"

"嗯。不过，你会觉得我已经老了，这也不奇怪，得了抑郁症之后，我的头发掉得很厉害，发际线不断后退。现在看上去，估计像四十多岁的人吧。"雾岛摸着自己稀疏的头发说。

"哪里……没有这么夸张。"兰小云说着言不由衷的话。

雾岛没有纠缠年纪这件事，回答兰小云之前提出的问题："我之前，是在一家金融机构上班。最大的兴趣，就是做投资。在零几年的时候，就通过投资赚到了两千多万。为了让资产保值和升值，我在各地购置了多套房产。"

说到这里，他停了下来，凝视着兰小云说："你心里肯定在想——零几年的时候，不管在全国任何一个城市买房，几乎都是稳赚不赔的，对吧？我后来怎么会亏得血本无归呢？"

"嗯……我的确是这样想的。"兰小云承认道，"但是，我以为您不想聊这个话题。"

雾岛深吸一口气，缓缓吐出来，忧郁地说："本来我是不想聊的。但是转念一想，现在这种情况下，都不知道还能不能活着出去，之前那些事，又算得上什么呢？不妨说出来，满足下你的好奇心吧。"

兰小云没有接话，默默地听他说。

"我买的那些房产，多数都是一二线城市的，几年之后，全都增值了，资产几乎翻倍。这个时候，我犯了很多投资者都会犯的一个错误：过度膨胀。已经成为千万富豪的我，想要成为亿万富豪。朋友劝我跟他一起买块地，开一家商场。我被他描绘的美好前景吸引了，卖掉了几乎所有房产，买了一块地皮，修建商场。结果是什么，你能猜到吗？"

"这个商场因为经营不善，亏本了？"兰小云猜测。

"哈哈哈哈……"雾岛发出一阵没有欢乐的大笑。"如果是这样就好了。生意就算做亏了，好歹商场还在吧。再不济，也能卖上几个钱。"

"那是……"

"这个商场在修建的过程中，我朋友因为资金链断裂，卷款跑了。这里面当然包括了我的钱。修建了一大半的商场，成为市中心的烂尾楼。这里面涉及很多纠纷，谁都不愿意接盘，索性就不管了。也就是说，我所投入的钱，就换来了这样一栋没有任何价值的烂尾楼，全部打水漂了。这件事之后，我病倒了，然后得了重度抑郁症。"

兰小云叹了口气，她完全能够理解这样的事情对一个人的打击会有多大。她想不出什么安慰的话，只能摇头表示遗憾。

"不过，你为什么要问我这些呢？是想根据我以前的经历，来判断我是不是主办者吗？"雾岛问。

兰小云含糊其词道："您要这样理解，也是可以的。我希望增进对每个人的了解，来帮助我做出一些判断。"

"你想了解的，并不是'每个人'吧。"

兰小云一怔："您这话是什么意思？"

"意思就是，你只是重点选择了几个人，作为了解的对象——我是其中之一。"

"您为什么会这样认为呢？有什么根据吗？"

"当然有——就凭两点。第一，你记得我的准确年龄，三十六岁；第二，你记得我几天前说过的话，就是投资房地产失败，得了抑郁症之类的。当时十几个人轮流自我介绍，你又没有拿笔来记录，不可能记得每个人的年龄和说过的话。所以，我没猜错的话，你只是重点关注了几个人而已，把这几个人的相关信息记在了脑子里。"

"不，其实，并不是这样……"

"是吗？那你把另外十二个的年龄全都说出来听听。"

兰小云张口结舌，说不出话来。这时她才发现，自己真是低估雾岛了。

"看，我没说错吧。那么，既然我回答了你刚才提出的问题，你能不能也回答我一个问题——我为什么会成为你的'重点关注对象'？特别是，我们在做自我介绍的时候，并不知道主办者就在我们中。你总不可能在那个时候，就怀疑我是主办者了吧？"

兰小云沉吟片刻，说道："好吧，雾岛先生，我就实话告诉您。我来参加这个游戏，是有另外一个目的的。"

"什么目的？"

"这个我不能说，因为这是我的私事。但是我可以明确地告诉您，我不是主办者。当然您有可能不相信……"

雾岛打断她的话："不，我相信你不是主办者。"

兰小云一怔："是吗？为什么？"

"就凭你现在来找我聊天，了解我的过往。"雾岛说，"主办者对于我们每个人的情况了如指掌。假如你是主办者，有什么必要再来了解一次呢？"

"是的。感谢您对我的信任。"

"其实，大家虽然没有说出来，但每个人的心里，肯定都有几个重点怀疑的对象，或者愿意相信的对象。这种直觉不一定是准确的，但是也不容忽视。人的第六感，是十分玄妙的东西。"

"雾岛先生，您相信'第六感'吗？"

雾岛沉默了半晌，说："我不仅是'相信'。实际上，我是一个第六感非常强的人。"

"是吗？"

"你不相信？"雾岛走到床头，从枕头下面拿出一个笔记本——正是主办者给他的道具。他把这个笔记本递给兰小云，说道，"看看最后一页吧。"

兰小云接过笔记本，翻到最后一页，看见上面写的一句话后，大吃一惊，笔记本上面写着：

第五天上午，会有女性来单独拜访我。

"这是……您什么时候写的？"兰小云诧异地问。

"昨天下午。"

"您昨天下午，就预感到了今天我会来找您单独谈话？"

"不，我只是预感到了有一个'女性'会来找我谈话。但具体是谁，我不知道。"

"那也很厉害了！这种事情，怎么可能预感得到？"

"我说了，我有着超强的第六感。但是，这种直觉不一定每次都准。否则，我就不会落到现在这步田地了。"雾岛苦笑道。

兰小云思忖片刻，问道："雾岛先生，那么——直觉有没有告诉您，这个游戏的主办者是谁？"

雾岛略微迟疑，吐出一个字："有。"

"是谁？可以告诉我吗？"

雾岛摇了摇头说："我刚才说了，直觉这东西，是不能完全相信的。虽然我心里有一个人选，但是我不能保证一定正确。所以，还是不说为好。"

"好吧……"

刚才，雾岛没有追问兰小云来这里的另一个目的是什么，此刻，兰小云也不好勉强他把心里的猜测说出来。她觉得聊得差不多了，从沙发上站了起来，说道："那我就不打扰了，雾岛先生。"

雾岛点了点头，送兰小云到门口。开门之前，他突兀地说道："你想到了吗？"

"什么？"

雾岛扬了扬手里的笔记本："主办者给我这个笔记本的真正意图是什么，你想到了吗？很显然不是我们之前探讨过的，仅仅让我用来记录每个故事的得分。"

兰小云眼珠一转说道："因为主办者是了解您的，知道您有着超强的直觉，所以他希望您把'预感'到的事情，记录在这个笔记本上？"

雾岛点了点头。

"可是，这样做的意义是什么呢？"

"代表这个主办者很自信吧。他认为，凭我的直觉，不可能做出正确的判断。至于他为什么要给我这个笔记本，让我把所有的直觉都记录下来，只有一种可能性……"

说到这里，雾岛的脸色变得惨白。兰小云不解地望着他问："什么可能性？"

雾岛缄默良久，说道："主办者认为，我不可能活到最后一天。所以他暗示我，可以在活着的时候，把所有猜测和直觉都记录在本子上，以免留下遗憾。"

兰小云呆住了，好一会儿后，她认为自己应该说句宽慰的话："雾岛先生，这只是您的猜测，事实不一定就是如此。"

雾岛 "嗯" 了一声，没有多说了。他打开房门，说："总之，咱们都好自为之吧。"

"好的，那我回自己房间了。"

兰小云走出雾岛的 8 号房间，进入自己的 10 号房间。她想着心事，没有注意到，12 号房间的门是虚掩着的，柏雷站在屋内，透过门缝默默地注视着她，表情深不可测。

晚上七点，众人围坐在圆桌旁，今天晚上讲故事的人，是 5 号王喜。开讲之前，他挠着头说："我讲的这个故事，可能是目前为止，最特别的一个。可能很多人会觉得不可思议，现实中哪会有这样的事情。但这个故事，真的是根据我小时候的经历改编的。"

"讲吧，我就喜欢特别的故事。" 双叶说。

"好吧，那我开讲了。" 王喜说，"故事的名字叫'漩涡'。"

第五夜的离奇故事

漩涡

一

1988 年 8 月上旬，盛夏。

毫无疑问，这是整个夏天最热的几天。骄阳似火，整个世界仿佛被炙烤成了金黄色。在没有空调的年代，大多数人避暑的方式，只有洗凉水澡和吹电风扇。但对于生活在乡镇或农村的人来说，这都是一种奢望。

因为他们必须下地干活。8 月正是玉米成熟的季节，不管再热，农民都要下地掰玉米。关键是，为了不让玉米叶子割到脖子或胳膊，他们必须穿长袖、戴草帽。在四十几度的高温下，身着长衣长裤劳作，对于一些没干过农活的城里人来说，大概只是想象这个场面，就会中暑吧。

金坪镇罗氏两兄弟的父母，正是这些顶着酷暑掰玉米的农民中的一分子。夫妻俩正值壮年，家里承包的玉米地今年迎来了丰收，所以无论再苦再累，他们也要下地干活。但这活儿实在是太辛苦了，随时有中暑的风险，夫妻俩不舍得让两个儿子帮忙，而是让他们在家做暑假作业，把生活的重担都扛在自己身上。

现在，罗平和罗宁两兄弟在家中吹着电扇做作业。哥哥罗平今年十三岁，比弟弟大三岁。父母不在家的时候，哥哥自然承担起了照顾和监督弟弟的责任。对于他来说，需要忍受的除了酷暑，还有弟弟的阅读障碍症。

罗宁自入学起就有这怪毛病，但凡是字，就必须读出来，无法做到像别人一样默念。一开始父母没在意，后来学校的老师说，这孩子每次考试或做题的时候，都要把字读出来，对其他同学造成了干扰，父母才发现小儿子有点特别。他们把罗宁带到市里的医院去检查，结果被医生告知，这孩子有阅读障碍症——也不是什么大不了的毛病，就是看书做题的时候必须把每个字读出来。父母问，那怎么解决呢？医生说这种情况很少见，好像没有什么特别有效的矫正方法，只能靠自己慢慢克服，也许随着年龄增长，自然就好了。于是父母也就没在意，把罗宁带回了家，只是叮嘱他，以后考试或做题的时候，声音尽量小一点，别影响到周围的同学。

"下列算式是按照一定规律排列的，其中第六个算式的计算结果是……一个等腰三角形，它的顶角是底角的四倍，顶角是多少度……"

兄弟俩住在同一个房间，学习用的书桌也只有一张。两人面对面坐在一起。罗平本来就热得心浮气躁，加上弟弟一直像念经一样在他对面碎碎念，更是令他头昏脑涨。他烦躁地丢掉铅笔，翻着白眼说道："你一直这样念，我怎么做作业呀？"

"对不起……要不，你去餐桌上做吧。"罗宁说。

"餐桌旁没有电扇，我会热死的！"

"那……我小声一点。"

"你再小声对我也是干扰。"罗平叹了口气，现在是下午三点，正好是一天中最热的时候，电扇吹出的风都是热的。罗平虽然全身只穿了一条短裤，但仍然热得汗流浃背，他实在是做不进去作业了，对弟弟说："喂，咱俩下河洗澡去吧！"

十岁的罗宁胆子比哥哥小，个性也要斯文一些，他小声说："爸说了，不准咱俩下河洗澡，要是他知道的话，会打断我们的腿。"

"他们不是下地去了吗，要傍晚才回家。咱们去洗一会儿就回来，他们怎么会知道？"

"河边有镇上的其他人，他们看到的话，会告诉爸妈的。"

罗平想了一会儿，说："那咱们去金秋湖洗澡吧，那儿又凉快，人又少。"

金秋湖是金坪镇的一个天然湖泊，景色宜人，后来被打造成了当地的度假胜地。但在 1988 年的时候，那里还处于没有开发的状态，是一个天然景区。由于镇子挨着一条小河，所以游泳洗澡的人都去河边了，位置稍远的金秋湖，则人迹罕至。对于偷偷下水洗澡的男孩子来说，倒是一个绝佳的去处。

但罗宁还是有些担心："我不会游泳，要是溺水了怎么办……"

"你别游到水深的地方去，咱们就在湖边洗个澡，玩会儿水，不会有问题的！"

"可是……"

"哎呀，你怎么这么婆婆妈妈，跟个小妞儿似的，去不去？不去我自己去了！"

其实罗宁也热得受不了了，他既无法抗拒清凉的湖水的诱惑，更不愿意被哥哥当成"小妞儿"。他站起来，说："走吧。"

于是，兄弟俩出了门，把家门锁好。他们家离金秋湖不远，一路小跑，十分钟就到了。

波光粼粼、清澈见底的湖水映入眼帘，令人心旷神怡。两个男孩子跑到湖边，观察了一下周围，发现没有人，罗平三下五除二脱了个精光，对弟弟说："快脱！"

"全部脱光吗……要是被女孩子看到，多羞呀……"罗宁有些犹豫。

"你看这附近像有女孩子会来的样子吗？"罗平说，"你该不会想穿着内裤游吧？要是被爸妈发现你内裤是湿的，那就露馅儿了！"

罗宁想了想，觉得也是，便跟哥哥一样脱了个精光。兄弟俩光着屁股下了水，接触到清澈的湖水后，凉爽的感觉迅疾遍及全身，会游泳的罗平跃入水中，像条欢快的鱼儿一样在湖中畅游，开心地叫道："太爽了！"

罗宁既不会水，胆子也小，他只敢站在能踩实的地方，让湖水刚好没过自己的小腹，然后往身上浇水。冰凉的湖水驱散了酷热，全身的温度都随之下降了，令他感到说不出的舒服。

不一会儿，他发现罗平渐渐游远了，喊道："哥哥，你别游那么远！"

罗平一边划着水，一边回应："没事！"

罗宁知道哥哥水性好，他四岁的时候就学会游泳了。但同样是父亲教，自己却直到现在都没学会。这只能理解为自己的运动神经和身体协调性比哥哥差吧。但自己的学习成绩比哥哥好，这是他值得夸耀的地方。

罗宁安安静静地浸泡在水里，享受着湖水带来的清凉。

然而，他却在几分钟后猛然发现一件事——湖水中，看不到哥哥的身影了。

罗宁慌了，大声喊道："哥哥，你在哪儿？"

没有人回应，他左顾右盼，发现四周都没有哥哥的身影。难道……他陷入惶恐之中，急得几乎要哭出来了，大叫道："哥哥，罗平！你在哪儿？！"

这时，他前方的水面上，冒起一个湿漉漉的脑袋——正是罗平，他大笑道："哈哈，把你吓到了？我逗你玩的！"

罗宁松了一口气，噘着嘴责怪道："你不能这样，吓死我了！"

"我水性这么好，怎么可能溺水？不过，看你快哭出来的样子，说明你真的在乎我这个哥哥。"

"我才不在乎你呢！"

"是吗？那就别怪我不客气了哦！"

说着，罗平游到弟弟身边，一把抱住他，作势要把他往深水里拖。罗宁吓得哇哇大叫，罗平则乐得大笑。兄弟俩像两只小泥鳅一样在水里嬉戏玩闹，不亦乐乎。

玩累后，他俩上了岸，在岸边休憩。罗平四仰八叉地躺在地上，双手反枕脑后，闭着眼睛享受日光浴。罗宁始终要含蓄些，屈腿而坐。微风吹过，他感觉无比惬意。

休息一会儿之后，罗平坐起来，说道："我教你打水漂吧。"

"好啊！"罗宁知道，哥哥是打水漂的高手。但他在这方面却笨得出奇，哥哥之前像珍藏武功秘籍一样不愿传授打水漂的绝技，今天却主动提出教他，罗宁十分兴奋。

罗平在湖畔的一堆小石子中，挑选了一个大小和厚薄都合适的石片，瞄准湖面，用力飞出，石片擦着水面飞行，在水面上弹跳了十余下才沉入水中，罗宁拍掌叫好。

"知道吗，重点有两个——第一是快，石片掷出去的速度越快越好；第二，石片跟水面的角度，接近二十度是最合适的。"罗平扬扬得意地说，"记住了吗？"

"嗯嗯！"罗宁连连点头。

"除了以上两个技巧，再有就是石片的选择了。太轻或者太重都不行，要大小适中。你在周围找找合适的吧，这是最基础的练习。"

"好。"

罗宁兴趣盎然地在周围的地上搜索符合条件的石片，找了几片给哥哥看，都被指出轻重或厚薄的不合适。罗宁只好扩大搜索范围，沿着湖畔仔细寻找最适合打水漂的石片。

这时，一样东西出现在他的视线范围内——一本泛黄的书。

罗宁向来喜欢读书——而且真的是"读"——他没法默看。这本书引起了他的兴趣，他不由自主地走了过去，拾起地上的书。

这书不算厚，比四年级的语文课本略微薄一点，是线装本，无论纸张的质感还是泛黄的颜色，都诉说着它悠久的历史。显然这是一本颇有年代感的古书。

罗宁翻开书，发现文字是繁体的，这似乎再一次证明了它的古老。这种繁体字的书，罗宁在过世的爷爷那里看到过，比如老版本的《七侠五义》《儒林外史》之类的。爷爷也教过他认繁体字，所以他大致能认得书上的繁体字。

然而，还没来得及阅读文字，罗宁就被这本书的插图吸引了。这是他随意翻开的一页，右侧的插图是国画线描风格的，描绘的是一幅奇景——一些不知道是不是妖怪的生物，在一个犹如炼狱的空间生存。这些妖怪看上去狰狞可怖，令人毛骨悚然。整幅画透露出诡异的气息。

罗宁从未见过如此让人不舒服的画，盯着这插图看了一会儿，他竟然在这烈日炎炎的盛夏感受到了一丝寒意，身上起了一层鸡皮疙瘩。

在他捧着这本书看的时候，不远处的哥哥说道："你在干吗？还没有找到合适的石片吗？我不教你了哦。"

"等一下，我捡到了一本奇怪的书。"罗宁朝哥哥走去。

"什么书？"

"不知道，没有封面，可能被人扯掉了。"

"给我看看。"

罗宁把书递给哥哥。罗平翻开一页，也看到了一幅画风诡异的插图，他皱了下眉说："这是什么，《聊斋志异》吗？"

"我不知道，有可能吧。"

"你在哪儿捡到这书的？"

"就在旁边的地上。"

"湖边怎么会有一本书？"

"会不会是谁到这儿看书，然后把书落在这里了？"

"有可能。"

"把它放在原地吧，说不定失主会回来找。"

"嗯，不过……"

"不过什么？你想看吗？"罗平了解弟弟，知道他喜欢读书。

"我有点好奇，想知道这是本什么书。"

"你不想学打水漂了？"

"当然想！但是，我怕失主一会儿就会来找书，这样就没有机会看了……哥哥，你过一会儿再教我打水漂好吗？"

罗平沉吟一下，说："罗宁，我劝你最好别看这本书。"

罗宁一愣："为什么？"

"我说不出来为什么……只是觉得，这书好像有些不寻常，挺古怪的。我担心你看了之后，会出事。"

"不会吧，只是一本书而已，会出什么事？"罗宁感到好奇。

罗平找不到什么理由劝说了，他站了起来："那随便你吧，我要去游泳了，你不下水的话，就在岸边待着吧。"

罗宁点了点头，看着哥哥一个猛子扎入水中，在湖水中欢快地游了起来。他相对好静得多，翻开这本书的第一页，读了起来。

罗宁艰难地辨识着书上的繁体字，然后一个字一个字地读出来。读完一段之后，他感到毫无头绪，困惑地挠着头说："写的什么呀，完全读不懂……"

他瞄了一眼后面的内容，似乎通篇都是这种不明所以，像暗语或经文一样晦涩难懂的文字，心中十分诧异，不禁想道——这本书，是写给"人"看的吗？

疑惑不解之际，罗宁察觉到身边的光线变暗了。他抬起头，发现刚才还是烈日当空，此刻却乌云密布，似乎暴雨即将来临。不知为何，他的心脏狂跳起来，生出一股不祥的预感。他望向湖面，看到罗平还在水中畅游，不禁喊道："哥哥，快上岸来！"

水中的罗平划着水问道："怎么了？"

"你看，乌云！马上要下大雨了！"罗宁指着天空说。

罗平抬头看天，不以为意地说："下雨好呀，下雨就凉快了！"

夏日的暴雨是很常见的事，但罗宁却感到莫名的心慌，仿佛有个声音在他耳边说：**马上就要出事了。**

"哥哥，你别游了，快上来吧！"罗宁带着哭腔说。

"好吧好吧，反正我也游够了。"水中的罗平朝岸边游来。

罗宁看着哥哥朝自己游来，期盼他能游快一点。天色越来越暗了，他心中的不祥预感也越来越强烈。普通的乌云，不会把天色变得这么暗。之前毒辣的日头被厚重的乌云覆盖，清澈的湖泊仿佛变成暗沉苍穹下的一潭黑水。原本寂静的湖水之下，此刻暗流涌动。

这时，恐怖的事情发生了——湖面上，出现了一个直径十米左右的巨大漩涡。它产生的强大吸力，把水中的男孩像落叶般席卷进去。罗宁眼睁睁地看着哥哥被这漩涡所吞噬。接着，在短短几秒之内，漩涡和乌云同时消散，刚才波澜壮阔的湖面，此刻复归于平静。

二

罗宁全身僵硬，整个人像石雕一样凝固了。刚才那不可思议的漩涡，似乎在卷走哥哥的同时，也卷走了他的灵魂。他惊恐而呆滞地望着湖面，身体因恐惧而瑟瑟发抖，好几秒后，他才大声哭喊起来："哥哥——哥哥！"

他多么希望，哥哥的小脑袋能再次从湖面上浮起来，然后咧着嘴笑，告诉他，刚才只不过是一个玩笑。但罗宁知道，人类的力量不可能让湖面产生一个直径十米的漩涡。刚才发生的一幕，如梦如幻，他甚至怀疑自己出现了幻觉。但不管这一幕是真是假，事实是，好几分钟过去了，哥哥再也没有浮出水面。

罗宁号啕大哭，哥哥水性再好，也不可能在水下待这么久。所以唯一的可能性是，哥哥已经沉入湖底，死去了。年仅十岁的他无法接受这残酷的事实，他扔下手里的书，迅速穿上衣服和裤子，哭着朝父母劳作的玉米地跑去。

最先看到罗宁的是村民张二夫妇——他们承包的田地，跟罗家的玉米地是挨在一起的。挥汗如雨的张二，看到了一边哭一边朝地里跑来的罗宁，他对不远处的罗宁他爸说："喂，你看，这不是你们家老二吗？咋哭着跑过来了？"

罗宁的爸妈同时抬头，看到了在烈日下奔跑的小儿子，并看到他不住地抹着眼泪。夫妻俩顿时意识到出事了，赶紧丢下手中的玉米，朝小儿子跑了过去。母亲大声问道："宁儿，出啥事了？"

罗宁面红耳赤地奔到父母身边，"哇"的一声哭了出来。父亲着急地问："你哭啥？你哥呢？"

"我哥……我哥他……"

"快说，你哥咋了？"父亲焦急地问。

"哥哥让我跟他一块儿去金秋湖洗澡，然后……他下水之后，被一个巨大的漩涡……卷到水里去了……"罗宁结结巴巴、泣不成声。

父母两人仿佛被一记闷棍击中了。本来就在中暑边缘的母亲，听到这个消息后，瞬间昏死过去。旁边的张二夫妇赶紧上前帮忙，给罗宁妈泼冷水、掐人中。张二看着摇摇欲坠的罗宁爸，喊道："老罗，你可不能倒呀，得赶快去湖边救孩子！"

"对，对……"父亲来不及细问，对罗宁说，"你们在哪儿下的水？快带我去！"

父子俩朝金秋湖狂奔而去。张二嘱咐老婆照顾好罗宁他妈，赶紧跟着帮忙去了。一路上，村民们见到狂奔的三个人，都在打听出了什么事。张二吼道："罗家老大下水洗澡出事了，快来帮忙呀！"

于是，善良淳朴的村民们放下手上的农活，跟着跑了过去。一群人来到刚才兄弟俩下水的湖边，罗宁指着地上哥哥的衣服说："我们就是在这儿下水的！"

父亲望向湖面，此刻哪里还有大儿子的影子？悲痛欲绝的他，不顾一切地打算下水去找，被村民们拉住了。张二说："你在地里干了这么久的活，又心急火燎地跑过来，体力早就透支了，现在下水的话，会溺水的！"

其他村民也纷纷劝阻。不一会儿，罗宁他妈和张二媳妇也来到了湖边。母亲看到儿子脱在岸边的衣服，呼天抢地地扑了过去，抱着儿子的衣服，哭得撕心裂肺。

这个时候，距离孩子落水，已经过去近半个小时了。所有人都清楚，罗平不可能还活着了。父亲痛苦地抓扯着头发，蹲在地上发出绝望的嘶喊。片刻后，他突然站了起来，抓着小儿子的胳膊，抡起巴掌打他屁股，怒喝道："跟你们说了多少遍！不准你们自己下水洗澡！你们咋不听呀？！"

暴怒之下的父亲揍起人来失了分寸，罗宁被打得哇哇大哭，村民们赶紧上前阻拦。母亲更是声泪俱下地吼道："大的都淹死了，你还要把小的也打死吗？！"

父亲倏然停止，扬起的巴掌一时放不下去，便铆足劲给了自己一耳光。张二说："老罗，你别自责了。这事也怪不得谁，节哀顺变吧。现在，得找人把孩子打捞起来才是呀。"

其他村民也只能言语安慰。王家老三是个精壮小伙子，说："金秋湖有打鱼的小船，我去请个渔夫来，让他撒网把孩子捞起来吧。"

王老三跑去找船。半个小时后，一叶扁舟划来，王老三站在船头上，对罗宁他爸说："罗叔，船我叫来了，价格你跟渔夫商量吧。"

心如死灰的父亲哪有心思跟对方讨价还价，颓然道："你叫他只管打捞就是，捞起来了之后，我会付钱的。"

于是渔夫开始撒网打捞尸体。这渔夫年纪不大，看上去二十岁上下，但他撒网的动作十分娴熟，显然有着丰富的经验。湖泊不比江河，尸体不会冲到下游，打捞起来相对容易。可这渔夫一连撒下数网，却只捞起来一些鱼虾，根本没有捞到尸体。半个小时过去了，他挠着头问："娃娃是淹死在这儿的吗？会不会记错地方了？"

众人望向罗宁——只有他目睹了哥哥溺水的过程。罗宁指着岸上的衣服说："哥哥的衣服还在这儿呢，怎么会出错？而且我眼睁睁看着他沉下去的，就是这里。"

渔夫便继续撒网打捞，几十分钟过后，他索性脱掉衣服，亲自跳到水里去找。

不一会儿，他浮了起来，说道："这湖水不深，最深的地方不过三米多。我潜到水底下去看了，没看到娃的尸体呀。"

岸上的人都觉得奇了。罗宁他妈抱着一丝侥幸心理说道："该不会……我家大娃没有淹死吧？"

父亲赶紧问罗宁："你真的看到你哥沉到水里面了？"

"对，但是……"

"但是啥？"

"他不是就这样沉下去的，是被一个巨大的漩涡卷下去的。"

"巨大的漩涡？有多大？"

"直径起码有十米。"

"十米？"王老三怀疑地问，"你知道十米有多长吗？"

"我当然知道，数学课上学过的。"罗宁比画着说，"差不多从这头……到那头。"

村民们看了下，他比画的这段距离，确实有十米左右。

这时，年轻渔夫游上岸来，说道："弟娃儿，我从小就在这湖边生活，从没见过湖里有这么大的漩涡，你可别瞎说。"

"我没瞎说，我亲眼看到的！"罗宁言之凿凿。

"可这是湖，又不是海洋，咋会有这么大的漩涡？"有村民说，其他人也纷纷点头，显然有些不信。

父亲蹲下来，抓着儿子的肩膀："罗宁，你把详细过程告诉我，你哥到底是怎么落水的？一定要说实话！"

罗宁说："我和哥来到湖边，脱光衣服下水。哥会游泳，我不会，就在水浅的地方玩。后来，哥哥说教我打水漂，让我找合适的石片，结果我捡到一本古怪的书，就读了起来……哥哥又下水去游泳了。我读了一会儿书，发现天空变暗了，乌云密布，接着……"

"等等，"父亲打断他的话，"乌云密布？今天下午一直是大太阳，哪有什么乌云？"

"我确实看到乌云了，就在这个湖的上空。"

"湖的上空？你是说，乌云刚好笼罩在湖面上？"

"对。"

"这怎么可能？"王老三说，"有乌云的话，我们其他人咋没看到？"

村民们纷纷点头。罗宁这才意识到，看到乌云的，只有他一个人——不，还有一个人，就是哥哥。但哥哥现在活不见人，死不见尸，谁能证明他说的是实话呢？

"先别管乌云了，你接着说，然后呢？"父亲问。

"然后湖中就出现那个巨大的漩涡了，我亲眼看见哥哥被卷到了漩涡中，沉入水里。但是几秒之后，漩涡就跟乌云一起消失了，哥哥却再也没有浮起来……"罗宁啜泣着说。

父亲瞄了一眼身边的村民，发现每个人都跟他一样，表情中充满了疑惑。这十岁男孩描述的情景，充满了幻想色彩，让人难以置信。但人们不明白的是，如果他说的不是事实，又为何要编造这样的谎话呢？难道他哥哥的死另有玄机？可问题是，不管怎样，总该发现尸体才对。

年轻的渔夫注意到了这男孩刚才提到的一件事，他一边揎着湿漉漉的头发，一边问道："你刚才说，在这湖边捡到一本古怪的书？"

"对。"罗宁说。

"古怪在哪儿？"

"那书没有封面，里面全是莫名其妙的繁体字，读不懂意思，里面还配了一些挺吓人的插图。"

"那书呢？在哪儿？"

"哥哥出事之后，我立刻丢下书，跑去找爸爸妈妈了。"

"照你这么说，那本书现在就应该在这河滩上，咋没看到？"

"是啊……"罗宁左顾右盼，没在周围的地上见到那本书了，他喃喃自语道："怎么不见了？"

"难不成，在你跑去叫人的时候，有人把这本书捡走了？"年轻渔夫说。

"我不知道，也许吧……"

父亲心里乱极了，他无暇顾及一本古怪的书，只想找到自己的大儿子，不管他是死是活。他对年轻渔夫说："你刚才彻底找过了吗？湖底真的没有孩子？"

"你要不放心的话，自己潜水找一下吧。湖水清澈透明，很容易找。"

于是，父亲和另外几个水性好的汉子一起脱掉了衣服，穿着内裤跳到了水中。几个大男人在水里搜索了十几分钟，寻找的范围比之前扩大了许多，仍是没能发现落水的罗平。

男人们上岸后，王老三喘着气说："我敢肯定，娃娃没淹死在湖里。"

罗宁他妈一阵欣喜："难道……罗平他自己游上来了？"

"那咋没见人呢？"张二说。

父亲再一次望向了小儿子，问道："罗宁，你确定你刚才说的都是实话？你哥真的落水了？"

罗宁肯定地说："对，我亲眼看见的！而且……他被漩涡卷到水里后，我在湖边等了好几分钟，没见到他冒起来，我才跑去叫你们的。"

"会不会，他从别的地方冒上来了，你刚才没看见？"一个村民问。

罗宁抿着嘴没说话。如果是这样的话，那当然太好了。但是，这种可能性很低，他心里非常清楚。如果哥哥真的游上了岸，没理由不来河滩找自己，或者回到这里，穿上他的衣服。

但不管怎样，既然有这样的可能性，即便希望渺茫，父母也要抓住这一鳞半爪的微小期许。人们分为两路，沿着金秋湖的湖边开始搜寻谜一般失踪的男孩。

傍晚的时候，两路人马在湖边碰头了，他们在彼此的眼神中看到了失望的神色。这时，又有村民提出，让罗宁的父母回家找找，说不定孩子自己回去了呢？

夫妻俩知道，这纯属安慰。此时的他们，已经不抱有期望了。他们和小儿子一起回到空荡荡的家中，守候了一整夜，母亲把眼泪都哭干了，也没有等到大儿子回来。

第二天，村主任通知了镇上派出所的警察，警察又对金秋湖周边进行了搜寻，并再次组织人在整个湖中进行打捞。二十四小时过后，警察认为不管是水里还是岸上，罗平都不可能还在金秋湖附近了。他们上门来了解情况。罗宁再次讲起了那段诡异的经历。他看出来，警察也是半信半疑。但他们无法指出自己是在说谎，就像他也无法证明这一切是真实发生过的一样。

最后，警察将案件性质定性为失踪案，并向这对悲痛欲绝的父母表示，他们一定会竭尽全力地寻找孩子。

但事实是，一周过去了，一个月过去了，半年、一年过去了……罗平再也没有出现。终于，夫妻俩放弃了寻找大儿子，他们悲伤、失落的同时，也庆幸上天至少给他们留下了一个小儿子。在此之后，罗宁便成了爸妈唯一关注和疼爱的对象。为了避免类似的悲剧再发生，父母几乎对他寸步不离，直到罗宁长大成人，读完大学，在城市里找到了一份稳定的工作，然后娶妻生子。小孙子的诞生，为爷爷奶奶带来了欢乐，也为他们的生活注入了新的活力。

时间慢慢过去了。在这几十年中，爸妈跟罗宁约好，为了避免伤心难过，谁都不要再提起罗平的事。

渐渐地，不管有意识还是无意识，他们都忘了，自己还有一个儿子，或者哥哥。

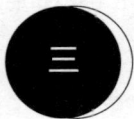

三

2020 年 8 月上旬，酷暑。

清晨，还在睡梦之中的罗宁被身边的妻子苏鸥叫醒了。他迷迷糊糊地睁开眼，问道："怎么了？"

"今天你去送一下小丹吧，"苏鸥有些虚弱地说，"我那个来了，不舒服。"

"你睡迷糊了吧？现在是暑假，不上学。"

"你才睡迷糊了，我说的是培训班，不是学校。"

"哦。"罗宁想起来了，从上周开始，苏鸥又给儿子增加了一个补习班。儿子的假期已经被各类培训课占据。星期天上午这个唯一的休息时段，也从上周起不复存在。

罗宁疲倦地打了个哈欠，不情愿地从床上爬起来，走进卫生间快速地冲了个澡，然后洗漱，换好衣服。他摸了摸下巴，胡子有些长了，想到要送儿子去培训班，还是不要给老师留下颓废的印象为好。他拿出剃须刀，挤了些泡沫在脸上，对着盥洗台前的镜子刮胡子。

镜子中跟他对视的，是一个四十多岁的成熟男人。虽然不再年轻，脸庞却仍然轮廓分明、英气勃勃。身材管理得也不错，匀称、健硕，拜长期健身所赐。刮完胡子，整张脸看起来更加清爽了。罗宁满意地摸了摸下巴，走进儿子的房间。

十二岁的罗小丹盖着超人图案的凉被，睡得正香，呼吸声均匀。现在才七点五十分，罗宁真想让儿子再睡一会儿。但培训班的老师不允许迟到，苏鸥更不允许。他只能无奈地叫醒儿子。

睡得正香的罗小丹十分不情愿，但还是勉为其难地起了床，睡眼惺忪地去卫生间洗脸、漱口。

罗宁从冰箱里拿出面包、牛奶和果酱，用面包机把面包烤热之后，招呼儿子过来吃早饭。吃东西的时候，他才想起自己都不知道儿子今天上午要去哪儿补习——这门课是上周才报的。他问道："小丹，今天上午学什么？"

罗小丹一边涂着果酱，一边说："学游泳，在省体育馆。"

罗宁一怔："游泳？"

"对，妈妈说我这么大了还不会游泳，这个假期结束之前，必须学会。"

罗宁停下了手中的动作说："我得跟你妈妈谈谈。"

"不用，爸爸，游泳我还挺喜欢的。你要跟妈妈谈的话，跟她说把英语班取消了吧。"

"不是这个问题，你快吃饭。"

罗宁走进卧室，摇了摇妻子的肩膀，对她说："苏鸥，你怎么没跟我说，小丹今天上午要去上的是游泳课？"

苏鸥迷迷糊糊地说："那又有什么关系？反正你开车送他去学就行了，在省体育馆。"

"我可以送他去任何培训班，除了游泳。你知道我不能下水的，对吧？"

"你不用下水，又不是让你教。你只需要在泳池边看着他就行了。"

"那也不行，"罗宁沉吟一下说，"我害怕水。"

苏鸥翻过身来望着他："你什么毛病呀？"

"我……反正我不能站在水边，江河湖海都不行，泳池也不行，甚至浴缸都不行。"

"你就不能克服一下吗？四十多岁的大男人，居然害怕游泳池，这像话吗？"

"我克服不了。"罗宁看了一眼手表，"现在八点半了，你要么继续给我做心理辅导，要么自己开车送小丹去学游泳。"

"啊……真要命！"苏鸥抱怨道。

"谁叫你给他报这么多班？真是自作自受。"

"不报能行吗？现在的孩子哪个不是琴棋书画样样精通？你不学，别人都在学，不就被人超过了吗？"

"行了行了，别说了，快点吧，要迟到了。"

苏鸥已经这样做了，她迅速穿好衣服，洗漱之后，早饭都来不及吃，就拉着儿子出门了。

罗宁是一个公务员，在市工商局上班。双休日的早上，妻子带着儿子学游泳去了，他正好一个人在家享受难得的清闲时光。跟小时候一样，他最大的爱好仍然是读书，而且三十多年过去了，他还没克服阅读障碍症。直到现在，他仍然必须把看到的每个字都念出来，只不过他练就了把音量控制到最低的本领，几乎不会打扰到身边的人。

捧着新买的一本科幻小说看了不到半个小时，门铃声响了起来。是苏鸥回来了吗？不对，她说过，刚学游泳的时候，家长必须在泳池边看着自己的孩子。那么，会是谁呢？

罗宁所住的小区是市内的高档住宅区，不用担心安全问题。他起身，走到门口打开了防盗门。

站在门外的是一个警察、一个中年男人和一个跟罗小丹年纪相仿的男孩子。这三个人他一个都不认识，但警察带给他不好的感觉，他立刻想到的是，难道小丹在外面闯什么祸了？

"你好，请问找谁？"罗宁试探着问。

"你好，你是罗宁吗？"警察问道。

"是的。"

"我是社区的警察，姓谭，有些事情想找你了解一下情况。"

"好的……请进吧。"罗宁侧身请他们进门。

谭警官和中年男人、男孩子一起进了门。罗宁招呼他们坐在沙发上，惴惴不安地问道："什么事呢，警官？"

谭警官指着那男孩，问道："这个孩子，你有印象吗？"

其实，看到这个男孩的第一眼，罗宁就有种十分熟稔的感觉。这孩子看起来非常眼熟，像他熟悉的某个人……现在经警官这么一问，他发现，**这孩子像的不是别人，正是自己。**

但这正是不安的理由，他尴尬地扭动了一下身体，望向警官说："你们是不是觉得……这孩子跟我长得有点像？"

谭警官说："看来，你也这么觉得。刚才我一看到你本人，就发现这一点了。"

"警官，这到底是怎么回事？"

谭警官问："你的老家，是在金坪镇，对吧？"

"没错。"

"事情是这样的，昨天下午，金坪镇的一位村民，就是现在在这里的这位先生，在金秋湖畔发现了一个全身赤裸的小男孩，似乎是在湖里游泳的孩子。但这孩子神情惘然，看上去有点不对劲。村民觉得奇怪，就把他带回家，找了一套衣服给他穿，并询问他家里的情况。他说他不知道母亲是谁，只知道父亲的名字。"

说到这里，谭警官停下来望着罗宁，那个男子亦然，他们似乎都在观察罗宁的反应。但罗宁一片茫然，困惑地问道："然后呢？"

谭警官接下来说的一句话，令他惊愕不已："这孩子说，**他的父亲叫罗宁，就是这个镇的人。**"

"什么？！"罗宁大惊失色，下巴几乎掉到了地上。

"看样子，你好像打算否认？"谭警官蹙起眉头。

"不是……我只有一个小孩，叫罗小丹，现在跟他妈妈去省体育馆学游泳去了，我没有别的儿子！"

"你确定吗？提醒一句，我们警察是不管私生子这种事情的，这只是道德问题，并不犯法。"

"我……真的没有什么私生子！如果有，我会承认的，我不会连自己的亲儿子都不认！"罗宁面红耳赤地辩解道。

"你别激动，先仔细想一下，十二三年前，你有没有跟某个女人在一起过？"谭警官引导他回忆。

罗宁竭力回忆，十二三年前……那时他二十八九岁，好像即将或者刚刚跟苏鸥确立恋爱关系。在此之前，他当然交过别的女朋友。但在他的印象中，他没有导致任何女友怀孕。

"警官，我不能确定。我在认识我老婆之前也交往过其他女朋友，但问题是，我只跟我老婆生过孩子。除非……某个怀了我孩子的女人，她没有告诉我。"

"这种情况是存在的，不瞒你说，我就经手过。"谭警官说，"一些女孩也不知道是怎么想的，似乎担心男友不想要小孩，她自己又不愿把孩子打掉，就悄悄生了下来。很多年之后，男人才知道自己还有一个私生子。"

"你是在暗示，我就是这种情况吗？"

"我只是说有可能。"

"呃……警官，还有这位先生，请容我插一句嘴。"从进门到现在一直没开腔的中年村民说道，"如果是这样，这孩子不会不知道母亲的名字，却知道父亲的名字。似乎应该恰好相反，才是合理的。"

"的确。"谭警官点头道，然后问男孩，"你真的不知道自己的母亲是谁吗？"

男孩茫然地摇着头。

"我昨天问了他，这孩子好像失忆了。为什么会出现在金秋湖边，以及为什么会一丝不挂，包括家庭情况等，他全都不记得了——除了一样，就是父亲的名字。"中年村民说。

等等，金秋湖边，全身赤裸的男孩，跟自己长得很像……罗宁骤然想到了什么。但是，不可能。他对自己说。这是不可能的事情。

"这孩子还跟你说了些什么？"罗宁问这位村民。

"他说，他爸爸的名字叫罗宁，是金坪镇人。但我就是金坪镇的人，没有听说过这个名字。于是，我向警察寻求帮助。金坪镇派出所的警察查看了本镇居民的资料，没有发现叫罗宁的人。但是一位叫罗自勇的已经过世的居民，有一个叫罗宁的儿子。警察多方打听之后，得知罗宁现在生活在省城，便帮我们联系了省城的警官。最后这位谭警官联系了我，说我们要找的罗宁，住在他所管辖的社区，于是我们才找上门来。"

罗宁点头道："罗自勇正是先父。而我在上大学之后，就把户口迁到了省城。"

谭警官说："这样看来，我们没有找错人，你就是这孩子的父亲。"

"警官，下这样的结论，未免太武断了吧……"

"当然，你也可以去医院做一个亲子鉴定。不过，你真应该对着镜子看看你俩的长相，要说你俩一点血缘关系都没有，恐怕你自己都不会相信。"

这一点，罗宁不得不承认，他陷入了沉默。片刻后，他说道："我之后会带这孩子去医院做一个亲子鉴定的。不过，我现在该做什么呢？"

"这需要征求一下孩子的意见。"谭警官问坐在他身边的男孩，"你觉得，他是你爸爸吗？"

男孩点了点头。

警官又问："那你想留在他身边吗？如果你不愿意的话，我们会帮你安排……"

没等警官说完，男孩就说道："我愿意。"这是他进屋后说的第一句话。

谭警官望向罗宁："孩子表示愿意，那你呢？"

罗宁望着跟他就像一个模子里刻出来的男孩，陷入了两难的境地。一个突然冒出来的"私生子"，他该怎么跟苏鸥解释？但这孩子若真是他的骨肉，他又怎么做得到将他拒之门外，或者让他住在儿童福利院？纠结许久后，他说道："警官，如果这真的是我的儿子，他当然应该住在我家，由我来照顾他。"

"那就好。"谭警官站了起来，中年村民也跟着起身。谭警官说道："孩子我就交给你了，你有空的时候，来社区派出所帮他办理一下户口吧。"

"好的。"罗宁起身送客。

把两位客人送到门口的时候，罗宁猛然想到了什么，脱口而出："今天是几号？"

"8月9日，怎么了？"

"8月9日……"罗宁的脑袋仿佛被什么东西猛击了一下，他望向那位中年村民，"你说，你是昨天下午在金秋湖边发现这孩子的？"

"是的。"

"当时是几点，你记得吗？"

中年村民想了想说："大概是三点半到四点之间吧。"

"我的天哪……"

谭警官发现罗宁神色有异，问道："怎么了，你想起什么了？"

罗宁不知该怎么解释，他甚至不敢把自己心中的想法说出来，因为这样只会让人觉得他精神不正常。他只有说："没什么，只是想起一些往事而已……"

谭警官盯着罗宁看了一阵说道："如果你想到了什么跟孩子母亲有关的信息，可以随时告诉我，我可以帮着找寻他的妈妈。"

"好的，谢谢你，警官。我想起后一定跟你说。"

谭警官点了点头，跟中年村民一起离开了。

罗宁关上门，回过头望着男孩。现在，家里只剩他们两个人了。

　　罗宁盯着孩子的脸看了许久，他终于想起来了——这孩子的确跟他长得很像。但他更像另一个人——三十多年前"神秘失踪"的哥哥罗平。

　　更诡异的是，他清楚地记得，哥哥是在 1988 年 8 月 8 日下午三点半左右被漩涡卷入金秋湖中的。

　　而这孩子，恰好在三十多年后的同一天，相近的时刻，出现在了事发地点。若说这两件事之间毫无关联，实在让人难以信服。

　　但是，这到底是怎么回事呢？

四

　　罗宁不想吓着孩子，但这事他必须弄清楚。他把男孩拉到沙发上坐下，用温和的口吻说道："孩子，我问你几个问题，你能如实回答我吗？"

　　男孩点了点头。

　　"你真的失忆了吗？"

　　"没有。"

　　罗宁愣住了："什么？"

　　"我说，我并没有失忆——你让我如实回答的。"

　　这个回答显然出乎罗宁的预料。"这么说，其实你知道自己的身世，也记得自己的父母是谁？"

　　"是的。"

　　"我不是你爸爸？"

　　"当然不是。"

"那你是谁？"

"你是问我的名字吗？"

"对。"

"罗平。"

房间里静默了几秒钟，罗宁仿佛能听到自己脉搏跳动的声音。片刻后，他身体开始颤抖，难以置信地摇着头说："不，这不可能是真的……"

"罗宁，你长大了，我刚才差点都没认出来。你现在完全是一个中年男人了。"

我本来就是中年男人。罗宁想这样说。但他的喉咙无法发出声音。

"听你刚才说，咱爸已经去世了？"罗平问。

"是的……"罗宁精神恍惚地回答。我在跟三十多年前的哥哥对话。谁来把我叫醒好吗？罗宁心想。

"爸怎么死的？"

"冠心病。他一直不重视体检，发病的时候，已经迟了。"

"那妈妈呢？"

"妈妈也在前年走了，因为乳腺癌。"

罗平露出悲伤的神情："是吗……爸妈都不在这个世界上了。看来，我找你是没错的，你是我在这个世界上唯一的亲人了。"

"等等……你，真的是罗平吗？"罗宁还是无法接受这个不可思议的事实。

"对，你要怎样才会相信这件事？"

罗宁想了想，问："你的生日是哪一天？"

"1975 年 4 月 13 日。妈生我的时候难产了，好在爸爸及时把她送进了医院，才保住了我们母子的命。"

没错，这事罗宁听母亲说起过不下十遍。所以母亲说，生他的时候，她再也不敢在家里生了。

但他还需要验证，便继续问："我六岁的时候，跟你上山去玩，结果发生了一件事，你还记得吗？"

"当然记得，我和你上山去玩，结果我踩到了一条蛇，那蛇咬了我的腿肚子一口。我俩当时吓坏了，都以为我会毒发身亡，你赶紧趴下，想把毒液吸出来。结果很久之后，我们才知道，那其实是一条无毒的菜花蛇。"

"对，这事我们没告诉爸妈，只有我俩知道。"罗宁浑身颤抖。

"是的，不过这个伤口，现在都还能看到。"罗平抬起右腿，向罗宁展示被蛇咬过的伤口——现在是两个不起眼的小点。但罗宁清楚地记得，就是这个位置。

"你……真的是罗平？"罗宁再也无法控制情绪，眼泪夺眶而出。

"是我，弟弟，好久不见。"罗平的眼睛也红了。

"你去哪儿了，哥哥？我看见你被漩涡卷到水里，再也没有浮起来……我们找了你好久……直到我们觉得你不可能还活在这个世界上了。"罗宁哽咽着说，"结果你居然出现了，在三十多年后……但你为什么一点都没变，还是十三岁的模样？这些年你经历了什么？"

"我不知道，罗宁。我只知道当我从水面浮起来的时候，身边的场景跟之前不一样了，湖边多出来好多漂亮的房子。我很惊讶，差点以为自己来到了另一个地方，但仔细一看，又发现这里的确是金秋湖。"

"对，金秋湖在十多年前就被开发成适合休闲度假的风景区了，你看到的那些房子，应该是修建在湖边的度假山庄。"

"不管怎么说，我游上了岸，发现你不见了，我们脱在岸边的衣服也不见了。直觉告诉我，这不再是原来的时代。我光溜溜地站在湖边，感到茫然无措。这时一个中年男人出现在我面前，问了我一些问题，然后把我带回家，找了一套衣服给我穿上。我从挂在他家墙上的挂历得知，现在是 2020 年，这才知道，已经过去三十二年了。"

"那你为什么跟他说，我是你爸爸呢？"

罗平苦笑道："那你觉得我该怎么跟他说呢？说我来自三十二年前，现在四十多岁的罗宁，其实是我的弟弟？你觉得他会相信吗？加上我一丝不挂，他应该只会觉得我是一个精神有问题的流浪儿吧。"

"是啊……"

"所以，我只能谎称你是我爸爸，希望借助他，包括借助警察，先找到你再说。"

"你找到我了，哥哥。我的天……你真的活着，太好了，真是太好了！"罗宁激动得难以自持，一把将哥哥拥入怀中，兄弟俩紧紧地抱在一起，泣不成声。

就在这时，家门推开了。学完游泳的罗小丹和妈妈返回家中。他们刚一进门，就看到了这感人的一幕。

母子俩都蒙了——丈夫（爸爸）为什么会抱着一个跟罗小丹差不多大的男孩，泪如雨下。他们怔怔地站在门口，瞠目结舌。

"这是……？"苏鸥为之愕然。

罗宁和罗平一起从沙发上站起来。罗宁擦干脸上的眼泪，有些尴尬地说道："你们……回来了？"

"这孩子是谁？"苏鸥问。

罗宁实在不知道该怎么解释——告诉妻子实话，她会相信吗？可是，他也想不到该编造怎样的谎言。一时之间，愣在原地说不出话来。

罗小丹感受到了家里古怪的气氛，问道："爸爸，你怎么哭了，他是谁呀？"

"呃……这是一个哥哥。"罗宁含糊其词地说，"小丹，你带哥哥去你的房间玩好吗？我跟妈妈有事情要说。"

"好啊。"罗小丹最喜欢跟同龄人一起玩了，况且这个哥哥跟他长得有几分相似，让他产生一种亲切感。他走到罗平面前，对他说，"咱们去玩游戏吧！"

罗宁对哥哥说："罗平，你先去我儿子的房间，跟他玩一会儿，可以吗？"

罗平点了点头，跟罗小丹——他的侄儿——一起走进了房间。从背影看，他们就像两兄弟，罗小丹似乎还要稍微高一点。

苏鸥走到罗宁面前，直视着他："这是怎么回事？你刚才叫他什么？"

"罗平。"

"罗平？"

"对，他的名字。"

苏鸥捂住嘴，缓缓摇着头："罗宁，我不敢相信，你居然……"

罗宁知道妻子误会了："不，不是你想的那样。我能解释，咱们进屋去说好吗？"

说着便拉着妻子的手走进了主卧，关上了房门。苏鸥望着他："说吧，这是你跟谁生的孩子？在跟我结婚之前，还是之后？"

罗宁烦躁地翻了下眼睛："我说了，不是你想的那样。这不是我的私生子！"

"罗宁，我不是傻子。这不是你的孩子？你们俩长得几乎一模一样！你该不会是想告诉我，这是你某个远房亲戚的孩子吧？我刚才已经看到那感人至深的认亲的一幕了！"

"没错，是认亲。他是我的至亲。但我们的关系不是父子，而是……"

"而是什么？"

"他是我的哥哥，是我失散了三十二年的哥哥。"罗宁无奈，只有说出实话。

苏鸥凝视着丈夫的眼睛，足足半分钟。然后，她捂着脸，颓然坐在床上，长叹了一口气。

"我知道这很难令人相信，但确实是事实。"罗宁说。

"罗宁，咱们去医院好吗？"

"去医院干吗？"

"我不知道你出了什么问题，但是你的脑子似乎不太清醒。"

这次，换罗宁捂着脸叹息了："好吧，我不知道该怎么让你相信这件事了，换成我可能也不会相信。"

"所以，说实话就这么难吗？"

"也许，让人相信实话更难。"

"罗宁……"

"等等！"罗宁突然想起了什么，"我知道怎么证明这是我哥哥了！"

他冲出卧室，来到书房，从抽屉里找出一本陈旧的老相册。这本相册珍藏着他对哥哥的记忆，他从来没有给苏鸥看过，但现在是时候了。罗宁把相册拿回卧室，翻开之后，指着一张自己和哥哥的合影说："你看，这个是我，这是我哥哥罗平——是不是跟刚才那个男孩长得一模一样？"

苏鸥仔细地看着这张照片，说道："是很像，但这也证明不了他就是你哥哥。罗宁，需要我提醒你吗？你四十多岁了，你哥哥不可能跟小丹一样大。除非……他得了电视里报道过的那种长不大的病？"

"不，不是这样的。呃……我不知道该怎么跟你说。这就是我失踪了三十二年的哥哥，而他不知道为什么，保持了三十二年前的样子。"

"我之前怎么从来没听你——包括你爸妈说过，你还有个哥哥？"

"因为我哥哥在他十三岁那年的夏天，被一个漩涡卷进了金秋湖的湖底，然后就再也没有出现过。我们都以为他已经死了，便约好不再提起他，以免揭开心里的伤疤。这件事，我从来没有跟你说过，因为太诡异了，我不认为你会相信。但事实是，这确实是我的亲身经历，而这就是我之后再也不敢靠近水边的原因！"

"到底是怎么回事，告诉我吧。"

"好吧。"罗宁深吸一口气，开始讲述。这件事，他三十多年来第一次讲给别人听。但当初的经历至今仍历历在目，令他难以忘怀。他详细地讲述着当时的每一个细节，包括父母和村民们一起寻找哥哥，以及一个多小时前，警官和中年村民把罗平送到他家来的过程，他把这些全都告诉了苏鸥。

半个小时后，他说："事情的经过就是这样。"

苏鸥沉默了一刻，说："抱歉，我接受的教育和认知，让我没法相信这样的事情。"

"那我明确告诉你吧。"罗宁气恼地说，"如果罗平真的是我的私生子，我会大大方方地承认，因为这毕竟是跟你结婚之前的事了，谈不上有什么对不起你。而且我会公开告诉所有人，他是我的儿子，我会给他最好的生活，而不是编造一个连我自己都不会相信的拙劣谎言来蒙蔽你！"

苏鸥望着义正词严的丈夫，他坚定的表情让人无法置疑。终于，她选择了相信："天哪，世界上真有这么离奇的事情？"

"我也不敢相信。但这的确发生了。"罗宁说。

"那么，我们现在该怎么办？"

"这就是我要跟你讨论的问题。你知道，我爸妈都过世了。所以，我是我哥哥在这世界上唯一的亲人。他必须住在我们家。"

"可我们家只有三室。书房摆了书柜和书桌之后，已经放不下一张床了。"

"让他跟小丹住一间屋可以吗？我可以把小丹的儿童床换成一张上下床。"

"这得问问小丹的意见。另外，你打算怎么跟小丹说这件事。"

"这也是一个重要的问题。苏鸥，你知道这件事情有多么不可思议。我连说服你，都费尽唇舌，所以我没指望其他人会相信这件事。所以这事的真相，咱俩知道就行了，对外——包括对小丹，我们都要隐瞒罗平的真实身份。"

"怎么隐瞒？"

罗宁思考了片刻说道："就说，这是我哥哥的儿子，也就是我的侄子，寄宿到咱们家，是为了到城里来读初中，可以吗？"

"你准备送他去读书？"

"当然了，不然他在家待着干吗？"

苏鸥想了想，勉为其难地说："只能如此了。"

"我现在就找他谈谈。"

夫妻俩走出卧室，来到儿子的房间。他们看到，罗小丹正在教"哥哥"玩一款平板电脑上的游戏。罗平显然从来没见过平板电脑（实际上，他连台式电脑都没见过），对这种可以直接用手在屏幕上点来点去的新式电子产品十分感兴趣。

"这东西真好玩。"罗平头也不抬地说。

罗小丹走到爸妈身边，小声说："这哥哥肯定是从农村来的，连平板电脑都没见过。他刚才还问我空调是什么，为什么会吹出冷风。"

夫妻俩对视了一眼，苏鸥问罗小丹："你喜欢跟哥哥一起玩吗？"

"喜欢呀！"罗小丹毫不犹豫地说。

"这是你的堂哥，叫罗平。从今天起，他就住在咱们家，跟你睡一间屋，好吗？"罗宁问儿子。

"真的？太好了！"作为独生子的罗小丹做梦都想要一个跟他年纪相仿的伙伴，

他高兴得跳了起来。罗平放下平板电脑，望着罗宁，立即会意了。

"罗平，你到我们房间来一下，可以吗？"罗宁对哥哥说。

"好的。"

罗平跟着弟弟和弟媳来到主卧。罗宁关上门，说道："哥哥，跟你介绍一下，这是我老婆，叫苏鸥。"

罗平冲弟媳点了点头，苏鸥也说了声"你好"，表情有些僵硬。

"我们刚才商量了一下，由于你的经历太过离奇，估计很多人都不会相信事情的真相。所以，我们打算隐瞒你的真实身份。对小丹，包括对外，都宣称你是我的侄子，可以吗？"

"可以。"罗平说。

"那就意味着，在其他人面前，你只能叫我'叔叔'，叫苏鸥'婶婶'，真是委屈你了。"

"没关系，我能理解。如果我当着所有人的面叫你弟弟，反而会让人困扰。"

"嗯。然后，我近期会帮你上户口，再帮你联系一所初中。哥哥，如果没发生那件事，这个暑假过后，你就该读初中了。"

"是啊。不过，我消失了三十多年。这期间，世界肯定发生了天翻地覆的变化。我当初学的知识，还能跟现在的初中衔接上吗？"

"这个问题不大。知识体系并没有发生太大的改变，只是这三十多年来涌现出了太多新事物，这些需要你去了解和适应。正好暑假还有二十多天，可以用来做这件事。"

"好的。"

"我们现在就出去吧，吃一顿豪华大餐，庆祝咱们兄弟重逢。"罗宁微笑着说，"哥哥，你真该好好看一下这个世界的变化。"

五

　　罗宁开车，载着家人来到市内十分高端、豪华的一家商场，这里有全市口碑最佳的自助餐厅，人均四百多元。初次来到高档商场的罗平目不暇接：自己移动的楼梯、载着人上升下降的玻璃小房子、金碧辉煌的穹顶、模拟海洋的室内水上乐园……所有一切都令他感到新奇无比、叹为观止。

　　罗宁不断跟哥哥介绍着这些新事物，而所有事物中，最令罗平感慨的，就是空调。他说："现在的室外温度，跟三十二年前的夏天一样，但这么大的室内居然凉爽无比，真是太神奇了。"

　　"对，空调是人类最伟大的发明之一。"罗宁说。

　　"如果三十多年前有这东西，咱们就不用跑到金秋湖去洗澡了，也不会发生后来的事……"

　　"三十多年前？"罗小丹纳闷地望着"堂哥"。

　　"不，我说错了，是三年前，哈哈。"罗平赶紧改口。

　　"咱们去顶层吃自助餐吧，"罗宁岔开话题，"刚才我打电话预订了，这家自助餐厅很不错。"

　　一家人乘坐观光电梯来到商场六楼，走进一家装修高档的自助餐厅，展现在罗平眼前的，是琳琅满目的各式美食。这些造型精美、让人垂涎欲滴的美味佳肴，他连见都没见过。在此之前，他吃过最美味的食物，是自家的烤香肠和烤玉米。

　　罗宁选了一个可以俯瞰城市风光的靠窗的位置坐下，用手机支付了四个人的餐费，对哥哥说："这些美食，你想吃什么，尽管拿就是。"

"随便拿？不用付钱吗？"罗平问。

"我已经付过钱了。这叫自助餐，只要付了餐费，就可以敞开肚皮吃——只要不浪费就行。"

罗平点头表示明白了，他看了一下这些食物，说："好多东西我都没吃过，都不知道该拿什么。"

"我带你去拿吧，罗平哥哥。"罗小丹以前在这家餐厅吃过几次，经验十足。"这家的烤羊排和龙虾刺身是最好吃的！"

"好啊。"于是，两个孩子——实际上是伯侄俩——朝选餐区走去。

苏鸥望着他俩的背影，对罗宁说："现在我完全相信，他就是你哥哥了。"

"为什么？"

"他不可能是装的。一个十三岁的孩子，不可能有这么浑然天成的演技。"

"是啊。"

几分钟后，两个孩子分别端着两大盘食物回来了。他们拿了龙虾刺身、烤生蚝、白灼虾、炸鸡翅、烤羊排等美食回来。罗宁和苏鸥则去拿了果汁和现调鸡尾酒回来。罗宁端起杯子，说道："欢迎罗平加入我们的家庭，咱们干一杯吧！"

大家碰杯之后，各饮一大口。罗平看到苏鸥手上颜色鲜艳的鸡尾酒问："这是什么饮料？"

"鸡尾酒。"

"我能喝点吗？"

"呃……小朋友还是喝果汁吧。"罗宁望着哥哥，又瞄了一眼儿子。

罗平会意："好吧。"

一家人开始品尝美食，看得出来，罗平从未吃过这么好吃的东西。他大快朵颐，赞不绝口。罗宁和苏鸥露出微笑。

进餐快结束的时候，苏鸥对两个孩子说："那边有果冻、布丁、蛋糕和冰激凌，可以当餐后甜点，你们自己去选吧。"

"走吧，"罗小丹拉起罗平的手，"这家的冰激凌可好吃了！"

两个人朝甜点区跑去。不一会儿，罗小丹端着一大杯冰激凌先回来了，罗宁问："堂哥呢？"

"他说不喜欢吃冰激凌，选别的食物去了。"罗小丹说。

"咱们桌上的东西还没吃完呢，再拿的话，会浪费的。"苏鸥说。

"没关系，我哥……不是，我是说，他堂哥很少吃自助餐，你就让他吃个痛快吧。"罗宁说。

但是等了一会儿，罗平还没有回来。苏鸥沉不住气了，起身道："我去看看。"

她沿着选餐区寻找罗平，许久之后，在酒水区发现了他的身影。苏鸥看到，罗平拿起一杯现调的鸡尾酒，一饮而尽，露出满意的表情。接着，他又端起一杯不同口味的酒，再次一口干了。

苏鸥很吃惊。她知道，这种现调鸡尾酒的度数虽然不高，但因为是混合酒精饮品，比一般的酒更容易上头。看罗平这样子，完全把鸡尾酒当作饮料来喝了。这种喝法，就算是成年人都会喝醉，更别说一个十三岁的孩子——况且在她看到之前，他不知道已经喝了多少杯了。

苏鸥赶紧走过去，说道："罗平，你怎么在这儿喝酒？未成年人是不能喝酒的。"

罗平两颊绯红，已经有些微醺了。他眼神迷离地说："没关系，弟媳，我不是小孩子了。"

苏鸥不想在大庭广众之下跟他争论这个问题，说道："你好像已经有点喝醉了。"

"没有啊，这酒很好喝，反正又不要钱，干吗不多喝点？"

"这不是要不要钱的问题……"苏鸥望了下周围，"别让我难堪，好吗？"

罗平想了想，放下空酒杯，跟苏鸥一起回到了餐桌旁。罗宁一看他的样子，就知道他喝酒了，吃惊地说："罗平，你……喝酒去了？"

"对，就是你们刚才喝的那种鸡尾酒，很好喝。"

"你喝了多少杯？"

"不知道。"

"……不知道？"

"就是不计其数的意思。"苏鸥说。

这时，罗小丹说："哇，堂哥还会喝酒，太酷了。我也想喝！"

"不行！"罗宁和苏鸥异口同声。

"那我再去拿杯冰激凌，总可以吧？"罗小丹嘟着嘴说。

"去吧。"

罗小丹离开后，罗宁小声对罗平说："哥，你怎么能背着我们喝酒呢？"

"有什么关系？"

"你才十三岁，未成年人是不能喝酒的。"

"其实你知道，我不止十三岁，对吧？"

"但你的身心，其实就是一个十三岁的孩子呀。"

"不，并不是这样……"

罗宁微微一怔，跟苏鸥对视了一眼，问道："什么意思？"

罗平摇晃一下，眼睛倏然睁大了一些，仿佛意识到自己失言了，改口道："我是说，我的情况有点特殊，不是吗？"

这时，罗小丹端着冰激凌回来了。他们没有继续讨论这个话题。罗宁给哥哥端来一杯鲜榨果汁，让他喝了醒酒。罗平休息了半个多小时，酒劲稍减，罗宁扶着他出了餐厅，乘坐电梯来到地下停车场，开车离开。

本来，他们计划吃完饭后去宜家买上下床，但罗平喝成这样，上车就睡了，罗宁只好开车回家。停好车后，他把人事不省的罗平背回了家，让他暂时睡在罗小丹的床上。罗平呼呼大睡，完全烂醉如泥。

罗宁让儿子先在客厅玩，别打扰堂哥休息。然后，他们夫妻俩进入卧室，把门关上密谈。

"罗宁，你哥哥以前就喜欢喝酒吗？"

"不，他没有喝过酒。起码我从来没见他喝过。另外，我爸也不喜欢喝酒，所以家里除了逢年过节，很少出现酒这种东西。"

"那他为什么到我们家的第一天，就喝得酩酊大醉？这像是一个十三岁的孩子的行为吗？你不知道，我刚发现他喝酒的时候，他的眼神就像一个老酒鬼。"

"你夸张了吧？"

"绝对没有。罗宁，我现在很担心，他跟我们的儿子住在一起，朝夕相处，会对小丹产生不好的影响。你之前听到了，小丹说他也想喝酒。"

"小丹以前也说过。孩子嘛，只是对酒感到好奇而已。也许我哥哥也是。"

"他不是好奇，是酗酒。小孩子不会这么迷恋酒精，他们喜欢的通常都是汽水和奶茶。"

"正因为是小孩子，做事才没分寸呀。"

"你注意他喝醉后无意中说的那句话了吗？他暗示他的身心并不是一个十三岁的孩子——你觉得这是什么意思？"

"我不知道，也许只是喝醉后随便说的一句话而已，你干吗这么在意？"

"因为你觉得他是喝醉胡说，我却觉得更像是酒后吐真言。你观察他当时的表情了吗？分明就有种认为自己说漏了嘴的感觉。"

罗宁沉默片刻，说道："其实……我当时也有这样的感觉。"

"你总算还是客观的。"

"但是，他说这话到底是什么意思呢？"

"这就只有他本人才知道了。但有一件事，不太合逻辑。"

"是什么？"

苏鸥盯着罗宁的眼睛，压低声音说道："照他所说，他是昨天下午才出现在金秋湖畔的。那么到现在为止，才仅仅过去二十四个小时而已。你觉得，他对自己的身体和心智，会有这么了解吗？"

罗宁没有说话，陷入了思考。苏鸥继续道：

"一般人遇到这么诡异的事情，估计在很长一段时间内，都会陷入一种茫然无措，甚至恐惧不安的状况，就像在地震和海啸中活下来的人，往往都有创伤后应激障碍，需要接受心理医生的辅导。

"但是反观你哥哥，他被巨大的漩涡卷入水底，浮起来的时候，世间已经沧海桑田。他失去了双亲，只剩下一个比他大将近三十岁的弟弟，而他仍然保持着十三岁时的模样——在这么多难以理解的事实面前，他却十分平静，根本没有表现出太多疑问，也似乎并不想把这一切搞清楚，反而对鸡尾酒产生了浓厚的兴趣，一杯接一杯地品尝不同口味的酒，直到把自己灌醉——你觉得这样的行为模式，合理吗？"

"确实……挺不合理的。那么，你觉得这是怎么回事呢？"

"我不可能知道，但我有种直觉——你哥哥，也许对我们有所隐瞒。"

"什么意思？"

苏鸥想了想说："你觉得，**他会不会其实很清楚，在他身上发生了什么，只是没有跟我们说实话？**"

罗宁蹙起眉头说："这不太可能吧。"

"好吧，我承认，这只是我的猜测。但问题是，他住在我们家，特别是跟我们的儿子住在一起，会不会带来什么危险？"

"你为什么会这么想？不管怎么说，他毕竟是我的哥哥，总不会害我或者害我的家人吧？"

"这就是问题所在，**你确定，他真的是你的哥哥吗？**"

"我确定。因为他回答出了我提出的所有隐私问题。这些事情其他人不可能知道。"

"你没明白我的意思。我是说——他真的是你原来的那个、你所了解的哥哥吗？"苏鸥加重语气说道，"你刚才已经提到了，你哥哥原本是不喝酒的，但现在的他，却似乎嗜酒如命。"

"只是这一次，不能证明他嗜酒如命吧？"

"希望只是偶然。可是，抛开是否危险这一点暂且不说，我真的很担心他会对小丹造成不良影响。你有没有想过，如果他做了出格的事，我们都没法教育他。因为你是他的弟弟，而我是他的弟媳，怎么可能像父母一样管教他？"

"那你觉得我该怎么办？"罗宁望着苏鸥，"现在去告诉他，请他离开我们家，到外面去自谋生路，就因为他多喝了两杯鸡尾酒？"

苏鸥烦躁地叹了一口气。她知道，这种事他们不可能做得出来。

"他毕竟才来一天，咱们再多观察一下吧。人与人之间，不都有一个磨合的过程吗？也许事情没有你想象得那么糟糕。"罗宁说。

苏鸥无奈地点了点头，但她说："知道吗，我反而觉得，**事情会比我想象得更糟糕。**"

六

接下来的几天，罗宁办了很多件事：为罗平上户口；把儿子房间的床换成上下床；教罗平使用电脑和别的家用电器；为罗平恶补各种现代知识和常识；帮他买了几套新衣服……这几天，罗平表现得比较正常，也没有再沾酒了。重点是，他跟罗小丹相处得很好。这让夫妻俩——特别是苏鸥——感到安心了许多。

现在摆在他们面前的难题是：是否应该让罗平和罗小丹读同一所初中。

在罗平出现之前，苏鸥早就为儿子联系好了下学期即将要读的初中——本市最好的私立学校之一。一年的学费是十万元左右。现在，家里突然增加了一个孩子，如果让罗平也读同一所学校，则意味着学费方面的开支会加倍。苏鸥是本市一所商业银行的信贷部主任，她和罗宁的年薪都不低，但各项生活开销加起来也不是小数目。所以这个问题，是他们必须要探讨的。

"如果让小丹去上最好的私立学校，罗平读普通的初中，你觉得我哥哥会怎么想？"罗宁说。

"你可以说，小丹的学校是我们早就联系好了的，现在已经停止招生了。"

"好吧，那这所学校读不成，其他的私立学校，总不会都如此吧？如果我们不偏心的话，应该联系一所同等条件的私立学校才是，那学费也便宜不到哪儿去。"

"你哥哥不能读公立学校吗？"

"公立学校是划片招生，我们家又不是什么名校旁边的学区房，附近的那所中学我打听过了，真心不怎么样。"

苏鸥叹了口气，用手撑着脑袋，显得很头疼。

罗宁说："其实以我们的经济条件，多付一个孩子的学费也不是太大的问题。你之前买的那些信托基金和理财产品，不是收益都不错吗？咱们稍微节省一点，是能够负担的。依我看，还是一碗水端平吧，免得咱们产生愧疚感。另外，小丹跟我提过好多次了，说想跟堂哥读同一所学校。我觉得他们在一起，可以互相照顾，咱们接送也方便些，不用分两批，你觉得呢？"

苏鸥承认罗宁说得有道理，她点了点头，表示同意。

于是，罗宁联系了那所私立学校，学校让罗平去面试，之后通知"家长"说没问题。于是罗平帮哥哥报名、缴费。8月底的时候，学校发布了分班通知，罗宁看到，儿子和哥哥分在了同一个班——显然学校考虑到了他们是"堂兄弟"的缘故。能够跟堂哥在同一个班上课，罗小丹很开心。

正式入学之前要进行为期一周的军训。军训是全封闭式的，地点在郊县，在此期间，家长一律不准探望孩子，孩子们吃住也全在营地。罗宁和苏鸥为两个孩子准备好了军训需要的一切物品，送他们来到学校，之后，由学校负责把新生集体送到军事训练基地。

在烈日暴晒下站队、走步、操练，显然是无比艰苦的。现在的孩子多数都是温室中长大的花朵，哪里体会过这般辛苦？第一天下来，个个叫苦不迭，累得腰酸腿痛，恨不得立刻躺在床上休息。但教官规定，不准不洗澡就睡觉。于是疲惫不堪的孩子们，还得端着洗漱用具来到公共浴室。

罗小丹和罗平住在同一个宿舍，除了他们俩，这间宿舍还有另外六个孩子，都是他们班的男生。其中一个叫肖炜的，不知道是读书迟，还是小学时留过级，比班上其他同学要大一岁，发育得也早，才初一身高就有一米七五，长得虎背熊腰，比班主任都要高半头。其他男生在他面前（特别是那些发育得迟的），更是像小人国的居民。

肖炜仗着自己人高马大，在其他男生面前就有些作威作福。孩子们不敢反抗，只有忍气吞声。

罗小丹自然也不敢招惹肖炜，在宿舍里谨小慎微地跟他相处，尽量避之则吉。但洗澡时大家都在一起，本来每人站在各自的淋浴花洒下，自己洗自己的。不料洗到中途，肖炜突然莽声莽气地喊道："喂，你过来，帮我搓背。"

大家望了过去，见他在跟身边一个瘦弱的男生说话。这男生显然有些不情愿，说："你干吗不自己洗？"

"老子累了一天，手都抬不起来了，你啰唆什么？过不过来？！"

参加军训的又不是他一个人，谁不是累得手脚无力？但这男生迫于对方的淫威，极不情愿地走了过去，帮他打上肥皂，然后搓背。肖炜似乎格外享受这份使唤人的快感，他双手叉腰，哈哈笑道："舒服，真舒服！"

瘦弱男生帮肖炜搓完背后，说道"好了"，正要走开，肖炜说："等一下，帮我把脚也洗了，我懒得弯腰。"

搓背也就算了，居然让人家帮他洗脚，这已经不是偷懒，而是侮辱了。周围的同学有些看不过去，可是又都敢怒不敢言。那瘦弱男生估计从未遭受过如此屈辱，咬着嘴唇，眼泪都快要掉落下来了。但肖炜转过身哼了一声，捏起拳头威胁，男生只好屈从。

罗小丹之前从未目睹过如此霸道蛮横之事，不禁看呆了。这时，罗平走到他身边，问道："洗好了吗？"

罗小丹"嗯"了一声。罗平说："走吧，别管闲事。"

两人遂穿好衣服，离开浴室。同宿舍的另一个男生恰好也洗完了，跟他们一齐返回宿舍。路上，那男生说道："肖炜真是越来越过分了，小学时就是这样，喜欢欺负同学。"

罗小丹问："你跟他是小学同学？"

男生点头说："同一个年级，不是同班。不过他在我们学校可是出了名的校霸。老师都拿他没办法。"

"怎么会老师都拿他没辙？"

"他小学时就长得人高马大，脾气又暴躁，动不动就打人。不过这都不是重点，重点是，他爸是周边县城一个矿上的老板，据说是当地首富。肖炜是他第四任老婆生的儿子，他爸老来得子，对这儿子就无比娇惯纵容。每次肖炜在学校或者外面惹了事，他老爸就花钱或者找关系帮他摆平。所以肖炜更加嚣张跋扈，成了学校一霸。"

"啊……我居然跟这样的人一个班。"罗小丹顿时觉得前途暗淡，"以后要跟他在一起共处三年，这日子能过下去吗？"

"是啊，早知道他也读这所学校，我就不读这里了。其实按理说，他这种人，学校根本不可能收的。天知道他爸给校方塞了多少钱，才让他入了学，结果把我们坑苦了。"

"那怎么办？"罗小丹问。

"能有什么办法？要么忍三年，要么让家长帮你转学呗。反正我已经想好了，如果他欺负到我头上，我一定会转学。"

刚刚入学——甚至都没有正式上学，居然就需要考虑转学的事，罗小丹心情无比沮丧，对初中生活的美好憧憬，在这一刻烟消云散。

接下来几天的军训同样艰苦，但孩子们逐渐适应了，不再像第一天那样叫苦连天。但肖炜这个小霸王的威胁，却始终萦绕在同班同学（特别是男生）心间。短短几天时间，他居然就拉帮结派，发展了几个"手下"，在学生中的势力与日俱增，因此愈发飞扬跋扈了。只要老师或教官不在，几乎所有同学都成为他使唤的对象。每天洗澡的时候，他都要指名让一个同学帮他搓背，有时甚至让同学帮他按摩。班上男生对他恨之入骨，却又无可奈何。

幸运的是，罗小丹和罗平，恰好没有被叫过"搓背"。他们每次都躲得远远的，或者错开洗澡时间，尽量回避。眼看军训还有两天就结束了，罗小丹在心里期盼，顺利地度过这两天，至少不会再跟这恶霸一起洗澡，以及住在同一个宿舍了。

然而，这天晚上，厄运还是降临在了罗小丹头上。

宿舍里本来是有空调的，但那天晚上不知怎么回事，军训基地居然停电了。半夜的时候，整个宿舍的人都被热醒了，孩子们汗流浃背，怨声载道。那天晚上又特别闷热，没有空调和电扇根本无法入眠。男孩们辗转反侧，这时，突然响起一声大吼："再不来电，我要被热死了！"

不用说，发飙的人自然是肖炜。接着，他不断地骂骂咧咧，让本来就烦闷的夜显得更加焦躁。终于，他忍不住了，站起来拧开一瓶矿泉水，从头顶浇下，然后拿起桌上的一个作业本，猛烈地扇风。扇了一阵之后，他望向对面床上的罗小丹，对他说："喂，你起来，帮我扇风！"

惨了。罗小丹心中暗叫不妙。他不敢接茬，只有假装睡着，但是被肖炜识破了。肖炜走了过去，粗鲁地推了他一下，吼道："叫你呢！装什么呀，我知道你没睡着！"

罗小丹只有说："大家都很热，忍耐一下吧。"

"我忍不住。再热下去，我就要揍人了，你想试试吗？"

罗小丹知道这家伙做得出来。他百般无奈地起床，搬了把椅子坐在床边，像奴仆一样为躺在床上的肖炜打扇。肖炜故意大声说道："嗯，这下舒服多了。"

打扇的同时，罗小丹侧脸望向了睡在自己上铺的堂哥。虽然是夜里，但窗外洒进来的月光让屋里不至于一片漆黑。他清楚地看到，堂哥从上方望着遭受屈辱的自己。但是很明显，他跟同宿舍的其他男生一样，也是敢怒不敢言。罗小丹知道，没人帮得了自己。他委屈得想哭，但是又不愿在这恶霸面前流泪，这样更会遭到耻笑，只有在心里盘算怎样转学。

罗小丹扇扇子的力道变小了——这是很明显的事——累了一天，加上现在是深更半夜，他又热又倦。风变小后，肖炜从床上坐起来，照着罗小丹脑门就是一巴掌："你也停电了？要不要我'修理'一下呀？！"

罗小丹只好又使劲扇起来，噙着眼泪，羞愤无比。**就在这时，奇怪的事情发生了。**

刚要躺下的肖炜，眼睛倏然瞪大，惊叫了一声，说道："爸，你……怎么是你在给我扇扇子？"

罗小丹呆住了，宿舍里的其他同学也全都望了过来。他们刚才清楚地听到肖炜管罗小丹叫"爸"，感到十分诧异。罗小丹更是一头雾水，怔怔地望着肖炜，不知道这人发什么神经。

"爸，这里突然停电，热死了。你把我接回家吧，我不想再军训了，累死我了……"肖炜居然对着罗小丹倒起了苦水。看样子，他真的把罗小丹当成了他爸。宿舍里的同学爆发出一阵大笑。这么多天来，他们只见肖炜欺负别人，现在见他当众出丑，都有一种泄愤的快感。

但罗小丹笑不出来，他不知道自己怎么会变成了肖炜的"爸"。这不可能是肖炜睡迷糊了，因为他在发神经之前还给了自己一巴掌，督促他扇快点。可见那个时候，自己在他眼中都还是罗小丹，怎么可能两三秒后就变成他爸？难不成……这人精神有问题？

罗小丹越想越怕，担心肖炜发起疯来，突然打人。他从椅子上站起来，打算出去把这一突发情况告诉教官或老师。但肖炜还在魔怔中，说道："爸，你去哪儿呀？"

这时同学们也不觉得好笑了。看来他们产生了跟罗小丹一样的担忧——要是宿舍里出了个神经病，还是个身强力壮的神经病，对每个人都是威胁。有同学说："罗小丹，你出去报告教官吧！"

罗小丹正有此意，他不顾一切地拉开门，朝外面跑去。肖炜跟着追了出去，嘴里喊道："爸，你跑什么？你咋不跟我说话？"

这时，整个宿舍里的男孩们都睡不着了，全部下床，守在门口看热闹。除了一个人——罗平。他躺在自己的床上没动，闭着眼睛，好像对此事不甚关心。

不一会儿，打着电筒的教官来到他们宿舍，肖炜是被他强行拽回来的，而罗小丹则战战兢兢地跟在他们身后。教官来到他们宿舍，生气地说："你们这个宿舍的人在搞什么鬼？！大半夜的往外跑，还管同学叫爸！再搞这种恶作剧，我就通知你们老师，扣操行分！"

其他同学赶紧说："教官，这可不关我们的事，是肖炜他自己要管罗小丹叫爸的！"

肖炜瞪着一双眼睛说："你们……眼瞎呀？这明明是我爸，怎么成罗小丹了？"

同学们哭笑不得，教官看起来怒不可遏，喝道："肖炜，你再胡闹下去，我就通知你家长了！"

"我家长不就在这儿吗？爸，你倒是说句话呀！"肖炜冲罗小丹喊道。

同学们全都忍不住了，捧腹大笑起来。罗小丹一脸窘迫，不知如何是好。

教官观察肖炜的表情，发现他不像是在闹着玩。片刻后，他想到了另一种可能性，摸了下肖炜的额头，说道："你不会是热伤风，烧糊涂了吧？"

可是摸了肖炜的额头之后，又发现他体温是正常的。教官也没辙了，显然这种事情他也是第一次遇到，对肖炜说："把衣服穿好，我带你去医务室。"

"去医务室干吗？我又没生病！"

教官是个一米八几的大汉，不由分说，强行让肖炜穿好衣服，把他拖走了。不多时，电力恢复了，空调重新启动，宿舍很快就凉爽起来。折腾许久的孩子们早就没了精力，纷纷入睡。

但是，罗小丹却睡不着了。今晚发生的事，实在是匪夷所思。他无论如何都想不出，自己和肖炜他爸哪来的相似之处？如果肖炜是闹着玩的，可哪有这种作践自己的玩法？莫非他真的有什么精神疾病？可是这么多天也没看出来。

罗小丹百思不得其解，最后困倦袭来，他才迷迷糊糊地睡去了。

七

第二天早晨，孩子们在起床号中醒来。因为昨天晚上发生的这档事，罗小丹根本没睡好，不过也强撑着起床，跟着同学们一起来到公共卫生间洗脸漱口。之后，同学们陆续走向食堂吃早饭。罗小丹也打算同往。这时，罗平拉住了他的胳膊，说道："小丹，我跟你说几句话。"

"嗯？"

"昨天晚上肖炜叫你'爸'的事，不出意外的话，很快就会传开。"

"是啊……那怎么办？肖炜总会清醒过来的吧？他回过神来之后，一定会觉得这是奇耻大辱，不知道会怎么整我呢。"罗小丹不安地说。

"别担心，他一时半会儿清醒不过来。"

罗小丹为之一怔："你怎么知道？"

"别问为什么，你只要照我说的去做就行了。"

罗小丹惊愕不已，望着堂哥："难道……他会这样，跟你有关系？"

"我才说了，不要问为什么。你再耽搁时间，我就没法教你怎么做了。"罗平说。

"那……我应该怎么做？"

"听着，从此以后的很长一段时间，在肖炜眼中，你都不是你，而是他爸的样子。所以，他还会管你叫爸。但是，你不能再像昨晚一样，总是一副茫然无措的样子了，不然迟早会露馅。所以你要做的是把这场戏演下去，假装你是他爸。"

"什么？这我怎么办得到？"

"你必须办到。否则，他如果发现你是冒牌货，会整死你的。而你如果能做到一直让他管你叫爸，那么你在全班，乃至全校的学生中，都会树立起威信。简单地说，你就是这个学校的头号人物。"

罗小丹呆住了，他压根儿没想过要当什么头号人物。但他更不想被肖炜报复。他意识到自己没有选择，但他很怀疑自己能不能做到这一点，说："我总不可能让他以为，我真是他爸吧？他爸怎么会出现在学校里，跟学生一起军训？而且，他总会见到自己亲爹的。"

"你不用让他相信你是他爸，只需要逢场作戏，把他搞得头昏脑涨就行了。剩下的事，交给我来办。"

罗小丹惊呆了："罗平哥哥，你……是什么人呀？"

罗平竖起食指放在嘴边，摇了摇头，示意他不要问。然后，他说道："记住，我跟你说的事情，绝对不能告诉任何人。如果老师问你这是怎么回事，你就假装不知情，说是肖炜非要管你叫爸的。这样一来，所有人都会以为他精神有问题，跟你没有丝毫关系。"

"好吧……我明白了。"

"走，去食堂吃饭了。"

两人来到食堂，选了张桌子坐下，开始吃早饭。刚吃一会儿，肖炜出现了——不知道他昨晚被教官带走后，是在哪儿度过的，也许是医务室。他走到罗小丹这一桌前，疑惑地望着罗小丹，问道："你……到底是不是我爸？"

同桌的几个同学差点喷饭了，肖炜恼羞成怒，骂道："笑个屁，找打是不是？"

同学们不敢开腔了，埋头吃饭。罗小丹经罗平提醒，知道自己在肖炜眼中，又是他爸的样子了，他壮着胆子对肖炜说："你耍什么横？坐下吃饭！"

肖炜迟疑一下，果然乖乖地坐下来啃起了馒头。目睹这一幕的同学全都惊呆了，不知道罗小丹到底施了什么法，把肖炜这个恶霸治得服服帖帖。

很快——果然如罗平预料的那样——这件怪事在一天之内传遍了全班，乃至整个营地。有罗小丹在，肖炜不敢造次，明显收敛了许多。同学们议论纷纷，惊奇不已。

晚上洗澡的时候，憋屈了一天的肖炜又想找人欺负和发泄，他点名让一个男生帮自己搓背和按摩，这男生刚要屈从，罗小丹走进了浴室。经过一夜一天，他似乎适应了"肖炜他爸"这个角色，对拿捏肖炜已颇有心得，故意装出一副严肃的样子，说道："浑小子，你自己洗，不准再让任何同学帮你搓背！"

肖炜一听，果然偃旗息鼓了，自己用毛巾搓起背来。浴室的男生们朝罗小丹投来惊诧的目光，罗小丹暗自得意。

又过了一天，为期一周的军训结束了。同学们回到学校，由家长接回家中，休息两天之后，便会开始正式上课。一周没见到儿子的罗宁夫妇，安排了一顿丰富的晚餐，并询问儿子和罗平军训的体验。罗小丹讲得眉飞色舞，似乎对这次军训颇为满意——当然，他没有讲述发生在肖炜身上的怪事。因为堂哥叮嘱过，这事不能告诉任何人。罗宁和苏鸥不知个中缘由，只当是儿子适应力强，甚是高兴。

晚上，睡在上床的罗小丹悄悄下来，碰了碰睡在下床的堂哥，问道："罗平哥哥，你没睡着吧？"

"嗯，啥事？"罗平问。

罗小丹盘腿坐在床上，问道："这个周末过后就要正式上课了，我该怎么办？"

"什么怎么办？"

"我的意思是，上学之后，肖炜还是会把我当成他爸吗？那岂不是太怪异了，他爸爸会坐在班上跟他一起上课？"

罗平也从床上坐了起来，说道："没错，在他的眼中，你仍然是他爸的样子。而他显然也会意识到，这是不可能的事。"

"那我该怎么办呢？"

"你什么都不用管，让他去困惑不解好了。他可能会觉得自己是不是精神出现了问题，或者中了什么魔咒——这是他的问题，你不用考虑。"

"可是，他既然知道我不是他爸，会不会报复我呢？"

"依我看，他不敢。因为不管怎么说，你的外形都是他爸的样子，他恐怕很难动手殴打他爸——即便只是长得像。不过，为了保险起见，我倒是有个建议。"

"什么建议？"

"小丹，你想不想当这所学校的老大？"罗平盯着侄儿的眼睛问道。

"老大……这个，我真没想过。"

"那你现在就得考虑这个问题了。实际上，我认为你已经无路可退了。"

"啊？什么意思？"

"因为现在大家都知道，肖炜这个恶霸管你叫爸。当然，他们不可能知道原因是什么，但他们会猜测和臆断，最有可能的情况就是，他们会认为你是一个厉害的角色，连肖炜这样的人都不得不臣服于你。那么这种时候，你恐怕就只能维持这一形象了。否则，如果你表现得畏首畏尾，只会让人感到困惑，甚至把你当作怪人。所以这种情况下，你只有维持'厉害角色'这一形象，才能服众，让大家都不敢惹你，甚至不敢对你提出质疑。"

罗小丹从小生活在一个家境优渥、知书达理的家庭。父母对他的教育向来都是正面引导，并教导他如何做一个低调有内涵的人。但堂哥的这番指引，完全是大相径庭的。他似乎希望自己树立威信，成为学校霸王。这跟罗小丹的性格和从小受到的教育是相悖的，可他又不得不承认，堂哥分析得有道理——如果他的"角色定位"不清晰，只会引来同学们的猜忌和质疑，往后的日子恐怕也不会好过。到底该何去何从，他陷入了矛盾之中。

"你慢慢想吧。"罗平作势要睡下了，"但我提醒一句，如果你不听从我的建议，出现对你不利的局面，我不一定还能帮得了你。"

听到堂哥这句话，罗小丹不再迟疑，说道："好的，我明白了，罗平哥哥，我会照你说的去做。"

"嗯，睡吧。"罗平躺了下去。

罗小丹也回到了自己的床上。黑暗中的罗平，露出一丝狡黠的笑意。

八

开学一个多月后，天气渐渐转凉。数日的连绵细雨驱散了夏末的余威，之后的雨过天晴和习习秋风，更是令人倍感舒适。如此秋高气爽的时节，本该是心情最愉悦的时候，苏鸥却接到了罗小丹班主任打来的电话，开头第一句话就令她感觉不妙："罗小丹妈妈，你现在有空来一趟学校吗？最好是叫上罗小丹的爸爸一起。"

苏鸥的心一下攥紧了，问道："老师，小丹出什么事了吗？"

"没有，只是有些事情，想要跟你们沟通一下。"

"呃……什么事情，很严重吗？需要我们夫妻俩都来。"

"尽量两个人都来吧。这事……还是有点严重，所以我希望能跟父母两个人沟通。

另外，另一位同学的家长也会来，一起处理这事。"

还牵涉到另一位同学……小丹一定在学校闯祸了。苏鸥暗忖。她告诉老师，自己马上就通知丈夫，并尽快前往学校。

苏鸥挂断电话后，立刻致电罗宁，把刚才班主任老师说的话转述给丈夫听。罗宁也感到不安，他说："可现在还没下班，我走不掉。"

"罗宁，老师说事情有些严重，否则，不会让孩子父母都到学校。你能请个假吗？就说家里有点急事。"

罗宁想了想说："好的，我现在就请假，然后开车去接你，我们一起去学校。"

四十分钟后，这对夫妇急匆匆地赶到了学校。下午三点半，他们来到教师办公室，见到了罗小丹的班主任方老师——一个四十岁左右的女老师。苏鸥说道："方老师，您好，请问小丹他……出什么状况了？"

"请坐吧。"方老师拖了两把椅子过来，示意他们坐下聊。"是这样的，因为我接触罗小丹才一个多月，对他以前的一些情况不太了解，所以想跟你们交流一下。"

"您是说，他读小学时的情况吗？他的成绩一直是不错的，基本保持在全班前十名左右……"

"不，不是关于成绩。"方老师打断苏鸥的话，"而是品行方面。"

"品行？"苏鸥吃了一惊，"小丹的品行出了什么问题吗？"

方老师微微皱眉，有些难以启齿地问道："他小学的时候，有没有跟一些校外人员接触过？比如流氓、混混之类的。"

罗宁和苏鸥对视一眼，两人都震惊得瞠目结舌。他们做梦都想不到，自己单纯可爱的儿子会跟地痞流氓扯上关系。苏鸥说："方老师，从小学一年级到六年级，我们每天都接送小丹上学，无一天例外。周末的时候，他要么去课外补习班，要么跟我们在一起。我在银行工作，他爸爸在工商局工作，虽然算不上书香门第，但也是正经人家。我可以保证，小丹绝对没有跟不良少年接触的机会。老师何出此言呢？"

方老师叹息一声，说："是啊，我也知道你们的家庭环境其实是很好的。所以我也有些纳闷，不知道这孩子怎么会是现在这样……"

苏鸥有些着急了："方老师，您就直说吧，小丹他到底怎么了？"

方老师说："你们知道吗？**罗小丹现在是全校的'校霸'**。注意我说的是全校，不是全年级。"

罗宁和苏鸥一下子呆若木鸡。好一会儿之后，苏鸥才缓慢地说道："方老师，你是说，我那个身高仅有 159 厘米、体重 45 公斤、体育勉强及格、声音都还是童声的儿子罗小丹，成了从初一到初三所有学生中的'小霸王'？而且是在他入学仅一个多月之后？"

"是的。现在全校的学生——包括初三那些人高马大的男生，没有一个人敢惹罗小丹，本班同学更不用说，全部尊称他为'老大'，希望得到他的庇护。说句惭愧的话，他在同学中的威望，甚至超过了我这个班主任。"方老师说。

"这怎么可能？"罗宁错愕道，"他是怎么做到这一点的？"

"我就是不知道，所以才把你们找来了解情况。"方老师试探着说，"你们家……真的没有……什么背景吗？"

罗宁哭笑不得："老师，我们都是奉公守法的良民，平时上街看到个面相凶狠的人，都要避开些，怕惹到什么麻烦，小丹就更不可能了！"

苏鸥说："方老师，小丹他到底做了什么出格的事？难不成，他敲诈勒索同学、收保护费？"

"这倒没有。但他现在在学生中可是呼风唤雨的人物。那些比他高大、强壮得多的男生，都得乖乖地听命于他。比如我们班有个叫肖炜的男生，比罗小丹大一岁多，身高一米七五，壮得像头小牛，以前是他们学校的头号校霸，见谁欺负谁。但是到了咱们班之后，他管罗小丹叫什么，你们知道吗？"

苏鸥和罗宁茫然地摇着头。

"他居然管罗小丹叫'爸'。我最近才知道，都喊了一个多月了。"

罗宁双眼有点发黑，苏鸥也似乎呆滞了。他们思考的是同一个问题——老师说的，真的是他们的儿子吗？现在还在穿小熊图案的内裤、睡觉时会抱着大狗玩偶的那个萌萌的小男孩？他是怎么当上校霸的？又是怎么当上"爸"的？老师会不会搞错了，说的是另一个人?

"我知道,这让人难以置信。"方老师说,"我也是最近几天才从一些学生那里了解到情况的。我反复问'你们说的,真是那个瘦小的罗小丹吗?',得到的答复是'没错,就是他'。"

"方老师,小丹现在在班上吗?"苏鸥说,"能不能让他到办公室来一趟,我亲自问问情况?"

方老师看了一眼手表说:"可以,还有六分钟就下课了。我一会儿就去把他叫过来。另外跟你们说一下,今天请你们来,还有一件事情需要解决。"

"什么事?"

"就是刚才说的肖炜的事。他爸是莙县的首富,一个矿上的老板,最近得知自己儿子居然一直管罗小丹叫'爸',气得七窍生烟。他刚才打电话给我,说马上会从莙县过来,亲自见见这个罗小丹。我听他的口气有点不妙,害怕他冲动之下,会做出失去理智的事,所以赶紧把你们叫过来了。"

罗宁和妻子对视一眼,流露出不安的神色。

等了一会儿,下课铃响了。方老师走进教室,把罗小丹叫到了办公室。为了避免被打扰,她把办公室的门关上了。

罗小丹看到父母,心知不妙,磨磨蹭蹭地走到了父母面前。苏鸥厉声问道:"小丹,方老师刚才把你的情况告诉我们了,是真的吗?"

罗小丹当然知道妈妈在说什么,但他故意装傻:"……什么情况?"

"说你成了校霸,还让同学管你叫'爸'!"

"不是我让他叫的,是他自己要这么叫的!"罗小丹申辩。

"你要是没欺负他,人家怎么会叫你'爸'?"

"我欺负他?妈妈,你看到肖炜的样子,就不会这么想了。"

苏鸥一时语塞。方老师说:"罗小丹,其实这一点,我们都有点好奇。按理说,肖炜不可能怕你才对。但为什么他除了叫你'爸',还对你格外畏惧呢?"

罗小丹不知道该怎么解释。原因是,他也不知道。但他知道,这事跟自己的堂哥罗平有关系。但罗平不准他把这个秘密告诉任何人。

看见儿子缄口不语，罗宁急了，一把抓住儿子的肩膀："你说话呀，小丹！现在老师都怀疑你跟黑恶势力有关系了！你到底有什么能耐，能让这个肖炜，包括其他同学，都对你唯命是从？"

罗小丹涨红了脸，显得十分窘迫，但他真的不知道该怎么跟父母说这件事，他也不敢说，只能沉默以对。罗宁和苏鸥心急如焚，却又无可奈何。

就在这时，办公室的门被人粗暴地推开了。几个人一齐望去，只见一个五大三粗的中年男人，带着三个明显是手下的人闯进了办公室，肖炜跟在他们的身后。其后还有一众跟来看热闹的学生。

中年男人脖子上戴着拇指粗的金项链，满脸横肉，眼神锐利，一看就不是什么善茬。方老师赶紧站起来说："你好，请问你是肖炜的爸爸吗？"

对方傲慢地"嗯"了一声，根本没跟老师问好。他喧宾夺主地招了下手，说道："过来。"手下和儿子便走进了办公室。方老师走到门口，驱散了学生们，将办公室的门关上了。

"请坐吧。"方老师拉了一把藤椅过来，请肖炜的父亲坐下，然后说，"肖炜爸爸，这里是学校，孩子亲属之外的人，能不能先回避一下？"

"这是孩子亲属呀，都是他的堂哥。"中年男人说，"今天来，就是为他讨回公道的。"

"肖炜爸爸，学生之间发生矛盾是正常的，希望你能理性看待这件事。"方老师劝解道。

"老师，我养了十三年的儿子，现在管别人叫爸。而且据说叫了一个多月，我看这事，恐怕不是闹点矛盾这么简单吧？今天，我就是专程来会会我儿子另一个'爹'的，麻烦你暂停处理手上的事，把这位'爹'给我叫来吧。"肖炜爸爸说。

方老师知道来者不善，但她也别无他法，只好说："他已经来了，这就是罗小丹，还有他的父母。"

中年男人瞄了一眼罗小丹，他的体形恐怕是罗小丹的三倍。然后，他望向肖炜，说道："他就是罗小丹？"

肖炜看上去困惑极了，他望了一眼父亲，又望向罗小丹，困窘地说道："不是，你们俩……都是……"

"都是什么？都是你爸？"肖炜爸爸站了起来，瞪着儿子，"当着我的面，你还要管他叫爸？"

"可是他……跟你一样呀。"肖炜哭丧着脸说。

话音未落，他爸一记耳光扇了过去，力道之大，把肖炜打得一个趔趄，差点摔倒在地。罗小丹和他父母都被吓到了，方老师赶紧劝阻："肖炜爸爸，有话好好说，别动手打孩子呀！"

肖炜父亲气得浑身发抖，怒不可遏："老师，你刚才也听到他说的话了。你说他怕这个罗小丹，已经怕到什么程度了？居然说他跟我一样，都是他爸。不管怎样，我今天都要出这口恶气，不然我枉自为人！"

说着，就凶神恶煞地朝罗小丹走去，他身边的三个手下紧跟而上。

罗宁见势不妙，赶紧挡在儿子面前："这位家长，我是罗小丹他爸。我想这件事情肯定有什么误会，我们来，就是解决这件事的。如果我儿子有什么冒犯之处，我先代他跟你们道个歉！"

说着，便向肖炜他爸鞠躬行礼。方老师也赶快打圆场："是啊，肖炜爸爸，有什么事，咱们坐下来好好说吧！"

罗宁行的这个礼，让这位父亲略微消了点气，他说："看你的样子，还是个明事理的。那我们就坐下来聊吧。"

几个人坐了下来。罗宁说："肖炜爸爸，不瞒你说，在你来之前，我们正在跟方老师交流。我们也想不明白，肖炜怎么会害怕罗小丹。你看看他俩，到底哪个高大强壮一些？若说是我儿子被欺负，似乎更可信。所以我想，这件事会不会有什么误会？请你别激动，两个孩子都在这里，咱们正好问个清楚。"

方老师也连连点头。肖炜他爸望向儿子问："你告诉我，你怕他什么？"

肖炜摸着火辣辣的脸颊，说道："我不是怕他，而是……我也不知道为什么，他跟你的样子一模一样！"

肖炜父亲指指罗小丹，再指指自己，说："你觉得我们俩长得像？"

"不是长得像，而是在我眼中，他就是你的样子！"肖炜突然情绪崩溃，大哭起来，"就像幻觉一样，这样的情况，已经持续一个多月了！"

办公室里的人都愣住了，对于肖炜说的话，每个人都感到匪夷所思。片刻后，方老师小声问道："肖炜爸爸，孩子这段时间，有没有什么精神方面的压力？"

"他好吃好喝的，什么都不缺，哪来的压力？我们家里也没出什么事情呀！"

"但他刚才说的如果是真的，只能说明精神方面出了一定的问题。我建议请几天假，你带他到全市最好的医院去检查一下。"方老师说。

肖炜父亲想了想，无奈地点了点头，对手下和儿子说："走吧。"一群人正要离开办公室，罗宁一家也刚要松口气，突然，中年男人想起了什么，回过头说道："不对，如果我儿子真的出现了精神问题，为什么这种幻觉偏偏出现在罗小丹身上？"

"这个……也许是偶然因素导致的吧。"罗宁说。

肖炜他爸摇了摇头说："我不相信。我觉得，这件事一定跟罗小丹有关，他肯定对我儿子做过什么。"

"可是，他要怎么做，才能让你儿子把他看成你呢？"苏鸥说。

肖炜他爸一时语塞，片刻后，他说道："总之这件事，罗小丹一定要负责任。"

"你先带孩子去检查，如果医生说他的问题真是罗小丹造成的，我们愿意支付所有治疗费用。"罗宁说。

肖炜他爸不屑地哼了一声："钱，我才不在乎呢。"

"那你的意思是？"

"我儿子叫了罗小丹一个多月的'爸'，这事总得有个说法吧。"

"我可以让罗小丹跟你和肖炜道歉。"

"道歉有什么用？现在所有的学生，恐怕都把我儿子当成耻笑的对象了。"

"那你打算让他怎么负责？"

这男人盛气凌人地说："很简单，让罗小丹在操场上，当着全校学生的面，叫我儿子十声'爸'。"

"什么？"苏鸥无法接受，"这太过分了吧！"

"过分？我没让他叫一个月，就算不错了。"

"抱歉，这种处理方式，我们无法接受。"罗宁说。

"你以为我是在征求你们的同意吗？他今天要是不叫的话，我就打得他哭爹喊娘！"

说着，肖炜爸爸冲手下使了个眼色，三个壮汉立即冲过去抓住罗小丹的胳膊和衣领，把他往外面拖。罗小丹吓坏了，拼命抗拒，罗宁和苏鸥赶紧上前护住儿子。办公室里乱作一团。方老师大喊道："这是学校！不许乱来，我叫保安了！"

"叫吧，报警都没关系，让警察来评评理！"肖炜爸爸吼道。

这时，办公室的窗外，聚集了一大群看热闹的学生。看到三个大汉欺负罗小丹一个人，学生们都有些看不下去了，有人喊道："快去通知校长和保安！"

肖炜爸爸不予理睬，执意要把罗小丹拖到操场去示众。然而，就在他刚要跨出办公室大门的时候，意想不到的事情发生了。这个中年男人突然发出惊恐的大叫，接着，他拼命甩动手臂和身躯，狂抓自己的头发和脸，看样子就像是要把什么掉落在他身上的恐怖而恶心的东西摆脱掉似的。但事实是，他身上什么都没有。

这一突如其来的变故把办公室里外的人都惊得目瞪口呆，三个手下喊了一声"老板？！"，他们放开罗小丹，走过去试图帮忙，却又无从下手。肖炜也冲到父亲身边，大叫道："爸，你怎么了？"

"啊——滚开！啊，啊——！！"

中年男人不断发出声嘶力竭的喊叫，仿佛他被百虫缠身，又或者掉落到了毒蛇的巢穴中一般。身边的人全都看傻了，没有人知道他正在经历什么。

所有人瞠目结舌的时候，罗小丹望向了窗外，果然，他看到了一个人——堂哥罗平。他此刻正用一种阴冷的眼神望着这个发疯的男人，口中念念有词，似乎在小声说着什么。罗小丹倏然意识到了什么，惊惧的感觉遍布全身。

与此同时，苏鸥注意到了儿子异常的表情，她顺着罗小丹的目光望去，也看到了正站在窗外，神情阴冷的罗平。她心头大骇，惊恐地捂住了嘴。

几秒后，罗平不动声色地走开了。肖炜他爸也在这一刻恢复了正常，这个蛮横无理的男人，仿佛经受了炼狱的折磨和恐怖的洗礼，全身被冷汗浸透了。即便恐怖的幻象已经消失，他也颓然倒地，神情呆滞地坐在地上，连站立的力气都没有了。

肖炜大声呼喊着父亲，三名手下吃力地搀扶着老板。方老师已经惊骇得说不出一句话来了，罗宁亦是如此。

许久之后，中年男人才勉强站立住，显然他已元气大伤，无法再飞扬跋扈了。他瞄了一眼罗小丹，然后迅速撤回目光，对手下和儿子说："我们走。"

几个人离开教师办公室后，惊魂未定的方老师喃喃道："刚才……到底发生了什么？"

"我们也不知道。"罗宁说。

"那么，让罗小丹先回教室吧。这件事情，等肖炜的家长带他检查之后，再做处理。"方老师显然已经心力交瘁了。

"好的，方老师，不过我想给小丹请个假，把他带回家去教育一下。今天的晚自习，他就不上了，可以吗？"苏鸥说。

"可以。"方老师点头同意了。

苏鸥和罗宁向老师致谢，带着罗小丹离开了学校。

九

一路无话。罗宁开车载着妻儿回到家时已经是下午五点四十了。苏鸥没有做晚饭的心情，甚至连点外卖的时间都不想浪费，刚回家，她就说道："罗小丹，你坐下，我想跟你谈谈。"

罗小丹忐忑地坐到沙发上，罗宁则坐到了他对面。一家人就像在三方会谈，也像法庭审讯。

"小丹，你老实跟我说，这件事是不是跟罗平有关系？"苏鸥问。

"苏鸥，你干吗一下就扯到了罗平身上？"

"你先别说话，让小丹回答。"

罗小丹局促不安，他猜想妈妈跟他一样，看到了堂哥当时阴沉的表情。他也从父母的架势中看出来，今天如果不给他们一个合理的解释，恐怕没法交差。更关键的是，除了说实话，他根本想不到其他理由来搪塞。思前想后，罗小丹觉得，是妈妈发现了此事跟堂哥有关系，并不算他主动出卖。所以，他向妈妈承认了。

"嗯……"小丹小声应道。

"什么？真的跟罗平有关系？"罗宁愕然道。

"告诉我们吧，这一切的前因后果，到底是怎么回事？"苏鸥说。

罗小丹从军训时开始讲起——肖炜如何欺负同学，那天晚上停电之后，他让自己帮他扇风，结果突然就把自己当成了他爸，以及之后，堂哥如何教导他当学校的老大——所有的一切和盘托出。

父母听完之后，震惊得无以复加。苏鸥说："你的意思是，肖炜之所以叫你'爸'，包括他爸今天在办公室里出现的状况，全都跟罗平有关系？"

"是的……但堂哥反复叮嘱我，这件事情，不能告诉任何人。"罗小丹忧虑地说，"妈妈，爸爸，你们能帮我保守这个秘密吗？"

苏鸥暂时没有理会儿子的要求，问道："小丹，罗平有没有告诉你，他是怎么做到这一点的？"

"没有，他让我不要打听。"

苏鸥和罗宁对视一眼。苏鸥说："小丹，你饿了吗？"

"饿了。"

苏鸥从皮包里掏出五十块钱，递给儿子："你去楼下的餐馆随便吃点什么吧，吃完就回来。"

"你们呢？"

"我们现在不饿，一会儿再吃东西。"

"好吧。"罗小丹拿着钱出门了。

屋门关上后，苏鸥定睛看着丈夫说："罗宁，这是怎么回事？"

"我就知道你要这么问我。不过，你觉得我会知道吗？"

"罗平是你哥哥。"

"是我失踪了三十多年的哥哥。"罗宁说，"这三十多年来，他是在哪儿度过的，经历了什么，为什么一点都没变老，我一无所知。"

苏鸥沉默了一刻："好吧，我不想探讨他谜一般的过去了。我现在想探讨的是，我们该如何应对？"

"你什么意思？"

"意思很明显，**你哥哥有问题，他是个危险人物。**我不能再让他住在我们家，以及跟我们的儿子朝夕相处了。"

"苏鸥，你会不会太过激了一点？是，我承认，这件事情的确让人匪夷所思。但你也听到小丹说了，是肖炜先欺负他的，居然让我们的儿子像奴隶一样给他扇风，然后，罗平才出手。我不知道他是怎么做到的，但总之，他是在帮小丹。"

"帮他一次也就罢了，但之后呢，他居然教我们的儿子当学校的校霸！他们现在只是初中生，长大之后呢？"

罗宁正想说话，被苏鸥用动作制止了，她接着说："这都不是最主要的。关键是，你这个哥哥到底是个什么人？看样子，只要是对他不利的人，都没有什么好果子吃。你也看到肖炜他爸的样子了，我丝毫不怀疑，再过个几十秒，这个男人会彻底疯掉。而我当时注意到，罗平就在办公室的窗外，用一种阴毒的眼神注视着这男人，口中念叨着什么，仿佛在施咒一般。当他离开后，这男人才恢复正常。罗宁，这真是太可怕了！"

"你确定吗？你当时真的看到罗平在'施咒'？"

"当然了！不只是我，小丹也看到了，不信的话，等他回来你问他吧！"

罗宁缄默了。许久后，他说道："如果真是如此，那说明，**罗平真的具有某种我们难以想象的特殊能力。**"

"是啊，你不觉得这样的人待在我们身边——特别是小丹身边，实在是太危险了吗？"

"那你打算怎么做呢？告诉罗平，我们认为他的存在是一种威胁，希望他从今天起，自动退学，并离开我们家？我们知道他具有某种神秘的力量还这样做，你觉得这是个好主意吗？"

苏鸥呆住了。"照你这么说，这块牛皮糖我们是永远都甩不掉了？不然，他就有可能打击报复我们？"

罗宁叹了口气说："我认为，凡事都有两面性。起码从目前来看，罗平的这种特殊能力，全是用在对小丹或者对我们不利的人身上。所以从某种角度来说，这也未尝不是一件好事。想想看，如果今天他不出手，肖炜他爸和那三个凶神恶煞的手下硬要以牙还牙，你真的能容忍小丹在众目睽睽之下叫肖炜'爸'？或者看着这些人痛殴小丹一顿？老实说，我即便跟他们拼命，也打不过这几个人。如果不是罗平，我真不知道今天这事该怎么收场。"

苏鸥承认，丈夫说得有道理，但她做不到坦然接受这一切。"那你的意思是，我们就顺其自然，什么都不做？"

"不，我觉得，**我们应该静观其变。**首先，我们不要让罗平知道，我们已经知道了这件事。我们假装不知情，尽量维护跟他的亲情和关系。希望他的特殊能力只用在保护我们一家人上面，而不是用来对付我们。其次，我们暗中观察，并通过小丹密切注意他的一举一动。只要不越界，我们就不要干涉。"

"那如果越界了呢？"

"到时候再说吧。比如，我们可以找一个借口，把小丹转到另一所学校，跟他分开；或者直接跟他摊牌，表明我们的态度和立场。总之视情况而定。但不管怎么说，我跟他毕竟是兄弟，我相信他不会害我们。"

"希望如此吧。"苏鸥无奈地说。

不一会儿，吃完饭的罗小丹回来了。父母把他叫到跟前，叮嘱了四件事：

第一，不要让堂哥知道，他们已经知晓了此事；

第二，不要得罪堂哥，尽量顺着他来；

第三，堂哥给他灌输的一些价值观，比如当校园老大之类的，不要听从，但是也不要明确反对，酌情应对；

第四，不管在学校还是家中，暗中监视堂哥的一些行为，如果发现他有什么不寻常的举动，立刻告知父母。

罗小丹表示明白了。

跟儿子交代完这几点，罗宁和苏鸥稍微放心了些。但是，他们料想不到的是，不久之后，一个跟此事毫无关联的新的危机，即将降临在他们头上。

＋

接下来的一个月，夫妻俩通过各种方式密切注意罗平的动向。让人欣慰的是，并没有发生什么过激事件。肖炜的父亲帮儿子办理了转学，也没有再找罗小丹的麻烦，也许他意识到了这个学校有某个他惹不起的人——不是罗小丹就是罗小丹身边的某个人。所以只能避之则吉。

这显然是罗宁两口子求之不得的结果。同时，因为有肖炜这个前车之鉴，学校里没有任何同学（甚至包括老师）敢跟罗小丹过不去。虽然这算不上一件好事，但不管怎么说，总归避免了校园霸凌的可能性。罗宁和苏鸥再三教育儿子，让他在学校跟同学搞好关系，要让大家对他的畏惧转化为发自内心的尊重和喜欢。罗小丹表示，他正是这样做的，实际上他在班上的人缘很好。夫妻俩稍微宽心了一些。

周五的晚上，罗小丹告诉父母，说下周学校将组织一年一度的秋季研学旅行，地点是邻省某个有着悠久历史的文化名城。研学旅行为期四天，费用是一个人三千二百元，两个人就是六千四百元。

以前的研学旅行，苏鸥都是二话不说就给儿子交钱。但这一次，她迟疑了许久，说道："小丹，研学旅行是自愿的吧？可以不去吗？"

"是自愿的，可我想去。全班同学都要去的。"罗小丹说。

罗宁也觉得有些奇怪，问苏鸥："你干吗不让他去？"

"呃……我是觉得，在家里休息几天也挺好的……"

"老师说了，除特殊情况之外都要去。而且我们不是去玩，沿途要学习各种知识的。"罗小丹说。

"就是，那就去吧。"罗宁说。

"你让他去，你帮他们交钱吧。"苏鸥突然拉下脸说。

"我交钱？家里不一直是你在管账吗？"

苏鸥不说话了，转身走进卧室。罗宁觉得妻子的表现有些不对劲，对罗小丹说"你先去玩一会儿"，然后走进了主卧。

罗宁关上房门，问苏鸥："你怎么了？干吗为了六千多块钱摆脸色？要是让我哥哥知道了，还以为我们是不想出他那一份钱呢。"

"现在是月底了，我卡里总共只有四千多元，不够出两个人的研学费用了。"苏鸥说。

"那就用存款，咱们家又不是一点积蓄都没有。"

"存款都用来投资理财了，暂时取不出来。而且……"

"而且什么？"

苏鸥沉默了一刻，突然情绪失控，捂着脸哭了起来。罗宁慌了，赶紧问道："怎么了，苏鸥？你哭什么？"

"罗宁，有件事，我没有跟你说……怕你怪我，但是，现在恐怕不得不说了……"

"什么事？"

苏鸥抬起头来，泪眼婆娑地望着丈夫："你记得一年前，我跟你提过的一个高收益的投资项目吗？"

罗宁想了想说："记得，那个项目回报率高达 60%，我当时觉得不太靠谱，叫你别投资的。怎么，你没听我的？"

苏鸥点头说："这个项目现在彻底失败了，投进去的钱，基本上一分钱都拿不回来了。"

"你投了多少？"

苏鸥怯生生地不敢说。

罗宁说："没关系，说吧。"

苏鸥比出两根手指头。

"二十万？"罗宁蹙眉，"那岂不是把我们家的存款全都投进去了？"

"不，是两百万。"

"什么？！"罗宁大惊失色，犹如晴天霹雳，"两百万？我们家哪来的这么多钱？！"

"你忘了我是做什么的……我自己就是银行信贷部的主任。所以，我把咱们家的房子抵押了，贷了两百万出来投资。本想一年之后，就连本带利收回来。哪知道……"

罗宁一屁股坐在床上，颓然道："意思是，我们不但一分钱没赚到，反而背负了两百万的债务……最后的结果可能是，连这套房子都保不住了？"

"我错了，罗宁，我真的错了……"从结婚到现在，苏鸥第一次在罗宁面前失声痛哭，"我不该瞒着你做这件事的。当时我见你不同意，又禁不住诱惑，才擅自做了这个决定……结果，把我们家带进了万劫不复的深渊……"

罗宁两眼发黑，头脑发晕，他烦躁地闭上眼睛，说道："没有什么补救的措施了吗？"

"要是有的话，我就不会这么绝望了……现在，我们每个月要还八千多元的利息，差不多是我们一个人的工资，还要养两个孩子。别的不说，每年的学费就是二十多万。我真的不知道该怎么办了……"

听到这里，一直把耳朵贴在卧室门上偷听的罗小丹听不下去了。他意识到，因为妈妈的一个错误决定，让他们这个家走到了穷途末路。即便只有十二岁，罗小丹也知道这意味着什么——往后的日子，恐怕不好过了。

罗小丹颓丧地走进自己的房间，望着窗外发呆。罗平玩着平板电脑，一开始没注意小丹的异常神情，直到发现他十多分钟都没说话，才觉得有点不对劲，问道："小丹，你怎么了？"

"堂哥，以后我们可能要过苦日子了。"罗小丹沮丧地说。

"什么意思？"

罗小丹把刚才偷听到的父母的对话告诉了堂哥。罗平思忖片刻，说："**别担心，有我在，不会让你过苦日子的。**"

"你有什么办法吗，罗平哥哥？"罗小丹眼睛一亮。

"嗯，不过这事，我得跟你爸谈谈。"罗平说。

正好这时，罗宁从房间里走了出来。罗平走上前去，说道："叔叔，我想跟你说件事。"

"什么事？"罗宁问。

"咱们到书房去说吧。"

两人走进书房，罗平把门关上，说道："罗宁，你们是不是遇到经济危机了？"

"你怎么知道？"

"你们刚才在房间里说的话，被小丹偷听到了，他告诉我的。"

"啊……"这件事，罗宁本来是不打算让儿子和哥哥知道的，怕影响他们的心情。不过转念一想，他们知道家里的现状也好，苦日子还在后头呢，从现在开始，恐怕全家人都得勤俭节约，勒紧裤腰带过日子了。

"听说你们负债两百万，一时无法偿还？"罗平说，"不过别担心，我会帮你解决这个问题的。"

"哥，你有什么办法？"罗宁睁大眼睛问。

"不过，你得答应我一件事。"

"什么事？"

"很简单，只管照我说的去做，不要询问理由——仅此一条，就够了。能做到吗？"

罗宁想了想，说："只要能填补上这两百万的亏空，当然没问题。但是……不能做违法的事。"

"当然不会让你做违法的事。"

"那你打算怎么做呢，哥？"

"明天早上，你开车，咱们回一趟老家。就我们俩去。"

"回金坪镇？干吗？"

罗平竖起食指，指着他："我才说了什么？"

"哦，好的……但是，我怎么跟苏鸥说呢？"

"就说好久没回老家了，想回去看看。"

"我明白了。"

于是，罗宁告知苏鸥，说他明天打算跟哥哥回一趟金坪镇，顺便去父母的坟前祭拜一下。苏鸥点头答应。

翌日清晨，两兄弟就出发了。从省城到金坪镇，开车大概需要三个小时。十一点的时候，他们回到了家乡。

对于罗平而言，他是两个多月前才从金坪镇来到省城的，所以并无怀念之感。下高速之后，他就对弟弟说："直接开到金秋湖。"

"金秋湖这么大，具体开到哪里呢？"

"就是咱俩当初游泳的那个地方。"

罗宁心中纳闷，哥哥为什么要去这个地方？难不成，当初游泳的湖边，隐藏着什么秘密？但他答应了哥哥，不问缘由，便忍住没有询问。

不一会儿，车子开到金秋湖，在路边停了下来。要去往当年游泳的地方，需要走小路步行一段。下车后，罗平对弟弟说："你就在这里等我，我二十分钟内就会返回。

记住，不要跟着我来。"

"好的。"罗宁点头应允。

罗平消失在了树林茂密的小道中，罗宁下车，呼吸新鲜空气。对于哥哥的神秘行径，他好奇到了极点。而且他无论如何都想不通的是，回到当初游泳的地方跟解决他们家两百万的债务，有什么关系？

十多分钟后，罗平回到汽车旁，对罗宁说："好了，走吧。"

罗宁见他两手空空地返回，实在想不到他刚才做什么去了，也不便问，就说："好的，上车吧。"

汽车开到镇上，罗宁选了一家餐馆，兄弟俩点了一桌久违的家乡菜，罗平还点了半斤当地的烧酒，边吃边喝，十分满足。罗宁望了下周围，说："哥，你现在的样子是个小孩，在这饭馆里喝酒，好多人都看着咱们呢。"

"管他呢，我在你家，你老婆又不让喝，好不容易出来一趟，还不趁机喝点？"

"你什么时候学会喝酒的，我怎么不知道？"

罗平没回答，只管吃菜喝酒，罗宁也不好再问了。

吃完饭后，罗宁买了些纸钱香蜡，开车来到附近山上，父母的坟前。罗平第一次见到父母的墓，跪下来磕了几个响头，跟弟弟一起烧纸焚香，祭奠双亲。之后，罗宁驱车返回省城。

回到家，已经是下午五点多了。罗宁开了一天的车，疲惫不堪，正打算回屋休息一会儿，罗平说："咱们去书房说几句话。"

罗宁跟着哥哥来到书房，把门关好。罗平从裤兜里摸出一颗光芒夺目的红宝石——看样子估计有五十克拉左右——递给弟弟："拿着。"

罗宁大吃一惊，正想问这宝石是从哪儿来的，又想起了哥哥的叮嘱，便没有开口。他把这颗红宝石捧在手心，发现整个手掌都被宝石的光芒映红了——毫无疑问，即便是毫无珠宝鉴赏知识的人，也能看出这绝对是一块稀世珍宝。

罗平问："你认不认识做珠宝生意的人？"

罗宁想了想，说："做这行生意的不认识，但我有一个朋友，喜欢收藏珠宝玉器，是这方面的行家。"

"那就好，你明天把这颗红宝石给他看，然后委托他帮你卖掉，给他提成就行了。"

"可是，他要问我这宝石哪儿来的，我该怎么说呢？"

"就说是捡到的。"

"他会信吗？这宝石发出的耀眼光芒，恐怕瞎子都看得到，怎么会恰好被我捡到？"

"这你就没必要跟他解释了。反正你就说是无意中捡到的，地点随便你编。但是记住，千万不能提到金秋湖。"

罗宁略略点头，问道："这块宝石大概值多少钱？"

"保守估计，在十亿元左右。"

"什么？！"罗宁惊呼道，"值这么多钱？"

罗平做了个表示噤声的动作："你小声点，别让你老婆儿子听到。"

"我的天哪……十亿元，"罗宁明显被吓到了，"这也太夸张了……"

"我只是说，它值这么多钱，甚至更多。但是没叫你真的卖这么多钱。"

"那我该卖多少呢？"

"我建议，不要太贪心，以免引起过分的关注和不必要的麻烦。你卖个几千万就差不多了。"

"可是，如果这颗宝石真的值十亿元，只卖几千万的话，岂不是太亏了？"

"无所谓，"罗平凝视着弟弟的眼睛，粲然一笑，"我还有。"

罗宁整个人都呆住了，他脑子里此刻堆积了至少二十个问题，但鉴于之前答应了哥哥，他一个都没法问出口。

"好了，剩下的事就你去办了。我也有些疲倦了，回房去睡一会儿。晚饭暂时不用叫我。"罗平朝他和罗小丹的卧室走去。

十一

第二天一早，罗宁就驾车来到了朋友的家。这个朋友，是他的一个大学同学，叫廖辉。其父是本市有名的民办企业家，财力雄厚，可以负担得起儿子的一些普通人无法拥有的嗜好，比如收藏各类珠宝玉器、古董字画。罗宁跟他关系一直不错，昨天晚上就给他打了电话，说今天要拿一颗宝石给他掌掌眼。此人一向对宝石之类的东西感兴趣，自然来者不拒。

廖辉的家罗宁来过多次了，是独门独院的大户型别墅。进门之后，廖辉招呼罗宁坐在客厅豪华的真皮沙发上，叫用人泡了一壶上好的龙井茶，寒暄几句之后，切入正题。

"你现在怎么也研究起宝石来了？"廖辉问。

"不是研究，是我那天在东湖公园跑步，坐下来休息的时候，就在草丛里发现了一颗宝石。我也不懂，就拿来问你咯。"

"喊，公园里发现的，不会是塑料玩具吧？"

"你自己看吧。"罗宁从随身携带的包里拿出一个小盒子，递给廖辉。

廖辉打开盒子，立刻被耀眼夺目的红光映红了脸颊，他为之一惊，将红宝石从盒子里拿出来，仔细观察了一阵，然后起身，从一个抽屉里拿出一枚放大镜，对着红宝石看了至少十分钟之久。

罗宁没打扰他，等他看个够。良久之后，廖辉扭头望着他，骇然道："我的天哪……罗宁，这块红宝石，是块价值连城的稀世珍宝！"

罗宁其实早有心理准备，但他故意装作吃惊的样子："真的吗？"

廖辉坐到他面前，激动地说道："几年前，我去了一趟缅甸，在抹谷地区，见到了一颗颜色鲜红似血的红宝石，当时很想把它买下来。但珠宝商要价三千万美元，这个价格我实在是无法接受，最后只能看着它被一个阿拉伯富商买走了。但你今天给我看的这颗红宝石，光芒四射，流光溢彩，我刚才用放大镜仔细地看了，内部没有丝毫杂质和瑕疵，简直是红宝石中的至尊极品！"

"那么，你觉得它值多少钱？"罗宁问。

"我不知道，"廖辉坦率地说，"我不敢轻易给它估价。这是一件真正的无价之宝。如果放到国际珠宝拍卖会上，一定会卖出惊人的天价。"

看来，罗平说这颗宝石价值十亿元左右，真的是十分保守的估计。听廖辉的意思，这颗宝石就算卖出更高的价格，也并非不可能。罗宁暗忖。

"这颗宝石，你打算怎么处理？"廖辉问。

罗宁想起了哥哥的告诫——不要太贪心，以免引起过分的关注。他说："廖辉，你想要这颗宝石吗？"

"我想要得要命。"廖辉直言不讳，"但是，我恐怕买不起。坦率地说吧，就算我付你一个亿，都是占了你的便宜。所以，我建议你还是把它拿去拍卖吧。"

罗宁说："那我也坦率地告诉你吧，我家里最近遇到点事，正好需要用钱。但用不着上亿这么多。如果你想要这颗宝石，我可以用相对低廉的价格卖给你。"

"真的？"廖辉喜不自胜。

罗宁点了点头："价格你说就行了，咱们这么多年的朋友，无所谓的。"

廖辉似乎被罗宁的豪爽感动了："我刚才都说了，给你一亿都是占你便宜。但说实话，我现在又拿不出一亿来。所以你看……五千万可以吗？"他试探着问。

"可以。"罗宁毫不犹豫地答应了。实际上，一千万都绰绰有余了。

廖辉欣喜地搂着罗宁的肩膀，说道："哥们儿，我跟你保证，绝不让你吃亏。这五千万你先拿着。如果以后我真的把这颗红宝石拍卖出了天价，你放心，我一定给你补上！"

罗宁笑道："这个再说吧，不过我先谢谢了。你这五千万，足够解决我现在遇到的难题了。"

廖辉耿直地说："你把银行卡信息给我，我现在就给你打款！"

罗宁把自己的账户信息用微信发给了廖辉，然后说："那红宝石我就留给你了。至于打款，不用这么急，你什么时候有空再打吧。"

"别说了，哥们儿。你这么信任我，我当然要尽快打款，给你救急，我现在就去银行。"

于是，罗宁和廖辉一起出了门。罗宁驾车回家，廖辉则前往附近的银行。还没到家，他就收到了银行发来的短信提示，掏出手机一看，五千万到账了。

罗宁的脑袋一阵充血——五千万，居然这么轻松就到手了。关键是，似乎还是廖辉欠了他一个人情。这也不奇怪，廖辉转手把这颗红宝石卖到几亿的价格，似乎是轻而易举的事情。如此看来，这的确是一个双赢的局面。

这时，罗宁想起了哥哥说过的一句话——无所谓，我还有。这句话说得如此云淡风轻，就好像他分给了自己一个苹果，而他还有一个果园似的。这引起了罗宁巨大的猜疑——这颗红宝石，他到底是从哪儿弄来的？

毫无疑问，红宝石的来源，跟金秋湖有关系。否则，罗平不会让自己开车跟他到金秋湖边。但据他所知，金秋湖只盛产竹笋，从来没听说过产宝石。况且，就算产宝石，也不可能像挖山药一样，随便刨个坑就能挖到吧？

罗宁知道，自己是无法想通这件事的。看来，除非某一天，哥哥自愿把所有真相都告诉他，否则，这些事永远是一个谜。

回到家后，罗宁看到了愁眉不展的苏鸥——显然，她还没从投资失败的阴影和无穷无尽的自责中走出来。罗宁走到她身边，牵起她的手，说道："苏鸥，我给你看样东西。"

"什么东西？"苏鸥有气无力地说。

"进屋来吧。"

苏鸥不情愿地进了主卧，罗宁对她说："你要有心理准备。"

苏鸥望着他："我不能再受打击了。希望你不要拿一张癌症的诊断书出来。"

"你在胡说什么呀，我要你看的是这个。"罗宁把刚才收到的短信提示给她看。

那一连串的零让苏鸥的眼睛倏然睁大了。然后，她用手指着屏幕，数道："个、十、百、千、万、十万、百万、千万……五千万？！刚才有人给你打了五千万？！"

"没错，廖辉打给我的。"

苏鸥认识廖辉。"他干吗打这么多钱给你？你找他借钱了？不对，借钱也不用借这么多呀！"

罗宁笑了："当然不是借钱，谁会借五千万给我？"

"那这是……？"

罗平并没有说这件事不能告诉苏鸥，只说不要提到金秋湖。于是，罗宁告诉妻子，哥哥昨天给了他一颗价值连城的红宝石，而他今天把这颗宝石给廖辉看，廖辉立马出五千万将它买了下来。

"天哪，这么珍贵的红宝石，你哥从哪找来的？"

"我不知道，他让我不要打听，你也不要去问。总之，他帮我们渡过了这次难关。"

"何止渡过难关，都超过几十倍了。我们还了两百万的贷款，还剩四千八百万！"

"是啊，真该好好感谢我哥。"

"对了，这颗宝石卖了这么多钱，应该分一些给你哥吧？"

罗宁想了想，说："我去问一下他。"

罗宁来到儿子的卧室，罗平在玩电脑，罗宁示意他来一下。两人走到书房，罗宁把红宝石卖了五千万的事告诉哥哥，并问他，这笔钱要不要分一部分给他。

"不用，"罗平摆着手说，"宝石我本来就是给你的，卖了的钱，自然也归你。"

"哥，这么多钱，我真不知道该怎么感谢……"

"行了，"罗平打断他的话，"咱们兄弟俩，何必说这些客套话？我吃住都在你们家，这钱就当我交的生活费吧。"

"你这生活费交得也太夸张了，住五星级酒店的总统套房都用不了这么多钱。"罗宁苦笑道。

"你要实在过意不去，就帮我买个新平板电脑吧，这东西真是挺好玩的。"

"小菜一碟。"

罗宁回到房间，把哥哥的话转述给妻子听。苏鸥既激动又感动，想到之前对罗平的一些偏见，甚至想把他赶出这个家，此刻，她简直无地自容。她对罗宁说："我们真得好好感谢你哥哥，咱们今天中午出去吃一顿大餐，别说平板电脑了，他想要什么咱们就买什么！"

"嗯！"

罗宁到儿子房间，宣布今天中午去全市最高档的餐厅吃饭。罗小丹有点摸不着头脑，说："爸，咱们现在不是应该节约点吗？"

"咱们家的经济危机解除了！这多亏了你堂哥，所以，咱们今天中午就去好好庆祝一番！"

"是吗？真是太好了！"罗小丹高兴得跳了起来。他本以为未来的几年，都要过类似《苦儿流浪记》那样的穷苦生活了。

一家人换上漂亮的衣服，欢天喜地地出了门。这一天对他们的意义，超过了所有节庆日。

一切都在我的计划之中。

罗宁无论如何都想不到，他们四个人中，正有人这样想着。

十二

解除了债务危机，并获得了一大笔钱的罗宁和苏鸥，近日心情大好。两人本想休个年假，去国外某个风景迷人的海岛好好度个假，无奈罗小丹和罗平还在上学，两人一时走不开。于是他们请了几天假，也懒得管扣不扣工资这种鸡毛蒜皮的小事了，在家中休闲娱乐——坐拥几千万资产，自然有了任性的理由。

罗宁近年来一直忙于工作，一些搁置已久的兴趣爱好，如今得以重拾。他一直喜欢足球，大学的时候，还担任过学校足球队的前锋。可惜工作之后，便很少踢球了。休息的这几天，他正好可以去球场踢个痛快。苏鸥更是自得其乐，前往各大商圈，选购了不少之前心仪却舍不得买的名牌服装和奢侈品包及手表。夫妻俩一个在绿茵场挥汗如雨，一个在名品店挥金如土，不亦乐乎。

一段时间后，一个周末，罗宁接到廖辉打来的电话，对方的语气听起来有些急促，开口就问："罗宁，你在家吗？"

"在家，怎么了？"

"十分钟后，我们在你家旁边的茶楼见面，我预订了一个包间。"

"什么事……"罗宁话还没说完，廖辉已经挂断电话了。

直觉告诉罗宁，肯定出事了——而且多半跟那颗红宝石有关。廖辉根本不管他在做什么，是否有空，态度强硬地提出见面，一定是十分要紧的事。他内心忐忑起来，不敢怠慢，马上告诉苏鸥，自己有事要出去一趟。

罗宁走出小区，来到家旁边的茶楼，告知服务员，刚才有位姓廖的先生订了一个包间。服务员把罗宁带到二楼一个环境优雅的茶室，罗宁点了一壶清茶。几分钟后，廖辉就到了。他关上茶室的门，坐下之后，连寒暄都省去了，开门见山地说："罗宁，你能跟我说实话吗？"

罗宁一怔："你指什么？"

"那颗红宝石，到底是哪儿来的？"

果然跟红宝石有关。罗宁心里抖动了一下，廖辉既然这么问，说明他肯定对自己之前的说法产生了怀疑，但为什么现在才质疑呢？他不得而知。问题是，哥哥叮嘱过这事不能告知外人，廖辉却要求自己说实话……罗宁陷入了两难的情绪。然而这短暂的犹豫，恰好证明了一点——他之前在撒谎。

"出什么事了，廖辉？你为什么这么问？"罗宁试探虚实。

"罗宁，我提醒你一点。"廖辉神情严肃地说，"你最好把这颗红宝石的来历，老实告诉我。否则，可能会有更多的人因为它而丧命，甚至包括我在内。"

"什么，丧命？"罗宁大吃一惊，"谁死了？"

廖辉深吸一口气，喝了一口清茶，说道：

"你知道吗，你把这颗宝石卖给我之后，我本来是打算把玩一阵，再把它卖掉的。但是我知道它的价值，担心这么值钱的东西放在家里不安全，所以我联系了一个国外的宝石收藏家，问他有没有兴趣买这颗红宝石。

"这人是一个六十多岁的富商，痴迷于收藏各种珍贵的宝石。看到我发给他的照片后，他立即产生了兴趣，专门坐飞机过来。见到这颗宝石后，他如获至宝，承认这是一颗稀世珍宝，并立刻表示愿意买下，询问我价格是多少。

"经过一番讨价还价，这颗红宝石以十五亿的价格成交。他爽快地付了款，带着红宝石回去了。"

听到这里，罗宁忍不住说："这不是好事吗？你花五千万买下这颗宝石，结果赚了十四亿五千万。"

"听我说完。这位富商把红宝石带回去后，请了一个著名的宝石工匠，打算把它进行切割和打磨，做成一枚举世无双的戒指。但是，工匠在打磨的过程中，不知道发生了什么事，居然被锋利的切割刀划破了喉咙，当场死亡。由于切割过程中没有其他人在场，所以为什么会发生这样的事情，成了一个谜。

"宝石界的人知道，这个世界上有一些古老而特殊的宝石，似乎具有灵性，它们能带给人诅咒和厄运。工匠的死，让富商产生了心理阴影，但花这么多钱买的宝石，当然不能丢掉。所以他决定，暂时不对它进行任何处理，就放在家里的保险柜中。但是，这显然是一个错误的决定。"

"出什么事了？"罗宁问，心中有种不祥的预感。

"短短一个多月内，这位富商和他的妻子，包括家里的管家和用人，全部死于非命。各种低概率的意外事件出现在他们身上，导致他们一个接一个地离奇死亡。这家人甚至来不及将这颗宝石转手，就全都丧命了。"

罗宁惊呆了，一股凉气从脚下升起，令他遍体生寒。须臾，他问道："你是怎么知道这件事的？"

"因为这位富商的儿子，近日跟我联系了。他知道他父亲从我手里购买红宝石的事，也坚信父母离奇死亡，一定跟这颗被诅咒的红宝石有关系。他之所以幸免于难，是因为他没有跟父母住在一起。但现在，他面临的难题是怎样处理这颗红宝石，以及怎样防止它落到别人手里，导致更多的人丧生。"

"廖辉，我可以跟你保证，我之前绝对不知道这颗红宝石会给人带来厄运。否则，我绝对不会把它卖给你！"

廖辉盯着罗宁的眼睛，颔首道："这点我相信。但现在，我需要知道这颗红宝石的来历。事情的严重性我已经告诉你了，如果你执意隐瞒的话，说得不客气点——你就是间接导致这些人死亡的凶手。而且庆幸的是，我没有把它留在身边太久，否则，我现在可能已经变成鬼魂了。"

罗宁背后一凛，汗颜道："你为什么认为……我一定知道这颗宝石的来历呢？"

"因为你上次跟我说，你家遇到点事，正好需要用钱。然后，你就'捡到'了这颗宝石——世界上会有这么巧的事吗？我上次就觉得有问题了，只是没点破而已。"

罗宁无言以对了。他垂下头，陷入了沉思。如果说出这颗宝石的来历，就意味着一个问题——哥哥的秘密也保不住了；但如果不说，良心不允许他无视这么多无辜的生命逝去。思来想去，他做出一个决定——把整件事和盘托出。除了说出红宝石的来历，他还有另一个目的，那就是让廖辉帮他分析一下，这一系列谜一般的事件，到底是怎么回事。他知道，廖辉是个聪明人，更重要的是，他是个局外人——当局者迷，旁观者清。有些时候，必须借助局外人来帮助自己做出思考和判断。

"好吧，廖辉，我把整件事的来龙去脉告诉你。但你必须保证，绝不能告诉其他任何人。"罗宁说。

"没问题，你说吧。"

"这事说来话长，要从三十多年前说起……"

十三

罗宁用了接近一个小时的时间，从三十多年前的游泳事件讲起，一直讲到哥哥出现在自己面前，用神秘的方法帮助儿子成为学校老大，在家里出现债务危机的时候拿出这颗红宝石……所有的一切，他都毫无保留地告诉了廖辉。

廖辉听得呆若木鸡。罗宁讲完后，他问道："你说的，全是真的？"

罗宁苦笑道："以你对我的了解，你觉得我是这么有想象力的人吗？我能编出这么离奇的故事来？你要是不信，去我儿子的学校打听一下吧。我刚才说的那件事，几乎全校的人都知道。"

"天哪！这件事，实在是太匪夷所思了。"

"所以，关于这颗红宝石的来历，我只能告诉你，这颗红宝石是我那个神秘的哥哥给我的，但他又是从哪儿得来的，我无从得知。而且我也不认为他会告诉我。"

现在，廖辉感兴趣的显然不止红宝石这一件事了。他对整起事件都充满了浓厚的兴趣："罗宁，你没有试着想明白，这一切到底是怎么回事吗？"

"我当然想过，但我想不通。所以我告诉你，看你能不能帮我分析一下，这到底是怎么回事。"

廖辉沉吟良久，起身离开了这个包间。一两分钟后，他回来了，手里拿着一支笔和一张纸——估计是跟前台要的。他坐回原位，一边在纸上书写着，一边说道："我觉得这件事的疑点太多了，必须用纸笔来记录一下。"

罗宁点了点头，把椅子挪过来，跟廖辉坐在一边，听他分析。

"我认为，疑点主要有以下几个。第一，三十多年前，你跟你哥哥去金秋湖游泳，你们在湖边发现了那本神秘的古书，而你恰好有阅读障碍，把书中的内容读了出来，结果导致风云突变，你哥哥被巨大的漩涡卷进湖底——这些事情，真的是巧合吗？"

罗宁一愣，这个问题，他从来没有思考过，不禁问道："不是巧合还会是什么？难道是某人安排好的？"

"我觉得，完全有这个可能。因为有一点很奇怪，为什么你跑去叫大人来，仅仅半个小时的时间，那本书就消失不见了？它又不是一页纸，而是一本书，总不会被风刮走了吧？所以唯一的可能性就是：在你离开的这段时间，这本书被某个人捡走了——以免留下罪证。如果这个推论成立，就意味着，这本书之前出现在湖边，也不是巧合，而是某个人故意放在这里，让你们发现的。"

罗宁后背泛起一股凉意，他不得不承认，自己之前没有仔细思考过这个问题，现在经廖辉这么一分析，觉得他说得十分有道理。他点头道："你接着说。"

"再说第二个疑点，三十多年后，你哥哥以小时候的形态出现在你面前。关于这一点，他并没有表现出难以接受，或者非常想知道在他身上到底发生了什么事——你不觉得很可疑吗？"

"的确如此，他只在最开始提过一次，说他也不知道这究竟是怎么回事。然后，就似乎再也没管过这事，欣然接受了。"

"对，这就是不合逻辑的地方。想想看，这种事情要是发生在你我身上，我们应该会绞尽脑汁、想尽一切办法去探究这到底是怎么回事吧？"

"我当时以为，也许他只是个十三岁的孩子，所以才没想这么多……"

"但后来，你发现他的思想和行为模式，都不像一个十三岁的小孩。"

"是的，他有一种远超这个年龄的成熟。你觉得这意味着什么呢？"

"意味着他没跟你们说实话——其实，他很清楚这一切到底是怎么回事。"

"……会吗？"罗宁大为震惊，同时又觉得极有可能。

"现在，说说第三个疑点。你提到了，你哥哥用某种神秘的方式整治了那个欺负你儿子的同学，包括他爸。而这种方式，看起来很像是在施展某种魔法——我知道这听起来有些荒唐，但我想不到更合理的解释了。"

"嗯，你继续说。"

"想想看，三十多年前，在金秋湖边，你捡到那本古书后，把它读了出来，之后便发生了你哥哥被卷进湖心的怪事。你不觉得你当初念的，可能是某个咒语吗？"

罗宁睁大眼睛，惊愕得许久没说出话来。廖辉接着说："因为你哥哥也会施咒，所以我猜，会不会你们兄弟俩都有这种本事？"

罗宁哭笑不得："你好像把我说成哈利·波特了。"

"我没开玩笑。"廖辉认真地说，"你仔细回想一下，在你的印象中，你父母有没有类似的能力？"

罗宁根本不用想就摇头道："他们都是地地道道的农民，辛苦劳作，赚血汗钱，要是有这种非凡的本事，还用得着这么劳累吗？"

"那再上一辈呢？"

"再上一辈也不可……"话说到一半，罗宁骤然停下了。

"怎么了，你想起了什么？"

罗宁竭力思索："我爷爷在我六岁的时候就去世了，所以，我对他的印象不太深刻。但是我记得，当时村里有些人会来找他，让他帮忙做做法事什么的。不过，在我们小的时候，很多老年人都懂些阴阳皇历之类的，这不算什么特殊的本事吧？"

廖辉没说话，陷入了深思。良久之后，他说："现在我们把整件事捋一下，看看有没有这种可能：三十多年前，你们兄弟俩去金秋湖游泳，出于某个人的算计，你发现了那本古书，然后念动咒语，使你哥哥被卷入水中——实际上，他可能去了某个神秘的地方。三十多年后，你哥哥从那个神秘之地回来，学会了某些魔法，还带回来一批稀世珍宝。他把这些珍宝藏在金秋湖畔的某个秘密地点。当你需要用钱的时候，你哥哥就把其中一颗宝石给了你。"

罗宁凝视廖辉，片刻后，他说道："我觉得，有这种可能。但这也无法解释，我哥哥为什么三十多年没有变老。"

"这就只有你哥哥才知道了。但是你知道吗？我这样说　并不完全是推测。"

"什么？难道你还有什么确切的证据？"

"有一件事，我刚才没有跟你说。"

"什么事？"

"记得那个切割红宝石的工匠吗？他死后，富商对红宝石的来历提出了质疑。于是，他把从红宝石上切割下来的一些粉末送到某个机构进行检测。结果，研究人员从中发现了一种含量很高的特殊的物质。简言之，这颗红宝石，不是地球上的东西。"

罗宁愕然："你是说，它来自那个'神秘之地'？"

"对，你哥哥去过的那个地方。"廖辉说，"我能够帮你分析的，就只有这些了。其他无法解释的问题，全世界只有一个人知道答案，就是你哥哥。"

罗宁讷讷地点着头。少顷，他说："红宝石的事，你打算怎么跟那个富商的儿子解释呢？"

廖辉说："我打算告诉他，这颗宝石的来历我实在是无法查明。但我建议他把宝石扔掉，比如沉入大海深处。然后，为了弥补他的损失，我可以把一半以上的钱退还给他。"

罗宁点头道："从金秋湖畔没有人受到什么影响来看，这颗宝石只要不留在某个人的身边，就不会让人丧命。所以我觉得，把它丢掉是最好的办法了。"

"是啊。"廖辉接着说，"罗宁，如果有机会的话，我认为你应该设法套一下你哥哥的话，看他会不会把实情告诉你。否则，这个秘密会一直困扰着你。"

"我看看有没有机会吧。"罗宁颔首。

十四

罗平是聪明而敏感的，况且他星期一到星期五都住在学校，要从他口中套话，或者让他吐露实情，显然不是一件容易的事情。关键是，罗宁发现很难找到一个切入点引起这个话题——因为多数时候，罗平都跟罗小丹待在一起，他不可能当着儿子的面谈论此事。如果把哥哥单独叫到某个房间去说话，又显得过于刻意。所以要弄清此事，实在是举步维艰。罗宁甚至觉得，也许只能寄希望于哥哥某天主动告知。但是，这种可能性——起码目前看来——微乎其微。

红宝石害死了富商一家人的事，他忍住没有告诉苏鸥，原因是他不希望苏鸥因此背负上沉重的道德枷锁。作为男人，这件事由他一个人来承担就好了。

周三的早晨，罗宁吃完早饭准备出门去上班，他又想到了红宝石的事情，既然不能在家当着儿子的面问哥哥罗平，在学校也不方便问，那就只能把哥哥从学校里接出来，单独询问红宝石的事情。于是，他向领导请了假，开车去了学校。

半个小时后，罗宁来到学校。他在门口做了登记，进入校园后，径直走到罗小丹和罗平所在的班级。

正好赶上第一节课下课，罗宁在走廊上见到了儿子。罗小丹有些惊讶，问道："爸爸，你怎么来了？"

"我找你堂哥有点事，他在哪儿？"

"堂哥？他不是应该跟你在一起吗？"

"什么？他怎么会跟我在一起？"

"星期一下午，你不是来过学校一趟吗，说堂哥家里有点事，要给他请几天假。然后，他就离开学校了。"

罗宁惊愕无比，他问："星期一下午，你看到我了？"

"我们都看到了。"

他想到了大约两个月前，发生在学校的怪事。那个叫肖炜的男生，一直把罗小丹看成他爸——这是罗平的"杰作"。那么，他既然能让一个男孩把同学当成自己的父亲，也就能让同学们见到一个假的罗宁。

罗小丹从爸爸的表情和反应中意识到这事有点不对劲，问道："怎么了，爸爸？"

"没什么。对了，堂哥没有跟你说，他跟我去哪儿了吗？"罗宁强压怒火，问道。

罗小丹摇头道："没有，我还以为你会知道呢。"

"好吧，没事，你继续上课，我走了。"罗宁揉了儿子的脑袋一下，离开了。

走出学校，罗宁暂时没有回到车上，他思索着，罗平会去哪儿呢？直觉告诉他，这不是普通的逃课，罗平一定是做某件事去了。但问题是，他一点头绪都没有。他不可能猜到哥哥的想法，更没法找到他。

失落和愤怒的情绪笼罩在罗宁心头，让他的胃一阵阵抽搐起来。这时，他想起自己一碗粥都没喝完就跑了出来，现在腹中饥饿，亟须进食。正好学校附近有一排餐饮店，他朝其中一家面馆走去。

罗宁点了一碗牛肉面，服务员不一会儿就端了上来，他狼吞虎咽地吃了起来。吃到一半的时候，一个年轻女孩走到店内，点了一碗面，问收银台的中年男人："老板，昨天一天，你都没看到我的狗吗？"

老板说："我帮你留意了，但真的没看到。"

女孩难过地说："如果你看到有哈士奇从你店门口路过，请一定要告诉我，我会付重金感谢你的。"

老板说："放心吧，如果我看到你的狗，肯定跟你说。不过你们小区最近怎么回事，总是有人丢宠物。前天也有一个人在找他的秋田犬，你们倒是把自己的宠物看紧点呀。"

女孩委屈地说："其他人是怎么回事我不知道。但我的狗，这两天根本就没带出来过，我都不知道它是怎么丢的。"

"是不是你住的楼层低，它从阳台上翻出来了？"

"也许吧……"

这两个人的对话乍一听稀松平常——毕竟丢宠物这样的事情经常发生。但罗宁稍一琢磨，觉得有点不对。同一个小区频繁发生宠物失踪事件，真的是巧合吗？

吃完面，罗宁离开这家店之际，假装随意地问了一句："老板，刚才那女孩说她丢了宠物，她住哪个小区？"

老板说："就旁边的南苑新城，怎么，你见着她的狗了？"

"没有，随便问问。"罗宁笑了一下，离开了。

走出面馆，罗宁步行来到旁边的南苑新城小区。这个小区需要刷卡才能进入。不过现在是大白天，门禁并不严格，罗宁跟在别人屁股后面混了进去。小区内有一个布告栏，是提供给物业和住户们张贴各种广告和信息的。罗宁凑近一看，发现布告栏上贴着三张寻狗启事，日期都是近期的，一只秋田犬、一只哈士奇和一只泰迪。看来这个小区至少失踪了三只狗，都在最近几天。

这件事引起了罗宁的猜疑。他想了想，走出小区，在门口的小超市买了包软中华，再次跟在别人身后混了进来。过了一会儿，他晃悠到保安面前，假装成业主问道："咱们小区，最近咋丢了这么多只狗？"

保安是个三十岁左右的小伙子，说道："不知道，这些丢了狗的业主都来问我们，但我们是真没见到有狗跑出去，监控也调来看了。呃……该不会您的狗也丢了吧？"

"不是，我没养狗，就是随便问问。"罗宁一边说，一边摸出那包还没开封的软中华，递给那保安，"来，抽烟。"

"哎哟，您客气。"保安摆手谢绝。罗宁却执意让他收下。这包烟七十元钱，一般的保安自然不可能抽这么贵的烟，他假意推托一番后，便接受了。

"您是想打听点什么事吗？"保安挺上道。

罗宁摸出手机，找到一张罗平近期的照片，递给保安看："你最近几天，见过这孩子吗？"

保安仔细端详了一阵，说道："没见过。您不会是丢孩子了吧？这丢个猫狗啥的倒是小事，丢孩子就是大事了，您得去公安局报案呀。"

"不是，这是我一个亲戚的孩子，前两天跟父母吵架，离家出走了。家里人着急，就让我帮着打听一下。"罗宁胡诌道。

"唉，现在这孩子真不让人省心。不过，他应该没跑到我们小区来，不然我们肯定会看到。"

"这样呀……"罗宁有些失望，正打算离去，保安有些纳闷地说，"您不是住这小区吗？如果这孩子跑到咱们小区来了，您就住在这里，肯定会看到。"

罗宁猜想这保安真把自己当成这里的业主了，他也没法解释，笑了一下，打算离开。突然，他想到了什么，问道："你这几天，看到我在这小区里出入了？"

保安笑了："瞧您说的，您住进来好几天了，我要是一次都没看到，那不是玩忽职守了吗？"

罗宁心头一震，猛然明白了什么。怪不得他刚才混进来轻而易举，原来并非该小区门禁松懈，而是另有原因。看来，罗平借用自己的身份，不是一时半会儿的事了。不过通过这一点，他可以肯定罗平就在这个小区里，内心一阵激动。

思索几秒后，罗宁对保安说："其实我并不住在这个小区，你看到的那个人也不是我，而是我的双胞胎哥哥。"

"咦，真的？怪不得他跟你长得一模一样。"

"双胞胎嘛，当然长得像。对了，你知道他住几栋几单元吗？"

"知道，业主的信息都要在我们物业这里登记。不过，难道您不知道吗？您哥哥没告诉您？"

"不瞒你说，我跟我哥哥闹了点矛盾，他跟我赌气，才搬出来住。我这不是来找他，劝他跟我回家的吗。"

保安微微皱眉，心想他刚才还说是亲戚孩子离家出走，现在又改口说是自己的双胞胎哥哥，到底哪句是真，哪句是假？不管怎样，总是有些可疑，便多了几分戒备之心。罗宁看出他的疑虑了，说："这样，你要不放心的话，麻烦你跟我一起去找一下我哥哥吧。当然，肯定不会让你白跑的。"

说着，他从裤兜里摸出两百元现金，塞到保安手里。保安笑逐颜开，说道："好嘞，没问题，我这就带您去找他。"

罗宁跟着保安来到二栋三单元，乘坐电梯上了十五楼。保安指着门牌号是 1502 的住宅说："您哥哥就住这里。"

罗宁说："拜托你帮我敲下门，问问他在不在吧。"

"您自己怎么不敲呢？"

"我怕我哥哥还在生我的气，听到是我的声音，故意假装不在家。"

"明白了。"

保安上前敲门，半分钟后，里面问道："谁呀？"

罗宁使了个眼色，保安说："我是物业的人，找您有点事。"

门开了。一瞬间，里外的人都呆住了。

两个罗宁，对视在了一起。

十五

"啊，看来还真是您的双胞胎哥哥。那我就不打扰了。"保安说。

"谢谢你啊。"罗宁说。

"不客气。"保安乘坐电梯下楼了。

罗宁望着跟自己一模一样的人，说道："不请我进屋吗，哥哥？"

另一个"罗宁"显然有些尴尬，顿了几秒，说道："进来吧。"

罗宁进屋后，把门关上，对"双胞胎哥哥"说："你是打算让我一直跟自己聊天，还是解除魔法，变回原来的样子？"

对方沉默片刻，轻声念动了一句咒语。法术解除了，出现在罗宁面前的，是十三岁的罗平。

"看起来，你好像什么都知道了。"罗平说。

"没错。"

"你是怎么知道的？"

"因为我不是傻瓜，罗平。这么多天来，我早就看出不对劲了。但我真应该早点质问你。你能不能解释一下，你为什么不在学校上课，而要冒充我，到这个小区来租房子住？"

"罗宁，我不知道该怎么解释。"

"跟这个小区失踪的三只狗有关系，对吧？"

罗平显得很吃惊，似乎他一直小看这个弟弟了。"你怎么知道狗的事？"

"我就是因为这事才找到这个小区来的。"罗宁说，"而且，从进入这套房子开始，我就闻到了一股血腥味，似乎是从那边传过来的。"

罗宁的手指向了右侧的一个房间。罗平露出惊恐的神色。

"你躲在这房子里干什么？"罗宁问道。

"相信我，你不会想知道的。"

"不，我一定要知道。罗平，除非你用某种法术来制止我，否则的话，我今天一定要知道答案！"

说完这句话，罗宁不由分说地朝那个房间走去。罗平跟在他身后，似乎想拉住他。但是从体型上，他显然无法跟已经成年的弟弟抗衡。罗宁大步流星，走到那个房间门口，推开了房门。

映入眼帘的一幕，令罗宁目瞪口呆、肝胆俱裂。

这是一个空房间，没有任何家具。房间的地上铺了一层塑料布。三只狗的尸体让人触目惊心。罗宁感觉自己仿佛被冻结了。眼前的画面令他感到寒意砭骨，许久之后，他才转过身，脸色苍白地望着身后的哥哥："我的天哪……罗平，你干了些什么？！"

罗平烦躁而痛苦地抓着脑袋说道："好吧，我承认，罗宁，**我快失控了，我无法控制我自己！**"

"什么意思？"

罗平走进客厅，瘫倒在沙发上，仰望着天花板。罗宁也不忍再多看一眼这房间里的惨况，他关上门，回到客厅，坐在哥哥面前。

"你愿意把真相告诉我吗，罗平？这一切，到底是怎么回事？"

　　罗平深吸一口气："事情都发展到这一步了，除了告诉你实情，我恐怕也没有别的选择了。"

　　罗宁没有催促，等待哥哥往下说。

　　"你记得我们的爷爷吗，罗宁？"

　　"当然记得，虽然在我六岁的时候，他就去世了，但我对他肯定是有印象的。"

　　"接下来我说的一切，可能你会觉得是天方夜谭，你需要有心理准备。"

　　"在目睹你能变成我的样子后，我觉得我的接受程度已经超出你的想象了，你说吧。"

　　"好吧。"罗平说，"你肯定知道，唐朝时期，中原与波斯有着频繁而密切的交往。很多波斯人带着他们的技术和文化来到中原，在这里经商、定居，有些甚至跟中原人通婚。"

　　罗宁不知道话题怎么一下扯到唐朝去了，但也没有打断罗平，耐着性子往下听。

　　"爷爷告诉我，其实我们一家人是具有一定程度的波斯血统的。因为我们的祖上，有一个波斯人。而这个波斯人祖先，不是一个普通人，而是一个**魔法师**。"

　　"魔法师？世界上真的有魔法师存在吗？"

　　"经历这些事情后，我认为你不该再问这个问题了。事实是，这个世界上只有极少部分人才可能成为魔法师。

　　"德国著名学者科尼利厄斯·阿格里巴，在1533年出版了一本叫作《超自然哲学》的著作。书中指出，自然界所有的人、植物、动物、岩石和矿物质都包含着某种神奇的力量。一个人可以通过发现自己，以及自己与宇宙万物的关联，然后开拓想象力和意志力，获得神奇的超能力。但是让读者失望的是，在书中阿格里巴并没有解释魔法师是如何获得他们的神奇魔力的，原因是这种能力根本就无法被普通人学习和掌握。一个人是否具有成为魔法师的资质，纯粹取决于他的基因——简单地说，就是家族遗传。

　　"说到这里你肯定已经想到了，我们的祖先中出了一个魔法师，导致我们也具备了这样的血统。而爷爷告诉我，魔法师的基因在我们家族基本是以隔代遗传的方式传递的。所以，我们的爸妈只是普通农民。这也许就是爷爷一直没把此事告诉他们的原因吧。"

"我也不知道。那爷爷为什么只告诉你呢？"罗宁问。

"他最开始也不想告诉我，可是有一次，我碰巧目睹了他施法，他才被迫告诉我的。"

"这么说，全家人中，只有你知道这个秘密？"

"没错。而且我还知道另一个秘密。"

"是什么？"

"那就是，家里有一本记载了各种法术的古书。爷爷把它视为珍宝，因为这本书是从古代传下来的。当时我一直以为，爷爷会把这本书传给我，并教我学习其中的法术。但爷爷的回答令我失望。他说，按照祖上定下的规矩，这本书和其中的法术，只能一脉单传。而如果让他选择一个继承人——这个人不是我，而是你。"

"为什么？"罗宁诧异。

"因为我跟你虽然都有魔法师的血统，却有天资的区别。在爷爷眼中，你才是那个天赋异禀的继承者！"

罗宁惊呆了。在此之前，他做梦都不可能想到，自己居然是一个天才魔法师。猛然间，他回忆起了三十多年前金秋湖畔的一幕，似乎很多问题都迎刃而解了。但他不明白的是，爷爷从未跟他谈及此事，怎么知道他天赋异禀呢？

罗平看出了弟弟眼中的疑惑，他接着说道："你肯定不知道，在我们三岁的时候，爷爷就分别对我们进行了某种测试。测试方法不得而知，但最后的结论就是，你比我更具天资，是最佳的继承人！"

三岁时的事，罗宁不记得了。况且爷爷当初的测试方法，可能十分隐晦，自己未必能意识到是怎么回事。他问道："既然爷爷打算把那本古书传给我，它怎么会出现在你手里呢？"

罗平冷笑一声：

"家里就那么点地方，要找到那本书又有何难？爷爷不愿把书和其中的法术传给我，却无法阻挡我对巫术的痴迷和热爱。80年代初期，城市里已经有复印机这种东西了。所以，某一天，我趁爷爷外出的时候，悄悄偷了这本书，坐车来到城里，复印了一本，再把原版放回原处。

"自此之后，我便开始偷偷地学习魔法术。但小时候的我，仅仅靠着一腔热情去钻研这本晦涩难懂的书，实在是有些不得要领，只学到了一些雕虫小技，跟一个真正的魔法师比相去甚远。万般沮丧的我，只得暂时放弃了魔法术的学习。

"几年后，我长大了一些，再次燃起了学习魔法术的热情。这时我注意到，古书的其中一章提到：在现实世界之外，存在一个异世界，姑且把它称为'魔界'吧。这个世界有着数不清的奇珍异宝，还有所有魔法师都梦寐以求、希望学习和掌握的各种神奇法术。如果人类进入这个世界，即便是一个普通人　也有成为魔法师的可能。但唯一的问题是：要进入这个世界，仅靠自己是办不到的，必须跟某位魔法师配合才行。

"那个时候，爷爷已经死了。所以我意识到，能配合我做这件事的人只有一个，那就是你。但新的难题出现了，我该怎么跟你说这件事呢？总不能说'嘿，弟弟，我想去另一个世界玩玩，你能帮帮我吗'——这种事情，你既不会相信，也不会同意。所以，我只有略施小计了。"

"这个计划就是，骗我去金秋湖游泳，而你则提前把那本书放在湖边，然后引诱我发现这本书。"罗宁全都明白了，"但你怎么能保证，我恰好就会读到能把你送到异世界的那一段咒语呢？"

罗平笑了起来："因为你当时根本就没有认真看。这本书，从第一页到最后一页，每一段文字都是一样的。那些你看不懂的文字，其实是古阿拉伯语音译成繁体字后的版本，记录的是同一条咒语。也就是说，不管你从这本书的哪一页读起，最后的结果都是一样的，那就是念动了这条咒语。很显然，这并不是那本真正的古书，甚至连复制版都算不上，它只是这个计划中的一样专属道具罢了，是我去城里复印了几十页一样的篇章，再用染料把它做旧后的精美道具。用来蒙骗一个十岁的小孩，显然足够了。"

"真是一个天衣无缝的计划，特别是，我的阅读障碍症帮了你的大忙。我猜，这则咒语必须要读出来才有效吧？默念是没有作用的。"

"哈哈哈哈哈哈！"罗平突然爆发出一阵肆意的狂笑。

"你笑什么？"

"罗宁，我可爱的弟弟。你直到现在都以为，你的阅读障碍症，是天生的吗？"

罗宁呆住了，全身冒起鸡皮疙瘩："你说……什么？"

"你难道就没想过，你上学之前从来没这毛病，为什么一入学，就有阅读障碍了呢？"罗平说，"记得我刚才说的，我偷偷学习法术，却只学会了一些雕虫小技吗？让你见到文字就必须读出来，就是我给你施的一个小法术。"

"原来是这样……小法术？几十年来，我必须如此！"罗宁怒不可遏，"你知道这个'小法术'造成了多大的麻烦吗？！"

"别生气了，弟弟。我知道这给你带来了一定程度的困扰。所以出于弥补，我把'埃加红石'给了你，解决了你的大麻烦，同时还让你们变成了千万富豪。我想，这道歉够有诚意了吧。"

"原来是这样，"罗宁说，"你处心积虑利用我把你送到魔界，却全然不顾我和爸妈的感受——你知道你'失踪'后，爸妈有多么伤心难过吗？你知不知道他们找了你多少年？！"

"我承认，在这一点上，我的确自私了点。但当时的我只有十三岁，是想不到这些的。我对异世界的魔法和珍宝太着迷了，无论如何都要赌一把，即便是被一个巨大的漩涡卷入未知的世界。"

"你知道会出现漩涡，也知道自己会被卷进去？"

"不，我并不知道，书中没有说这个法术启动后会发生什么事。只是说，地点必须是水边；施法者在岸上，施法对象要在水中——我只是照做罢了。"

"那么，你被漩涡卷进了异世界；我跑去叫爸妈——那本书呢，去哪儿了？为什么我带着大人们回到原地，那本书就不见了？"

"这个我真的不知道。我去了异世界，哪有工夫管那个小道具。"

"好吧。"罗宁不纠缠这个问题，"那你告诉我，你在异世界待了多久，又是怎么回来的？"

"罗宁，这不是我愿意谈及的话题。如果你非要知道，我只能说，那个所谓的魔界，不是一个让人留恋的地方。那里暗无天日，充满诱惑和危险，最重要的是，没有'时间'这一概念。所以我的身体在那里永远不会长大，但心理却另当别论。我不知道在那里待了多久，如果以感受而言，我觉得大概有一百年那么漫长。但不管怎么说，我至少是有收获的。我在那里学会了不止一种法术，还带回来一些价值连城的宝石。而其中一种法术，就是可以让我不用借助他人，也能自由穿梭于这两个世界。但是我知道，我永远都不会再去往那个世界了。"罗平说。

"你在那个世界，学会了些什么样的法术？"

"你经历的，就是一部分。比如让人产生幻觉，把一个人当成另一个人，以及跟风切、火焰和冰封有关的三种法术。还有一种法术，是把目标对象（人或者动物）送到我的面前来。"

"你租这套房子，就是为了躲起来研究这些法术？你为什么要杀害那些无辜的狗？"

"这就是问题所在。"罗平说，"我失控了。这件事，刚才我就告诉你了。"

十六

"失控是什么意思？"罗宁问道。

"就是我渐渐开始无法驾驭法术带给我的负面影响了。"罗平说，"使用法术——至少是在这个世界——是要付出代价的。它会对魔法师造成反噬。这一点，爷爷没有告诉我，我之前也不知道，或许是因为我之前掌握的都是些无关痛痒的小法术的缘故。

但是自从我对肖炜和他父亲用了法术，以及把埃加红石给你之后，事情就开始朝难以控制的方向发展了。"

"埃加红石，是那颗宝石的名字吗？"

"对，它是魔界最耀眼的宝石，是不该存在于这个世界上的东西。"

"那你是否知道，它会给人带来厄运？"

"我不知道。它给谁带来厄运了？"

"我把这块宝石卖给了我的朋友，他又转手卖给了一个外国的富商。结果一个月内，那个富商一家人都死于非命了。"

"原来如此……我明白了。"

"明白什么？"

"这就是我刚才说的'代价'。**现实世界跟魔界不一样，有着一套'能量守恒定律'，或者'等价交换原则'**。从你刚才说的来看，埃加红石显然具有一种特殊的魔力，会给持有它的人带来不幸。而这颗宝石是我从魔界带出来的，所以这笔账当然要算在我头上。再加上我之前对不止一个人用了法术，所以，终于遭到法术的反噬了。"

"反噬的表现是什么？"

"大概就是我的良知会逐渐被侵吞、灵魂会逐渐被腐蚀吧。"罗平说，"接着，事情便一发不可收拾了。那些跟风切、火焰和冰封有关的法术，我早就在魔界学会了。但以前，我只是把它们当作傍身之技，打算在遇到危险时使用；但最近，我不再这么想了。我开始渴望杀戮，期待看到这些法术夺去人类或动物的生命，甚至享受虐杀的快感。我最开始对野猫和老鼠下手，但很快就不满足于此。有一天上体育课的时候，我盯着班上一个男生细嫩的脖子看了至少五分钟，并产生了一些可怕的幻想。当我察觉到我打算做什么的时候，我再一次被这可怕的想法吓到了。我意识到，我不能再待在学校里了，否则，这些学生中的某一个——或者不止一个——将成为牺牲品。"

"我的天哪……"罗宁倒吸一口凉气，"罗平，告诉我，你现在还没有用法术杀过人。"

"目前还没有，但是说实话，我快要忍不住了。"

"什么叫忍不住？"罗宁焦急地说，"这是杀人！是罪大恶极的事，不是饿了之后想吃消夜！"

"你好像还没明白，我正在一天天地丧失对身体和心智的掌控权。如果我能控制自己的心理和行为，那还有什么好担心的？我现在躲在这套房子里，远离那些无辜的学生，弄几条邻居的狗来满足杀戮的快感，已经是我竭尽所能的努力了。但我知道，这种状态持续不了太久。我不想吓你，但事实是，今天早上，我已经在思考如何用法术来杀人了。你知道，我在阳台上就能办到，任何人都不可能知道这是我做的。"

"天哪……有什么办法能阻止事情进一步恶化吗？"

罗平沉吟片刻，说道："有的，但是跟三十多年前一样，这需要你的协助。"

"我能做什么？"罗宁问。

"那本古书中，记载了一个'净化术'。这一法术的目的是驱除恶念、净化心灵，让受到法术作用的心灵变得清澈。简言之，它能让一个坏人变成好人。"

"那真是太好了，你早就该告诉我，我这就对你施净化术。"

罗平摇头叹息道："但是，净化术有一个弊端。那就是，会清除我学过的所有法术。也就是说，如果你对我施了这个法术，我就回归成一个普通人了。"

"如果能阻止你的恶念，这也是值得的。"

"你说得还真是轻松。"罗平再次叹气，"如果让你在五分钟内忘掉你前面几十年学过的所有知识和技能，你会愿意吗？况且学习法术，跟坐在窗明几净的教室里听课是完全不同的。你不可能知道我吃了多少苦，经历了多少磨难。所以，要让我彻底放弃这一切，实在不是一个轻松的决定。"

"我能理解你的纠结，罗平。"罗宁说，"但是，如果你彻底失控，世界可能会沦为地狱。你现在告诉我这些，证明你的良心还未泯灭。所以你的本心一定不希望自己变成这样。另外，你也不是全无收获，至少那颗红宝石给我们带来了五千万的巨款。

这笔钱足够我们下半辈子衣食无忧，你即便成为普通人，也能够很好地享受生活，不是吗？"

罗平沉默良久，望着弟弟，点头道："你说得对，罗宁。"

"那么，你同意我对你施净化术了？"

"是的。但是净化术就跟当初那个让我进入魔界的法术一样，对施法的地点是有所要求的，不能在这个房间里进行。"

"那需要在哪里进行？"

"书上说，要想提高成功率，最好是在'原始地点'。这句话有些晦涩。我所能理解的就是，我当初进入异世界的那个地点。"

"金秋湖？"

"是的。"

"这个容易，我们现在就可以开车回老家。"

"事不宜迟。我越来越控制不住自己了。"

"走吧，我们现在就出发。"

兄弟俩走出这套房子，离开这个小区，步行到学校门口——罗宁的车停在那里。之后，罗宁一分钟都不敢耽搁，立刻驱车前往老家金坪镇。

三个小时后，他们来到了熟悉的金秋湖畔——三十多年前罗平"出事"的地点。现在是中午，但他们顾不上吃午饭，打算立即施法。

今天不是周末，现在又是冬天，作为避暑胜地的金秋湖，自然没什么人。这为兄弟俩提供了便利，万一又像三十多年前那样，发生什么惊天动地的剧变，至少不会被太多人看见。

"开始吧，"罗宁说，"我需要做什么？跟小时候一样，照着一本书念咒语吗？"

"不用，净化术的咒语只有一句，我教你就行了。但是，不是念一遍就行。你需要看着我，把注意力集中在我身上，念八十一遍。"

"好的，我明白了。"

"柯摩纳西多瓦。"

"这就是咒语，这么简单？"

"对。但是你需要在心中计数，尽量保证自己不要数错。"

"只要对语速没有要求，相信我不会念错。"罗宁自嘲道，"毕竟把文字念出来，也算是我的强项了。"

罗平点头，盘腿坐在了地上。罗宁也坐了下来，面对哥哥，深吸一口气，开始念咒语。

"柯摩纳西多瓦，柯摩纳西多瓦，柯摩纳西多瓦……"他控制着语速，直视哥哥，清晰地念动这句咒语，并在心里祈祷这一幕不要被某个突然而至的人看到。

罗宁一边念，一边在心中默数着。当念到三十多遍的时候，他突然被一种说不清道不明的熟悉感所包围，仿佛这句咒语，他曾经在哪里听过……但是，这怎么可能呢？

他变得迷惘起来，精神也没有之前那般集中了。但他仍然没有停下，怕中断会发生什么不好的后果。

当咒语念到七十多遍的时候，罗宁的记忆猛然复苏了。一件尘封的往事浮现心头，令他大为震惊。与此同时，他停止了念咒。

罗平发现弟弟并没念够八十一遍就停了下来，便问道："你怎么中断了？"

"罗平，你骗了我。"罗宁瞪大眼睛说，"这根本就不是什么净化术！"

"你胡说什么？"罗平问道。

"因为我想起来了！在我六岁那年，爷爷曾经让我念过这个咒语！而在此之后不久，他就死了！"

"居然有这事，我怎么不知道？"

"你当然不知道，因为这是爷爷和我的秘密。那一天，爷爷单独带我出去玩，凑巧也是在金秋湖畔。来到湖边后，爷爷对我说，'宁儿，我们来做个游戏好吗？如果你连续说同一句话八十一遍，我就给你买糖吃。'

"年少的我当然愿意做这个'游戏'，于是我对着爷爷，开始反复地念同一句话。这句话是什么，时隔多年，我本来早就忘了，但是刚才，在我念了几十遍之后，突然想起了，就是这句'柯摩纳西多瓦'！"

"原来如此。那么，你完成这个任务了吗？"罗平问。

"完成了，因为我记得，在我念完八十一遍后，爷爷很兴奋，似乎自言自语地说着'我果然变强了'之类的话。当时的我自然听不懂他在说什么，我关心的只是他什么时候能带我去镇上买糖。

"但爷爷说，让我先在湖边玩一会儿，然后他离开了一阵子。我依稀记得，他消失的这段时间，似乎发生了一些异象——狂风骤起、电闪雷鸣。我有些害怕，以为马上要下暴雨了，便开始呼喊爷爷。爷爷很快就回来了，与此同时，天色也回归正常。我只当是雨没有落下来，便缠着爷爷去买糖了。"

说到这里，罗宁停了下来，望着哥哥说："这事我本来忘记了，现在全都想了起来。结合目前的事实，如果我没猜错的话——这其实是一种能够强化你们能力的法术对吧？"

"没错。真是应了那句老话——人算不如天算。我费尽心机，却没有料到，你小时候居然经历过这件事，并且在最后关头想了起来。真是遗憾呀，只要你再多念几次，我就被彻底强化了。"

罗宁因愤怒而浑身发抖："难道所有的一切，全都是你设计好的？你从异世界回到我身边，策划并上演了一出又一出戏码，如此处心积虑，就是为了骗我为你施这个'强化术'？"

"对，因为这个咒语的特殊之处在于，要念上八十一遍之多，而且必须把精力集中在我身上。"罗平冷冷地说，"我无法再故技重施，让你像当年那样通过'阅读障碍'把咒语念出来，只有另辟蹊径，设计新的办法，可惜还是失败了。不过我现在关心的是另一件事——你说对爷爷念过这个咒语之后，没过多久他就死了，是什么意思？我记得爷爷是生病去世的，应该跟这个法术没有关系吧。"

"不，这件事的真相，只有我一个人知道。而且是在很多年后才知道的。"

"什么真相？"罗平问。

"爷爷临死之前，把我和你分别叫到房间，说了一些话。我不知道他跟你说的什么。"

"我记得没有什么特别的。就是他很爱我，希望我以后好好学习和生活之类的。"

"是吗？但爷爷跟我说的，却是另外一番话。"

"哦？是什么？"

"爷爷说，他做了一件后悔的事，但好在他已经找到了弥补这个过失的方法。我当时听不懂爷爷在说什么，只认为弥留之际的他，已经神志不清了。但爷爷接下来说的话让我至今难忘。他说：'宁儿，那天下午，我和你在金秋湖边做的那个'游戏'，是一个错误。记住，如果有一天，你走上了跟我一样的路，永远不要重蹈覆辙。'

"我茫然地问爷爷，这句话是什么意思。他当时已经很虚弱了，似乎没有力气来解释，只是说：'也许某一天，你会明白这句话的意思。但是如果你这辈子都不明白，那也不是什么损失。且看天意吧。'之后，他让我把你叫进屋来，跟你说完一番话后，他就去世了。

"长大之后，我开始思索爷爷临死前说的那些话。不懂的部分就算了，但我对于爷爷说的，他找到了'弥补这个过失的方法'，始终有些在意。联系他去世前的一些表现，比如毫无征兆地恶心呕吐、腹痛腹泻，以及呼吸衰竭等症状，我查找了资料，并询问医生，发现这是典型的**农药中毒**的表现。"

"你的意思是，爷爷并非死于疾病，而是服毒自杀？"

"没错。而且现在我把这件事彻底想明白了。爷爷让我对他施了强化术，导致他的能力大幅增强。但很快，他就意识到这并非是一件好事，也许就是你说的，使用法术——特别是强大的法术——会对魔法师造成反噬，最终令魔法师失控。爷爷意识到了这一点，他不想让自己成为一个大魔头，于是在失控之前，想到了一个'弥补的办法'，那就是服毒自杀。"罗宁说。

"原来如此。不过爷爷的做法，我不敢苟同。"罗平说，"即便这个世界沦为地狱，又有什么关系？只要我是地狱之王就行了。"

罗宁脸上的毛孔因恐惧而收缩起来："罗平，你已经开始失控了……不过，我是不会对你施强化术的。这也许是我唯一能做的事了。"

"抱歉，弟弟，你恐怕连这一点都做不到。因为，我还有第二个方案，可以强迫你对我施强化术。"罗平冷笑一声，"我本来不想这么做的。但事到如今，我别无他法，只有实施'B 计划'了。"

"你要干什么？"罗宁生出不祥的预感。

罗平没有回答他，而是念动了咒语。罗宁发现，自己的身体仿佛被定住了，无法动弹，甚至没法眨眼。他只能睁着一双惊惧的眼睛，望着面前的哥哥。

罗平从衣服口袋里摸出一张纸——显然他早有准备——这张纸上，密密麻麻地写着同一句话：柯摩纳西多瓦。不用数也知道，肯定是八十一遍。

"罗宁，你毕竟是我弟弟，我真不想这么对你。但你识破了我的计谋，又拒绝配合，我只能这样做了。我当年对你施的那个法术，是永久性的。你看到任何文字，都必须把它念出来。"

说着，罗平把这张纸伸到了罗宁眼前。罗宁大惊失色，却不由自主地念了出来："柯摩纳西多瓦、柯摩纳西多瓦……"

罗平露出狡黠的微笑。八十一遍，不需要太久，最多两分钟，他就会变成这个世界上最强大的魔法师了。到时候，全世界都会被他踩在脚下。

"柯摩纳西多瓦……"念到二十多遍的时候，罗宁突然话锋一转："本度假山庄承接高中低档宴席，特色烤鱼、烤全羊、烤土鸡土鸭……"

罗平一怔，这才发现，罗宁的眼珠瞟向了别处，把旁边度假山庄的广告念了出来。"强化仪式"再一次中断，令他大为光火，他放下举在罗宁眼前的那张纸，说道："这种无聊的反抗，你觉得有什么意义吗？你是不是非得逼我把你的脑袋套在一个纸箱子里，让你的视线只能集中在正前方？"

"那你是不是非得逼我咬舌自尽？"罗宁说，"我决定了，宁肯死，我也不会助纣为虐，让你成为大魔头。"

"咬舌死不了，只会让你永远都不能说话。"

"那也是没办法的事。"

"好吧，我明白了。那么，你就别怪我做出狠心的事了。"

"你要做什么？"

"我打算把罗小丹弄到你面前来，然后看看你会在目睹儿子惨死和配合我两者之间，做出怎样的选择。"

罗宁瞪圆双眼吼道："罗平，如果你这样做，就是一个彻头彻尾的魔鬼了。"

"你好像忘了，我本来就想变成魔鬼。"

"你为什么要这么做，令爷爷失望？！"

"罗宁，你要是不提爷爷还好，知道吗？从他选择你当继承人那天，我就开始恨他了。没错，我承认你的天资确实比我高，但他不该忽视我对于法术的追求和喜爱。所以我以身犯险，进入魔界，包括设计让你为我施强化术，都是为了证明，这老家伙的选择是错误的。勤能补拙，即便资质平平，我仍然能够成为这个世界上最强大的魔法师！"

两行泪水从罗宁的眼眶中倾泻而下，他想摇头，却发现脑袋根本动不了。"罗平，你真是错得离谱，为什么你直到现在还不明白爷爷的心意——"

"什么心意，你倒是说说看呀。"

"爷爷临死前，也没有把古书和法术的事告诉我，只是暗示我有可能会走上跟他一样的路。如果我没猜错的话，他应该十分纠结。一方面，他已经意识到了法术会对施法者造成反噬，所以不希望自己的孙子步其后尘，落个不得善终的下场；但另一方面，他又不希望延续几百上千年的法术，终结在他这一代。所以，**他决定由天意来决定此事**。我爱看书，如果我在他那一堆老古董中发现了这本古书，则会成为一个魔法师；如果没有发现，就算了。结果是，我虽然一直爱看书，但小时候的我，更爱看童话和冒险类的书，对爷爷留下的旧书没有多大兴趣，也就没有发现这本记载法术的古书。

"但不管怎么说，爷爷至少是考虑过让我继承这本书的，所以他才会在临死前叮嘱那番话。可是对你呢？他在死之前对你说，他很爱你，希望你以后能好好地生活。罗平，你还没意识到这是怎么回事吗？**虽然我们都是他的孙子，但他最爱的还是你！**如果我们两个人中一定要有一个人成为魔法师，最后不得善终的话，他宁肯这个人是我，也不希望是你！你有没有想过，他之所以选择我来继承这些法术，不是因为我的天资比你高，而是因为他更爱你！"

罗平呆住了，很显然，这的确是他从来没有思考过的问题。现在，经弟弟这样一说，一些陈年往事纷至沓来。许久后，他笑了一下，深吸一口气，仰面望天，说道："其实有件事，我一直瞒着你。"

"什么事？"

"你刚才说，爷爷为了让你帮他施强化术，以带你单独去买糖作为诱惑。但你不知道的是，爷爷不止一次地单独带我去买过糖，还让我不要告诉你。"

"呵呵……爷爷还真是偏心呀。"

兄弟俩对视在一起，彼此都已是泪流满面。

"看来，我还真是错得离谱。我恨了爷爷这么多年，以至于不惜一切代价想要证明他是错的。结果，错的人是我。我辜负了爷爷的心意，走上了他不愿我走的那条路，甚至迷失了自我……"

"不，你没有迷失自我。从你说的这番话就能证明。"

"那么，现在还来得及。我把真正的净化术的咒语告诉你，你帮我施法吧。"

"罗平，这是你的真心话吗？你不会再次骗我吧？"

"你觉得有这个必要吗？我刚才说了，要逼你施强化术，我有数不清的方法。"

"好吧，我相信你，哥哥。"

罗平解除了罗宁的禁锢状态，让他能够自由活动了，然后告诉他一句咒语，说："跟强化术一样，这句咒语也需要念八十一遍。"

"好的。"

兄弟俩面对面地坐在了地上。罗宁望着哥哥，把这句咒语对着他念了八十一次。这一回，没有再受到任何内因和外因的干扰了。

施法成功了，罗宁惊讶地看到，哥哥的身体周围冒起了白色的烟雾，仿佛一些东西从他身上升腾而去了。而这时，哥哥对他说出了一句话：

"对不起，罗宁，我的确又一次欺骗了你。"

"什么？！"

"这个世界上，根本就没有什么'净化术'。你刚才对我念的，是一种能让我升天的咒语。"

"升天？什么意思？你说清楚点呀！"

"意思就是，我快要死了，弟弟。这是唯一能够阻止我失控，以及拯救这个世界的方法。我死后，这个世界上就没有害人害己的魔法师了。也许，这就是天意吧……"

"不……不！"罗宁扑了过去，抱住哥哥。罗平的面色和嘴唇都开始发白，虚弱地倒在了弟弟的怀中。接着，惊人的一幕发生了。

本来保持十三岁样貌的罗平，开始以肉眼可见的速度急速衰老。在短短数秒之内，他步入青年，迎来中年，走向老年，皱纹布满他的面庞，青丝染成白发，皮肤逐渐松弛……不到一分钟，他就从一个十三岁的孩子，变成了耄耋老人。仿佛之前在魔界停滞的时光和岁月，在顷刻之间还了回来。接着，他的呼吸变得急促，眼睛浑浊无光。一望而知，已是钟鸣漏尽、行将就木了。

"不……哥哥，你怎么能……"罗宁经历着人生中最痛苦的景象，泣不成声，泪眼婆娑，已经无法看清哥哥的模样了。

"罗宁……"罗平用尽最后的力量，说出了生命中最后一句话，"还有一件事，我也没跟你说实话……我从魔界回来，找寻到你，不仅仅是为了利用你……还因为，你是我的弟弟……是我，唯一的亲人……"

说这句话的时候，这位老人把手伸向抱着他的中年男人，用干枯的手掌摩挲着弟弟的脸颊。然后，这只手垂了下去，他的脑袋，也耷拉到了一旁。

"哥哥，不……别离开我，不……"

肝肠寸断的罗宁，紧紧抱着怀中那尚有温度的躯体，仿佛在这一刻，他失踪三十多年的哥哥，才终于回到他身旁了。

　　　　　　　　　　尾声

　　这一切，真是太惊人了。

　　躲在不远处的度假山庄，用望远镜目睹了刚才全部过程（也听到了所有对话）的中年男人，在心里发出了惊叹。

　　三十多年前，发生在金秋湖的"少年失踪谜案"，竟然有着如此惊人的内幕，这是他全然没有想到的。当年，他也算是这一事件的参与者之一。失踪男孩的父亲，曾花钱请他在湖里打捞儿子的尸体。但奇怪的是，尸体——或者说人——竟然离奇地消失了。这起谜一般的事件，男孩的家人最终选择了遗忘，但是，他却没有放弃。多年来，他一直想弄清楚，当年在金秋湖边到底发生了什么。

　　所以多年来，他一直没有离开金秋湖。政府把这一带打造成景区之后，他没有再当渔夫，而是在金秋湖畔开了一家农家乐，并随着经营和发展，逐渐演变成现在这家度假山庄。就在他快要忘掉三十多年前那桩怪事的时候，某天下午，一个全身赤裸的小男孩出现在湖边，被他发现了。

　　直觉告诉他，这个男孩也许跟三十多年前的神秘失踪案有关。于是，他把男孩带回家，给他找了一套衣服，询问了一些情况，再把他送到省城的"爸爸"家中。

　　之后，线索又断了。他不可能为了满足好奇心而持续跟踪这家人。所以他以为，自己恐怕无法弄清这件事的真相了。

　　直到今天，兄弟俩出现在了他的视野范围，这才让他得知了此事的内幕。

　　看来，我注定跟这件事有缘。男人在心中暗忖。他走到柜子前，用钥匙打开了装重要物品的抽屉，从里面拿出一本泛黄的古书——这是三十多年前，他在金秋湖畔捡到的。现在他终于知道了，这本书上那些看不懂的文字，是某个咒语。而从兄弟俩的对话来看，弟弟罗宁具有魔法师的天赋，似乎他只要念动这本书上的咒语，就能把人送入一个叫"魔界"的地方。

这个所谓的魔界，到底是一个怎样的神秘世界呢？三十出头的中年男人心潮澎湃，对此充满了好奇。他再一次觉得，自己捡到这本书，并经历这起事件，是命中注定的安排。

也许，这是他们兄弟俩都没有意识到的，真正的天意吧。

一幅奇景浮现在男人眼前——三十多年前那个巨大的漩涡，引领他进入了一个新世界。

（《漩涡》完）

王喜的故事讲完了，他发现围坐一圈的人，全都用诧异的眼神望着自己，不禁问道："怎么了？"

"你之前说，这个故事是根据你小时候的经历改编的。什么意思？你是一个魔法师？"刘云飞提出疑问。

"当然不是，"王喜苦笑道，"我要是魔法师，就立即施一个法术，把工厂的大门打开，我们还会被关在这里吗？这个故事后面的内容，是我编的。我的亲身经历，仅限前面的内容。"

"哪个部分？"真琴问。

"就是下河洗澡这个部分。我的老家在长江边上，我家又住在滨江路，小时候，我经常背着大人下河洗澡。十岁那年的夏天，我又偷偷溜到江边洗澡。游了一会儿之后，我坐在岸边休息。这时我发现江滩上有一本泛黄的古书。在好奇心的驱使下，我翻开了这本书，发现书中的文字并非汉字，画的插图也非常恐怖。我当时有一种奇妙的感觉——这本书不是'这个世界'的东西，有可能来自地狱。当然，也有可能是小孩子想象力丰富罢了。"王喜说。

"然后呢？你跟故事里的罗宁一样，把书中的内容读了出来？"流风问。

"不，我没有阅读障碍症，也根本看不懂书上的文字，只能看看插图罢了。这些插图非常可怖，给我留下了深刻的印象。我当时想的是，这样的书，能够出版吗？

"看了十分钟左右，我发现天色发生了变化，乌云密布，风云突变。当然，对于夏天来说，这不算什么怪事，只是表示马上要下大雨而已。我放下书，开始穿衣服和裤子，就在这时——"

说到这里，王喜停了下来，扫视众人一圈，说："你们猜，我看到了什么？"

"江面上，出现了一个巨大的漩涡？"流风猜测。

"是的，跟我在故事里描述的场景几乎一样。只是直径没有十米那么夸张，但是估计有五米左右。我从小在江边长大，从来没有见过这么大的漩涡，当时吓坏了。"

"江边除了你，应该还有别人吧？他们看到这个巨大的漩涡了吗？"扬羽问。

"我的身边没人，但是附近是有趸船的，我不知道船上的人看到没有。反正我是看傻了，盯着看了一两分钟，直到漩涡消失为止。"王喜说。

"当时江里有人游泳吗？有没有人被卷到漩涡里去？"

"应该没有吧。因为我后来没听说有人溺水。但是，这件事情留给我的印象太深刻了。"王喜说。

"那本书呢？你怎么处理的？"柏雷问。

说到这个，王喜露出懊恼的表情："这是让我最后悔的一件事。因为我当时有一种古怪的直觉——诡异的天象、江里的漩涡，全都是因为我看了这本书而引起的。年仅十岁的我害怕极了，赶紧把这本书丢在了江滩上，逃也似的跑回了家。后来，等我再一次来到江边的时候，这本书已经不见了。"

"真是可惜呀。要是你当时把这本书带回家，收藏起来仔细研究，说不定真能发现什么惊人的秘密呢。"双叶说。

"是啊，所以我才后悔！现在想起来，这本书说不定真是'异世界'的物品！我这样说并非全无根据。因为我长大后，见识了很多个国家和民族的文字，发现没有哪一种，跟我当年看到的那种文字一样！"王喜激动地说完就泄气了，"可惜，现在只能编一个故事来弥补这个遗憾了。"

"不过，从编故事的角度来说，你这个故事，真是不可思议、情节曲折，我很喜欢。"贺亚军说，"要是我能活着出去的话，一定找影视公司把你这个故事改编成电影。"

"是吗？那真是太好了！"王喜好像忘了自己的处境，欣喜地说道。

"你们探讨够了没有？"

这时，一个冷冰冰的声音响起。众人循声望去，看到了板着脸的陈念。他漠然道："还改编电影呢，这种不知所谓的话，还是少说几句吧！今天晚上最应该关注的是什么，你们不会都忘了吧？"

众人当然没忘。今天晚上，桃子的分数出来之后，第一个"出局"的人，就会在陈念和桃子中产生了。陈念此刻会如此紧张，自然是能够理解的。至于桃子，她今晚几乎一句话都没有说过，脸上的表情和身体都是紧绷着的，很显然，她现在也是紧张不安到了极点。

大家没有再说话，默默等待着。不断有人抬头看悬挂在大厅上方的显示屏。十一点半的时候，液晶显示屏亮了起来，上面出现一行字和一个分数：

第四天晚上的故事——《溶解液》
分数：79

这一次，没有人说"快看，分数出来了"之类的话。因为桃子已经看到了，陈念自然也看到了。后者深吸一口气，仿佛有种劫后余生的感觉；反观桃子，她整个人都凝固了，面如死灰。

好几秒之后，桃子"哇"的一声哭了出来："天哪……果然是我！我就知道，第一个出局的人会是我！"

兰小云和真琴走到桃子身边，搂着她的肩膀，说着宽慰的话。但是这种时候，任何安慰都失去了意义。倒是乌鸦的一声大吼，让桃子止住了哭泣：

"好了，哭什么哭！之前不是说了吗？不管谁是最低分，我们都不会让这个该死的主办者为所欲为的！他不是就在我们中间吗？我不相信他敢直接跳出来，杀掉某个人！"

"是啊，桃子小妹妹，不必害怕，我们会保护你的。"宗伦说道。

听了他们的话，桃子感觉好了一些，她擦干眼泪说道："谢谢大家。"

"对了，主办者只是说，末位淘汰的人会出局。但是并没有说，什么时候出局。"刘云飞说，"不一定是刚刚得知分数之后吧？"

"可是……这不是代表着，任何时候都有危险吗？这反而会更让人不安……你们也不可能每时每刻都保护我吧？"桃子哭丧着脸说。

"尽力而为吧，不管怎么样，你现在不是好好的，什么事都没有吗？先回房睡觉吧。"柏雷说。

"我……不敢。"桃子怯生生地说。

"不敢回你自己的房间？为什么？"

"我害怕……万一晚上，主办者溜进我的房间，把我杀了怎么办？"

众人沉默了，贺亚军说："每个人的房间里，不是有一个单人沙发吗？你用沙发顶住门，主办者如果想进入你的房间，就不那么容易了。"

"这主意不错。"真琴附和道。

"但是，我还是担心房间里有机关之类的……也许主办者根本就不用进来，就可以杀死我……"桃子仍然忧心忡忡。

"不会吧？房间里面，我早就检查过了，没有什么机关。"流风说。

"要不，我去你房间，再帮你检查一遍？"柏雷说。

"我们都来帮忙吧。"雾岛说。

"真是谢谢大家了！"桃子十分感动，再次道谢。

于是，众人护送桃子上楼，十四个人全都来到了 4 号房间门口。柏雷、宋伦、刘云飞、贺亚军和乌鸦走进了这个房间，分别检查墙壁、天花板、地板等。他们检查得十分细致，轻轻按压和摩挲着每一寸地方，试图发现有没有什么机关、密室、暗道之类的。不一会儿，真琴和兰小云也走了进去，帮忙检查马桶和床铺。这个狭小的房间没法再容纳其他人了，剩下的七个人站在门口等候。

十几分钟后，柏雷说："我们把所有地方都检查了一遍，应该可以确定，这个房间里没有什么机关和暗道了。"

其他人也点头表示同意。桃子走进自己的房间，又亲自检查了一下床铺、马桶、沙发、地面……然后说道："好像，是没有什么问题。"

"那你就放心睡觉吧，把门锁好。"柏雷说。

"要不要用沙发顶住门？"贺亚军问道。

"好的。"桃子点头。

"我来帮你吧。"贺亚军把单人沙发挪到门口，说道，"这个沙发还是有点重量的，如果有人想推门进来，一定会弄出声响。假如发生这样的情况，你就大声喊人。"

"好的，谢谢大叔。"

"一个沙发的重量，恐怕还是不够吧。要不要把床也挪过来，跟沙发一起顶住门？这样就更保险了。"乌鸦说。

"可以，但是……我一个人，挪不动这张床。"桃子说。

"我来帮你呀。"乌鸦望向身边的贺亚军，"喂，搭把手吧！"

贺亚军不太想跟乌鸦这种人配合，但是也不好拒绝，便跟他一起走了过去，两个人分别从床头和床尾一起挪动单人床，把床挪到靠近门口的地方。

乌鸦拍了拍手，对桃子说："我们只能挪到这儿了。等我们出去后，你再使点力，用沙发顶住门，再用床抵住沙发，就万无一失了！"

"好的，谢谢！"

"十二点了，大家都回房间睡觉吧。"真琴说。

"等一下。"桃子突然说道。

众人望着她，乌鸦说："喂，你该不会还在害怕吧？"

"不是……我只是想起了一件事。"

"什么事？"真琴问。

"你们记得，我让大家分别抽了一张塔罗牌的事吧。"

"当然记得。"真琴说。

"我当时说了，虽然用塔罗牌来占卜，不一定百分之百准确，但一定是有参考意义的。当时我不愿把占卜的结果说出来，是因为对状况还不够了解，所以不敢轻易下结论。但是经过了五天，再结合占卜结果……"

说到这里，桃子停了下来。兰小云倏然明白了："你是说，你大概能判断出，谁是主办者了吗？"

"是的。"桃子小声说道。

众人面面相觑，陈念紧张地问道："那么，是谁？"

桃子显得十分犹豫："我现在当着所有人的面说出来吗？我想……即便我说了，这个人也不会承认吧。"

"那你到底有没有十足的把握？"扬羽说，"如果有的话，就不妨说出来吧。"

"十足的把握……我不敢说。但是八九成的把握，是有的。"

扬羽摇了摇头："如果是这样，那就还是算了吧。等你有了十足的把握再说。否则，只会增加猜疑和内部矛盾。"

"但我怕现在不说，就没有机会了……"

"别说这种不吉利的话，你会没事的。"流风微笑道，"你不觉得，我们现在越来越团结了吗？"

"说的也是……那就不耽搁大家的时间了。诸位，晚安。"

"晚安，桃子妹妹，记得把门锁好哦。"雾岛说。

"好的。"

桃子把门关上，锁好。又用力把沙发推过去顶住门，再用床抵住沙发。众人等她做完这些事后，才准备散去。然而，他们刚刚走开几步，突然听到 4 号房间里发出"咚"的一声闷响，似乎是人摔倒在地的声音。

众人大惊，柏雷快速转身，回到 4 号房间门口，大声问道："桃子，你怎么了？！"

回答他的，似乎是桃子若有似无的哀鸣。这时，其他人也拥了过来，所有人都意识到桃子出事了。好几个人一起捶门，真琴大声喊道："桃子，快开门！"

"她把门锁住了，还用东西顶住了门！"柏雷吼道，"我们一起把门撞开！"

说着，他就开始用肩膀撞门。乌鸦、宋伦等人也在旁边配合着踹门。但门的质量比他们想象中要好，好几分钟后，房门才终于被撞开了。几个人一起用力把门推开。

柏雷一眼看到了倒在地上的桃子，正要呼喊她的名字，突然发现离门最近的宋伦，居然瘫软了下去。他大吃一惊，赶紧扶着宋伦的身体，问道："你怎么了？"

"我不知道……忽然觉得，头晕、恶心……"宋伦艰难地说道。

"这房间里有毒气！"刘云飞倏然明白了，喊道，"大家都离门口远点！"

此话一出，所有人都下意识地往后退了几步。柏雷把宋伦扶到旁边，交给贺亚军，然后深吸了一口气，屏住呼吸，冲进桃子的房间，把倒在地上的桃子迅速拖了出来，让她躺在走廊的地板上。

救出人来之后，所有人都暂时远离了桃子的房间，聚集在 2 号房间门口。柏雷把手指伸到桃子的鼻子前，试探她的鼻息。片刻后，他表情凝重地说道："她已经死了。"

其实就算不试探鼻息，也能看出这一点来——桃子的整张脸都变青了，口鼻中全是白沫，胸口彻底没有起伏了。兰小云和真琴捂住嘴，露出悲伤的表情，双叶俯下身来说道："彻底没救了吗？我的箱子里，也许能找到解毒的药……"

柏雷摇着头说："迟了。"

双叶难过地说："没想到，这样都没能救得了她。"

"妈的！这到底是怎么回事？我们离开她的房间时，她不是还好好的吗？怎么刚刚一转身，她就毒发身亡了？"乌鸦吼道。

"是啊，毒气是从哪儿来的？"陈念也想不通这个问题。

柏雷走到宋伦身边，问道："你现在感觉好点了吗？"

宋伦点了点头："好些了……就是刚刚打开桃子房门的时候，突然感觉头晕、想吐。"

"这是轻度中毒的表现，门打开后，房间里的毒气泄漏了一些出来，你闻到后，就出现中毒反应了。还好毒气的量不大，大多数都被关在密封房间里的桃子吸进去了，剩下的小部分毒气，在我们打开门之后，稀释在了空气中。"柏雷说。

"可是桃子的房间里，怎么会突然冒出毒气呢？难不成真的有什么机关，只是我们刚才没检查到？"刘云飞说。

柏雷思索片刻，走到桃子的房间门口，再次憋了一口气，并用手捂住口鼻，在房间里仔细搜寻着。十几秒后，他眼睛一亮，发现了地上的一样东西，小心地把这东西捡起来，走出了 4 号房间。

"我知道是怎么回事了。"柏雷把捡到的东西展示给众人看。这是一个塑料软胶囊，顶端被掐破了，胶囊里面似乎残留了一丁点儿油状液体。

"这是什么东西？"双叶问。

"我猜，应该是 VX 神经毒素，世界上最致命的化学武器之一。它是一种无色无味的油状液体，一旦接触到氧气，就会变成气体。在不通风的密闭环境中，人类吸入就会导致中毒，感到头痛、恶心，之后中枢神经系统紊乱，呼吸停止，最终死亡。"柏雷说。

"你怎么知道得这么详细？"

"我喜欢看军事题材的书和电影。之前在一部纪录片中看到过对 VX 神经毒素的介绍，这东西被美军装填在炮弹、炸弹等弹体内，以爆炸分散法使用，杀伤力很大。特别是在空气相对不流通的地方。"

"一般人能弄到这样的东西吗？"兰小云恐惧地问。

"当然不可能，但是你觉得这场游戏的主办者，是普通人吗？他不但能弄到 VX 神经毒素，还擅长心理分析，提前猜到了我们的行为模式。"柏雷说。

"怎么说？"

"这个主办者狡猾到了极点，他猜到第一个出局的人会非常害怕，特别是担心在夜里遇害，所以他很可能会用沙发和床来顶住门。这个做法，正中下怀。如此一来，就算桃子发现房间里有毒气，也不可能立刻把挪到门口的沙发和床搬开。而几分钟的时间，足够让她吸入毒气死亡了！"

"这么说，我们帮她用东西挡住门，实际上是害了她？"宋伦难过地说。

柏雷摇头道："我们的确中计了，正如我刚才所说，主办者提前考虑到了我们会想到的事！"

"但是，他是什么时候把毒胶囊扔进桃子房间的呢？我们之前检查过地上，没有发现这东西呀。"刘云飞说。

"主办者显然是混进桃子房间的某个人，等大家都检查完之后，他把毒胶囊悄悄扔在了地上，谁都没有注意到。之后桃子开着门跟我们说了几句话，VX 神经毒素正好在此时跟空气接触，等桃子关门之后，毒气散发出来，她很快就毙命了。"

"啊……这么说，我们当时要是跟桃子多聊几分钟，说不定她就没事了！"真琴懊丧地说。

"谁能想得到呢？"

"等等，如果主办者是混进桃子房间的某个人……我记得，当时进桃子房间的只有七个人吧：柏雷、兰小云、刘云飞、宋伦、贺亚军、乌鸦、真琴。难道说，主办者就在他们七个人中？"陈念提出质疑。

这七个人彼此对视一眼，没有说话。片刻后，柏雷说："守在门口的人，也未必就没有嫌疑吧？毕竟要把一个软胶囊扔进房间，只需要很小的一个动作，不用进屋也能办到这一点。"

"这倒也是……"

"**我倒是在想另一个问题。**"流风说，"桃子恰好是个手无缚鸡之力的小姑娘，她会害怕，会找人帮忙挪动沙发，这确实很容易想到。但主办者不可能一开始就想到谁会出局吧？如果'出局'的是个身强力壮的男人，就不会找人帮忙搬东西抵住门了，我们也就没有理由进入他的房间。如此一来，这个杀人计划不就无法实施了吗？"

"我猜，这个主办者应该准备了好几种不同的暗杀方式吧。对付不同的人，就用不同的方法。"贺亚军沉着脸说。

他的话再次让众人感到惶恐不安，特别是，他们看到躺在地上的桃子的尸体，想到十几分钟前，她还是一条鲜活的生命，此刻已经变成冰冷的尸体了。这一刻，他们真正地体会到了这场游戏的残酷性。

真琴悲伤地说："桃子的尸体，怎么办呢？"

柏雷说："只能把尸体放进她自己的房间，然后把门关好了。"

大家走到桃子的尸体面前，默哀了几秒。柏雷和刘云飞正准备抬起桃子的尸体，陈念拉了柏雷一下，说道："让我来吧，毕竟……从某种程度上来说，她算是救了我的命。就让我最后为她做点事情吧。"

柏雷点了点头。陈念和刘云飞一起抬起桃子，进入 4 号房间，把她放在床上。陈念站在桃子面前，神情复杂地注视着她的面庞，叹了口气，跟刘云飞一起走出了房间。

众人回到房里，心情仍久久不能平静。这个夜晚对于所有人来说，都将是一个不眠之夜。

（第二季完）

图书在版编目（CIP）数据

必须犯规的游戏 . 重启 . 2 / 宁航一著 . — 成都：
天地出版社, 2022.5
ISBN 978-7-5455-6578-2

Ⅰ.①必… Ⅱ.①宁… Ⅲ.①推理小说—中国—当代
Ⅳ.①I247.5

中国版本图书馆CIP数据核字（2021）第196243号

BIXU FANGUI DE YOUXI CHONGQI

必须犯规的游戏 · 重启2

出 品 人	陈小雨　杨　政
作　者	宁航一
责任编辑	张诗尧
封面设计	今亮後聲 HOPESOUND · 张张玉 2580590616@qq.com
责任印制	董建臣

出版发行	天地出版社
	（成都市槐树街2号　邮政编码：610014）
	（北京市方庄芳群园3区3号　邮政编码：100078）
网　　址	http://www.tiandiph.com
电子邮箱	tianditg@163.com
经　　销	新华文轩出版传媒股份有限公司

印　　刷	天津融正印刷有限公司
版　　次	2022年5月第1版
印　　次	2022年5月第1次印刷
开　　本	710mm×1000mm　1/16
印　　张	21.25
字　　数	338千字
定　　价	49.00元
书　　号	ISBN 978-7-5455-6578-2

喜马拉雅奇迹文学策划出品

内容简介

　　十四个因为各种原因欠下巨额债务、走到绝境的人，收到一条同样的神秘短信——只要参加某个特殊的"游戏"，就有机会获得一亿元的巨款。十四个人纷纷按照指示来到指定地点，却被软禁在一个密闭场所内。

　　主办者通过录音宣布了游戏规则：十四个人，每天晚上轮流讲一个故事，由网友们给每个故事打分，得分最高并且在十四天后仍然活着的那个人，就是获胜者，可赢得一亿元现金。众人在别无选择的情况下开始了这场危机四伏的游戏。随着游戏的进行，一桩桩诡异莫名、恐怖骇人的事件接二连三地发生在他们身上，不断有人离奇遇害，众人之间的不信任感与日俱增。

　　隐藏在他们身边的主办者究竟是谁？他策划这场游戏的目的是什么？谜底将在最后一刻揭晓……

欢迎收听更多精彩有声作品